有爱的青春陪伴者

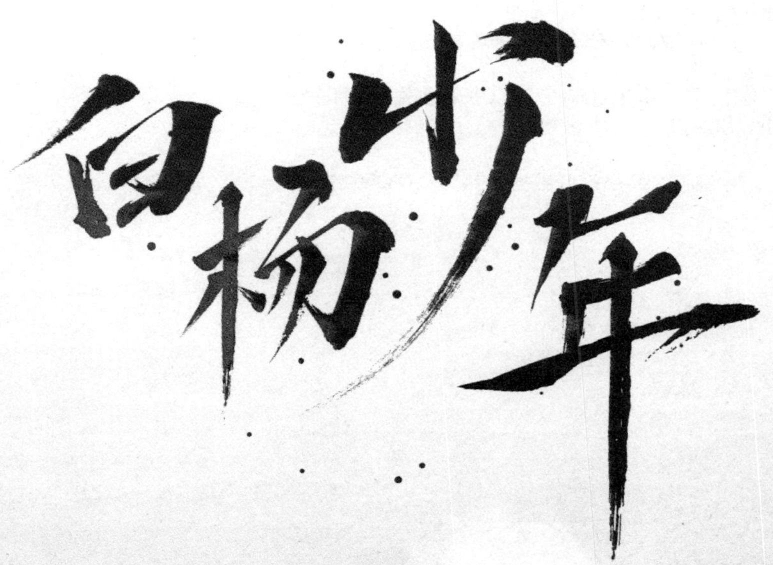

白杨少年

明开夜合 著

Ming Kai Ye He

江苏凤凰文艺出版社
JIANGSU PHOENIX LITERATURE AND ART PUBLISHING

图书在版编目（CIP）数据

白杨少年 / 明开夜合著. -- 南京：江苏凤凰文艺出版社，2021.7
ISBN 978-7-5594-5709-7

Ⅰ. ①白… Ⅱ. ①明… Ⅲ. ①长篇小说－中国－当代
Ⅳ. ①I247.5

中国版本图书馆CIP数据核字(2021)第058142号

白杨少年

明开夜合 著

责任编辑	孙金荣
特约编辑	蒋彩霞
责任校对	周　萍
出版发行	江苏凤凰文艺出版社
	南京市中央路165号，邮编：210009
网　　址	http://www.jswenyi.com
印　　刷	湖南凌宇纸品有限公司
开　　本	880mm × 1230mm　1/32
印　　张	10
字　　数	298千字
版　　次	2021年7月第1版
印　　次	2021年7月第1次印刷
书　　号	ISBN 978-7-5594-5709-7
定　　价	42.80元

江苏凤凰文艺版图书凡印刷、装订错误，可向出版社调换，联系电话025-83280257

目录
contents

目录
contents

第一章

少年心事却起了雾

“此后，既做我的眼泪，也做我的湖。”

——《刺槐少女》

沈渔被电话吵醒的时候，第一反应是想发火。

只可惜电话对面是她的老板，且是催促口吻：“你弟弟喝醉了，赶紧过来接人……”

沈渔有片刻无语：“唐总，我是独生子女。”

“堂的、表的总有吧？这人叫陆明潼，你要是不认识，我就把人撂这儿了。”

沈渔当即清醒：“你们怎么会在一起？”

她一只手去摸枕边的眼镜，戴上之后又拧亮台灯。她往窗外看一眼，城市常年灰蒙蒙的天色，不辨晨昏。猜想时间应当不早了，看手机屏幕，显示晚上十一点半。

唐舜尧懒得解释前因后果：“既然认识，赶紧过来接人。”

不知道是睡多了，还是没睡够，脑袋昏昏沉沉，让沈渔浑身都在抗拒出门这件事：“就近给他找个宾馆开间房吧，钱我来出。”

“我闺女发烧了，我得马上赶回去送她去医院，没时间跟他耗着。你赶紧过来，我叫严冬冬在这儿看着他。”

沈渔下午从西城赶回来之后倒头就睡，只摘了隐形眼镜，妆都没来得及卸，这时候拿卸妆乳潦草地揉了一把脸，换上T恤和牛仔裤，出门。

七月的燠热暑风，到了深夜仍是兜了她满身满脸的汗。

穿过烧烤摊前的一片烟熏火燎，沈渔在路边找到自己的车。临上车前，她回头，往自己住的那栋楼看一眼，六楼外窗紧闭，黑灯瞎火，不像是有人回来过的。

唐舜尧发的地址是一家KTV，离清水街不远，驱车十五分钟即到。

偌大一个包间，点唱机还放着歌，没人唱，人都走了，只除了正坐在昏暗灯光里玩手机的严冬冬和角落里的一团黑影。

沈渔抬手按开关，试了几次，才调出一盏亮一些的顶灯。

严冬冬一下给照得睁不开眼，连呼：“我要瞎啦！”

沈渔走到角落里。

一个年轻男人，歪靠着沙发靠背而坐，黑色西裤，白色衬衫，领口解开三粒扣，合着眼，白皙皮肤泛着醉酒后的薄红。

可能是因为霎时亮起的灯光，他抬起手搭在了额头上。

沈渔与陆明潼暌违两年，乍一相见，只觉得陌生。从前，他从来没有过这样正式的穿着。现在的他轮廓多些硬朗感，虽仍然介于男孩与男人之间，气质却开始偏向后者。

一旁严冬冬手托腮，正欣赏着这一副好皮囊，半点被唐总勒令留下的怨气也无，倒是责问起沈渔：“沈渔姐，你瞒得好严实，怎么有个弟弟要来我们工作室实习都不告诉我呀？”

沈渔心想我怎么告诉你，我都是二十分钟前才知道的。

她走过去，伸手搡一把：“陆明潼。”

年轻男人不悦地闷哼一声。

严冬冬面前放着半杯冰水，沈渔端过来，径直往男人面上一泼，骇得严冬冬低呼一声。

这时，陆明潼才缓缓睁眼。

那张在他梦里出现过千百遍的清冷面孔，此刻就在跟前，他却愣了愣，

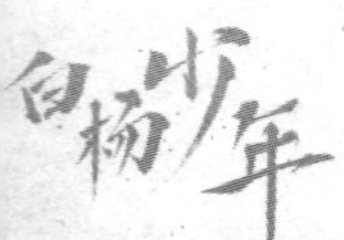

下意识伸出一只手，要去够她，确认是不是真的。

沈渔后退半步，声音比浇在他脸上的冰水还要没有温度：“醒了，还不赶紧起来？”

严冬冬也愣了一下，因为第一次见到这样的沈渔。她知道沈渔平常工作中严肃归严肃，私底下却是个很好说话的人，从来不会给人下面子，何曾有过这副口吻，训狗都要比她温柔哦。

哪知道陆明潼半点不恼，乖乖地站起身，因脚步虚浮，伸手撑着靠背，借一点力，没再坐下去。

他目光始终是黏在沈渔身上的。

沈渔却不看他，扯两张面巾纸递过去让他擦脸，转头对严冬冬说：“走吧，我先送你回去。”

“不顺路呢。”

“正好让他先醒醒酒。”

走之前，沈渔喊来服务生，要了两个塑料袋，塞进陆明潼手里，叫他等会儿要吐就吐袋子里，不准弄脏她的车。

沈渔的车很便宜，一辆大众 polo，但是收拾得很干净，车里有一股柑橘调的清香。为了通风，冷气没开，后座两侧车窗大敞。

严冬冬坐副驾驶座，往后座看一眼，陆明潼靠着椅背，蹙眉不舒服的模样。

他穿一身明显价格不便宜的正装，一张脸也是生得清贵，手里却始终紧紧攥着沈渔给他的那两个塑料袋，怪违和的。

严冬冬一路看过来，只觉这两人的相处模式不像姐弟。而且，方才迎新团建上，陆弟弟全程不理人，态度比唐总还跩，怎么在沈渔跟前却这么听话？

“沈渔姐，你和他是哪种性质的姐弟？表的？重组家庭的？”

“我跟他没关系，他就是我楼下的一个邻居。”

“哦，青梅竹马呀！”

沈渔斜来一眼，严冬冬自觉地闭嘴。沉默了没两分钟，严冬冬又说起陆明潼的事：“陆弟弟从澳洲留学回来，来我们一个做婚礼策划的小工作室实习，感觉有点屈才呢。”

沈渔这段时间领导着小组成员在忙西城婚博会的事，直到今天下午才结束回南城，有近一周的时间没去公司，因此也不知道陆明潼是什么时候回的国，又是什么时候入的职。

愣神间，她忘记回严冬冬的话。

不过严冬冬是自说自话的性格，从来不怕冷场，没等沈渔问，她已自发解释清楚来龙去脉——

陆明潼是这周二入职的，还没来就给办公室造成了不少轰动，起因是 HR（人事）小武率先在群里发了这批新员工和实习生的联络卡。大家把陆明潼那张邮票大小的登记照截图下来传来传去，有人特意问小武——真不是哪个流量小生选了咱们工作室拍真人秀？

陆明潼来报到那天，女同事们发现他压根儿不上相，真人分明比照片上还要好看三分。

已婚的姐姐们给未婚的小姑娘们谋福利，中午临时组织一拨聚餐，席上各种问题狂轰滥炸，结果发现这个弟弟怎么性格闷闷的，说什么他都“嗯”“差不多”“可能吧”。

当有人问他有没有女朋友的时候，他伸手捏了一下眉心，没有回答，却是抛出了一个问题：“沈渔不在吗？”那语气仿佛是被这个问题憋了许久，终于憋不住了。

大家面面相觑。

小武问他：“你认识沈渔？”

他犹豫了一下，说：“她是我姐姐。”

至于今天晚上，则是唐舜尧组织迎新团建，大家吃过饭又去 KTV。

也没多少人愿意唱歌，都聚在一起聊八卦。上回没能将陆明潼的恋爱状况问出个所以然来，这回把新员工都召集在一起，集中“审问”，一个都逃不掉。

不过老员工们身先士卒，先从自身讲起。结果大家聊嗨了，七嘴八舌的，根本没人察觉陆明潼已偷偷脱离。

他再被注意到，就是散场的时候了，整个人喝得醉醺醺的。

沈渔听严冬冬说得绘声绘色，脸色却更沉了几分：“陆明潼投的是技术组？”

“不是呀，是策划组的。”

“谁通过的简历？”

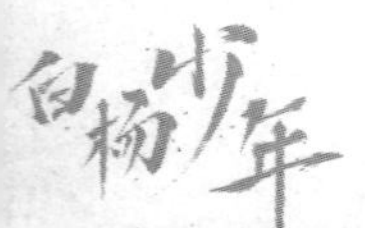

“应该是人事那边吧，面试是唐总面的。不过他只是投的实习嘛，筛得没那么严格。”严冬冬略感疑惑，“怎么了？”

沈渔摇了摇头。

陆明潼本科专业是计算机，屈尊跑来一个私人工作室实习不说，还与专业没有半分关系。

这人，还跟以前一样任性妄为。

将严冬冬送到之后，车掉头往回开。

到了清水街，沈渔找到空位将车停下，回身喊道：“陆明潼。”

后座那人合着眼，没反应。

沈渔关了车窗，熄火，下车之后拉开后座车门，一巴掌轻拍在他额头上：“起来，别让我又拿水泼你。”

陆明潼醒是醒了，却是一步三晃。沈渔跟在后面，看他脚下一绊，差点摔个狗啃泥，赶紧上前一步将人搀住。

他全身都倚过来，沉得她差点撑不住。沈渔脚下站定，将人往后推了推，扶正鼻梁上下滑的眼镜，心里十分恼火。他这样，上楼该是够呛。

沈渔叫他在原地待着，自己去前面找帮手。

清水街一片都是做小本生意，各式店铺鳞次栉比，但时间晚，大多都已经关门了，只有烧烤摊还在营业。街坊邻居都是熟人，烧烤摊的老板沈渔也认识，只是这时候他正忙着对付客人点的二十串烤羊肉，应接不暇，沈渔没好意思同他打招呼。

在摊前徘徊一圈，倒是有位来吃烧烤的顾客，沈渔是认识的。他是负责这一片区的派出所的一位民警，且恰好就跟她住同一栋楼。八年前的那件事，他曾参与过居中调停的工作。他姓杜，叫杜卫明。

杜卫明笑说：“小沈，你现在才下班？”

“出去接了一个人。”沈渔笑应一声，犹豫片刻，向杜卫明求助。

杜卫明二话不说就站起身，让烧烤摊老板再烤个蒜蓉茄子，他把人送到了就回来吃。

沈渔领着人回到原地。

杜卫明将蹲在墙根的人提起来，感叹一句“真沉”，定睛一看，愣了愣：“这是……陆家那小子？我记得他不是到国外读书去了，什么时候回来的？”

“可能就这两天吧，具体我也不清楚，我上周出差去了。”

清水街一片都是老式住房，没有电梯。杜卫明常年锻炼的，将人扶上六楼也快去了半条命。

停在陆家门口，沈渔追问陆明潼钥匙在哪儿，没问出个所以然。

杜卫明便说：“要不送到楼上你家去，等他酒醒了，你再问问？”

沈渔不好继续耽误杜警官的时间，略作沉吟，答应下来。

进屋之后，杜卫明将陆明潼扔在沙发上，接了沈渔递的一瓶冰水，职业病发作，嘱咐了几句关好门窗注意安全，这才离开。

陆明潼伏在沙发上，半天没有反应。沈渔回卧室里翻出一张薄毯，盖在他身上。

她正准备去冲个凉，听见他翻身欲呕。

“要吐去洗手间吐！”她做好了地板遭殃的准备，哪知道陆明潼还能听得进去话，爬起来跌跌撞撞地朝洗手间去了。

沈渔没有吃晚饭，去厨房烧水煮速冻水饺。下饺子之前，她向着洗手间方向询问了陆明潼一句要不要吃，没人回答。

沈渔还是煮了两人的分量，如果陆明潼不吃，明天早上可以将剩下的煎一煎当作早餐。

水饺煮熟，捞出锅，盛入盘中，而陆明潼依然还没从洗手间出来。

“陆明潼？”

沈渔走过去，拍一拍门，里面的人含糊地“唔”了一声。

沈渔犹豫了一瞬还是推开门，却见陆明潼坐在地板上，背靠着合上盖子的抽水马桶。他以手握拳，抵住了腹部，发梢让水打湿，柔软耷落在白皙的额头上。

听见开门声，他抬起头来，比深海更沉更无声的一双眼，望定她：“这就是你执意要我出国的原因？”

沈渔却在注意他的动作：“你怎么了，又胃痛？”

“你先回答我。”他不耐烦说道。

“听不懂你在说什么。”沈渔也给他激得有点光火，大晚上跑去接他，这么折腾地弄到了家里，他却没头没脑一通质问。

陆明潼伸出手臂，抓住了洗手台的边缘站起身。

一道阴影如山将倒，倾向自己，沈渔下意识地后退。

然而陆明潼并不是要靠近她，不过是站立不稳，身形晃了晃。

倒显得她反应过度。

陆明潼便随之薄唇紧抿，退后了半步，伸手从裤子口袋里摸出烟盒与火机，偏头将烟点着。

他生得好看，三庭五眼都契合标准的那一种英俊，不带半分邪气，因此，他抽烟给旁人的观感，便像个误入歧途的好学生。

浅白的灯光下，从他指间散出淡蓝色的烟雾，让方寸大小的洗手间更显昏蒙。

他短促地笑了声："听说，你跟你现在的男朋友，准备等他一毕业就结婚。这就是你逼我出国的原因，觉得我碍着了你的正常生活？"

沈渔目光一沉，他一米八五的个头，就这样站在她面前，这样一个退无可退的格局里，十足具有压迫感。

"陆明潼，不要一回来就闹小孩子脾气！"

闻言，陆明潼"哧"了一声。他最讨厌她说他是小孩子，摆一副"我为你好"的嘴脸。

沈渔往后退了一步，抬手摸到门边的排气扇开关，按下。她后背抵住门框，顺了顺气，放缓声音："出去了两年，一点也没长进。不管为了什么，你都不该在迎新团建上纵酒，还让领导给你善后。"

"你不过是怕我成为你的话柄。"他没甚所谓地笑了声，"我明天就辞职。"

"我要是这么想，压根儿就不会去接你！"终于，她也怒了，冷了目光，说不上生气更多，还是失望更多，"你只会糟蹋别人的善意……"说完，转身就走。

陆明潼头痛欲裂，胃里更是绞着一块硬石般抽痛，眼前雾蒙蒙的，沈渔的身影仿佛变作了两个。他上前一步拽住她的手腕，道歉的话还没说出口，已被她一把甩开。

陆明潼退后一步，坐在马桶盖上，垂下头。

烟夹在指间，被遗忘了一样，静静地，就快烧到了底。

不知道过去了多久，门口人影一晃，是沈渔又走了进来，手里拿着一条毛巾和一把没开封的牙刷。

她不看他一眼，把毛巾往他脑袋上一丢，腾了只空的口杯出来，把牙刷放进去，随即就又转身走了，顺带关上了门。

片刻，陆明潼动了一下，拿下毛巾，将烟揿灭，投入垃圾桶，站起身，俯身洗一把脸。

沈渔家的格局他了如指掌，两年过去无甚变化，墙上的镜子都是原来刮花了的那一面，模模糊糊，照不清明。

但在隔板上的另一个装满东西的口杯里，他发现一柄从未见过的剃须刀。

洗过澡，陆明潼裹上一张浴巾，擅自征用了沈家的洗衣机，将自己一身脏衣服丢进去清洗。

沈渔的房间门关着，不知道是不是已经睡下了。

他转身往沙发走去，经过餐厅时，脚步一顿——桌上一盘水饺、一个酱碟、一个盛满水的玻璃杯，旁边还放着一板药。

他先将药拿起来，就着顶上昏暗的灯光看了看，是治胃痛的。他从铝塑板里抠出两粒胶囊，和水吞下，然后在餐桌旁坐下，拿上筷子，蘸着自制的酱碟，将那盘饺子消灭干净。

饺子有点冷了，白菜猪肉馅的，味道一般。

将空盘拿回厨房，原想就这么放着，但见灶台上擦拭得一干二净，他便把盘子洗了，沥一沥水，放回橱柜里。

刷了第二回牙，他才回沙发上平躺下，抖开薄毯。

没过多久，卧室的房门打开了。

他听见沈渔在门口停了会儿，似在判断他是不是已经睡着。片刻，她走了出来，趿拉着一双凉拖鞋，脚步声朝着浴室去了。

浴室门上半是毛玻璃，透出里面的光。

淅沥水声，间杂洗衣机运作的轰隆声响，连同尚未消散的醉意，无孔不入地消解着他的清醒。

他困极了，却还是强撑着，瞧着那束光，不愿被它抛下，抛进不知归处的黑暗里。

因昨晚的一番折腾，到了凌晨三点，沈渔才又睡着。

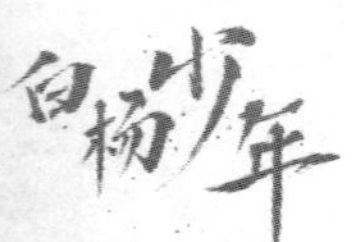

她醒来时，已经过了九点钟。

一觉过后，她都忘了家里还有个人，推开门冷不丁看见沙发上隆起的一团，整个人吓了一跳。

洗漱之后，陆明潼仍没醒。

沈渔没有叫他，自己下楼去买早点。

清晨的清水街熙攘喧闹，沈渔等在早餐铺子前，抻一抻身体，呼吸着这混杂各式气味的空气，这人间烟火让她有种万事底定的安全感。

她早餐始终不习惯吃面包、牛奶之类，必须吃一口热腾腾的包子馒头或是粉面油条才有饱足感。

老板递过来打包好的一根油条和一杯豆浆，沈渔拿手机扫码准备付款的时候，顿了顿："再拿一份吧……"

在巷尾，碰见有个老婆婆在卖花。

沈渔知道拿回去也放不久，但挨不住老婆婆见她犹豫的顺势恳求，便又拿了几枝姜花。

回家以后将花插瓶，面积不大的旧房子里，一时间暗香浮动。

沈渔吃完早餐，将剩下的那一份留在餐桌上，再给吸尘器接上电源，打扫卫生。出门一周，家里累积好些灰尘。

吸尘器弄出老大的声响，陆明潼却始终没被吵醒。

大扫除过后，沈渔拿清水洗一把脸，回卧室。

估计陈蓟州应该已经起床了，她拨去一个视频电话，用支架撑起手机，一边对话，一边化妆。今天虽是周六，但她还得去一趟工作室，见一个客户。

"你暑假回不回来，确定了吗？"沈渔对着镜子戴隐形眼镜，自觉这时候样子很难好看，提前将手机摄像头偏转了角度。

"估计回不来，要盯一个实验。"

"做毕业论文用的？"

"嗯。"

陈蓟州在首都读博，一所理工类 211 高校，材料物理与化学专业，研究方向是复合材料，更具体点的，似乎是研究并制备高性能的电磁波吸收材料。

沈渔听陈蓟州提过一些关于他所读专业的事，但她是个地道的，且成绩一贯堪忧的文科生，听了也是似懂非懂。

沈渔马上要过生日，原想提醒一句，想了想还是算了。

陈蓟州即将进入读博的最后一年，要发刊，要忙毕业论文，还要给导师的研究项目打杂。她了解那种焦头烂额、分身乏术，不想催他。

她一边化妆，一边同他没边际地聊些琐事。

沈渔只化淡妆，动作很快，正将用完的化妆品一一放回亚克力的收纳盒中，视频里陈蓟州忽然问："你家里有人？"严肃的语气。

沈渔忙朝门口望去。

陆明潼不知道什么时候起来的，站在卧室门口，顶着一头乱毛，全身上下仅着一条平角内裤，委实一个大写的"不妥"。

陆明潼没出声招呼，只在门口站了一瞬就走了。

沈渔跟陈蓟州解释："跟你提过的楼下邻居家的弟弟。他昨天喝醉了，回不了家，在我这里借宿。"

"他不是出国了？"

"上周回来了。"

陈蓟州便不再说什么，交代一句得去实验室了，挂断电话。

沈渔扣下镜子，向着客厅里说道："您受累穿件衣服再乱跑？"

"衣服不在洗衣机里。"

"不会去阳台找找？湿衣服在洗衣机里捂一夜还能穿吗？"

陆明潼打个呵欠往阳台走，没解释自己纯粹是宿醉之后还有点反应迟钝。

阳台上晾晒着他的衬衫和西裤，与沈渔那些素色淡雅的衣裤挨在一起。从纱窗外，吹进隐隐的暑热。

他个子高，用不上撑衣杆，伸伸手臂就能将衣架摘下。

回客厅换衣服时，沈渔打开卧室门出来，已换了一身装束。

浅绿色的上衣，乳白色的阔腿裤，颜色浅淡，极有垂坠感的一身，走路带一阵夏日的凉风。

沈渔从小就和"娴静""温柔"这些形容词八竿子打不着，也因此不喜欢穿裙子，觉得那底下漏风的一块布裹在身上，不能跑不能跳的，十分阻碍活动。永远一身T恤牛仔搭配帆布鞋，扎一把马尾，露出光洁的额头，随意且利落。

她不是生得深刻的那种五官，胜在皮肤白皙，怎么在阳光下造作也晒不

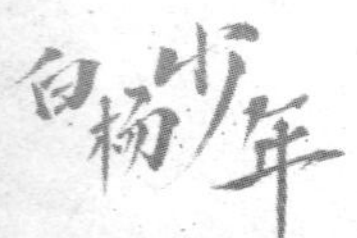

黑。脸上半点瑕疵也无，只除了靠近左边眼角的，淡淡的一粒小痣。

陆明潼不清楚，自己是喜欢上她以后，才觉得这颗痣性感极了，还是因为觉得这颗痣性感极了，才喜欢上了她。

终归，他在她笑意清澈的眼睛里，溺死过一万次。

陆明潼失神地看了她片刻，才低下头去，一边套上衣裤，一边对她说："抱歉，我昨晚喝醉了。"

沈渔轻哼一声，不那么乐意接受他的道歉。不过她准备出门了，也懒得再算昨晚的那笔烂账。

"我要去趟公司，早餐在桌上，你自便，出门之前记得把门带上。"

陆明潼低头扣衬衫的纽扣："我能不能在你这儿住几天……"

"不能。"

"我在找房子，一找到就搬出去。"

"你不住楼下？"

"不住。"陆明潼回国之后，回过家一次。本就是老房子，两年没住人，家电大多失灵了。屋里陈年的霉味，叫他难以忍受，更不愿重新花心思置办家电。

"那你这些天住在哪儿？"

"酒店。"

沈渔早知道，这就是位基本生活常识都欠缺的少爷，如今还染上个铺张浪费的陋习。

"那你继续住酒店吧，你在我家住着不方便。"

"影响你跟你男朋友视频？"

"没错！怎么，你想留下旁听？"

陆明潼扣完最后一粒扣子，再挽衣袖，看向她一眼，笑了声，乖张模样："你以为我不敢？"

"我看你是酒还没醒。"沈渔看一看时间，必须得走了，"如果你非要待在我家，那我去住酒店。你选。"不待陆明潼回应，她往门口走去，却听他在身后发出沉沉的一声。

她没听清，转身问："你说什么？"

"我说，你也没什么长进，还是只会来这套。"

他已穿戴整齐，揣上放在茶几上的手机和房卡，挤开她，在玄关处蹬上皮鞋，接连打开了入户的两道门，先她一步走了。

周一清晨，沈渔正在会议室里试 PPT 文件能不能正常播放，门被推开，陆明潼走了进来。

他身上套着一件基本款的黑色 T 恤，皮肤被衬得更白几分。他瞥向沈渔一眼，不言不笑，很有些生人勿近的冷淡。

离会议开始还有十来分钟，陆明潼是来给大家分发资料的。

他自己做这件事没一点纡尊降贵的意思，沈渔却看不惯："出国留学两年，就为了回来打杂？"

陆明潼分完了手里的一摞资料，在离主讲台最远的位置坐下，背靠在椅背上，困倦都写在了脸上："我并不想出国，是你逼我的。"

沈渔感觉有旧话重提的兆头，不想继续下去，否则这位小少爷发起病来，她真的是招架不住。

陆陆续续地，人到齐了，周会开始。

沈渔先就上周的西城婚博会做一个汇报。

陆明潼这才打起精神，仍然漫不经心的模样，目光却一直定在沈渔身上。

工作原因，她在穿着打扮方面再不能像以前那样随心所欲，但也修炼了一套独属于自己的风格，英气之外，不乏女人味。办公室里冷气开得足，她在基本款的白色上衣外面，多搭了一件西装外套。一头柔顺的长发，松散地扎了一把。几乎看不出来的淡妆，敷在唇上的口红也只是恰到好处的一抹红，毫不抢镜地烘托出好气色。

唯一的遗憾是她今天戴了眼镜，边框恰好遮住了眼尾处的那一点痣。

沈渔的汇报结束，接下来就是大家各自总结工作进度，安排下一阶段任务。

今天还多了一项，给新来的员工和实习生分配工作内容。

沈渔如今是工作室的资深婚礼策划顾问，只负责独家定制，经手案例通常无从参考，几乎都要从零开始。

年初她给一对新人策划了一场水上婚礼，布景难度前所未有，为防最终

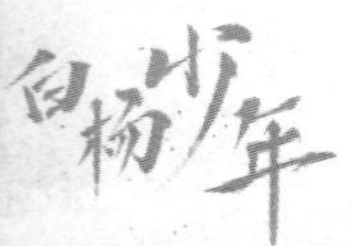

效果与设计图有所偏差，她全程监工，凡事亲力亲为。结束后，累得大病一场。

唐舜尧觉得这么用她，像在杀鸡取卵，便答应等新员工招进来，就给她配个助理。

唐总记起这件事，把其余新员工和实习生都安置妥当之后，点向最后剩下的陆明潼："小陆，你就给沈渔当助理？你清楚她的脾气，也好配合她工作。"

沈渔手里正转着的笔停了下来，笔尖在记事本上点出几个墨点子。

她瞧见陆明潼挺乖觉地点了点头，估计这安排正中他的下怀。

她却不高兴，于公于私都是，正因为陆明潼跟她是熟人，倘若工作上出了什么纰漏，会让她难办。

但她没有提出抗议，一则唐舜尧本身是个挺顽固的人，她一般不在非原则性的问题上与他争辩；二则，要是把陆明潼分给了别人，碍于她的情面，别人会更难办。

会开完，各自归位。

沈渔手里有三单业务，第一单是周六刚刚定下的，还在前期方案设计阶段；第二单婚期在十二月，刚去测量过场地，要准备将修改后的最终场景设计交由新人验收；第三单月底就要办婚礼，可以预见的兵荒马乱。

沈渔理一理手边工作，打算把好上手的丢给陆明潼。既然是给她配的助手，不用白不用。

然而，当沈渔看见自己在文档上列出的一堆鸡毛蒜皮的琐事，还是觉得大材小用了。

她想了想，点开桌面微信，给陆明潼发条消息："SU（Sketchup）会用吗？"

陆明潼："不会。"

沈渔："学。"

一上午，沈渔照着酒店的场地数据，拿 SU 修改完了布景方案，导出一个 3D 效果的视频，发给了第二单的客户。

很快得到回复，验收通过。

沈渔从待办事项将这一条勾选，锁定电脑，喊上严冬冬一起去吃饭。

电梯门快合上的时候，一只手伸进来拦了拦，电梯门弹开，跟进来的是陆明潼。

严冬冬自觉地往旁边让一让，笑说：“小陆同学也去吃饭呀？”

陆明潼站进来转个身，看一眼沈渔：“你作为老员工，且是我的带教老师，应该主动带我熟悉周边环境。”

沈渔的脾气这些年已经收敛很多了，陆明潼不过才回来几天，就激得她几度故态复萌：“那要不要我干脆把饭都盛好了，递到你手里？”

严冬冬不知道这是两人相处的常态，以为他俩要吵起来了，要那样，尴尬的还是她这个局外人，于是赶紧岔开话题：“沈渔姐。”

沈渔看向她。

“话说你生日快到了吧，想怎么过？”

“随便过一过吧。”

“陈蓟州不回来吗？”

“陈蓟州是谁？”陆明潼问。

“沈渔姐的男……朋友。”严冬冬声音渐低，因为瞧见陆明潼目光一沉。

闻言，他没什么情绪地“哦”了一声，气氛一时急转直下地诡异起来。

严冬冬如坐针毡，联系方才周会上陆明潼对沈渔肆无忌惮的打量，直白到失礼。

她隐约觉得自己接近了事情真相。

工作室不在核心商圈，但附近写字楼密集，不缺餐馆食肆。

他们去了一家快餐店，先付账后领餐。沈渔打发了陆明潼排队领餐，自己跟严冬冬去找座位。

严冬冬转头看一眼，那一条队伍里，陆明潼无论身材还是相貌，都出挑得很，整个人鹤立鸡群。

她一手托腮，望一望陆明潼，再看一看沈渔：“沈渔姐，你跟我说实话，你和陆弟弟，以前是不是谈过呀？”

沈渔正端着茶杯喝茶，差点呛住：“怎么可能……”

“那就是陆弟弟单方面喜欢你了。”严冬冬笃定的口吻。

严冬冬小沈渔两岁，晚两年进的工作室。活泼热闹的性格，比谁都爱听八卦，但口风紧，不该说的从不乱说。她是公司的造型师，专门负责新娘妆发，两年下来，沈渔与她合作无间，也培养了工作之外的友谊。

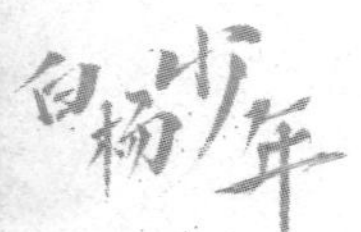

对朋友，沈渔一贯不愿意撒谎。

她便坦率承认：“他是这么说过……”却也随即三两句话打消了严冬冬继续询问的意图——具体的，她不想提。

严冬冬换上一脸担忧神色:“你跟陆弟弟朝夕相对,陈蓟州不会吃味吗?我能看出来，别人也能。你不怕有人说闲话？你也知道我们同事对婚恋类八卦多敏感。”

沈渔自然考虑过。

她已做了最坏的打算，如果陆明潼还和从前一样没有分寸，她就辞职。她珍惜与陈蓟州的关系，不想让自己陷入瓜田李下的境地。

听沈渔这样说，严冬冬叹一口气：“我这是什么心态……入戏太深吗？竟然替陆弟弟觉得惆怅。”

沈渔笑说：“你多余的操心可不可以用在自己身上，和你正在搭讪的那个小哥哥没下文了吗？”

“不许提他。”严冬冬一秒切换没精打采的状态。

另一边，陆明潼即将排到。

沈渔过去帮忙，两人合力将三份餐端了过来，严冬冬举着筷子双手合十对陆明潼说了声“谢谢”。

吃饭时的闲聊，是严冬冬主导，围绕陆明潼展开的。

沈渔知道陆明潼的个性，对不熟的人永远缺乏耐心，这一回对严冬冬有问必答，估计是想借此机会，向她说明他这两年在澳洲的生活状况，也不管她是不是有兴趣听。

心机得很。

陆明潼说，有一年冬天昆士兰罕见地下了大雪，他被困在了朋友的公寓里，有只比柯基犬还要大的老鼠半夜跑进厨房，偷光了午餐肉和火腿，害得他们三天都只能吃蔬菜沙拉和面包。

严冬冬听得津津有味，一双大眼睛睁得比平日更大：“比柯基还大的老鼠？什么样的？有照片吗？”

“冬冬……”沈渔扶额，“他骗你的。”

严冬冬愣了一下，不知道该相信谁，看向陆明潼：“你骗我的？”

“嗯。”

“……”严冬冬心灵受到一记重击，明明是这么一张好学生的脸，这么煞有介事的语气，信服力百分之百，结果却是在骗人？

沈渔早就见怪不怪：“他可不是什么好人，你别被他的外表给骗了。”

陆明潼一句也不抗辩，接受她的评价，甚至当句称赞来听。

回去的路上，严冬冬望着前方年轻男人挺拔的背影，凑近沈渔耳边悄声说：“有一说一，陆弟弟比陈蓟州帅多了哦。”

沈渔笑说：“严冬冬，你做个人吧，上回陈蓟州还请你吃饭，转头你就编派起他来了。”

陆明潼跟同事熟悉得很快。

沈渔原本有心多关照一下，结果发现根本没有必要——他还是那个乖戾孤僻的性格，只是现在收敛很多，不会直接把情绪摆在表面上。

且他原本就长了张很有欺骗性的漂亮面孔，工作室的女同事自发给他提供了很多帮助。就连他冷冷淡淡不爱搭理人的脾气，也被美化为了内敛、“社恐”。

大家不知道沈渔和陆明潼具体究竟是什么关系，各种说法传来传去，最后达成了一个一致的结论：他俩是远房表姐弟。

沈渔知道这里面有严冬冬的功劳，她想替他们坐实了亲戚的身份，避免以后可能产生的各种非议。

自这之后，工作室里不少单身小姑娘姐姐长姐姐短地围在沈渔身边，想方设法打听关于陆明潼的信息。

沈渔一视同仁地打发掉：你们直接去问他。

时间一晃，到了沈渔生日这天。

沈渔原本不想过的，但严冬冬最近搬了新居，想着干脆把沈渔的生日派对和她的暖房派对一起办了，就在她家里。

邀请的人不多，沈渔这边的是陆明潼，还有她的一个大学同学，叫作葛瑶。

严冬冬那边两个朋友，一男一女。

当天，沈渔提前到达去帮忙，顺便带着照严冬冬所列清单采买的食材。

严冬冬穿着围裙过来开门，从鞋柜里找出一双一次性的拖鞋递给沈渔。

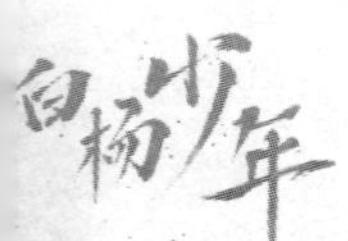

厨房里的锅里烧着水，严冬冬不招待沈渔，叫她自己逛。

沈渔挨个房间看过去，这是个面积不大的小两室，一人住绰绰有余。清一色的木质家具，是当下流行的那种简约风格。严冬冬父母都是高中老师，两人一起给她凑了首付，让她自己还房贷。

沈渔有些许羡慕。

南城的房价不算太离谱，但她一个人攒首付还是十分勉强。政策没限购，房子均价一年能涨个小一千，她已决心今年下半年无论如何赶紧上车。

逛一圈，沈渔去厨房帮严冬冬准备食物。

严冬冬是个能将生活打理得有声有色的人，烹饪、烘焙、插花……什么都会一点，偶尔还会拍一个美妆视频发在网上，也不管有没有人看。

这一点，沈渔是佩服严冬冬的。她自己在工作上极有执行力，生活上却过于随意。

沈渔挽一挽衣袖，去水槽那里清洗蔬菜。

“沈渔姐……”

“有言在先，”沈渔打断她，“不许问陆明潼的事，也不许问我跟他过去的事。”

“……”严冬冬满肚子的话都给憋回去了。

一小时后，她们两人处理完了大部分的食材。

这时候响起敲门声。

严冬冬戴着手套，正准备取出烤箱里的烤鸡，沈渔在水龙头下洗一把手：“我去开门吧。”

来的是陆明潼，穿一件藏蓝色的短袖T恤，衬他的年龄，也衬肤色。肩线平直，领口处露出分明的锁骨。他这样的身高和身材，穿什么都不会难看。

陆明潼将手里东西递给沈渔，换过拖鞋进屋，毫无忌惮地打量她。

因是生日，沈渔费心思化了个妆。

身上一件复古风的白色灯笼袖上衣，短款，腰部系带，配一条英伦风格的格纹高腰长裤。头发也做了打理，发尾适度卷曲，蓬松而自然。她难得用一次颜色浓郁的口红，偏棕调的红色，很衬这一身。

叫他想起，老港片里那些宜喜宜嗔的女明星。

严冬冬好奇是谁来了，举着手套走到厨房门口，探头而看，先看见沈渔从陆明潼手里接过来的蛋糕。她说：“小陆同学，买重啦！”指一指餐桌，那儿也摆着一个。

陆明潼问：“你买的是什么口味？”

“杧果鲜奶。”

“沈渔喜欢吃抹茶的。”

沈渔立即冷下脸：“就你知道得多。”

陆明潼看着她：“不要？不要我扔了。

严冬冬摸摸鼻子，有些尴尬，她决心不掺和，撤回厨房继续捣鼓烤鸡。

陆明潼进屋后，沈渔叫他先自己玩会儿，仍旧回厨房去帮忙。

严冬冬捏一柄小厨刀，将表皮松脆焦黄的烤鸡一一拆解。她指挥沈渔给她递两个盘子，笑一笑，揶揄语气：“我都不知道你喜欢吃抹茶味蛋糕呢，我打赌陈蓟州都不见得知道。”

“……”

陆明潼在客厅里待了不到五分钟，就走过来，问有没有什么需要帮忙。

“没有，你自己待着去。”

陆明潼没听见似的挤到了沈渔身边。

“厨房面积就这么小……”沈渔今天这一身衣服，干活十分不方便。头发做的一次性卷，不能拿橡皮筋扎，否则得留下一圈痕迹。为了清洗水果，她只把头发往耳后别了别，这时候跟陆明潼说话，一转头，头发便落下去。

陆明潼下意识一把捞了起来。

沈渔一愣，气急败坏地扯回来，瞪他。

陆明潼一脸无辜：“我只是想帮你。”

“你明明是在添乱。”

严冬冬没看见前一瞬陆明潼明显逾矩的动作，还打圆场：“小陆同学，你帮忙把这些菜先端去餐厅吧，厨房太小了，三个人转圜不过来。”

陆明潼仍是站着不动，摆明了所谓帮忙是假，黏在沈渔身边是真，直到沈渔再瞪他：“端盘子呀，傻了吗？”

陆陆续续，人到齐。

最后一位到的是沈渔的大学同学，葛瑶。

沈渔和这位老同学的友谊源远流长，绝非一两句话能说清，因此沈渔只

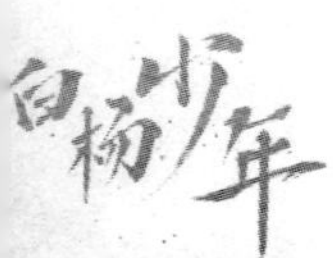

长话短说地介绍了一句："这是我本科室友。"

葛瑶当年一毕业就结婚了，嫁了个土豪，土到不懂什么风花雪月，只懂生气了买包，吵架了买貂。

今天葛瑶长发红唇，一身名牌，很是招摇。背一只爱马仕铂金包，却用来装给沈渔的礼物，老大一件，把包撑得鼓鼓囊囊的。

葛瑶掏出礼物递给沈渔，环视一圈，目光落在了陆明潼身上，愣一下："陆明潼？"她很为自己还能第一时间想起他的名字而自得。

陆明潼微微点了点头，算作招呼。

沈渔见葛瑶有要上去跟陆明潼叙旧的打算，害怕她这个豪放性格会语出惊人，赶紧挽住她手腕往餐桌旁带："先吃饭，先吃饭。"

这一顿晚餐餐品丰富。

来的人虽不都是互相认识的，但有严冬冬和葛瑶这两个社交达人穿针引线，一分钟也没有冷场。

就座的时候，沈渔刻意避开了陆明潼，中间隔了严冬冬和葛瑶两个人，离得老远。

谈话的间隙，葛瑶喝一口汽水润嗓，瞧见自己身旁的陆明潼只在闷头吃东西，且胃口欠乏的模样，暂放了手中筷子，手托腮地侧头看他，笑说："什么时候回国的？"

"七月初。"

葛瑶眨眨眼："你是正好赶上了沈渔的生日，还是为了赶她的生日，才这时候回来？"

陆明潼坦率地承认两者皆有。

葛瑶两句话就问明白了陆明潼的心思，不过，自认识起，沈渔这位邻居弟弟就把态度摆得一清二楚，从不避讳。她跟着看了好长时间的戏，也给陆明潼做过助攻，眼见事态难挽，还是有些唏嘘。沈渔这样一个看似不着调的人，原则性比谁都坚决，所以，烈女怕缠郎这话用在她身上没用。

"其实我原本以为你俩会在一起。"

陆明潼抬眼，不知该说什么。

当年，但凡他去沈渔的学校找人，都是葛瑶提供的便利。沈渔鄙视她，一直叫她胳膊肘往外拐的"二五仔"。

葛瑶说："她跟陈蓟州的事，你知道吗？"

陆明潼点头。他知道这个名字，知道有这样一个人，但更深层的，没有兴趣去了解。

"你还在追她？"

陆明潼沉默了一瞬："不知道……"

葛瑶笑说："那时我们全宿舍打了个赌，一比四的赔率，就我一人，赌你俩会在一起。"

"让你赌输了。"

"我输没什么啊，可能我这个'二五仔'当惯了，瞧你这样，有些不落忍。"

陆明潼看着她，正色道："那我要是想拆散沈渔和陈蓟州，葛瑶姐，你会帮我忙吗？"

葛瑶早知道陆明潼疯得很，却还是给吓了一跳。

陆明潼笑了笑："开玩笑的。"

葛瑶一个看热闹的，哪里会嫌事大，便也半开玩笑地说："其实你只要不怕被沈渔恨，试试也无妨。拆不散是陈蓟州的造化，拆散了那就是你的造化。"她与沈渔之间就隔个严冬冬，编派起自己最好的朋友来脸不红心不跳的。

陆明潼摇头，再度表明自己真是开玩笑的。

不是因为怕被沈渔恨。怕这一回的陈蓟州，是她真心想跟的那个人。

搅和得她不幸福，不是他的本意。

吃完饭，大家自发地收拾了餐盘，预备点蜡烛切蛋糕。

沈渔这时候来了一个电话，说声抱歉，到阳台上去接，顺便关上了阳台门。

严冬冬专门让人装的封闭式阳台，预备未来养宠物。阳台上铺着防水木地板，支了一套木质桌椅。

沈渔接完电话，在椅子上坐下。华灯璀璨的夜色，隔一层玻璃也觉得热闹，她呆望着，陷入突如其来的怅惘中。

直到阳台门被推开，陆明潼站在门口，神色淡淡地催促，该进去吹蜡烛了。

沈渔"嗯"了声。

陆明潼看她兴致不高，问："电话谁打的？"

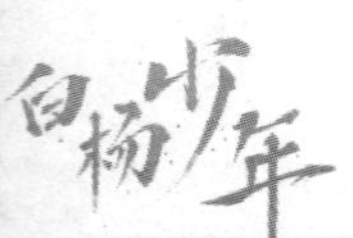

沈渔看他一眼："我爸……"

陆明潼霎时就沉默了。

沈渔能够猜到他这瞬间的心思。像被凌迟之人，不得立即了断的那种漫长的痛苦，每到这种合该家人团聚的日子，就会来折磨他。当然，更折磨她。

几番欲言又止，陆明潼终于问道："叔叔还在印城？"

"在啊，就过年回来几天，爷爷劝过他，他不听。"

"如果是你劝，他可能会听。"

"我为什么要劝他？"沈渔从椅子上站起来，面色不豫，不想继续这个话题，"他自己做的选择。"

她自陆明潼身旁挤过去，越过推拉门，一瞬间就换上笑脸。

陆明潼望着沈渔去切蛋糕的背影，忽然想问葛瑶，怎么就能笃定地赌他一定会赢呢？

他与沈渔之间，隔的不是万重山，而是心头刺。

吃完蛋糕，六人凑了一局剧本杀，结束就已经是两小时以后了。

大家帮着严冬冬稍作打扫，人困马乏的，准备撤离。

葛瑶喊了她的土豪老公来接，一辆大奔停在路边，她上车前冲陆明潼甩个飞吻："有空出来吃饭，我给你介绍女朋友！"

沈渔手里抱着几件生日礼物，一边沿着路边找自己的车，一边说："你跟'二五仔'关系还挺好。"

陆明潼无可无不可地"嗯"了一声。

"她老公开了个网红经纪公司，她也挂了个虚职。我上回去找她，在他们公司里看见很多年轻小姑娘，确实很漂亮……"

陆明潼已猜到沈渔要说什么，突然一转身："你今天二十六岁，不是四十六岁。"

沈渔露出困惑表情。

"三姑六婆才兴给人做媒。"

沈渔驳他，这是年龄歧视加性别歧视，四十六岁就成了三姑六婆？

"嗯，确实跟年龄无关。"陆明潼瞥她一眼。

"你怎么不拿这话去怼葛瑶，是她先提的？"

“葛瑶是客套话，你是吗？”他神色冷淡，“我才二十二岁，不劳你操心。”

沈渔估计这话再往下说又要绕到自己身上，及时偃旗息鼓。

找到车以后，没等沈渔问陆明潼准备怎么回去，他已率先提出要蹭她的车，反正正好顺路。

沈渔当即拒绝，可她双手都抱着礼物，且严冬冬送的那一件尤其大，腾不出手去拿车钥匙。

陆明潼就站在她跟前，好整以暇地等着，吃定她非得找他帮忙不可。

沈渔瞪他许久，把礼物递给他：“拿一下！”

车解了锁，陆明潼拉开副驾驶座的车门，将礼物往座位上一放，转个身绕去驾驶座。

沈渔正准备拉开门，陆明潼伸手将她手腕一捉，轻易地缴了车钥匙：“我来开。”不给她置喙的余地，又说，“你坐着拆礼物去。”

沈渔：“……”

也是了解她的性格，毕竟两人认识九年了。

从前过生日，沈渔最喜欢的就是拆礼物这环。陆明潼见多了她拆一件乐一件的模样，多大岁数都是这样小孩子脾性。

沈渔率先拆开严冬冬送的那一件，里面是礼盒装的两瓶果酒，包装精美，色彩缤纷。严冬冬还贴心附上一个方子，加两片青柠檬，兑气泡苏打水风味更佳。

每一年，严冬冬准备的礼物都不会让她失望。

再拆严冬冬那两个朋友的，一份是一本介绍花艺的书，另一份是护手霜、沐浴露和精油组合的礼盒。沈渔与他们不熟，能收到已是意外之喜。

最后，再拆葛瑶送的。

层层叠叠的包装纸一撕开，纸盒上贴着一张葛瑶留的便利贴：祝你和老陈早日结束异地恋。

等她将纸盒抽出来一看，沈渔吓得差点脱手扔掉，急忙把纸盒往回推。

然而，陆明潼已经瞧见了。一个情趣用品套装，一共三件，样式各不相同。他默默地转回目光，当没看见。

沈渔把拆开的礼物盒子重新归拢。

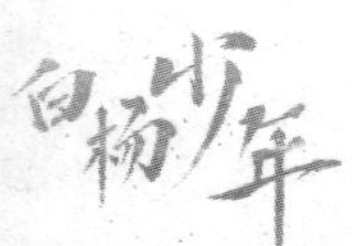

陆明潼这时候开口：“我给你准备了礼物，但我知道你肯定不会收，所以就不送了。”

“你大可以准备一件我愿意收的。”

“将就没意思。”

赶在沈渔开口之前，他又说：“今天你过生日，嘴上积德，别说刻薄话。”

沈渔哑然：“你又知道我要说什么了？”

“用脚指头都能猜到。”

沈渔哼一声，也正是因为今天过生日，她才懒得与他计较。

陆明潼虽是不驯服的性格，开车却是极稳当。

沈渔抱臂靠坐着，手里捏着手机，时不时看一眼。

车停在路口等红灯，陆明潼手臂搭在方向盘上，瞥她一眼：“在等谁的电话？”

沈渔不答。

车又开出了一段距离，陆明潼又恍然大悟似的说了句：“哦，陈蓟州的。”

“开你的车……”沈渔沉着脸，把手机扔进了提包里，眼不见为净。

陆明潼猜对了。

她不愿做个死鸭子嘴硬的人，为了面子而替陈蓟州说好话打掩护。实话说，她很失望。她谅解他学业忙，没催过一句要他回南城，但不能忍受她生日还有不到四小时就结束了，他却连条短信都忘了发。

沈渔觉察到陆明潼在看她，把脸别过去，看向窗外。

原以为他会落井下石地嘲讽两句，但没有。

沉默无声地行驶了十分钟，沈渔注意到窗外街景渐渐熟悉，已是靠近了清水街。

她意识到，是陆明潼自作主张了，要先送她回家。

她张了张口，还是没出声。算了，又不是什么大不了的事。

车开到了清水街，陆明潼一记熟练的侧方位停车，熄了火，在头顶梧桐树落下的阴影里，看她一眼，收敛自己的情绪，去解安全带：“到了。”

“你怎么回去？”

“打车。”

沈渔坐着没动，沉默片刻：“陆明潼，我有两句话想跟你说。”

陆明潼立即不耐烦地打断她："知道了。"

"我还没说呢。"

"'我们以前不可能，现在更不可能。'你不就想说这个？"

沈渔："……"

"还有什么新鲜点的词？"

沈渔正色："下一次，陈蓟州回南城，我们请你吃饭。"

陆明潼拧眉，眼里透出一股戾色："作践谁呢？"说着，拉门锁便要下车。

"陆明潼！"沈渔喊住他，"你对外喊我一声'姐姐'，我始终是认的。这么多年了，我当你是家人……"

没让她把话说完，他已经下了车，"砰"一下摔上门。

沈渔叹声气。

所以不怪她不放狠话，放了也没用。

从前就这样，这个人不管好的歹的，只要是她给的回应，照单全收。养只狗，冲它凶一下它还会呜呜两声以示委屈，多少闹一闹情绪。陆明潼是没有的，仿佛是个痛觉缺失的怪胎，任何恶言恶语都撵不走他。

沈渔抱着那一摞礼物往回走。

建筑的一楼临着街，全辟出去做了商铺，要上楼只能先穿过一条巷子，从后门进去。时间不早了，两侧的便利店、理发店正在关门。店主都认识，沈渔沿路打招呼。

年久失修的石板路，坑洼不平，不知道哪家小孩儿的自行车没停好，倒了。沈渔抱着东西小心避过，这时候听见包里的手机响起。

她两手腾不开，看前面一家五金店一关门，走过去把手里东西卸在店门口的水泥地上，再赶紧去掏手机。

然而，并不是陈蓟州打来的，而是陆明潼。

她犹豫一瞬，还是接通。

陆明潼："跟你说句话。"

沈渔隐约觉得听筒里传出的声音似有重声，转身一看。

陆明潼不知道什么时候跟过来的，挺拔修长的一道身影，就站在不远处，街巷昏黄的路灯底下。

但他没有要跟过来的意思，遥遥望着她，声音似流水浮冰，清冽、微冷：

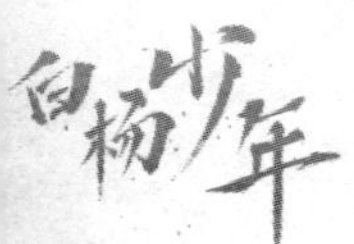

“到家以后就赶快卸妆睡觉，别抱着手机苦等。很蠢，不该是你的风格。”

沈渔正要回一句“你说谁蠢”，他已经把电话挂了，不打招呼，连手也懒得招一下，转身就走了。

第二天早上起床，沈渔看见手机上有深夜一点多陈蓟州发来的消息，为忙昏头忘记了她的生日道歉，附一个数额为“520”的红包，再贴一张物流截图，给她买的礼物，已经在途中了。

沈渔领了红包，回复一句“没事”。

陈蓟州打来语音电话，沈渔接了，开了免提放在隔板上，一边洗脸刷牙，一边接听。

陈蓟州温和而歉疚的语气，解释实验出了一点状况，为了调查原因、复现失误，他昨天一整天都耽搁在实验室了，到了晚上十一点多才回宿舍。

沈渔往手掌里挤一泵洗面奶：“真的没事。”

她确实生生受了这份意难平，但昨晚睡觉之前就已经消化掉了。都是成年人，犯不着为这样的事情怄气。本来异地恋，沟通效率和情绪传达会大打折扣，必须得小心维护。

“我准备过一阵开始看房，”沈渔一边洗脸一边说，“我先选定好几套，你找个周末，飞回来看一看。”

那边没有应声。

“陈蓟州，”沈渔疑心是不是信号不好，“听得见吗？”

“既然是你的婚前财产，你自己做决定就好。”陈蓟州笑说。

沈渔顿一下，几下冲净脸上泡沫，拿下毛巾擦一把脸：“虽然是这么说，但你明年毕业之后回南城，不跟我一起住吗？”

“那好……我尽量抽时间回来一趟。”

沈渔听出他语气里的为难：“还是说，你有其他安排？”

“没有。”陈蓟州笑一笑说。

“如果实在忙，我到时候看房时跟你视频，你远程看看也行，但今年必须把这件事定下来了。”

“好……”

沈渔手里的一单策划，两位新人的婚期临近，这意味着半个工作室都得跟着忙起来。

预订酒店的宴会厅，在婚礼的前一天晚上十点做完扫除，停止对外开放，第二天中午举办婚宴，上午十一点开始，便会有宾客陆续入场。

这意味着，他们只有十二小时的时间用来搭建场景。

在负责这部分的施工队正式动工之前，沈渔得完成一大堆的准备工作：与酒店管理方协调、规划施工时间表，清点施工材料……而且她是这一单的负责人，还必须在施工当晚整夜留守监工，随传随到。

然而，好死不死，施工这一天，撞上她的生理期。她白天吞了两粒布洛芬硬撑着，到下班的时候，整个人已是生不如死。

这时候，仓管那边打来电话，说准备将材料装车了，跟她再核对一次出发时间。

沈渔：“不是让你们装车之前跟我打声招呼，我去做最后一次清点吗？”

那边说：“刚才你助理过来清点了啊。”

助理……

沈渔说：“你稍等。”

她先挂了这边的电话，再给陆明潼拨去，很快接通。

跟他核实过情况，沈渔有些恼火：“我没把这任务派给你吧？仓库那边安保严格，晚上八点准时锁门，有几样东西不能全照着预估单上的来，要是少了，唐总出面都没用……”

陆明潼说：“我知道。都留了余量。”

沈渔愣了下。

“你开会的时候不是强调过吗？还分享了你的备忘录。”

“你……”

“要是少了，我负责。”

“你根本负不了责！”

“沈渔，我就这么不可信？”陆明潼打断她，“我在看着他们装车，等会儿说。”

电话挂断了。

沈渔还觉得惴惴不安，仍打算自己过去一趟。

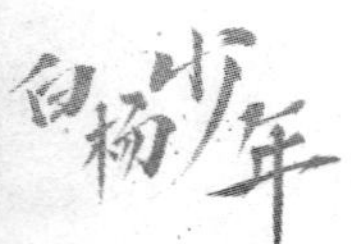

片刻，她手机上收到一条微信消息，陆明潼发来一张照片，仓管签过字的出库单。

她照着数目核对一遍，确实留够了余量，这才放心。

半小时后，陆明潼回来了，手里还提着一份外带的晚餐、一杯奶茶。他径直走过来，把袋子往她桌上一放。

沈渔冷冷扫他一眼：“你不应该擅做主张，不出什么纰漏还好，出了纰漏，最后还是我担责。”

沈渔旁边工位的人吃饭去了，陆明潼把椅子拖过来坐下，似听非听的，丝毫没有受教的意思。

她今天身体不舒服，也没化妆，白惨惨的一张脸。

他目光自她脸上扫过：“唐舜尧没跟你说过，你这胡子眉毛一把抓的工作方式容易把自己累死？”

“我一直这样。”

“唐总给你派个助理，你倒是用啊。”

“你是觉得工作量不饱和？”沈渔白他一眼，“让你学 SU 你学会了吗？”

“我早帮你的好几个同事做过模型了。”

“凭什么……你是我的助理，他们调遣你，经过我同意了吗？”

陆明潼一脸无语，自己不用，也不给别人用，他领工资的，不是过来当老板的。

沈渔觉察谈话方向偏离了重心：“我们在讨论你越俎代庖这件事。”

陆明潼真的忍不了了：“大姐，清点材料而已，你找个十岁小孩过来，也办不砸这件事。你能不能先吃晚饭，熬通宵呢！”

沈渔不知道是他这副满不在乎的语气，还是他叫的一声“大姐”更叫她上火？

她瞪他一眼，他却仿佛觉得她已无可救药，把那份晚餐拿过来，先揭了盖子，再拆了餐具包，筷子和汤勺都拿在手里，递过去。

一份豆汤饭，能瞧见煮得软烂的青豆。

沈渔不知道陆明潼是怎么清楚她最喜欢吃这家的。

她不接，一时僵持着。

陆明潼看着她，目光和声音都没什么情绪：“昨晚不是你说，认我是你家人。怎么现在要你吃点东西，能要你的命？”

“你别拿这话当幌子。”

“那我扔了。”他拿了东西站起身，一点不迟疑。

“陆明潼！”

他转过身来，看着她，再把筷子递过去。

沈渔叹声气，伸手。

陆明潼又拿吸管捅开了那杯芋圆奶茶，放在她跟前。

他坐回椅子上，看着她吃东西，百无聊赖地将椅子转了半圈，忽然说：“你们工作室的任务管理系统做得真烂。”

沈渔：“……”

“唐舜尧找谁做的外包？我大一就能写一个比这更好的。”

沈渔平时也没少和同事一起吐槽办公室用的这套任务管理系统。

他们筹备一项婚礼，大大小小林林总总的任务以海量计，涉及的人事交接更是复杂得要命。

而它分类不清，权限不明，诸如移交任务、添加任务备注等基本功能更是没有。最让人无法忍受的是，它只有电脑版，没有 APP 版。如果不是唐舜尧坚持，他们早就弃之不用了。

借这个机会，沈渔正好旧话重提，劝导陆明潼，所以，互联网行业才是他应该待的地方，倘若不想去一线城市，南城有几家中小型的互联网公司，投一投简历也未尝不可。

陆明潼不置可否。

沈渔知道他轻易说不动，也懒得再劝，低头吃东西。

一点热食落肚，人活过来几分。她想起来，问他：“你吃了？”

“没。”

沈渔立即抬头看他。

他没甚所谓地站起身，抬腕看一看手表——还是那块卡西欧，三年前沈渔送他的生日礼物，问：“几点出发过去？”

“差不多八点半的样子。”

他往自己座位上走，沈渔嘱咐一句：“你赶紧去吃饭！”

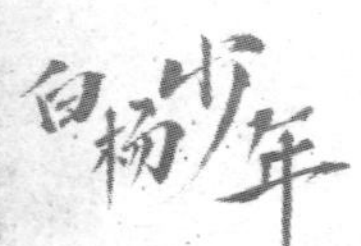

类似这样的连夜施工，一年少说也要经历三四次，沈渔已经总结出经验来，提前准备好了毛毯、折叠式烧水壶、睡袋等一切有可能用得上的东西。

晚上八点半，沈渔出发去酒店。到达后与酒店方对接，等材料运达，施工队就位，宴会厅关闭，即可开工。

十点左右，场景搭建工作忙中有序地展开。

沈渔在吊带衫外套一件黑色外套，工装风格的牛仔裤，头戴安全帽，指挥各部门搬运材料、腾挪空间、铺设防护布……

陆明潼作为她的助理，自然义不容辞陪同监工。

实话说，他第一次见到这样的沈渔，看起来比在场的哪一个都纤瘦，却能指挥得一帮大老爷们儿有条不紊。

对于沈渔选择的这个行业，陆明潼不怎么抱持正面态度。他本身厌恶一切刻奇的仪式，一切人为煽动的感动，也不明白感情分明是两人的事，为什么一定要昭告天下。

他来这儿工作，纯粹是为了沈渔，对自己的工作内容毫无认同感，但这无妨他欣赏她的认同、热情和专注。

在沈渔提来的那一个老大的帆布袋里，陆明潼找着了折叠热水壶。

他往里注入一瓶纯净水，在宴会厅的角落找到一个没被占用的插座，接上电源。他抱臂靠墙站立，目光追逐沈渔的背影。

等水烧开，他再去翻她那个布袋子，除了保温杯，还有个装满了的玻璃罐，贴着标签，上面写着“胖大海”。

陆明潼在心里嘲笑她的中年人养生作风。

沈渔正拿着设计图纸，对照检查有无错漏。

有人碰一碰她的手肘，递来保温杯盖，热气袅袅。

她方才频频喊话，喉咙干痒，确实缺一口温水润润嗓子，就没拒绝，接过来吹气试水温，觉察到并不烫，显然陆明潼提前给她晾凉了。

“有什么指教？”陆明潼觉察到沈渔在瞟他。

“我在想，按照现在的进度，应该能准时弄完，你回去休息吧，我在这里守着就行。”

“我碍你的事了？”

“你说这句话之前，我原本不觉得。”

陆明潼接了她手里空掉的杯盖，再往里注入半杯。

沈渔看他明明把不高兴写在脸上，却又大度似的不跟她计较，便有些想笑：“你是不是在心里骂我？”

陆明潼睨她一眼：“骂你是轻的。”词句间的语气拿捏，介于暧昧与坦荡之间。

沈渔只得别过脸去，喝水，当没听到。

恰好有人过来找她，适时解救她于陆明潼略作戏谑的打量之中。

这一场婚礼走中式浪漫风格，场地里得凭空搭出亭台楼阁、九曲木桥、春樱盛开、灯火摇曳的景象，全都是烦琐功夫。

到了下半夜，人开始觉得精神涣散，难熬。

沈渔坐在小马扎上，眼睛要合不合。

一旁的陆明潼瞥来一眼，二话不说，搬来睡袋。

“不用……”沈渔打了个呵欠。

陆明潼把睡袋展开，推她进去睡一会儿：“有人找你，我就喊你起来。”

得此保证，沈渔挣扎了一下，还是脱了鞋，钻进睡袋，将发圈取下套在腕上，理顺头发，便合上眼。

陆明潼坐在她方才坐的小马扎上，看她一眼，忽地伸手。

她觉察到他手臂伸过来带起的风，下意识地偏头去躲，眼睛睁开，眼皮跟着颤了颤。

陆明潼碰着她眼镜腿的手顿了顿，还是给她摘了下来：“戴着这个怎么睡。”

沈渔神色尴尬，把头转了过去。

困极累极，在即将被睡意打败之前，她嘟囔着又嘱咐一句：“一定要叫我啊。”

陆明潼觉得好笑：“知道了。”

他手肘撑在膝盖上，手指捏着眼镜腿，把眼镜转来转去。从他这个角度望去，她偏侧着脑袋，恰好露出左侧眼角的那一点痣。

周遭声音嘈杂，独他们这一隅，分外安静。

陆明潼收起眼镜，揣进外套口袋里，换一个坐姿，抱起双臂，背靠着墙壁，放松身体，目光始终注视着沈渔。

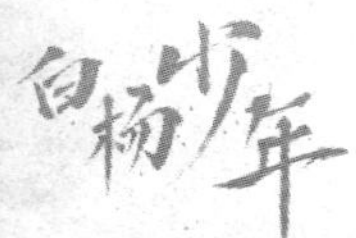

不知过去多久，看见前方有人似要过来找沈渔，他立即起身迎过去，将人拦截在数米之外。

这人过来问夜宵供应的事，陆明潼应下，转头去找了一个工作室的老员工，问过去一般都是怎么办的。

“沈渔应该已经提前联系好了餐馆，你打个电话过去催一催就行。”

陆明潼便去翻之前沈渔分享给他这个助理的、事无巨细的备忘录，果然在“夜间用餐”的条目里看见了餐馆名字和电话。

打去电话，对面说餐已经备好了，陆明潼便让他们现在就送过来。

那餐馆离酒店也不远，老板和一个店员亲自过来送餐，不到半小时就到。

陆明潼给了四十分钟休息时间，让施工队吃夜宵，再松泛松泛筋骨。

施工队用过餐以后，继续手头工作。

陆明潼给沈渔留了一份，没忍心立即叫醒她。

此刻现场亭台楼阁基本已经搭建完成，往后要往里填充花花草草的细节，还有得她忙。趁现在，能让她多睡一分钟就多睡一分钟吧。

又过去二十分钟，有人过来了，让沈渔验收整体框架。

这事陆明潼无法代劳，便将沈渔叫醒。

沈渔坐起身，打了个呵欠，问陆明潼几点了。

“三点刚过。”陆明潼拿一张纸巾擦干净镜片，将眼镜递给她。

“我睡了这么久？”沈渔戴上眼镜，急忙爬起来，“夜宵……”

“他们已经吃过了。”

沈渔稍稍放下心来。她暂时没空吃陆明潼给她留的饭，得先去验收施工队第一阶段的工作。

确认无误之后，让人开始做装饰。

这时节没有樱花，也不可能把花期如此之短，又如此娇弱的木本植物搬来现场。所用樱花都是假花，PU 材料，请工作室合作多年的工艺商专门制作，几乎能以假乱真。

先用特制的轻纱装饰天花板，再缀以樱花花束，最后再安装灯笼。

这是整个场景布置中最复杂的一环。

一时间，大厅里搭起梯子，沈渔挨个叮嘱他们注意安全。

她忙了一圈，才抽出空来。

盒饭已经凉了，陆明潼说要找找看这里有没有微波炉，热一热再吃。她拒绝了，掰开方便筷随意扒了几口饭，将餐盒一收，又回到工作中。

这一环节，足足花去了两个小时，窗外，天已开始麻麻亮。

然而，这时候发生了一点意外——有个工人爬梯子的时候一脚踩空，摔了下来，万幸人毫发无伤，但是压坏了一片灯笼。

那灯笼是拿纸糊在竹篾的框架之外制成的，虽然脆弱，但在过往的案例中，损毁不大，因此这次留出的余量也不多。

沈渔着急上火得不行，早上七点钟，工作室的团队就会过来布置桌椅，和供应商预订的鲜花也会送抵，花艺师会来现场布置拱门和签到区。

这些，都是一环扣一环的。倘若现在这一环耽误进度，后面都得跟着一起耽误。

陆明潼记得仓库里还有几个，便问沈渔："仓库几点开门？"

"九点。"

"让唐总给仓库那边打电话，我现在开车去取。"

以前时常有材料不够的事情发生，仓管又不能二十四小时留守，只能提前把钥匙借给项目负责人。项目负责人没时间，就委派其他人拿钥匙去取。这样过了好多手的结果就是，后来做季度核算，真实库存和数据记录相差甚远，一笔彻头彻尾的糊涂账。且有些物件丢失了、损毁了，全都找不到负责的人。

唐舜尧为此专门完善管理制度，让每个项目组提前估算用料，一次性出库，非仓储部门的，任何人不得借用仓库钥匙。

沈渔不想唐舜尧为她破这个例。

她是唐舜尧手下的老员工，两人另有一层校友关系，她不想让人觉得她因此有所倚仗，藐视规则。

她把其中的利害关系分析给陆明潼听，心里实则有一种崩溃之感。

平常或许没这么容易失去冷静，但她实在太累了，白天肚子痛了整天，一晚上又只睡了一个小时，且后续还得统筹摄影、司仪和跟妆，得到今天下午婚礼结束才能消停。

她抱着双臂，眼下乌青，脸色惨白，看起来比这纸糊的灯笼还要不如。

陆明潼看她片刻，俯身看地上压坏的几个灯笼，坏得彻底，确实已经无

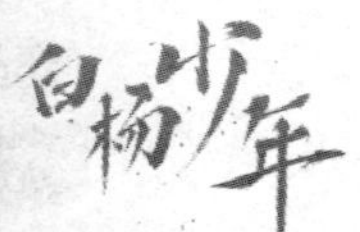

法复原了。

他另外找一个完好的过来，拿手机拍了张照，问沈渔借车钥匙，让她先叫施工队把其他的都挂上，留出空缺位置，他去想办法找。

沈渔将信将疑地交过钥匙："天都还没亮，你怎么想办法……"

陆明潼只说一句"先试试"，便走了。

沈渔已做好了最坏打算，倘若八点钟陆明潼还不回来，就只能麻烦唐舜尧，回头会议上她再做自我检讨。

她整理一下情绪，指挥施工队继续。

天色大亮，将近七点半的时候，陆明潼打来电话，叫沈渔派个人下去负一楼的停车场帮忙拿灯笼。

这边的装饰工作已在收尾，团队的其他人也已到场布置桌椅、桌卡、小装饰品等。

沈渔自己下楼去取。

到达负一楼，她看见陆明潼站在后备厢旁边。

沈渔走过去，好奇他是不是真的神通广大弄来了灯笼。

陆明潼往她面前一挡："你答应把这件事算作欠我的人情，我就把灯笼给你。"

"你这是趁火打劫……"

"我本来也不是什么好人。"陆明潼笑了声，他白皙的脸上都是汗，发梢也是湿的，人似水中打捞出来，眉眼却洗净一样，更显清炯。

陆明潼弄来的这八个灯笼，一解燃眉之急。

事实上，灯笼样式不全与他们用的这批一样，但挂在非焦点区，再拿花挡一挡，也不大能看得出。

在沈渔的追问之下，陆明潼交代了这几个灯笼的来历。

他有位朋友是自己开摄影工作室的，前几天，他在朋友圈刷到她发的一组古风风格的客片，背景里恰有这样的灯笼。

他试着给这位朋友打了个电话，所幸她的私人号码二十四小时开机。

大清早的，天都还没亮透，朋友老公开车送她去工作室拿灯笼。她老公是位中医医师，自己经营一家中医馆，在南城还挺有名。平常很温文的一个人，这回为他扰人清梦这件事，绵里藏针地挤对了两句。

陆明潼总结：总之是欠了好大一个人情。

沈渔笑说：“我怎么不知道，你还有这么一位已经结婚的女性朋友？”

“你不知道的多了。”陆明潼语气淡淡。

“德行……”

施工队收了尾，沈渔验收之后他们就先撤出了。

这边厢，找供应商预订的蜜桃雪山玫瑰、圆叶尤加利、银莲花、恩齐安多姆绣球花等花材已经送达，花艺师已在装饰签到区域。其他同事正熟练地给圆桌铺上桌布，给竹节椅缠上花束与薄纱……

整个场地，已有唯美、浪漫之感。

沈渔一边在宴会厅监督进度，一边通过电话远程关注摄影团队和接亲队伍的接洽情况。

陆明潼买来了咖啡和早餐。

她头昏脑涨的，没什么胃口，草草咬了两口手握三明治，灌下大半的热美式续命。

到后来，她实在没了四下走动的精力，就缩在椅子上，看到不对的地方，把人喊到跟前来指点。

今天她才深有体会，陆明潼说得对，她这种不放心他人，抓大不放小的办事风格，确实容易把自己累死。

好在，一切顺利，赶在宾客即将到来之前，场地布置妥当，一切基本符合效果图，除了那鱼目混珠的八个灯笼。

后面的事，沈渔就不用怎么操心了，工作室的摄影、司仪和化妆师都是专业的，且与她磨合过多次，尤其这回，跟妆的还是严冬冬。

他们工作人员有一个专门的休息室，沈渔撤到那里面去休息。没沙发，只有几张欧式的圆背椅，她坐下，脑袋趴在桌上。

陆明潼看她实在难受得很：“你不如提前回去休息？”

“不行，万一出了什么计划外的状况，我还得做决定。”

陆明潼扫她一眼，出去了。

沈渔也没问他去做什么，趴了会儿，浑身提不起一点力气，但让早上喝下去的咖啡因吊着，毫无睡意。她有种人是砧板上的一块死肉，让钝刀反复

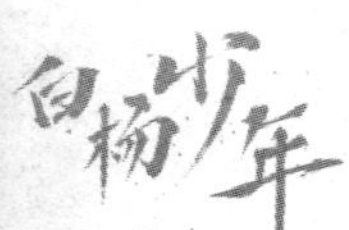

拉锯的感觉。

不知道过了多久，门打开，陆明潼回来了。

他走过来，径直提起她的手臂："走。"

"去哪儿？"

"在楼上给你开了间房，你去休息，有什么事我叫你。"

"你钱烧得慌吗？"

"走不走？不走我扛你上去……"

"你除了威胁我，还会干什么？"

"还会真的把你扛起来。"他准备伸手，一副言出必行的架势。

沈渔忙说："我自己走！"

乘坐电梯的时候，沈渔不自觉地裹紧了外套，人有点发冷的感觉。

等进了卧房，她往沙发上一躺，才想起包忘了拿，那里面放着卫生巾。她躺在那里，像条脱水已久的咸鱼，半晌，生不如死地爬起来。

陆明潼扫她一眼："干什么？"

"我包落在楼下了。"

"我去拿……"

"我自己去……"她的坚持力不从心，被陆明潼轻轻一推就又整个瘫下去。

陆明潼看不惯她这样好像受不得他一点帮助的模样，冷声说："难受就好好待着。"

沈渔脸埋在沙发扶手上，听见他走出去，关上了门。

她也不知道，自己这些无谓的坚持有没有意义。

陆明潼轻易让她变成那个有愧疚感的人，无法心安理得地支使他做任何事，哪怕有"助理"这一层身份。

她与陆明潼之间始终有一线纠葛，是从混沌年岁里，恨与妥协之中提炼而出的羁绊。

绝非爱情。

这使她下不了与他彻底决裂的决心。

她心口闷闷地想着，这样的自己是不是很不好？

趁还有点气力，沈渔又给摄影、灯光、场控各个部门的负责人打了电话，不厌其烦地再交代一遍注意事项。

没多久，陆明潼把她的提包，还有她那个宛如哆啦A梦口袋的帆布包都拿了上来。

沈渔爬起来，有气无力道：“我要去洗个澡。”

陆明潼正在捣鼓她的折叠热水壶，叮嘱：“你喝了咖啡，又熬了夜，别泡澡，淋浴也别用太烫的水，小心猝死。”就前半句听着还挺熨帖，后半句就……

“你嘴里能有一句好话吗？”

沈渔拿温水冲了个澡，没精力折腾头发，严严实实地裹上酒店提供的睡衣，幽魂一样地飘出来。

这时候陆明潼还在，穿睡衣不妥当，可是那身脏衣服她实在不想再穿回去。

她掀开被子，一头栽下去，仍然不忘叮嘱陆明潼，倘若来了工作电话，一定要叫醒她。

终究，热水澡战胜了咖啡因，她躺下不到两分钟就睡着了。

陆明潼起身，将遮光的窗帘拉得不留一线缝隙，又关上了灯。

整个房间昏蒙蒙的，像在夜里。

他去冲了个凉，回到沙发上，架着腿坐下。跟着熬了一宿，他也有些疲乏，抱着双臂，不知不觉开始打盹。

猛然间，他被茶几上嗡嗡振动的、沈渔的手机吵醒。

他拿起一看，却是陈蓟州打过来的。

他冷眼瞧着，既不接，也不掐断，任它在手里跳振。陈蓟州挂了，片刻，又拨第二次。他还是不接，那边便偃旗息鼓了。

但没过一会儿，陈蓟州接连发来好几条微信消息。

他不知道解锁密码，知道了也不会看。等沈渔睡醒了自己解决吧。

之后，又来了几个电话，都是找沈渔汇报工作的，一切如常进行，没出任何差错。

再到后来，该是宾客入场，婚礼即将开始，大家各司其职，电话没再打过来。

陆明潼也在这种不打扰中，倒头睡去。

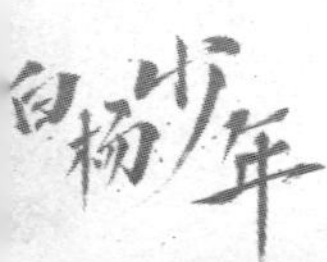

下午，才又来了一个电话，严冬冬打的，通知中午的仪式和宴会顺利结束了。

场地现在还不能拆，留待新娘晚上再宴请宾客。及至晚宴开始，整个团队有几个小时的休息时间。

严冬冬问："你跟沈渔姐在一起吗？一中午没看见你们。"

"她不太舒服，在客房休息。"

"这儿最便宜的房间也要八百一天呢……"严冬冬感叹一声，又问，"要不要一起去吃中饭？"

陆明潼往床上看一眼，沈渔还在呼呼大睡，他便让严冬冬自己先去吃。

下午四点左右，陆明潼醒来，有些饿，点了两份外卖。

他去床边喊沈渔起床，没听见回答，便伸手隔着被子推一推她肩膀："吃点东西再睡。"

他浑然像在推一团没有生命的物体。他愣了下，打开床头灯，拉开被子，却见一张红透的脸，手掌碰一碰，热度惊人。

"沈渔……"陆明潼轻轻拍打她额头，没有得到反应。她仿佛冷极了，整个人缩成一团，浑身打摆子。

陆明潼当即给严冬冬打电话，叫她到楼上来一趟。

他关掉空调，拉开窗帘，打开窗户，透进外面新鲜的空气。窗外仍是晴晃晃的天空，太阳照花人眼。

他从沈渔包里翻出身份证件和车钥匙，连同她的手机一块儿揣入自己口袋。

他等得心急如焚，严冬冬才姗姗来迟，进门便急急确认："沈渔姐发烧了？"

他点头："你帮她换一下衣服，我带她去诊所输液。"说着，自己带上了门，走去走廊里回避。

严冬冬不得不对陆明潼另眼相看，这种时候，他还记得男女大防，毫不唐突冒犯。

她不敢怠慢，找到沈渔脱下的那身衣服，帮沈渔换上。沈渔神志不清，完全不配合，让她累出一身的汗。

好歹是穿好了，严冬冬开门叫陆明潼进来。

陆明潼试着把人背上，但攀在自己肩上的手臂总往下滑，最后干脆直接打横抱起。

严冬冬跟他一块儿下楼，帮他摁了负一层：“你一个人能行吗？”她确实没空陪他们一起去，马上就要给新娘子补妆换造型了。

“可以。”

他整个人惶惶不定的，似根本无心听她说话。

严冬冬还是安抚两句，说剩下的就是拆除工作，和施工队也是联系好的，不用着急，她会让组里的其他人帮忙。

“嗯。”陆明潼紧盯着跳动的楼层指示，过了半晌，似才想起来，又同她道一声“谢谢”。

严冬冬打量着陆明潼。

有句话不合时宜，她也不会对任何人讲——不偏不倚地说，她可从没有在陈蓟州脸上看过这般对沈渔心无旁骛的神色。

严冬冬帮着将沈渔送进车里就走了，让陆明潼有事给她打电话。

沈渔整个没筋骨似的歪靠在副驾驶座上，陆明潼给她扣上安全带，停留一瞬，伸出手去，碰了碰她烧红的脸颊。

可能因为他手是凉的，她无意识地倚过来。

陆明潼眸色沉暗地看她片刻，淡淡地嘲一句：“这时候倒知道要依靠我，你男朋友呢？”伸手，不留情地一推，她脑袋朝另一侧偏去。

沈渔有一段记忆是断片的，清醒的时候，人躺在一张病床上，手背上插着针，顶上挂着输液袋。

不远处，陆明潼抱着双臂，坐在塑料椅子上。头顶白光照着，他脸上呈现一种不带血色的苍白。不确定他是不是睡着，但他双眼是合上的。

沈渔试着唤一声：“陆明潼……”

他立即睁开眼，没什么情绪地看她片刻，才动了一下。

他起身走过来，拿起搁在柜面上的水银温度计，甩几下，递给她，自己背过身去。

沈渔将温度计夹在腋下。

人掏空一样地疲软，但中午睡觉时那种哪里都不对劲的难受是没有了。

她出了一身的汗，即便不量，也知道烧已经退了，浑身皮肤是微凉的。

“几点了？”

“七点。”

“酒店那边……”

“放心，没了你照样出不了岔子。”

陆明潼靠着柜子，一副懒得搭理她的模样，抬手拿输液袋看还剩多少。

这时候，沈渔感觉到枕头下在振动，似乎是她的手机。

没等她伸手，陆明潼摸了出来，看一眼，神色更冷，直接把手机甩到她手边。

沈渔拿起一看，陈蓟州打来的。

接通，陈蓟州劈头盖脸地问：“你怎么一整天不接我电话？”

沈渔愣一下：“我……”

他语气中有按捺下去的焦躁：“找你有急事，发了微信，你也不回。”

“什么事？”

“你明天有时间吗，能不能拜托你一件事……”

陆明潼离得近，电话对面的人说了什么他大概能听清。没待沈渔回答，他径直夺过手机：“她没空。”

“你是谁？”

“我是她助理。”

“你知不知道我是谁？”

“管你是谁，她没空。”

沈渔神情尴尬，低声说：“陆明潼，把手机给我吧。”

陆明潼看着她，她也看着他，病容憔悴，眼里有疲倦之色。

陆明潼抿紧了唇，递回手机。

沈渔接过，轻声问：“有什么事……你说。”

“我妈明天要去门诊做个小手术，你如果有空的话，能不能陪她去一下？”他一派恳求的语气，“我实在抽不出空回来。”

“你该知道明天是工作日……”

“我知道。沈渔，拜托你了。”

沈渔叹了口气：“好吧。我联系一下阿姨。”

电话挂断的瞬间，陆明潼猛地向床头柜踹了一脚，面上是抑制不住的愤怒之色。

诊所医生被惊动，急忙过来查看，呵斥道："还有病人！安静点！"

陆明潼眼神阴郁沉冷，骇得沈渔不敢轻易说话。

他失望至极的语气："他没有其他朋友、其他亲戚，轮到你一个还没过门的女朋友上赶着献殷勤？"

她低声求他，等会儿再说吧，至少等她打完了药水，出去说。

陆明潼不再出声，然而那目光就足够杀死她一千次。

她沈渔何曾对谁低过头？当年那件事，她愤怒刚烈到恨不能拖所有人跟她一起去死。

他心心念念的人，追逐多年的人，不敢造次的人，为此不惜自我流放的人，放在心尖呵护的人，转头却对另一个男人忍气吞声。

方才，医生落针扎她手背的静脉，他都得偏过眼，不忍心看。

他刚把她从病里捞出来，她自己都没好透，却要去伺候另一个人！

陆明潼怄心到待不下去了，临走前撂下一句话："你别不信，我真敢掐死你。"

沈渔和陈蓟州的关系，起源于她一位本科同学的婚礼。陈蓟州是男方那边的宾客，不算太近的亲戚。

那场婚礼葛瑶也去了，把能端得上台面的单身男女拉了一个群。没过多久，她的土豪老公投资的一家餐酒吧开张，她在群里不要钱似的赠送试营业免费试吃资格。

以沈渔跟葛瑶的交情，不可能不去捧场。

那场试吃会浑然一个相亲现场，大家互相不认识，但有葛瑶一环扣一环的活动安排，倒不觉得尴尬。

沈渔就这么认识了陈蓟州。

场子里闹哄哄的，灯光乱闪，他却静定得如同置身之外。

因他座位离自己近，沈渔多观察了两眼。

清爽周正的模样，神情三分拘谨。她无端认定他是个理工科男。

满场那些随时都能来一段才艺展示的社交达人，让沈渔觉得闹腾，提不

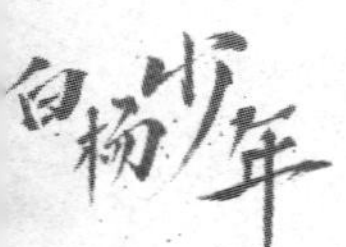

起兴致。她闲得无聊，便主动跟陈蓟州搭讪，问他，是不是学理科的？

他笑了笑说，有那么明显吗？

那时候他已在首都读博，趁着暑假回来休息。

两人有一搭没一搭地聊了些什么，实话说，沈渔已经记不清了。散场时，她没加陈蓟州的微信，因为心底排斥相亲这种形式。

但回去之后，陈蓟州通过那个群，主动添加了她的微信。

加上了也没聊过，直到过了十来天，快接近两周的时候，陈蓟州给她发来消息，某一部电影要去南城理工大学做路演，问她有没有兴趣？

那时沈渔刚刚忙完了一阵，正好想找点娱乐活动放松一下，就答应了一起去参加。

没什么波澜，两人互相熟悉起来。

陈蓟州身上有一种沉静的气质，大事小事轻易不会让他失去主张。

大抵因为他是单亲家庭，且家境一般，造就他目标感和执行力都很强的性格。他高考发挥失常，只念了一个很一般的本科学校，但通过考研考博，一步一步晋升。他现如今读博的那所高校，虽然仅仅是211，但学科含金量高。倘若他能顺利毕业，未来必定前途无量。

他常对她说，家庭给不了他太多助力，凡事只能靠自己。人生于他，是有进无退的搏斗。

沈渔觉得，陈蓟州能让她静下来，迈入稳步规划自己生活的另一个阶段。

后来，在一起之后，沈渔也发现了陈蓟州身上的一些缺点。

比如，她自成了他的女朋友之后，他就彻底将她划分为自己人，有需要叫她帮忙的地方，便不太会客气委婉；相应的是，要是她拒绝了，他也不会挂在心上。

再比如，他的思维方式是典型的理工科男，注重内容大于形式，不懂浪漫，任何事情都是有一说一，自然也不会愿意揣测和担待女生那些曲折的心思。

他是这样一种人，你生病了，他会带你去看医生拿药，遵照医嘱照料，直到你病症全消；但在听见你咳嗽的时候，他不会想到要替你关上窗户。

在一起之后，沈渔和陈蓟州自然得请葛瑶吃一顿做媒饭。

事后葛瑶的评价是，“你俩像一对老夫老妻”。

葛瑶解释，不是褒义也不是贬义，就一个中性的评价。如果，你所求的就是一段衣食无虞、细水长流的婚姻生活，陈蓟州无疑是一个很好的选择。但前提是，你也得是个大大咧咧、不计较细节的人。

最后，葛瑶问："沈渔，你是吗？你忍得下那些小事累积的意难平吗？"

沈渔输完液，喊来护士拔针。

落地时，她还有些头重脚轻。

她走出诊所，预备打车回酒店时，看见自己那辆 polo 停在路边，而陆明潼倚着车窗，明显是在等她。

七点半，刚刚黑透的天色，路灯洒一束黄灿灿的光芒落在他身上，街景都潦草粗陋，独独他是深刻而明晰的。

沈渔顿了顿，走过去，轻声说："我以为你走了。"

陆明潼冷淡地瞥她一眼，转个身准备去拉车门。

沈渔当即上前一步，抓住他手臂，问："你不饿吗？"

陆明潼低头往自己手臂看一眼，再抬头看她。她已是气焰全无的样子，脸上挂着笑，好像方才的争吵全没发生一样。

沈渔笑说："走吧，我请你吃抄手。"

"你别来这套。"

"那吃豚骨拉面，蟹黄汤包，汽锅鸡？"

都是他爱吃的。

不知道是因为她明显求和的姿态，还是她能一溜说出他喜爱的食物，不带重样，他的气立刻消了大半："你耍什么花招？"

"那就蟹黄汤包？附近就有一家，不远。"她拖着他的手臂，往前拽，同时催促，"走吧。"

陆明潼被她拖拽得踉跄了一步，最后便自暴自弃地跟她走了。他在心里唾弃自己。

那家店开车十分钟即到。

沈渔给陆明潼点了一屉汤包，给自己点了一碗粥。高烧退后，她喉咙里发苦，没什么胃口。

对面，陆明潼倒是不客气，一口一个。

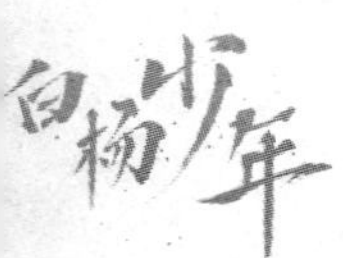

沈渔手托腮看他快吃完，再度出声："还生气吗？"

陆明潼理都不理她。

"接下来我要说的话，你肯定不爱听。"

"那你别说……"

"你希望，我们就这样一直别别扭扭下去？"

陆明潼手一顿。

他其实怕极了沈渔不跟他抬杠，倘若他说什么都不能使她生气，不过是因为，他已经触及，她绝对不会再为他后退半分的界线了。

沈渔声音沉缓："我这么说，不是在替陈蓟州说好话。今年年初，我大病了一场，陈蓟州衣不解带地照顾了我三四天。还有他妈妈，一日三餐变着花样，就怕我吃不习惯。撇开我和他的关系不谈，即便到时候我和他不一定能成，单说他妈妈照料我的这份人情，我是要还的。"

陆明潼神色冷峻："我不知道，你什么时候变成了张口人情闭口人情的人。"

沈渔看着他："陆明潼，我们能一直做什么也不管的小孩子吗？"

陆明潼抿唇不言。

沈渔紧盯着眼前这个人，哪怕是强迫的，也要让他将这番话听进去。

"没有陈蓟州，也会有别人的，总会有那样一个人。我为什么要强迫你接受这一点，因为我很自私。陆明潼，你真的不明白吗？我爸在印城，打定了主意一辈子不回来；我妈背井离乡，我三年才能见她一次。你是我为数不多的家人了，我不想我们也不得不走上陌路。"

陆明潼蹙眉，还是下意识地说："这不是我要的关系。"

"你要的我给不了。"

"所以，"他抬眼，目光触及她雾气弥散的眼睛时，愣了一下，但还是强硬说道，"把你的话翻译一下，我，和不是陈蓟州也会是其他某个人的陌生男人，要你选的话，你永远不会选我。"

"你在曲解我的意思。"

"在我听来，就是这个意思。"

沈渔看着他："或许，一开始我就不该心软。我花了那么长时间来说服自己，屡次气急败坏地妥协。如果我能料到有一天，这种心软和妥协是误人误己的话……”

“别说了。”陆明潼霍地站起身，“走吧，我吃饱了。”

“不要再逃避这个问题……”

“非得今天了断吗？你还没有结婚！”他撂下这句话便走。

一路沉默。

陆明潼载着沈渔回了酒店，拿上她的东西，退了房，再开回清水街。

他提出要在她家里寄宿，怕她夜半又发高烧。她的拒绝被他置若罔闻，今天吃晚饭时的一番对话，也好像没起半点作用。

到家之后，沈渔洗头洗澡，换一身干净衣服，遵照医嘱服了药，回房间去休息。

如果他非在这里睡，她也没办法，总不能报警叫人把他赶出去。

她回了一些要紧的微信消息，嘱托过今晚带队拆除场景的人，再跟唐舜尧请了明天上午的假。

药效仿佛上来了，她隐隐有些犯困。

将要合眼的时候，响起敲门声，陆明潼在门外说：“跟你说两句话。”

沈渔犹豫了一下：“进来吧。”

卧室里光线昏暗，只燃着床头柜上的一盏台灯。

沈渔躺在床上，盖着空调被，一头长发披散，人怏怏的，没有半点平日张牙舞爪的锐气。

陆明潼在床边的地砖上坐下，背靠着床头柜。

这番话似酝酿很久了一般，他一字未停顿，还是那样没有任何情绪的清冷声音：“我知道你一直想摆脱我，但请你找个真正值得的人。我不认可陈蓟州。如果你执意觉得他合适，你记住，我从来不准备当一个好人，叫他别给我拆散你们的机会。”

顿一下，他最后说：“等你结婚，我就辞职。”

“陆明潼……”她听明白了，这是叫她别再疾言厉色地赶他走了，只要她找到那个托付终身的人，他自会主动退场。

他把她逼得不知好歹、恶形恶状，他亲自将利刃递到她的手里，还告诉她，唯独她，有伤害他的权利，并且他绝不还手。

可是，有一句话，在她心里憋了很久，真的憋不住了，于是终于问出口：

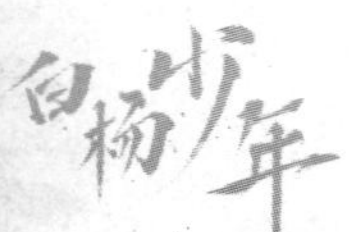

“陆明潼，你真的不痛苦吗？”

陆明潼转头去看沈渔。

灯光清幽地照在她脸上，摹出柔和五官，清澈眉目，还有眼角那点永远叫他心旌为之震荡的泪痣。

比起无故枉死，倒不如死在你手里。

他这样想着，但没说出声，只看一眼就收回目光，站起身，朝门外走去，顺手给她掩上了门。

盛夏天，清早便暑热难当。

沈渔的车等在小区门口，副驾驶座空了出来，陆明潼坐在后座上。她这辆 polo 仿佛盛不下他的长手长脚，他整个人局促得很。

沈渔来接陈蓟州的妈妈去医院，陆明潼非要跟来，一个理由就将她拒绝的话堵死：“你不是很擅长人情世故吗，我近距离跟你学学。”

她只在后视镜里看他一眼，便有急火攻心的趋势，这狗东西恐怕专门来气她的。

没等多久，小区大门口走出来一人。

陆明潼见沈渔身体坐正了些，猜想，应该就是了。

极普通的一位妇人，挎一只毫无样式可言的黑色皮包，款式和材质都普通的黑色短袖、黑色长裤。微胖，个子也不高，恐怕不到一米六。一头长发不知何时烫染过的，只余发尾一段是蜷曲的、枯黄色的。

陆明潼愣了一下，这与他想象的大相径庭。在她脸上，他只看见经年操劳日积月累留下的痕迹，不见半点精明和算计。

她看见了沈渔的车，立即小跑两步过来，拉开车门上了车，先急忙忙地道歉，说早上家里煤气用完了，等人送一罐新的上楼，耽误了些时间。

她注意到了后座的陆明潼，笑一笑说：“这是……”

沈渔笑说：“邻居家的弟弟。”

陆明潼略带局促地冲她点了点头：“您好。”

对方将陆明潼从头到脚打量一遍，那种仿佛是见了亲戚家有出息的小孩般的喜悦溢于言表：“还在读大学吧？”

“刚毕业，在我们工作室打杂呢。”沈渔替他答了。

她仿佛觉得再多问两句就失礼了，又冲着陆明潼笑一笑，转回身去。

陈妈妈和沈渔聊了一路，多是陈妈妈在说，沈渔在听。

说估计沈渔工作挺忙的，怕打扰到她，一直没联系，不然合该多走动走动；说沈渔前一阵过生日，原该接到家里来吃顿饭的，但陈蓟州没回来，怕她待着不自在；说最近天气越发热了，但空调还是不能开多，楼下邻居就有个得空调病的，汗出不来，别提多难受……

陆明潼听得越发沉默。

看得出来，沈渔对陈妈妈这种事无巨细的唠叨是不排斥的，或者说，还有些受用。也看得出来，陈妈妈对沈渔的喜爱诚惶诚恐，好像生怕慢待了她。

陈妈妈要做的是个小手术。

她大腿上莫名长了一个鸽子蛋大小的肿块，摸着不痛也不痒，拍了片，做了肿瘤标志物检测，预估就是一个良性的纤维瘤，用不着住院，在门诊剥除，标本送检即可。

陈妈妈已和医生约好手术时间。

陆明潼和沈渔等在治疗室外，并肩坐在走廊上的一排绿色塑料长椅上。沈渔替陈妈妈拿着她的那只提包，陆明潼看一眼，那应当是 PU 皮的，且并不是多好的料子，用久了，底部缝边的地方，皮料磨损严重。

他突然说：“对不起。”

沈渔愣了下，有点莫名：“你这是为了哪件事道歉？”

“我昨天说你上赶着献殷勤。对不起。”至少，陈妈妈是无辜的，不该被他迁怒，被他主观臆断地编派。

沈渔习惯了陆明潼平日里乖张不驯的样子，他突然这么来一句，倒叫她无所适从了。她弯眉一笑：“今天这么乖？”说着，不自觉地伸手，想像从前那样薅一薅他脑袋。

他偏头一躲：“你是有男朋友的人，自重点。”

“……”真是不讨人喜欢。

陆明潼别过头，有些许不自在，因她笑意里似有对他“迷途知返”的欣慰。他知道自己压根儿不是，不过没坏到全然是非不分的程度而已。

手术时间很短，不过二十分钟。因做了局部麻醉，医生叫陈妈妈留下观

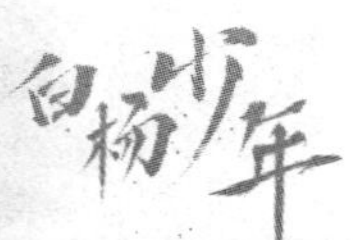

察半小时再走。也没开消炎药，只嘱咐不能沾水，避免辛辣、生冷食物，两天后可自行去社区医院消毒换药，一周到十天左右即可拆线。

半小时后，沈渔开车载陈妈妈回去。

路上，被问及三餐是否需要人照顾的时候，陈妈妈说不用，腿上这么一个小伤口，影响不了干活，单单煮个面条是没问题的。

沈渔笑说："不跟您假客气，我的厨艺我自己都嫌弃。您如果觉得伤口疼，就别勉强，我帮您点外卖。"

陈妈妈笑说："那倒是不用，要是真的做不了，我给附近餐馆打电话送餐就行，快，还便宜。"

二十分钟左右，到了小区门口。

沈渔找位置停了车，送陈妈妈上楼——陈家也住清水街那样的老楼房，没电梯，得爬楼梯，怕用力会让伤口处的缝合线挣开。

沈渔让陈妈妈将手臂搭在自己肩膀上，要扶她上去。

陆明潼在后面跟着，看不过眼，走上去说："我来。"

陈妈妈忙说："那怎么行，我这一身汗的……"

沈渔看向陆明潼。

陆明潼不说话，上前一步挤开了沈渔，便要去搀陈妈妈的手臂。

陈妈妈惶恐地看一眼沈渔，求助模样。沈渔笑一笑："您就让他来吧，也就这身死力气还有点用。"

陈家住四楼，猪肝红色的一扇防盗门，两侧春节时贴的春联还没撕掉，门上一个福字，没太贴紧，边缘透明胶翻过来，沾了些灰尘。门口一张红色地垫，印着"出入平安"。

陈妈妈拿钥匙开门，叫他俩进去喝杯水再走。她知道沈渔是特意请了假的，不好留沈渔吃中饭。

沈渔找她要拖鞋，她摆手说不用，直接进来。

"还是换换吧，您这几天干不了重活，我们不能把地弄脏了。"

陈妈妈便找出来两双凉拖，脸上颇有些歉疚的神色。

陆明潼觉得手里这双深蓝色的男式凉拖，应该是陈蓟州的，有些抗拒，直到沈渔已进了屋，回头看他一眼。

他蹬了运动鞋，换上。

室内陈设没什么超出想象的，很简陋，但收拾得很干净。

陆明潼坐在客厅的旧沙发上，看见电视旁边挂着一张上了年头的全家福，一对夫妻拥着一个男生，那男生看起来不过十来岁的模样。

陈妈妈清早晾了凉白开，这时候入口刚刚好。

沈渔没让她动，在她的指点下找到一次性杯子。

陈妈妈在对面坐下，看他俩喝了水，殷勤地露出笑容，自己手里拿着一个白瓷杯，只稍微抿一口，看向沈渔，难以启齿的模样："小渔……阿姨有一个不情之请。"

"阿姨您说。"沈渔放下杯子。

陈妈妈看一眼陆明潼。

陆明潼坐直身体："我去外面等……"

正准备起身，陈妈妈忙说："不用不用，不是什么大不了的事。"

陈妈妈放下水杯，先叹一口气："蓟州让我别跟你说，但我知道他的性格，等他主动告诉你的时候，怕是已经做好了决定。"

这番开场白，使沈渔突然有惴惴难安之感。

"前几天，蓟州突然探我口风，问我以后想不想去首都生活。我说我过不习惯，还是南城好。他说，他可能毕业了不一定会回南城。蓟州从来不说没影的事，所以我觉得，他多半是想要留在首都了。小渔，你能不能抽空给他打个电话聊一聊？毕竟这不是他一个人的事，他不能不考虑到你。我倒不是觉得首都不好，可我们家没钱没势的，他能在首都混出什么名堂呢？"

沈渔不知道该觉得心梗，还是豁然开朗。

难怪，这段时间，陈蓟州对她看房的提议兴趣乏乏，言辞之间也极为敷衍。

可是怎么考虑未来去留的时候，不和她商量，要托人帮忙的时候，倒第一个想到她呢？

她从前觉得，陈蓟州可能只是不把她当外人，现在她有些怀疑自己这个判断了。

陈妈妈见沈渔垂下目光不说话，也跟着神情不安："小渔，这事儿蓟州确实办得不对，他应该跟你商量的。不过他肯定没有恶意，他只是怕你为难。你跟他好好说说，他肯定会愿意听你的。"

沈渔勉强笑了笑："我一定会跟他聊的，但我不认为他会听我的。"

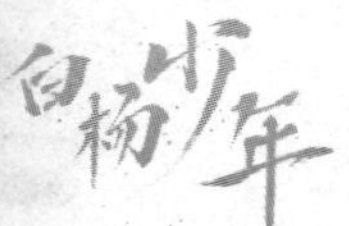

离开了陈家，沈渔预备直接去工作室，下午还有个总结会，等着她主持。

她开着车，觉察到副驾驶座凝视的目光。

她转头看一眼，万幸，那目光里只有关切，没有事后诸葛亮的嘲讽。陆明潼一向是知道分寸的。

一路，她什么也不说，他就什么也不问。

下午开总结会，沈渔没避讳灯笼毁坏这个意外，同时总结了日后可采取的规避方案。

除却这桩无伤大雅的小事故，整场婚礼超高水准，完美符合预期。据说结束之后新娘子满场找沈渔，要同她道谢，听闻她生病了，还开玩笑说老板该给几天带薪假。

会上，沈渔强打精神看完了婚礼过程的部分原片，心里少有地没半点喜悦之感。

开完会，其他人纷纷离开会议室，沈渔叫住唐舜尧，要跟他说件事。

陆明潼是最后一个离场的，临走时，看了沈渔一眼。

她觉察到他的目光，抬眼淡淡地一瞥，随即就转了过去，不着痕迹。她现在心里乱得很，回应不了任何人的关切。

会议室门掩上之后，唐舜尧笑问："怎么了，找我要带薪假？"

"带薪倒不用，假是真的要请。两天吧……最多。"

"我也不是什么周扒皮，给你算带薪，你好好休息。"

归位之后，沈渔便将请假申请提交系统，小武很快就给她批准了。

六点钟下班，她一刻也挨不住了，拿上东西便走。

赶在电梯门合上之前，陆明潼拿着工卡跟上来。

下班时间，下楼时陆续有人进来，他们两人被挤到了电梯最里面。

陆明潼略略地侧一下身，替她挡住前方的人。

他低声问："你请了假？"因她在下班之前发的工作邮件里，注明了自己未来两天不在办公室，有事电话微信联系。

"嗯。我去趟首都。"

"我陪你去。"他脱口而出。

沈渔后背靠着轿厢，偏头笑了一下："不用了吧。我吵架输过谁？"

沈渔不是第一回去首都。

去年去过一次，由陈蓟州带着，走马观花地将诸多景点打卡过一遍。她不觉得有多好，地铁挤、气候干，食物也吃不惯。

比较起来，她还是喜欢南方，喜欢南城，喜欢杨柳楼心月、桃花扇底风的那股子婉约情调。

她下飞机是在中午，到提前预订的酒店稍作休息，洗漱一把，化了个妆，才跟陈蓟州打电话。

“我来首都了。”沈渔将窗帘拉起一些，遮住外面白惨惨的日光。

“过来出差？”

“过来找你。”

那边的人顿了顿：“什么时候出发，几时到？”

“已经到了。你中午要是有空，出来我们说两句话。”

“已经到了？”陈蓟州一副惊讶语气，片刻笑说，“怎么不提前跟我说，我好去接你——我还没吃饭，你吃了没有？要是没吃的话，我们一起。”

“没。”

沈渔住得离陈蓟州的学校不远，步行距离十五分钟。

她在楼上房间，等陈蓟州到了才下楼。推开一楼大堂的门，一阵干热空气扑面而来。

陈蓟州穿一件白色上衣，神情严肃地站在檐下，待看见她出来时，才换上一副微微带笑的面孔：“什么时候到的？”

“刚到。”

“请的年假？准备待几天？”

“两天吧。”

“昨天你陪我妈去医院做手术，情况怎么样？”

沈渔被这热气袭得一身汗，心下焦躁：“先找个凉快地方吧。”

陈蓟州说学校附近新开了一家烤肉店，带她过去试一试，正好离这儿近。

两侧行道树遮不了阳光，沈渔后悔昨天晚上收拾行李没把阳伞放进去，且方才出门之前应当把防晒霜涂得更厚些。她轻易晒不黑，但很容易晒伤。

走出一阵，她皮肤便有些泛红征兆，背上汗如雨注。

而陈蓟州边走，边再次问及妈妈昨天手术的情况。

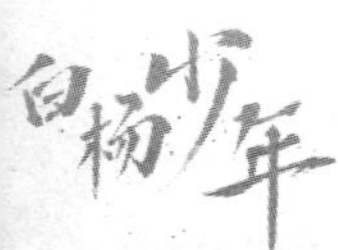

沈渔脚步一顿。

“怎么了？”陈蓟州也跟着停下，略感莫名地望着她。

“没什么。”沈渔暗叹一声气，为他的毫无眼力见儿。临走的时候，她撂话说自己是来吵架的，但等见了面，她发现自己彻底失去了吵架的欲望。

吵架能解决他们眼下的问题，但显然解决不了陈蓟州根深蒂固的思考方式。

经过陈蓟州的学校，校门口那一条路被人和车挤得水泄不通。

沈渔等了一个漫长的红灯，好不容易过了一条马路。汗水渗进了毛孔，微微发痒，她终于不耐烦了：“还要走多久？”

陈蓟州指一指前方：“就在前面。”

沈渔瞥见了旁边就有一家麦当劳，便说：“就吃这个吧。”她实在败给了正午的盛夏。

陈蓟州说：“麦当劳有什么好吃的？”

沈渔不想管他了，径直朝着店门口走去。

陈蓟州正欲跟上去，吵闹车流里有一道声音叫住他：“陈蓟州！”

沈渔闻声停下脚步，转身去看，一辆别克停在路边，驾驶座上一位中年男人，戴副框架眼镜，身上穿一件深蓝色的 polo 衬衫。

陈蓟州急忙打招呼：“钱老师。”

“吃饭去呢？”

“是的……”

沈渔隐约记得陈蓟州的博导似乎是姓钱，出于礼貌，两步走回去，也跟着打声招呼。

钱老师笑眯眯地看着沈渔，问：“这位是……”

“朋友，南城来的，正好来出差，我就顺便带她逛一逛。”陈蓟州仿佛生怕沈渔先开口似的，抢在她之前，锚定了她的身份。

沈渔愕然。

陈蓟州避开了她的目光，只冲钱老师笑说：“您下午不待实验室？”

“后续你们盯着吧，我下午去开个会。果果在家闲得无聊，你既然要做地陪，可以把她也喊上。大热天的就别挤地铁了，叫果果开车带你老乡出去玩。”

陈蓟州笑说：“好。”

沈渔在旁待着，听见陈蓟州的导师的话里，自然而然带出了另外一个女人的存在时，她心里咯噔了一下。

但她很快发现自己竟然毫不意外，可能因为这半年来陈蓟州以学业忙推托过她太多次，但她是愿意在关系中交付全部信任的，因此没做怀疑。

昨天，她的信任叫陈妈妈捅破，如今再从这破口里落井下石，她没有丝毫可震惊的了，反而有种原来如此，那一切都说得通了的豁然之感。

唯一让她觉得意外的是，这真相未免获知得太迅捷，她才落地不到两小时呢。

钱老师抬一下手，升上车窗走了。

待那车子驶出去，陈蓟州立马转身，神色惶惶：“沈渔……”

“你需要解释吗？要解释我就听一听，不解释我就回去了。”

“你听我说……”

“我听着呢，”沈渔抬眼看他，冷笑一声，“你慌什么？”

她转身往麦当劳走，陈蓟州急切地跟上去。

待她点了冰饮，他又抢着付账，叫她去找座位坐着，他来等餐。

陈蓟州端着餐盘，在靠窗的一个位置找到沈渔。

她双手撑着座椅边缘，正偏头看着窗外。身上一件宽松的白色T恤，衬出她一把纤瘦的骨架，头发绑成了马尾，露出光洁且白皙的额头。

他对她最初的惊艳，就是缘于这清水一样的气质。

听见餐盘放下的声音，沈渔转过头来，拿起自己点的那杯果汁。

陈蓟州紧盯着她，想要从她显得过于镇定的脸上判明她此刻的情绪，然而这种尝试宣告失败，因为他没有见过这一面的沈渔。

沈渔把一口气喝去一半的杯子重重搁在桌上：“说啊，还等着我问你吗？”

陈蓟州从来不是善于言辞的人，不以为仅凭自己的三言两语就能挽回事态，便实话实说道：“果果是钱老师的女儿。”

一时沉默。

其实没什么可说的了，方才遇见导师，陈蓟州第一反应是要摘清与她的关系，说明他已经下意识做出了选择。

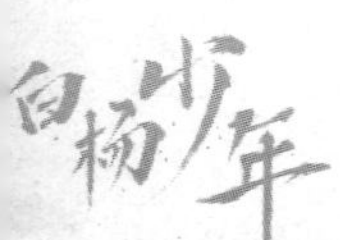

“你们到哪一步了？”

“没有……”

“哪一步？”

“真的没有，只在接触中……”

沈渔被他无意流露出的恳求放过的目光激怒，怎么，他已将她定位成了撒泼卖狠的“元配”吗？

她分明自始至终如此克制。

沈渔气极反笑：“陈蓟州，这就是你打的如意算盘吗？不告诉我，是想把我当作你吃软饭失败的退路？”

陈蓟州紧抿嘴唇，似觉得“吃软饭”三个字十分刺耳。

“也没什么，只是没想到，你当时信誓旦旦说过的话，背叛起来这么轻易。你还记得你说过什么吗？”

陈蓟州不吭声。

“你说，家庭给不了你任何帮助，你的人生是有去无回的搏斗，你要凭一已之力，安身立命。倘若还有余力，你要做一个对社会有用的人。我原本以为，至少你是个清高的人。”

陈蓟州始终不说话。

他这种认下一切，毫不狡辩的姿态，轻易与八年前的记忆重合。

也是直到这一瞬间，沈渔才有被背叛的切肤之感。

而她是绝对不会当着叛徒的面哭的。

她当即站起身。

要走的时候，陈蓟州终于幽幽地说了句：“愿你一辈子不要体会‘人不为已天诛地灭’这句话。”

沈渔脚步不停。

她走到门口，感觉胸口的钝痛和门外高悬的日头，都在撺掇她的泪意。她一直克制，因为不想让场面太难看，可这时候让一种汹涌情绪煽得平复不能。

到底是意难平啊。

她忽地顿下脚步，转身，急匆匆往回走。

陈蓟州还坐在原位，低垂着头。听见声响，他抬起头来。

她以生平所能的最大力气，扇了他一巴掌。

店里不乏看热闹的人，引颈观望，窃窃私语。

沈渔咬牙说道：“不揭穿你，是看在阿姨的面子。你好自为之。”

她转身便走。

挨不过这样的高热，沈渔在门口拦了一辆出租车，报了酒店的地址。

车内冷气充足，激得她打了个寒噤。

窗外一闪而逝的学校大门口，她想起去年来首都，和陈蓟州一起逛过。

四方周正的一片校园，沿路种着速生的樟树，路上学生行色匆匆。

走在那些光影交错的树影下的时候，他们聊起未来的事，要在哪里买房，做怎样的装修，婚礼交由谁来策划，或是干脆亲力亲为。

那天结束，他送她回酒店，站在楼下，说起了初见的事。

那时候他要了她的微信，有一百次想过给她发消息，始终不敢。后来她答应出来，他是真的高兴。他说，大概和拿到博士录取通知书一样高兴吧。

是认真对待过，也兴致勃勃地规划过未来。所以，如此寒碜收场，更有幻灭之感。

出租车抵达酒店。

沈渔回到房间，什么也没想，开始收拾行李。东西都未来得及拿出来，只有些洗漱用品散在外面，三两下就收拾干净。

她坐在床沿上，准备给机票改签的时候，进来一个电话，陆明潼打来的。

沈渔犹豫了一下才接。

陆明潼是来问她到酒店没有。

“到了……”

“你那儿今天有39℃，出门做好防晒，别晒伤了又鬼哭狼嚎。”还是典型的，陆明潼式风格的，不说好话的关心方式。

“陆明潼……”

“嗯？”

沈渔无意识地喊了他一声，却也不知道该说什么。

那边顿了一下，陡然紧张的语气：“怎么了？”

沈渔摇了一下头。

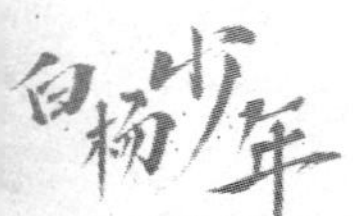

他自然是看不见的，更急促地催促一声：“到底怎么了？”

“没什么。”

“我过来找你。”

“我都改签了，马上就回来。”

“……”

又一阵沉默过去，陆明潼以更坚决的语气开口：“你要是不解释清楚你现在为什么哭，我现在马上过来。到时候我不保证陈蓟州会有什么下场……”

沈渔愣了一下。

情绪积累到了一个高点，她自己都没意识到，却被陆明潼撞破她的狼狈。

终于忍不住了。

她扔了手机，坐在地上，双臂枕在布料粗粝的被单上，把脸埋下去，手臂上很快渍出潮润的一片。

沈渔没在首都多耽误一刻，改签了下午五点多的飞机，延误一小时，晚上九点左右才抵达南城。

陆明潼坚持来接。

他等在国内到达口，托着一台游戏机玩游戏，不得闲的模样，接到她以后，还不耐烦地抱怨一句等了好久。

倒像是她求他来接似的。

陆明潼将游戏存个档，塞进随身背着的一只黑色双肩包里，再自然不过地接了沈渔手里的小号拉杆箱。

边往外走，陆明潼边问，晚上想吃什么？

沈渔受天气和心情的双重影响，没一点胃口。经过机场开的一家网红奶茶店，看见那打出来的新品招牌，倒是想试试。

陆明潼瞥一眼：“大姐，那是冰的，你生理期还没结束吧？”

“你再叫我一声大姐试试？”

陆明潼反倒是笑了声：“有心情杠我了？”

“再怎么样，收拾你的余力还是有的。”

陆明潼哼一声，不拆穿她的色厉内荏。

出租车堵在了路上，司机抽烟时开了窗，让沈渔闻了一肚子的尾气。

这一趟实在让她糟心得很，整个人快快地靠着车窗，打不起精神。

陆明潼几番看她，想了想还是不问了。

到了楼下，陆明潼帮忙卸了后备箱里的行李箱。沈渔过来拦他：“不用送了，你自己找地方吃饭去吧。”

陆明潼隔开她的手臂，轻巧提起行李箱便走。

“喂！”沈渔紧跟上前。

楼里是声控灯，白炽灯泡，亮度极低。

这段楼梯他爬了这些年，肌肉记忆连每一阶与每一阶高度不等的落差都熟悉。

一气到了七楼，陆明潼在门口站定，示意她拿钥匙开门。

“你真会自作主张。”

“你说得对。”他没甚所谓地应承，再催她快点。

僵持一瞬间，沈渔还是去掏了钥匙。

陆明潼没走进去，把行李放在玄关处，低一低头看她：“出去吃饭？”

沈渔不答，换了鞋，绕过他推着行李箱往里走。

陆明潼也跟进去。

沈渔开空调，洗把脸，再回卧室整理行李箱。

陆明潼始终跟屁虫似的在她身后绕来绕去，这时候就抱臂站在卧室门口，看着她。

“你就没别的事做了？”

“没有。”

沈渔懒得理他，拉开行李箱，往地上一摊，挨个取出里面的衣服，往床上放。

陆明潼走了进来，伸手，准确无误地从那堆衣物里挑出一件礼服裙，墨绿色、丝绒质地，隆重得与她那些休闲款式格格不入。他挑眉，“啧”了一声：“带这么条裙子去做什么？跟陈蓟州和好以后当场结婚？”

沈渔白他一眼：“回来的时候等飞机在机场买的。我外公要过生日了，七十岁，订了酒店要做寿。”

陆明潼松了手，衣服跌落回去，他语气淡淡地问：“阿姨要回来？”

“肯定回来的。”

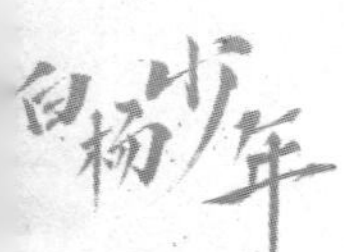

沉默一阵。

沈渔继续翻着行李箱，拿出化妆包，一件一件归置的时候，想起手里拿的这支口红是陈蓟州送的。

她抬手往垃圾桶里一扔，不由得烦躁，不想继续收了，转身对陆明潼说："我想喝酒。"不容他置喙的语气。

他们去的那家酒吧，在沈渔读本科时就开着了。

离大学城很近，离清水街也不远。去那儿消费的，多半都是年轻人。老板是个实在人，不整些虚头巴脑的东西，不设最低消费，不弄什么满两千送一千的活动。反正，喝多少，给多少。

他们到时只有吧台位了。

两人挨坐着，老板递来酒单，沈渔不接，直接点了几瓶常温的常陆野猫头鹰的拉格啤酒。

陆明潼心里嘲笑她，都生理期喝酒了，还管冰不冰，也不嫌多此一举。

老板往沈渔面上扫一眼，笑说："好久没来了哈。"

沈渔愣了下，坐直身体："您是真记得我，还是这就是招待顾客的话术？"

老板是个中年男人，一把络腮胡也遮不住地和善："第一回喝这款啤酒，觉得标签上的猫头鹰怪可爱，非让我把酒瓶子送给你，是你吧？"

沈渔笑说："大部分女生都会觉得这猫头鹰可爱。"

老板笑说："你这么说，我就没办法了。"转身把酒拿来，拿起子开瓶的时候，又打量陆明潼一眼，"你俩在一起啦？"

这下沈渔是真确定老板还记得她了。有一回陆明潼跟她告白，就是在这酒吧里。

之所以说"有一回"，是因为过去的陆明潼，就是个行走的告白机器，有事要说，没事也要说，听得她耳朵起茧。

陆明潼接过老板递来的啤酒，也接他的话："没有，还在努力中。"

沈渔瞪他，他直直地回视，一脸的"有何不可"。

沈渔喝着酒，听会儿乐队唱歌，虽然兴致不高，但离悲痛欲绝也还差得远。

可能，下午在电话里，她已经哭痛快了吧。

陆明潼觉得她这一点还是值得称道的，他不记得她这是第几次失恋了，但为失恋买醉，一次也没有过。

她一旦看清这个人不值得，立马抽离绝不拖泥带水。

那精酿啤酒度数不高，喝多了却也渐有醺醉之感，况且沈渔的酒量一向差得很。

陆明潼拦一下她手里的酒杯，凑拢问："还喝吗？要不去吃点东西？"

沈渔既不摇头也不点头，有点怔忡地望着台上，忽然说："陈蓟州出轨了。"

陆明潼目光一沉。

"当初在一起的时候，我就对他说，倘若以后没感情了，先和我清清楚楚分开再另谋出路。他是知道我最厌恶什么的。"

陆明潼看着她，到底没说，在他这儿，出不出轨，陈蓟州都是烂人一个。

沈渔自嘲地笑了声："你说得对，我看男人的眼光确实很有问题。"

陆明潼不应，捞起酒杯，冰块撞着杯壁，喝入口中，是冷涩的滋味。

他瞧了一眼沈渔，一时间觉得一股焦躁无从排遣，便撂了酒杯，顺从本意，蓦地伸手，搂住她的腰，用力往自己跟前一揽。

沈渔差一点给拖下高脚凳，急忙伸手撑住了。而陆明潼已经凑拢来，一张脸近在咫尺，眉宇间是沉郁之色。

"烦请你以后，给我挑对手也挑个有竞争力的。成天跟些歪瓜烂枣浪费青春，你是觉得你自己配不上更好的吗？"

他带着酒味的呼吸就落在她鼻息间，让她一时间不敢喘气，伸出手去，要去推他。他却顺势将她手指一捏，眼里有些不耐烦，仿佛叫她别闹了，吃定她的神色。

沈渔骇得立即抽手，她觉得自己脑子已经有点不清醒了，有比失恋还要更深的失魂落魄，一层一层漫上来。

她的直觉是想逃。

她跳下高脚凳，对他说想走，这时候恰恰来了个电话，葛瑶打来的。万幸，她有了可以暂时不跟陆明潼待一块儿的理由了。

葛瑶开一辆卡宴来接。

将沈渔安置在副驾驶座上以后，她笑着同陆明潼说，放心，她带走的人，回头肯定也全须全尾地送还回来。

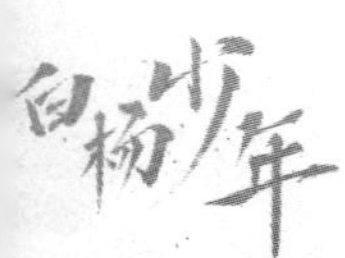

末了，她眨一眨眼：“小陆同学，有时还是要信造化的。”

陆明潼笑了，神色无辜得很：“他俩自己掰的，跟我可一点关系也没有。”

葛瑶的老公潘岳山出差去了，偌大豪宅里就她一人，所以才一时兴起想叫沈渔到自己家里外宿。

除了共用的卧室之外，葛瑶还保留了一个单独的房间，用来吵架之后自己待着。

此刻，洗过澡的沈渔就躺在她的这个房间里，粉色的墙壁，粉色的纱帘，粉色的床品，粉色的真丝睡衣……她在一片粉色的海洋里头晕目眩，听见葛瑶在门外给潘岳山打电话，语气甜腻得仿佛吞下了一口粉色的糖果。

葛瑶打完电话，就坐在梳妆台前，开始护肤。

“跟陈蓟州为什么分手？”

“他出轨了。”

葛瑶骂了句脏话：“那你就这么回来了？你招呼一声啊，拿我当外人吗？这是老潘的老本行，不把陈蓟州揍得跪地叫爸爸，都算他业务能力下降。”

沈渔被她逗笑：“陈蓟州的妈妈毫无疑问是个好人，我不想叫她难办。算了吧。”

“我本来以为，这回这个陈蓟州还是靠谱的。我跟他见过几面，觉得他虽然缺乏情趣，但人不坏。”

“我有没有跟你说过，我爸妈为什么离婚？”

葛瑶点头。读书时听沈渔笼统说过一嘴，是因为出轨，详细的她就不知道了。

“我爸，虽然是个机械工程师，但骨子里是个风花雪月的人，时不时地还要拉会儿手风琴，看看老电影。陈蓟州和他正好相反，不解风情，也没有任何文艺方面的喜好。所以我才选择他，我以为选择他是安全的。”

“奔着安全去结婚，那不就是着相了嘛。男人出轨和他浪漫不浪漫没有关系，时机到了，该出轨的就是会出轨。”葛瑶涂完护肤品，揿灭了大灯，留床头一盏昏黄小灯，也掀开被子躺下，“你呢，表面上看起来强势，实际上很拧巴。所以我一直觉得，陈蓟州不适合你。不过千金难买你喜欢嘛，我作为一个外人，也就不泼凉水了。”

沈渔因头昏合上了眼，睡意是没有的，返程的飞机上睡够了：“说句实话，没有喜欢他到非他不可的程度。”

“那你图什么？”

“婚姻不就是这回事，选择喜欢的又能怎么样？爱情最容易变质，我爸就是明证。”

她有最为消极不过的婚恋观，没决绝到成为单身主义者。既然终归要结婚的，挑个合适的、靠谱的人选，总比赌一个人的永不背叛来得容易。

世间好物不坚牢，彩云易散琉璃脆。

“你才二十六岁，不是三十六岁，把自己的一辈子套牢在一个并不那么爱，也不那么爱你的人身上，你疯了吗？怎么说你好呢，平常挺灵清的一个人，一遇到这种问题就犯浑。你既然这么想结婚，不如选陆弟弟呢，至少他爱你爱得不可自拔。”

“我跟他不可能的。”

“为什么？”

沈渔摇摇头：“具体不说了。”

架不住葛瑶自己会脑补，这问题她追问好多年了，沈渔从来不回答。

“该不会，你俩是失散多年的真姐弟吧？”

“……”

“不是的话，那有什么不可能的呢？两人在一起了，其他问题再慢慢解决，以陆明潼的劲头，什么困难能拦得住他？”

“要能在一起的话，早就在一起了。”

葛瑶惊了：“这话什么意思？”

“没什么意思。你听听就得了，别跟陆明潼通气。”

“喂！”葛瑶使劲晃她，“你把话说清楚，不然我今天不会让你睡的。”

沈渔被葛瑶搡得生无所恋：“长得帅，身材好，死心塌地，细心体贴，朝夕相对……我也是人，是人都会心动的。”

葛瑶的嘴张得比鸡蛋还大。

“但是，不可能就是不可能。陆明潼也知道我为什么拒绝他。”沈渔翻个身，把脑袋埋在枕头里，这话是说给自己听的，“我确实是个拧巴的人。”

葛瑶半晌才开口：“你这么急急地想结婚，不会也有想断绝他希望的考量吧？”

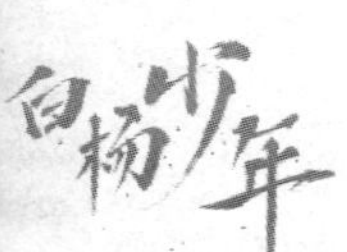

沈渔没有否认。可能，要纠正的是，不只是断绝他的希望，也是她的。

不过，这种考量在她所有考量之中排序最为靠后。

“陆明潼疯归疯，还是个正常人。你呢，看起来正常，实际比谁都不正常。反正我没见过你这样理智的，可怕。”

沈渔不想再聊了：“睡觉好吗？我好困了。”

葛瑶不说话，往她手臂上猛拍了一下。

力气之大，让沈渔怀疑人生：“干吗？”

“替陆明潼打的。”

“二五仔！”

第二章 你是刺槐我是暮夏

沈渔第一次和陆明潼见面，是她十七岁刚过，马上升高三的暑假。

家里停了电，她坐在门口台阶上看漫画，嘴里叼一根旺旺碎冰冰，将家里的门敞开着，试图让对流的风带来一些凉意。这种样子让她妈妈看见，一定又要说她没个淑女样。

楼下有声响，她起身好奇地扶着栏杆探头看。

一位穿浅黄色的连衣裙的女人也正好抬起头来，冲她笑一笑，说“你好”。

在她身后，跟着一个男孩，穿一件海军蓝色的短袖 T 恤，脚下是一双白色球鞋。

之所以记得这样清楚，是因为他跟着抬起头的一刹那，她由衷地觉得，怎么还有生得这么好看的男生？

那样白净的一张小脸，鼻梁高挺，眼睛黑亮，眼下落一层睫毛的阴影。

十三岁，开始蹿个子的年纪，他的身高已隐隐地超过了他妈妈，脸上却留有孩童般的稚气。但他的眼神里内容很多，是远超年龄的成熟。

沈渔笑着打招呼，和女人交谈几句，得知了此前他们母子二人一直生活在江城，因为一些工作上和生活上的变动，今次搬来南城。而楼下一直空置的房子，是陆明潼外公的家产。

男孩因她俩持续不断的寒暄，隐约露出不耐烦的神色。

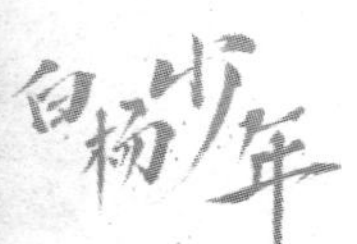

她觉察到了，便笑着对他说：“要不要上来玩，姐姐请你吃雪糕？”

沈渔的第一次主动示好，以失败告终。

男孩冷淡地扫她一眼：“不用，谢谢。”

自陆明潼母子搬来清水街以后，占着楼上楼下的便利，沈家与他们来往渐密。

陆明潼的妈妈名叫许萼华，跟陆明潼外婆一个姓，名字则来源于苏轼词，“海上乘槎侣，仙人萼绿华”。无论是这名字，还是样貌，在三教九流混杂的清水街，都是独一份的脱俗。

沈渔极喜欢这位许阿姨，因她总是面上带笑，说话轻轻柔柔的。且她还是位插画师，一直断断续续给一些儿童文学作品供稿。在她的家里，随处晾晒着水彩画就的原稿。

很长一段时间，楼下陆明潼的家里，就是沈渔的迦南美地。

沈渔的成绩一直中游上下徘徊，升上高三以后每回月考成绩不理想，回家要听一车的唠叨。在许阿姨那里不会，她做什么都不会被训诫。

许萼华从江城搬来之时，还带来许多书籍，沈渔总会借口复习，实则去她那儿看书。那些书不拘什么题材，有一些尺度之大，要是叫沈渔妈妈看见，肯定要大骂那是毒草。

但许萼华对沈渔说，看书就应该看得杂一些、脏一些。

“脏？”

许萼华笑一笑说，不是叫你只看“脏”的那些，而是范围广一些，下限低一些，人之一生时间有限，不能一一历及，但在书里，你能识遍善恶。

因常去许阿姨那里打发时间，沈渔跟陆明潼自然也熟起来。

陆明潼成绩很好，转学来的第一次期中考试，就挤掉了原来的年级第一。

但这位优秀的小朋友总是不高兴搭理人的模样，放学一回家就把自己关回房间里。

许萼华频频替他道歉，说以前总搬家，明潼一直跟着她四处颠沛，没交过几个朋友，性格有些孤僻，还请多担待。

那时，沈渔的妈妈正在升职的紧要关头，几乎每天都加班。

沈渔晚饭没着落，就蹭许阿姨的。

同一个饭桌上，沈渔忍不住逗陆明潼，说刚才看见你在房间里玩乐高，马上要期末考试了吧，不准备复习？

陆明潼一副冷淡神色，回应，你该担心你自己，本科都要考不上了，还每天看闲书。

那时候，陆明潼就展露出了他张嘴不饶人的天赋。

沈渔吃过饭就跟陆明潼一块儿出门回学校上晚自习，学校离清水街不算远，且初中高中都挨着，骑车过去十五分钟。

沈渔提议比谁先到学校，陆明潼绷着一张小脸，骑得飞快。

好大的好胜心。

只有这时候，他才显得像个小孩子。

因沈渔总在许萼华那里蹭饭，家里不好意思，要给生活费。

许萼华当然是不收的，说只是添双筷子的事，且刚搬来时受了许多照顾，逢年过节的，他们孤儿寡母，还得仰仗去沈家才能凑个热闹，一直多有叨扰，要收钱那就是见外了。

沈渔的父亲沈继卿在南城电力机车公司工作，因是企事业单位性质的公司，通常不加班。他在公司食堂吃过晚饭以后，回家顺道就买些蔬菜水果给许萼华送去。这也是沈渔的妈妈叶文琴吩咐过的。

沈继卿是个腼腆的人，许萼华留他坐一会儿，他就拘谨地坐在沙发上，看见沈渔跟陆明潼抢吃的，才出声说："多大的人了，不让着弟弟一点。"

许萼华沏一盏茶来，说是从陆明潼外公家里带出来的白茶。她说："听小渔说，你是懂茶的，尝尝看，要觉得不错，就拿去喝。我不爱喝茶，放在那儿上了潮，实属浪费。"

水是刚烧开的，沈继卿吹凉再饮，说："好茶，是贡眉吗？"

许萼华笑说："应该只是寿眉。"

沈继卿说："这老寿眉喝起来比白毫银针和贡眉的口感还好。"

沈渔在一旁嚷嚷："爸，你又在卖弄了！"

沈继卿腼腆地笑了笑。

许萼华带着一个孩子，却从没见孩子的丈夫出没过，这情况，街坊邻居

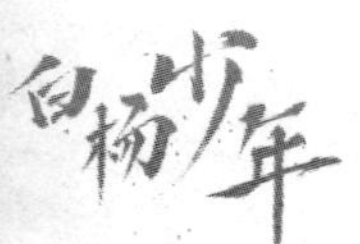

是有些说法的。

沈渔听过几句，都传得挺不堪。有说她是未婚先孕，有说她是攀大款不成，反给人搞大肚子。

沈渔只在跟陆明潼特熟以后，才问过他一句："你见过你爸吗？"

小少年一张脸比锅底还黑，语气也冲："死了！"

那之后，沈渔就再也没打听过了。

清水街住着三教九流的人，自然少不了是非。

有一回，沈渔下晚自习回家，上楼发现六楼陆明潼家的门敞开着，她妈妈叶文琴在屋里，而许萼华头枕着叶文琴的肩膀，呜呜地哭。

睡觉前，沈渔在卧室里看书的时候，听见父母在客厅里说话。

原来是许萼华晚上出门的时候，被住在清水街当头的一个酒鬼给占了便宜。

那酒鬼是个鳏夫，老婆死了七八年了，平常只在工地上做点零工，手脚一贯不干净，本就是挺下作的一人。许萼华扇了他一巴掌，他骂骂咧咧，满口下流话。

许萼华何曾听过这些污言秽语，气得脸发白，要走，却被那酒鬼攥住了胳膊，挣脱不得。

周遭有人听见动静出来看热闹，但直到过去了好几分钟，才有平常卖菜的大婶，抄一把剁骨刀出来帮忙，许萼华才得以脱身。

末了，叶文琴感慨："小许这么清高一人，这回可真是受了好大屈辱。单身一人带孩子，还是泼辣点好。"

她又说："你们厂里不有些离了婚的工程师吗？如果有好的，给小许留心些。"沈继卿的公司在改制之前原是个工厂，因此这些年叶文琴始终习惯称之为"厂里"。

沈继卿说："她不见得会答应。"

叶文琴说："我来劝她。"

那之后，沈继卿当真有好几个周末都叫了同事来家里吃饭，叶文琴升职成功，正好有由头，也有时间。

许萼华跟这些同事见了面，但都没下文。

后来，又一次叶文琴让沈继卿组局的时候，沈继卿说，昨天楼道口碰见了，小许跟我说，我们的安排她都心领了，但她这些年都一个人过来的，也习惯了。

他说，以后，就算了吧。

翻年后的最后一学期，沈渔忙着准备高考，她懒散惯的，最后半年也不由得重视起来。

沈渔在自己家里，总得吃吃零食，看看电视，抽空跟朋友聊会儿 QQ。但在许萼华那儿，她莫名地就能耐下性子多背会儿单词。

许萼华看沈渔被功课折磨得半死，笑说，等高考结束，她就专门画一幅画送给沈渔。

沈渔后来收到了那幅画，画的是她趴在夏日的凉席上看漫画，嘴里咬一根雪糕。

颜色淡雅，构图玄妙。她宝贝得紧，专门弄了个画框裱起来，挂在自己卧室的墙上。

沈渔的高考成绩只能说是一般，去了一所二本学校学工商管理。

要住校，她基本只有周末才会回来。

十月份的一个周末，她回到家，才知道家里发生了一件了不起的大事儿。他们沈家，一夕间变成了清水街的谈资。

那些人议论说：

从电影院揪回来的，赶去的时候正好逮个正着……

也就他老婆被蒙在鼓里，街坊哪个不知道……

就说那女的不是个善茬，妖妖调调的，我前几天还看见她跟宏缘超市的老板亲热得很呢！

沈渔到的时候，恰好这出戏正演到高潮。

她所在的那栋楼楼门口围满了人，往上走，家家户户探着脑袋往上看。

沈渔拉紧了背包带子，紧抿着唇，在耐人寻味的目光中，一口气跑上楼。

陆明潼家的门是敞开着的，从里面传来不绝于耳的咒骂声。

叶文琴站在大门口，许萼华站在卧室门口，而沈继卿站在窗边，三人的站位，形成了一个有张力的三角形。

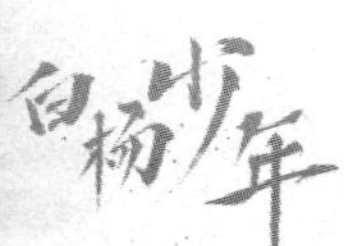

许萼华和沈继卿始终不说话，任凭叶文琴骂得多难听，一句不还嘴。

他俩的一致沉默，倒像是达成了一种同盟，反将出离愤怒的叶文琴排挤在外了。

这一天，沈渔觉得他们三人都是如此陌生。

破口大骂的叶文琴，神色凛然的许萼华，以及面无表情的沈继卿。

叶文琴要沈继卿表态。

沈继卿只说了一句对不起。

叶文琴气得要动手，这时候楼上咚咚咚地跑下来一人，沈渔才发现，陆明潼一直坐在楼上的台阶上。

陆明潼冲进屋，赶在叶文琴动手之前挡在了许萼华身前，仰着头，神色狠厉。

而沈继卿也过来拦着叶文琴，让她回家再说，这都是他的错，和别人无关。

就是这句话，彻底激怒了叶文琴，她奋力挣扎，叫嚷着非得抓破这婊子的脸不可。

沈继卿死死地抱住叶文琴的腰，哀求："文琴，我们回家去说……"

沈渔当即转身上楼，把屋里的从许萼华那儿拿来的东西塞进背包里，又跑下楼。

她走到许萼华跟前，倒面口袋似的，把背包里的东西往地上一倾。

最后倒出来的是那幅画。

沈渔拾起来，朝着墙根处一砸。

许萼华看见溅射一地的玻璃碴，顿时卸下面上的那副凛然，瞬间溃败，面如死灰。

那一刻，沈渔恨极了她。

起初有多喜欢她，这时就有多恨。

沈渔的外公是个火暴脾气，听闻了这事儿，晚上就着人赶了过来，一圈人把许萼华家围得一只苍蝇也飞不出去。

沈渔在楼上听见楼下的喊杀声，吓得心惊肉跳。

她怕闹出事，偷偷给派出所打了个电话。

派出所派了几个民警上门调解，终究没酿出大祸。

只在后来，沈渔在街巷的议论中，听说她外公带来的人，几耳光扇得许萼华左边耳朵永久性听力损伤。而当天，沈继卿被押跪在地上，挨了外公几脚，都是照心窝踹的。

再后来。

叶文琴不知从哪里搞来过量的安眠药，所幸被发现得早，送去洗胃，救回一条命。

夫妻离了婚，叶文琴申请调遣海外事业部；沈继卿自电机公司辞职，去了印城一家民营玻璃厂工作。

许萼华出国，自此不再踏足南城。

这个故事里，没有一个赢家。

那一年的春节，沈渔是跟爷爷两个人一起过的。

沈继卿人在印城，只往家里来了电话。

沈爷爷不耐烦与沈继卿多说，应承两句就要挂电话，挂之前问沈渔，要不要说两句话？

沈渔只回一句，我跟他没什么可说的。

沈爷爷是耿直性格，那事儿发生以后，他不顾自己高血压的身体，在自家门口，将沈继卿骂个狗血喷头，只差叫沈继卿签字与儿子断绝父子关系。

他领着沈继卿去亲家登门致歉，说文琴嫁到我们沈家来，没过过几天好日子，到头来不孝子还干出这么件伤风败俗的事，继卿哪怕一死，也难偿万一。

由他看着，亲自呈上离婚协议书，那上面将清水街的房子，还有存在沈继卿名下的积蓄、少许债券，全部分给叶文琴，沈继卿分文不留。

沈渔的外公冷笑说："你们不过想求个心安罢了。"

沈爷爷说："往后，他哪还有心安可得？这镣铐，他是要戴一辈子的。"

年关过后，叶文琴签证办好，就预备出国了。

沈渔和外公去机场送她。在候机大厅里，叶文琴对沈渔说，别怪她当妈的狠心，实在南城这地儿叫她待不下去了。

沈渔笑说："您放心，您出去了再没人管我，我还巴不得呢。"

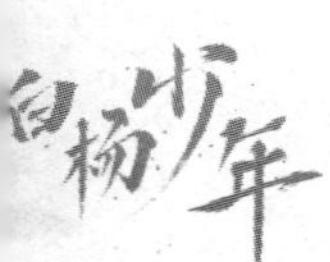

叶文琴知道沈渔是在宽她的心，笑说："你虽然已经上大学了，可也别懒懒散散的，该出国出国，该升学升学，得学着为自己打算。"

"您别操心我了，您这三脚猫的英语，去了国外玩不玩得转啊？"

那天，叶文琴到底是抹了眼泪，在进了安检门，转身回头时，瞧见沈渔还在冲她挥手微笑。

沈渔再回清水街，是那年三月份的一天。

叶文琴给她发消息说，有个合作商公司办年庆活动，给她寄了个礼包，但因为通讯录没更新，东西给寄到清水街去了，叫她回去一趟帮忙收取。

那天沈渔下午上完课之后回家，在快递收发点，碰见了陆明潼。

沈渔以为他也跟着许萼华出国去了，没想到还能碰见。

他在快递点旁边的小超市里买饮料，斜背一只黑色的双肩包，接过老板的找零，连同饮料一块儿揣进了外套口袋里。

该有三四个月没见了，他整个蹿高一大截，三月初尚且春寒料峭，他却只穿一件 T 恤，外面套一件黑色的运动外套，整个人是瘦瘦薄薄的一片。

沈渔只瞥一眼就转过目光，心里实在硌硬得紧。

报了楼栋数，快递点的人给她找出叶文琴的东西——半人高的一个纸箱子，往地上一蹾。

沈渔看傻眼，问："能不能帮忙送上楼？"

那人说："还有这么多件，大家都在排队等着取呢，真是没空。美女，你自己想办法吧，我这有个推车，要不借你用用？"

沈渔借了推车，将纸箱子往巷子里推。轮子松散，一路过来声音轰隆不说，碰见路面坑洼，还差点卡在里面，整个倾倒。

到了楼下，沈渔没法了。

她预备往旁边小店找人帮忙，那嗑着瓜子看店的男店主，一瞧见她，便笑说："哟，好久不见，你爸妈和好啦？"

沈渔给恶心得一个字不想开口。

回到纸箱子旁边，她抱起来试了试，倒没想象中那么重，三步一歇，也未尝不能搬上去。

她将它抱起来，侧着身，上一步挪一步，只走了半段楼梯，累出一身汗。

这时，下方传来脚步声。

沈渔放下箱子，伸手扶稳，回头一看，却是陆明潼。

陆明潼看见她的时候，脚步明显地顿了一下。

她紧抿着唇，翻了个白眼，别过头去。

陆明潼走了上来，堪堪停在她跟前。

纸箱体积大，卡得狭窄楼道只剩下一人可通过的富余。沈渔以为是挡着了他，把箱子往自己方向挪了挪。

哪知道陆明潼顿了片刻，忽地伸手，将纸箱子从她怀里夺过，掂一掂，侧着头，扛在肩上。

沈渔愣了一下才反应过来：“把东西放下！”

陆明潼扛着纸箱子，倒比她空着手还健步如飞。她追着喊了一路，直到追到了七楼。

陆明潼停下脚步，把纸箱子卸在她家门口。正要转身回去的时候，书包带子被人一拽，他没有防备，给拽得趔趄一步。

他回头，对上沈渔宛如吃了苍蝇的表情。

“你恶心不恶心，跟你妈一样，不经过同意就乱动别人东西。”她语气里实难掩饰自己的厌恶。

陆明潼目光一眨不眨，脸上也毫无表情，只将快滑下去的书包捞了捞，转身下楼。

那礼包拆开，是木质的城堡模型，得自己拼装。

沈渔耐不得这个烦，给叶文琴拍了照，就丢在一边了。

屋里好久没人回来过，积累半指厚的灰尘。她坐在餐椅上，看见冰箱门上那些花样众多的冰箱贴，一时间难过不已。

她起身，去厨房绞一块湿抹布，从头开始打扫卫生。

耗去她一晚上时间，整个屋子给她擦得纤尘不染。她在洗手间里洗脏抹布的时候，直掉眼泪。

当着叶文琴的面，她是不敢哭的，因她知道谁才是那个被辜负最深的人。

那年暑假，沈渔的学校宿舍要通空调和热水，两个月封闭施工，改造线路，原则上，不允许任何学生留在宿舍。

宿舍六人，沈渔唯独跟葛瑶更亲近些。因为葛瑶父母在她小学时就已经离婚了，不过是和平分手，没沈家这样戏剧化。这一层原因，使沈渔与葛瑶有同病相怜之感。

暑假期间，沈渔跟葛瑶要一起去做一个社会实践。爷爷家在城西，离得远，于是沈渔不得已搬回了清水街。

上上下下地，沈渔没少碰到陆明潼。

他反正总是一个人，有时候自超市提一大包东西回来，塑料袋子里花花绿绿的，全是泡面、薯条类的垃圾食品。

好几回，沈渔都想问他，还赖在这儿做什么，要脸吗？

那一阵，葛瑶的爸爸新交了一个女朋友，两人如胶似漆蜜里调油，她爸把女朋友带回了家，葛瑶懒得见那女人花枝招展嗲里嗲气的，闹心得很，就骗她爸说住在宿舍了，实际去了沈渔家里跟沈渔同住。

葛瑶那时谈着一个男朋友，是做音乐的，组了个地下乐队，人长得很帅，沈渔见过，有点儿年轻时陈冠希的味道。

葛瑶求沈渔，说她男朋友原来租的那房子被房东收回去了，一时找不到好的，能不能在她这儿暂住几天？

沈渔焉能不知道这只是热恋之人的托词，不想松口，但是耐不住葛瑶苦苦哀求，这朵富贵花撒起娇来女人都顶不住。

但是她有言在前，要是葛瑶敢跟她男朋友在自己家里搞那种事情，就两人一起滚蛋。

葛瑶保证说，不会不会，他睡沙发呢。

那个周末，沈渔去了一趟城西看望爷爷，两天后回家一看——

屋里音响轰隆，彩灯乱闪，活像个鬼屋，好几个皮衣皮裤、发型杀马特的男的，把她家当舞厅蹦迪呢。

她满屋子扫视一圈，葛瑶不在，葛瑶的男朋友也不在，这群孤魂野鬼到底打哪儿来的？

沈渔气得直接拉闸，音乐和彩灯都停了，黑暗里一人爆粗口：“怎么停电了？”

她再把电闸推上去，开了客厅大灯，妖魔鬼怪给照得现了形，齐齐朝着门口看来。

沈渔问：“你们是谁？谁叫你们来的？”

他们中表情最跩，发型最违背地心引力的那人说，“风神”叫他们来的。

葛瑶的男朋友单名一个“风”，“风神”就是他闯荡江湖的名号。

沈渔说：“这是我家，你们赶紧给我滚出去。”

“你说是你家就是你家啦，房本拿出来给我瞅瞅？风神说了，叫咱们尽管在这儿玩！”

其他人嘻嘻笑着应和。

沈渔不再假以辞色，掏出手机。

为首那人几步过来，夺了沈渔的手机，手臂高举：“你干吗？想报警？”

对方高高瘦瘦，身上一股烟酒味，夹杂一股说不出是什么的臭味。说话间，他神情陡然狰狞几分，使沈渔心生恐惧，她后退一步，准备逃。

高瘦男迅速将她胳膊一攥，往屋里拽。她死死地抠住了玄关柜，挣扎喊叫。

这时，楼下响起开门声。

沈渔一下住了声，被这几人缠住，还是被陆明潼救，让她难住了。

然而，陆明潼已上了楼。

他站在门口，往里望了望，最后，目光落在了沈渔身上。

这些人怎会畏惧一个学生，一时哄笑嘲弄。

陆明潼陡然自裤子口袋里掏出一把折叠刀，弹出刀刃，径直对准了擒着沈渔的高瘦男的眼睛，冷声说：“松手。”

高瘦男给刀刃晃得不由得闭眼，而趁他松懈的时候，陆明潼一把拽过了沈渔，猛地往门外一推：“报警！”

然而，他自己逃不脱了。

门被拥上来的一人“砰”的一声摔上，陆明潼跟这些人，一齐被关在了屋里。

沈渔只觉太阳穴急跳，一刻不敢怠慢，然而她的手机叫人给缴了，要打电话只得下楼。

她一口气奔到巷子口的小卖部，刚拿起公用电话，瞧见马路对面，此前调解过他们家那件事的杜卫明警官，他穿着便服，正跟几个同事从街边的小宾馆里出来。

沈渔大喊一声：“杜警官！”

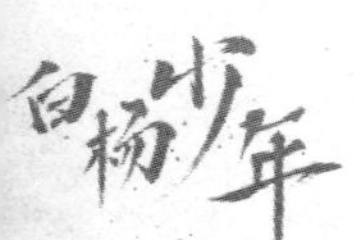

开门后的现场，比沈渔以为的惨烈。

陆明潼神色冷厉，靠墙站立，一件白T恤，身前给染红了。血是从他手臂上的伤口流出来的，一直蔓延到指尖。他又拿手擦了脸，半边脸染血，而脸色却纸似的白，整个人修罗鬼一样恐怖。

那些人全被杜警官的同事给铐去了派出所，杜警官则陪着沈渔送陆明潼去附近医院。

只是皮外伤，消毒包扎过即可。

杜警官问陆明潼："要是还撑得住，这会儿跟我去派出所做个笔录？"

陆明潼沉默地点了点头。

沈渔问："那我呢？"

"你也得去。我估计，情况可能有点复杂。"

杜卫明资深警察的直觉被证实——那些人的尿检结果全是阳性。

杜卫明说："所以他们才不敢叫你报警，这里面好几个都有前科，得送强戒所了。"

沈渔一阵后怕，交代了这些人的来历之后，想给葛瑶打个电话，但被杜警官给拦下了。

杜警官说："不行，还有个人没落网呢。"

经由那几个人，他们知晓了葛瑶男朋友的下落。所里几人出动，半小时就将人铐了回来。尿检，也是阳性。

这下沈渔真的吓傻了，哭着问能给她朋友打电话了吗？

没多久，葛瑶来了派出所。

她也被要求做了个尿检，所幸，是阴性的。

等交代完事情的前因后果，他们被准许离开。

临走前，杜警官多啰嗦了两句："清水街各色人等混居，治安本就是一大问题，今后长点儿心，不熟悉的人，可千万别招进屋里了。今天是万幸，有小陆帮了一把，下回可就说不准了。"

他又教育葛瑶："清清白白的大学生，不要交些不三不四的男朋友，你们涉世未深，被人害了都不知道。"

折腾了几个小时，这时候已到深夜，外头暑气未散，沈渔却是一背的冷汗，长这么大，她头一回遇到这种法制事件。

葛瑶抱住沈渔呜呜大哭，不住道歉。她也后怕，她没想到自己图人长得好看，交了这样一个男朋友，还差点害了自己最好的闺蜜。

所幸，他们交往还没多久，不然熟了以后也被拉进那无底洞，一辈子都毁了。

沈渔乏力，又心有余悸。她虽然生气，但也说不出过分责备的话，只拍一拍葛瑶的肩膀，有气无力地说："先回去吧……"

葛瑶说："要不今天先去我家住吧？"

沈渔确实不敢大晚上再回去，想等明天白天，喊个人一起上门，顺便把锁给换了。

临走时，沈渔发现不见陆明潼的踪影。

她跟葛瑶走到路口，等出租车的时候，忽然瞧见陆明潼蹲在对面的小超市前。

他手里拿了瓶水，头往前伸，兜头淋下去。

紧接着，他抹了一把脸，站起身，把空掉的塑料瓶往垃圾桶里一扔，就这么湿漉漉地走了。

当晚沈渔去了葛瑶家里，受到热情款待。

葛瑶的爸爸怕沈渔待着不自在，领着自己女朋友到外面去住，临走前吩咐葛瑶，对同学热情点、细心点。

葛瑶平常娇蛮任性，要风得雨的，这时候㞞瓜一个，今晚发生的事，半点不敢告诉她爸。

沈渔洗完澡，换上了葛瑶借她的睡衣，吹干头发，在床上躺下。趁着葛瑶还在浴室的时候，她给叶文琴打了一个电话。

满腹委屈，在听见叶文琴的声音时，又让她咽回去。隔山隔海的距离，叶文琴轻易回不来，反而平白跟着担惊受怕。

况且这事件里还掺和着一个陆明潼，更是提及不得了。

第二天，沈渔和葛瑶一起回了趟家里，将那些人留下的音响、彩灯等玩意儿全给扔了，再里里外外打扫一遍，床单、沙发罩都拆了扔进洗衣机里。

再叫人来，把大门的锁头也换了。

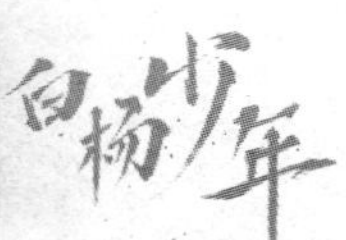

葛瑶十分惭怍，平日不沾阳春水，这回也乖乖帮忙打扫，毫无怨言。

两只丧家犬累得四肢瘫软，坐在擦洗一净的地板上吃雪糕时，葛瑶忽问：“昨天跟你一起去派出所的那男生是谁？”

“楼下的。”

“按理说，他是帮了我们吧，要不要跟他道谢啊？”

“不用管他。”沈渔语气淡淡。

两三天后。

盛夏天气，说变就变。

沈渔下了公交车，不期然迎接她的是兜头的暴雨。早上出门前还是艳阳高照的，她自然没想到要带伞。

背包里装着忙活整日回收的调查问卷，她信不过这包的防水效果，把它整个抱在怀里，冲进雨幕之中。

帆布鞋踏进巷道的坑洼里，溅她一腿的泥水。

她在楼门口跺了跺脚，二楼的灯应声而亮，黄澄澄的昏暗光线，鼻腔里袭来潮湿霉味，像叫人一朝回到淫雨霏霏的春雨季。

她跑上楼，只想赶紧换掉这一身湿衣服。

然而在跑到六楼的时候，她脚步一顿——陆明潼整个人靠门口瘫坐着。

他仿佛浑身没半点力气，脑袋低垂，闭着眼，双眉紧蹙，听见脚步声的时候，他微微睁了一下眼，即刻又似撑不住地合上了。

沈渔犹豫片刻，还是绕过他走了。

到家洗头洗澡，换一身衣服。去厨房烧一锅水，准备煮点面条将就掉晚餐。

夏季的雨水，来势怎会这样大，噼里啪啦浇在厨房的玻璃窗上，疑心能砸出窟窿，分明才六点钟，天已似锅底一样黑。

她心烦意乱，踌躇半晌，还是将燃气灶的火关灭了，人往外走，揣上了门钥匙。

陆明潼还坐在那儿，对下楼的脚步声已无一点反应了。

沈渔伸脚轻轻地踢了踢他的小腿：“喂。”

他缓缓地睁了眼，看向她，眼神涣散。

沈渔蹲下身，探了探，他额头比烧红的锅底还烫。

紧接着她便看见他的手臂，那道原本包扎好的伤口，纱布已让他解开了，怎么都过去了两三天还没结痂，还在往外渗液？

沈渔猜测多半是发炎了。

此事因她而起，将她最后一点置之不理的打算都抹杀。

“钥匙。”沈渔冷声说。

陆明潼抬手去掏裤子口袋，然而就这个动作却似耗尽他全部力气似的，手揣在口袋里，就没再动了。

沈渔抑制了烦躁厌恶的情绪，自己伸手去，将门钥匙摸了出来。

她不可能去搀他的，便说：“让让，我开门。”

这命令发出去了十几秒钟，他才有反应，一手撑住了地面，摇摇晃晃地站了起来。

门一打开，陆明潼走进去，几步歪倒在了沙发上。

沈渔做足了心理建设才踏进这屋里，眼前的一切却极为萧条——屋里就剩餐桌、椅子和沙发，其余东西全都没了。不见那色彩鲜艳的沙发罩和彩色棉麻布的抱枕，书架清空，墙上的挂画也都摘了。

空荡荡、冷冰冰的，不像是人住的地方。

冰箱通了电，但里面只摆着矿泉水和可乐。整个屋子里没找到任何能吃的东西，包括垃圾食品。

外头大雨滂沱，沈渔凭一己之力，不可能把人扛下去。

所幸厨房里的厨具还没搬走，沈渔用热水壶烧上一壶水，拿上陆家的钥匙，随即上楼拿了一把伞，出门去买药。

一来一去，这伞挡不住雨势，沈渔一个澡等于白洗。

她心里恼火得很，不明白自己怎么就贱得慌，非要管这等闲事。

陆明潼受伤怎么了，那就是他活该的！

回到六楼，沈渔把雨伞撑在门口。掏钥匙的时候，手滑了一下，她弯腰捡钥匙的那一下，烦躁得真想撂挑子走人。

屋里，陆明潼已经完全地倒在了沙发上，无论沈渔怎么推，他都只“嗯”一声，给不了其他反应了。

“烧死算了。”虽然嘴上这样说着，沈渔还是将他胳膊拉起来，往腋下塞进温度计。

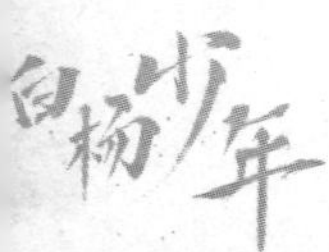

她翻找出一只杯子，洗净注入开水，再兑些冰箱里的纯净水。

等她把温度计拿出来一看，惊骇人的 39.8℃。

这高热，恐怕撑不到免疫系统先杀死细菌，倒先将他给杀死了。

沈渔将已然烧得迷迷糊糊的陆明潼摇起来，催他喝了退烧药和消炎药。

她又回到楼上自己家里，煮了锅稀饭，盛满一保温桶，再拿上毛毯、保鲜膜和拿毛巾包好的冰块，回到楼下。

她将陆明潼的那条手臂拉过来，拿棉签蘸着碘酒消毒，裹上纱布，系紧。

随后她给他盖上毛毯，再将包了冰块的毛巾敷在他额头上。

她能做的，愿意做的，也就这么多了。

陆明潼受不了自己一身血污，那天自派出所回来之后冲了个澡，打湿了伤口。

伤口发痒，直到今天早上起床，他才觉出自己在发烧。往常也有发烧睡一觉就退的情况，他没第一时间去做处理，结果到黄昏的时候，烧得越发厉害。

他似梦游般地爬起床，换好衣服，等走到门口，听见楼下有人说，下雨了。

他想回去拿把伞，转身却不知怎的把自己绊了一跤，一屁股跌下去，就再也爬不起来。

后来发生的一切，都叫他觉得恍惚，分不清楚是真的，还是在做梦。

睁眼的时候瞧见刺目的一片白光，他头昏脑涨地坐起来，接连有东西自身上掉下去，一张不属于自己的毛毯，以及一块不属于自己的浸湿的毛巾。

它们落在地板上，他弯腰下去，捡了两次才把它们捡起来。

他身体轻得像个打满了气的气球，没有一步能踩到实处。

滴米未进的身体这时候向他大脑发出饥饿的讯号，感觉到饿，他知道自己应当是已经退烧了。

继而，他就在餐桌上发现了一个不锈钢外壳的保温桶。打开时，盖子上聚了一层水汽。他去厨房找到碗筷和饭勺，盛满一碗，狼吞虎咽。

稀饭还是热的，而他微微绞痛的胃像个无底洞，连喝三碗，才稍有饱足的感觉。

这时他才有闲心注意到，餐桌旁还有一袋子药，退烧的、消炎的、消毒的……

旁边，突兀立着一卷保鲜膜，他想了半天，反应过来，这是缠纱布用的。

他找到自己的手机，一看时间，是凌晨四点多钟。

雨已经停了，推开窗，扑进来带土腥味的清新空气。

他吞过药，换下一身汗透的衣服，回卧室躺下，没多久就再次睡着。

他是被敲门声吵醒的。

陆明潼感觉，自己醒来的时候，那敲门声响了该有一阵了，因为明显能从频率和用力程度，感觉到敲门之人的烦躁。

他头重脚轻地起来，找到拖鞋，将卧室门打开的同时，外面也响起开门的声音。

沈渔神色不耐烦地站在大门口，在看见陆明潼的时候，顿了一下，将他家的钥匙往玄关柜上一扔，便准备转身离开。

显然，她是怕他烧不退，想早起再来看看，才拿走了他的钥匙。

“沈渔！”

门口的身影一顿。

陆明潼看向她，许多话在喉咙里滚一遭，他只拣出一句来：“谢谢。”

“当不起你这声谢，我只是不想欠你的！”她不想这纯粹的恨里，再夹杂些别的东西，叫她恨都恨得硌硬。

陆明潼闻言便垂下眼，叫身旁的白墙一映衬，整个人仿佛一团清瘦的幽魂。

沈渔瞥他一眼，走了。

然而，总有种种琐事，不能成全沈渔心中打算与陆明潼分别为阳关道与独木桥的打算。

先是沈渔那日出门，在家门口发现拿塑料袋子装着的，洗净的毛毯、毛巾和保温桶。

再是她混忙几日，想起这个月的燃气费和水费还没交，跑去缴费点，窗口的人翻着簿子，说，七楼啊，七楼已经交过了。

再有一回，她来了例假，急匆匆拿上钱包奔去超市买卫生巾，等掏钱时才发现，自己前几日换了新的钱夹子，手里这是旧的那个，里面连个钢镚也无。她尴尬地要把卫生巾放回，身后一人往收银台拍下五十元，说他来给。

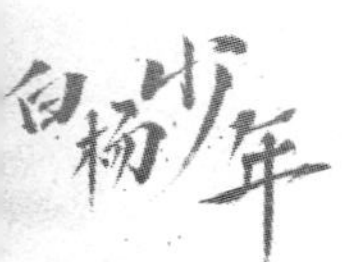

她回头一看，除了陆明潼还能有谁？他自己拿着一瓶已经付过账的可乐，也不要找零，扭头就走了。

她十分气恼，回家找到一张五十元整的纸币，叠好后，从他家门缝里塞了回去。

这一年平淡地度过。

清水街永远不缺茶余饭后的谈资，大家八卦的话题换了几轮，事关沈家的那一桩狗血，早掩埋在地上铺了一层又一层的瓜子壳之下，只差最后叫人扫进垃圾桶。

这天，难得地落了几粒雪籽，蟹壳青的天色，风刮得紧。

沈渔这个年，依旧是跟爷爷两人一起过。但赶在过年前，她想将清水街的家也稍作扫除，顺便贴上一副新对联。不在这儿过，也得周全辞旧迎新的习俗。

沿途树上挂满彩色灯串，家家户户张贴新的“福”字，这惨淡天色，倒成了“年味”的陪衬。

沈渔穿过巷子回家。

经过六楼时，发现陆明潼家门开着，里面竟难得地传出交谈的声音。

她往里扫了一眼，却见屋里立着一个西装革履的男人，清俊而略显秀气的面容，眉目间的轮廓，与陆明潼有几分相似。

而陆明潼站在这男人对面，神色不耐烦。

隔一道门，也能觉察这两人之间应是话不投机，愁云惨雾都挂在了脸上。

沈渔知道陆明潼人际关系淡薄，这一年都是独来独往的，这张面孔，她还是头一次见。

她正不由得放慢了脚步，陆明潼却忽地抬眼，朝门口看来。

冷不丁跟他对上了目光，她神色尴尬，赶紧走了。

门里这男人是陆明潼的舅舅。

当时，许萼华急着出国，想将陆明潼转去国外读书，但这里面层层关隘都需要时间打通。

陆明潼不想走，便主动提出自己去住校。学校里食宿不愁，周六还有老师集中组织强化班，方便他留出更多时间学习。

许荨华没那个脸面去央求娘家兄弟帮忙，一时间想不出万全之策，也是头脑发昏地应允了这个提议。

只是她不知道，陆明潼只在学校里住了半学期不到。

新学期开始时，退宿入宿的人多，宿舍那边审核没那么严，不比半途提交申请的。陆明潼自己伪造家长签名，递了个退宿申请，竟给通过了。

许荨华在国外安定下来之后，与父母的关系也缓和几分。她到底放心不下陆明潼，便去跟陆明潼外公求情，说她可以一辈子不再踏足陆家，免叫家里人蒙羞，但明潼毕竟还小，又跟此事无关，万望顾念稚子无辜，将明潼接回江城。

陆明潼的舅舅，今天就是为这事儿来的。

选在年关的当口，为的是有个说头，接回去吃顿团圆饭，再提转学回江城的事，也就顺理成章。

但叫陆舅舅没想到的是，陆明潼一块硬石头，丝毫不承他们的情。

陆舅舅说："你才十五岁，我不认为你有足够心智决定自己的未来。到底，你外公念及血脉亲情，明潼，你不能不懂事。"

陆明潼说："你们把我妈扫地出门的时候，可没在乎过血脉亲情。"

"从小到大，她干了多少糊涂事，陆家门楣就合该由她糟践吗？我们其他几个兄弟清白为人，凭什么被她累及名声？"

"所以，我不回去，不给外公添堵，也不给你们陆家门楣添堵。如果舅舅你觉得我不配姓陆，我不姓陆也行……"

陆舅舅气得半晌才又出声："好歹，你跟我回去过年。你一个人待在这儿，连口热饭也没有，别叫外人说我们陆家人薄情寡义。"

他说话，永远一句关系里面掺半句人情世故，偏偏这个时期的陆明潼，就是个草木皆兵的杠头，听不进关心，只觉得话里的利害关系尤为刺耳。

因此陆明潼态度更强硬，说不回就是不回，大门一开，摆出赶客姿态。

陆舅舅仆仆一程已是仁至义尽了，当下给陆明潼的外公打了个电话，把手机递过去，叫陆明潼自己回绝了善意，别往后有人编派他这个舅舅待人不周。

陆明潼与外公说话时便没这样冲，外公好说歹说，左右他只说不想回去，

再追问为什么，就以不吭声应对。

末了，外公叹气说：“你把电话给舅舅吧。”

陆舅舅再说两句，挂断电话。

他来时就做了万全准备，这时候恰好派上了用场——自西装口袋里拿出一个红包，也不管陆明潼接与不接，搁在了玄关柜上。

沈渔做完扫除，搭凳子贴完春联，离开的时候，在巷子里，再次碰见陆明潼。

他应当是出来买东西的，沈渔往他提的袋子里看一眼，照旧是方便面、自热饭，与前几回不过是有没有火腿肠的区别。

两人迎头撞上，有点狭路相逢的意思。

陆明潼主动往旁边一让。

沈渔：“喂。”

少年顿住脚步，转过身来看着她。

她穿一件白色的羽绒服，深灰色的羊毛围巾遮住下巴，露出皮肤白净的脸，鼻尖让寒风冻得微微泛红。

她问：“刚才那人，是不是接你去过年的？”

说起来，这应当是这么长时间以来，沈渔第一次主动跟陆明潼搭话。

陆明潼竟有受用不了的感觉，默了一瞬，才“嗯”了一声。

“你怎么不去？”她问。

“不想去。”

她霎时绷紧了脸：“你一直赖在这儿，有意思吗？”

陆明潼当然能听明白这话里的诘问之意，不想正面回答，只说：“这里是我家，我为什么不能待着？”

这种绕弯子式的卖乖似乎激怒了她，她眼里漫出火气：“陆明潼，你别拿些小恩小惠的收买我。你想偿还你妈造的孽，可我告诉你，遭背叛的不是我，你这些把戏放我身上没用。有本事，你到我妈跟前赔礼道歉去，你看她会不会赏你两耳刮子！”

这近一年来，她与陆明潼抬头不见低头见，他那些“举手之劳”的小把戏，沈渔一贯采取的态度是视为空气。

头一回当面对峙，憋了太久的话，一下起了头，竟让她有痛快之感。

陆明潼不吭声，不知道是认了她的指控，还是觉得过于粗伧不屑辩驳。

沈渔当然不由他，不然她不就像个单方面撒泼的泼妇了吗？于是她冷声叫他：“说话！”

陆明潼睫毛颤了颤，缓慢地回以一句：“我没这么想过。”

他是变声期，嗓子里似掺了一把砂石的粗粝，反正沈渔听得怪难受。

“那你在我跟前献什么殷勤？”

这一下，陆明潼却彻底不肯说话了，沉默地立了片刻，转身要走，却叫沈渔一把揪住了外套的帽子。

从认识以来她就这样，刁蛮不讲理，他回避的时候，她就来扯他，衣服、帽子、双肩包……有时候干脆是他手臂，总归要他一个正面的回应。

陆明潼给她这一下拽得不耐烦，却还是压下焦躁，看着她，平心静气地说：“没有为什么。”

这话其实不假，因为他自己也理不清，这是图什么。

诚然有赎罪心理，替许萼华。可有多大功用，他自己清楚，那鸿沟一样的芥蒂，不是他信手投几粒小石子就能够填平的。

只是那一幕始终挥之不去：

那天沈渔将画框掷在角落，溅射一地玻璃的时候，她是不是自己都没意识到自己哭了。

可他挡在许萼华面前，是看得清清楚楚的。那双眼睛如琉璃般易碎，眼泪那么直接地砸下来，紧跟着她眼镜的镜面上就起了雾。

他心脏被那滴泪烫着了，直到今天，他都还在找那烫伤的位置究竟在哪儿。

那时那刻，她的眼泪叫他觉得，他出于人伦的本能而回护许萼华，是错的。

许萼华走的头一天，陆明潼睡到半夜，听见隔壁房间喁喁哭泣，他整个人被那不知道因何为之的哭声，煎熬得半宿没睡。

许萼华出走的决定，他从来不认同。

这不是解决问题，是在逃避。

就好像从前，许萼华但凡跟邻里邻居发生一点矛盾，或是这城市的哪一处叫她不顺心了，便想着要搬家。

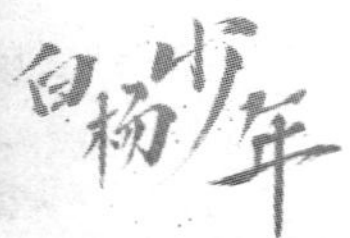

他跟着她，这么颠沛着过来，比谁都清楚，她许萼华，看似月朗风清的，实则是再懦弱不过的一个人。

这回的事，叫他越发不理解：你既然这么懦弱怕事，又何必给自己惹一个身败名裂的大麻烦？

他深知许萼华错到离谱，他克制自己才能不露出鄙薄神色。

可是，倘若这世界上连他都不能不问是非地维护她，那就真没人会维护她了。

许萼华在陆明潼心里，是个千疮百孔的形象，他这些年见过太多她狼狈的时刻了。

偏偏，楼上却有个傻乎乎的女生不知道，一心一意将她视作女神。

陆明潼见过太多次，沈渔听许萼华说话时，眼睛亮闪闪的，仿佛能透过她的内心，轻易揣度她那时的心理活动——她必然想着，往后也要做许萼华这样温柔、知性又开明的大人吧。

可是许萼华自己把自己摔下了神坛，摔得比芸芸众生的痴烂相还要不如。她是直接把自己掼进了泥里，谁都能往她身上吐两口唾沫，再踩上两脚。

她不单错在破坏别人家庭，还错在毁掉了一个人的崇拜和期许。

就是那时候沈渔的眼泪，让陆明潼决定这次不愿再随许萼华一起逃避了。

大人尽可以抛下一切远走高飞，有罪的，无辜的……但是有人会在乎沈渔还困守于此吗？

他不知道。

至少他是在乎的。

一番询问没得到答案，沈渔心烦意乱，也就口不择言起来："你以后离我远点。你，你们……陆家大的小的，我一个都不会原谅。"

她也不过是耍狠罢了，她原谅不原谅的，重要吗？

陆明潼敛下目光，拽了拽自己外套的帽子，转身就走了。

那塑料袋子擦着他的裤腿，哗啦哗啦地响。

沈渔认知中的陆明潼，人际关系淡薄，没有半个朋友，这个认知不全对。

陆明潼在班上有一个好朋友，叫李宽。

李宽其人，普通长相，但胜在性格好，自带幽默细胞。班里每个人，他都能称兄道弟，但有一些话，他只会跟陆明潼说。

两人是由坐同桌认识的，高二文理分科又分到了一个班。

李宽偏科严重，数理化能跟陆明潼打个不相上下，碰到英语、语文却抓瞎得很。

英语做随堂测试，他拿笔杆挠头，疯狂抖腿。

陆明潼被烦得想骂脏话，生平第一回，把卷子往旁偏了偏，手指轻叩一下桌面。只要这祖宗消停点，抄就抄吧，抄个满分他都没意见。

李宽抄了好几回，自觉过意不去。

经过观察，他发现陆明潼这人总是独来独往的。元宵、端午的节令，大家都商量着回去吃汤圆、粽子。独他一人，拿上饭卡，去食堂打三两米饭，一荤两素，打包带回教室。吃完了，他就趴着午休，午休结束就掏出个掌机打游戏。

李宽投其所好，回去跟家里说，往后中午就不回家了，直接用保温盒带饭吧，路上来来去去的太浪费时间，不如在教室多背几个单词。

李宽妈妈以为儿子开窍了，简直是求之不得。

隔天，李宽就献上一保温盒的美食，投喂学霸。

一来二去，两个人就这么熟识。

当然，李宽觉得，陆明潼多半是被他妈妈的厨艺给俘获了。

两人杂志传着看、掌机交换玩，有时，还一块儿去李宽一个表哥开的网吧里打游戏。

熟悉以后，李宽发现，陆学霸没表面上那么高冷，也就是个打副本被“奶妈”坑了会骂脏话的普通人。

后来有一回，李宽在课堂上偷看一本叫网友从日本买的书，内容有一些少儿不宜。

他半节课没抬头，这不把课堂放在眼里的姿态，让语文老师实在看不下去了，走下讲台，缴了他的课外书。

语文老师一看封面，感觉问题有些严重，叫李宽喊家长来。

陆明潼当即站起来说，那书是他的，借给李宽看的。

最终，两人只挨了班主任的一通训诫，没到请家长的地步。

李宽沾了陆明潼这个班级第一名的光，才免于一难。他觉得陆明潼替他

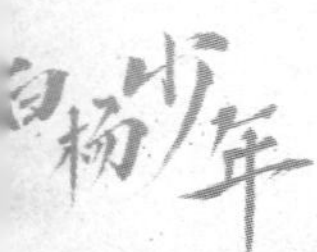

顶缸的姿态爷们儿极了，此后，完全对陆明潼死心塌地。

陆明潼是一月的生日，这出生月份比较尴尬，当年差点因为差了几个月被拒绝上小学一年级。后来五岁多成功入学，念高一的时候才十四岁零八个月，比班里一半多的同学都小。

而李宽比陆明潼大了半岁多，更油然而生一种责任感，觉得自己这个做大哥的得照顾好他。

陆明潼日常回以一个“你是谁”的眼神。

陆明潼的这个新年，因为李宽的存在，过得比去年要好那么一些。

春节期间，李宽给他打了个电话，绘声绘色地描述自己坠入了爱河：“我就没见过这么漂亮的女生，别说我们班班花，就是我们学校校花，在她面前也就是个烧火丫头。”他说的是他爸的一位大学同学，白天来了家里做客，带着一位漂亮的小姐姐。

估计李宽觉得陆明潼只“嗯”一声的反应十分敷衍：“我拍了她的照片，我发给你看！”

陆明潼的QQ上收到照片，瞅一眼，确实还不错，只是怎么年龄看起来……

他问李宽：“比你大啊？”

“大怎么了？成熟姐姐才有韵味。”

初六，陆明潼到李宽家里玩。

他不是第一回去，受到李宽妈妈的欢迎，难免还是觉得叨扰，尤其李妈妈总把他作为“邻居家的小孩”，拿来教育李宽。

三月的一个周五，李宽在陆明潼家打游戏。

最近针对未成年人上网吧的查处力度收紧了，李宽的表哥也不敢再顶风作案，给他们开这个后门。

李宽长吁短叹了好一阵，陆明潼从许萼华留给他的卡里拿出一部分钱，置办了一台台式电脑。此后，李宽便没少来他家里厮混。

他倒不单是为了打游戏，更是为了跟他那个心心念念的世交小姐姐一起打游戏。这学期开始，他破天荒地啃起了老大难的语文和英语，就为了能跟小姐姐做校友。

李宽边打游戏边跟人语音，陆明潼懒得听他那些腻歪话，戴着耳机在一旁玩掌机游戏。

晚上九点多，陆明潼摘了耳机，喊李宽一起出去吃饭。他俩在吃的方面都不拘，沿街找了个小餐馆，点两个炒菜。

李宽讲今天下午跟小姐姐连麦打游戏的趣事，陆明潼似听非听的。

李宽不满了："你再这样，以后你有什么事，我也不会听你说了啊。"

陆明潼："我听着呢，你说，幸好你俩跑得快，不然差点被'守尸'。"

李宽见陆明潼真的在听，便继续讲，说到兴致勃勃处，陆明潼却忽然站了起来："你等等，我一会儿就回来。"

话撂下，他朝着餐馆外匆匆走了。

李宽好奇地往外张望，顺着陆明潼离开的方向看去，路边站着一个穿白T恤、牛仔热裤的女生。虽看不见正面，可那双腿又细又笔直。

李宽情不自禁地"嚯"了一声。

紧接着，他看见陆明潼站在那女生身后，隔一段距离，有些踌躇。

过去了好几分钟，直到路边来了辆空出租车，女生要上，却被一中年男人抢了先。

这时候，陆明潼走了过去，不知道说了什么，或是压根儿什么也没说，直接钻进后座，把那男人一把扯了出来。

女生上了车，陆明潼也跟着上了车。

李宽："……"

他是不是忘了这里还坐着一个人呢？

而且，他家钥匙……

李宽掏出手机急呼，没等他开口，电话那端的陆明潼直接不由分说地说道："我有点事，你吃过饭就回去吧，饭钱我到时候给你。"

听听这宛如打发下堂妻的语气哦。

出租车里，沈渔一副惶惶神色，听见手机振动，第一反应是去看自己手里。

陆明潼接起电话，她才意识过来，不是自己的。

因周六要去一趟学校，今天下课之后，沈渔没如往常一样去爷爷那里，

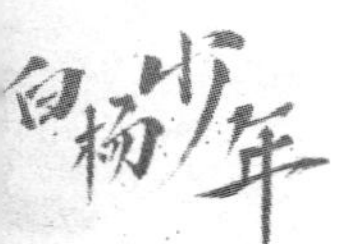

晚上在家写必修课的平时作业时，来了一个电话。

她爷爷的邻居打来的，说晚上爷爷在他那儿下象棋，起身的时候突然晕倒了，现在已被救护车送去了医院。

饶是她已经离开父母独自生活了一年多，遇到这种事情还是六神无主。

出租车里打起很足的冷气，吹凉她后背的冷汗，人跟着打个寒噤。

直到旁边陆明潼递来一句话："发生什么事了？"

一时间所有懊糟情绪都涌上来，她仿佛后知后觉地意识到，怎么陆明潼也上了车，疾言厉色地吼了一声："你给我下去！"

她这嚣张没撑过一回合，说最后一个字时已带哭腔了，立即抬手挡住了脸，眼泪啪嗒啪嗒地往下落。

片刻，她感觉陆明潼朝她这边侧了侧身，一包纸巾递了过来。

她不接，他就拆开包装，抽出一张，掰开了她握手机的那只手，硬塞进去。

她拿纸巾蒙住脸，声嘶力竭地哭足了几分钟，而后便强迫自己收了声。

这时候爷爷只有她可依靠了，她还得保持清醒，等爷爷的邻居来电话。

从这儿到医院，出租车要开四十分钟。

引擎轰鸣，空调运作，间或司机鸣喇叭，都是有声的，她却觉得行驶在一种绝对的寂静中。

突然，手机在她手里振动起来，她吓一跳，着急去接，却让手机直接滑落下去。

她伸臂去摸，越急越摸不着。

头顶的阅读灯一下亮起，陆明潼弯下腰，在靠近她脚边的地方，拾起了手机，递给她。

她来不及说什么，赶紧接听。电话那头的人告诉她，她爷爷已经出急救室了，问题不大，医生说观察两天，明早做些检查，倘若没有其他问题，便能出院，还让她慢慢地来，别急。

沈渔哽咽着声音千恩万谢。

到医院，邻居大叔与沈渔做个交接，说出门时都忘了给门落锁，这时候都不知道是不是给贼搬空了，得马上回去看看，不然，是要留待沈爷爷送去病房了他再走的。

沈渔道谢又道歉，神色凄凄惶惶。

邻居大叔与沈渔是相熟的，对沈家的事情也略知一二，知道这小姑娘二十岁不到，六神无主实属正常，安慰了两句，让她若有什么搞不定的，给他打电话。

沈爷爷给移去病房以后，护士过来，上一系列的检测设备。

人没醒，沈渔不敢离开。

陆明潼在病房门口站立片刻，转身走了。

他知道晚上沈渔是要陪在这儿的，劝都劝不动的那种。

医院附近的超市关得晚，提供住院所需的物资，他买了面盆、毛巾、牙膏牙刷、拖鞋、纯净水等一切有可能用得着的东西。

他回到病房,放下袋子的时候,沈渔看了一眼,难得地一句歹话也未曾说。

她坐在床边的凳子上，陆明潼站在窗户边。

时间分分秒秒地过去，沈渔知道这件事，她得知会一声沈继卿，不管他们父女已经有多长时间没讲过话了。

这个电话，沈渔去了走廊的尽头打，她怕自己按捺不住火气。

事实证明这个决定是正确的，听见沈继卿的声音那一刻，她就没法好好说话了，说了两句便情绪上头：“如果爷爷今天出了什么好歹，我会恨你一辈子！”她都忘了，之前，已经说过后半句话了。

沈继卿声音苦涩：“我马上找个车回来。小渔，先难为你帮忙照顾着爷爷。”

又过去半小时，沈爷爷醒来。

他气虚体弱的，却朝着沈渔伸出手。他攥住了她的手，才气若游丝地先同她道歉。他知道自己这个孙女儿，从前是叫父母捧在掌心里长大的，没经过什么事，这一回肯定被吓坏了。

“我才不吃您这套！”沈渔咬着嘴唇控制泪意，“您明知自己有高血压，平常不注意，东西乱吃，还抽烟。我回去就把您的烟杆撅了！”

沈爷爷是修手表的，年轻时靠这门手艺养活了全家。如今，那爿修表的铺子还没关，虽然平常三五天才等得到一个人上门，他也不在乎，每天总要抽空过去坐坐。他从废品站回收些旧表回来，修好，拧拧发条上上油，摆在玻璃橱窗里，宝贝得紧。

他对物质看得也淡，一件汗衫穿上三四年也不肯扔，说是磨出了绒边，

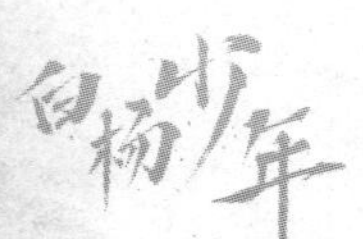

穿着比那些新的更舒服。

唯独，他喜欢抽烟袋，专从老家的朋友那里弄来自种的烟叶，自己捣成烟丝，饭后小憩之前，总要抽上一袋。

医生叮嘱过好多次得戒烟，他应承得好好的，转头就我行我素，还振振有词说，他就这么一个爱好了，要不让他抽，不如叫他死了算了。

沈爷爷是瞧不得沈渔哭的，看她涨红一张脸，难过又委屈，知道自己这个爱好，这回是真保不住了，便笑说："我答应小鱼儿，以后不抽了。"

陆明潼帮着喊来了护士，护士说医生已经安排好了明天的检查，晚上护士站一直有人，有事按铃即可。

时间也是不早，陆明潼便准备走了。

他掩上门，听见沈渔的脚步声跟出来。

走廊顶上的冷色灯光照在她脸上，面颊是失了血色的白。

这样面对面地站着，第一次让陆明潼清晰感知，自己已经高过她一个头了。

从前怎么没有发现，她因为没精神耷拉下去的肩头这样柔弱，而手臂又这样清瘦。是因为他不知不觉长大了吗？

沈渔摸了一下鼻子，纠结都写在神色与动作之间了。

陆明潼的本意并不是要从她这里捞一句"谢谢"，不过一切出于本能罢了。

所以，他不等沈渔走完这段纠结的心路历程，径直转身走了。

沈渔："……"

她往走廊里看一眼，那挺拔身影行走如风，很快就转个弯消失。

晚上，沈渔洗把脸，就歇在病房里。

病房是三人间，有提供休息的折叠椅，白天折起来是椅子，晚上放下去是一张单人床，很窄，翻个身就要掉下去。柜子里也有毛毯，但不知道多少家属盖过的，一股垢腻的臭味。

沈渔不想盖这毛毯，想起来陆明潼买的那袋东西里有张浴巾，找出来，搭在背上，将就睡了。

深夜两点多，沈继卿到了。

他借了车自驾过来的，一路急赶，满身的汗。

夜里病房里都熄了大灯，其他床的都睡了，他怕将人吵醒，便低声叫沈渔回去休息，他来陪床。

沈渔不愿，压低声音与他争辩了几句，倒是吵醒了爷爷。

沈渔歉疚得很，跟爷爷道歉，爷爷却催她："小鱼儿听话，回去休息，叫你爸陪着，这是他该做的。"

次日早上八点，沈渔赶去医院，提着保温桶和沈爷爷的换洗衣服。

在医院门口，却与陆明潼撞上。

他手里提着早餐，似乎是稀饭、花卷和茶叶蛋。他看见了沈渔手里的东西，意识到，该是沈继卿回来了，不然她不敢离开的。

因此，他也就没必要上去了。

他转身要走，沈渔却喊一声："喂。"

陆明潼往她脸上看，她也看他，再看他手里提的早餐，她脸上是与昨晚一模一样的纠结神色。

他等了等，她还是一句话也没说，他便对她说："赶紧上去吧。"

这事情又过去一周，陆明潼才又在清水街碰见沈渔。

李宽在他家打游戏，他出来买点水果。

沈渔原本是在旁边的超市里买东西，看见陆明潼了，挨挨蹭蹭地走了过来。

两个人并排站在水果摊前，陆明潼看她一眼，觉得她似乎瘦了些，转而低头继续挑拣着葡萄。

"你爷爷没事了？"

"没事了。"

"那就好。"

陆明潼将一袋葡萄递给摊主过秤，他知道旁边沈渔还没走，却没主动递话梢。

他付了账，接过找零。

他将葡萄拎在手里，示意自己要走的时候，沈渔忽地摘下了眼镜，揉了一下眼，片刻，才抬起头来，看着他说："谢谢。"

陆明潼怔了一下。

倒不为这句话，虽然这句话也叫他觉得意外了。

因沈渔摘下眼镜的样子，实在叫他觉得有些陌生。其实，她有一双很好看的大眼睛，眼波清澈，只因近视而稍有些无神。

水果摊子上的一盏灯，落下黄灿灿的灯光，叫她的长睫毛一眨一眨地裁开。在她垂眸的瞬间，他甚至能瞧见她白皙眼皮上隐隐透出的青蓝色的血管。

而她的左眼有一粒细微的痣，长得那么恰如其分，像一滴还未洇开的泪。

“嗯……”陆明潼略微恍惚地应承着，又等了等，确定她不再有别的话，才转身走了。

他走出两步，又回头望，她已经戴上了眼镜，略探着身，在摊子上挑拣苹果。

这一幕也叫他屏了一下呼吸，因她身前是光，身后便是暗，她是一段柔和的分界线。是哪个画家拿油彩涂抹的灵动一笔，这样细腻而生动。

沈渔能觉察到陆明潼回头望了她一眼。

她心里梗着，为对他说出的那声“谢谢”。

她实难承认，自己已经没法继续把许萼华和陆明潼混为一谈。

她那壁垒森严的恨里，不知不觉已经开除掉了陆明潼，可能是在他强硬地给她递来一张纸巾的瞬间，可能是那天惶惶无主，他陪她一程，至少叫她没那么孤立无援。

可能，还有纠结，有硌硬，有耿耿于怀，可是它们都够不上恨的标准了。

当天晚上，陆明潼做了一个梦。

那梦的起初，真是再普通、再正常不过了。

盛夏午后的房间，地板上还留有擦洗过的水渍。一个女孩子背对他，躺在凉席上看书，手里捏一根雪糕，身上是一件雪纺纱的上衣，水洗蓝色的牛仔热裤。跷着细而笔直的腿，皮肤让光照出有些透明的质感。

他不知道她是谁，又径直走过去，夺了她手里的书，一把扔去角落，再压住她的手臂，不叫她动弹。

然后，那梦一路朝着最癫狂的方向发展，他惊惶地醒来，在额头上揩一手冷汗。

因他清清楚楚地记得，在这场荒唐的梦即将结束的最后，他才看见她的脸——她忽地转过头来，轻笑一声，摘下眼镜，阳光在她长长的睫毛上洒落金粉，眼尾一粒将落未落的泪痣。

而他叫她——“姐姐。”

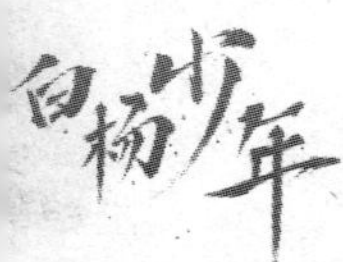

第三章

偷吻到的露珠

沈渔为了去首都跟陈蓟州对质，问唐舜尧要了两天的假，这才去了一天。她没工作狂到提前返岗，多出来这一天，决定去爷爷那儿一趟。

城西那一片都是老房子。与清水街的“老”不同，这里灰墙红瓦，楼层低矮，树木繁密，浓阴匝地，很有些避世的气息。

前几年这里划为保护性建筑区，断了大家拆迁致富的念想。不过倒有人另辟蹊径，租给商人改建成为民宿。

因此，徘徊于这一片的，要么如沈爷爷这样的老年人，要么就是前来观光的文艺青年。

沈爷爷很见不惯一些小年轻跑来这巷子里闹腾，要说他们是真来欣赏建筑的也就罢了，偏偏就是找一段灰墙花窗，嘟嘴自拍。

沈渔洗碗的时候，沈爷爷就跟在后头抱怨，听得她憋不住笑。

沈爷爷单独在家，随意炒两个菜就能把自个给打发了。但沈渔来的话，他会去巷口的菜贩子那儿弄一条鲈鱼、半只老母鸡，再买些卤品，亲自烧饭。

他厨艺不赖，至少烧鱼的水平，能将沈渔的五脏庙伺候得服服帖帖。

吃完饭，沈渔再满屋子逛逛有什么可做的。

沈爷爷爱干净，让沈渔的满腔孝心无用武之地，就说：“那要不陪您下会儿象棋吧？”

“你一个臭棋篓子，我不稀罕跟你下。”虽这样说，沈爷爷还是支撑了棋盘。

头顶的国槐树筛一地的阴凉，沈渔坐在木椅子上，有点儿酒酣饭饱的困倦。

她一步臭棋葬送全局，沈爷爷帮她复盘，棋子挨个摆回去，说你得这么这么下，你看，这不就能将我了吗……

沈渔在棋艺方面毫无上进心，嘴上说学会了，下次还敢乱下。

她抱着膝盖，没走心地推了推棋子，忽然说：“爷爷，我跟陈蓟州分手了。”

沈爷爷毫不惊讶，甚至说：“分了好，这人我瞧着很不灵光。”

“他都读博士了还不灵光呢。”

“不会待人接物，读到博士又有什么用？”

“之前倒没听您对他有什么意见呢。”

“儿孙有儿孙福，你带他过来见我，总不是想让我阻拦吧？你喜欢就好，爷爷不掺和你这事儿。”沈爷爷顿一下，“你真准备下这儿？我跟你说，你下这儿就又输了啊。”

沈渔公然悔棋，把子撤回来，换了一步路数，这下沈爷爷更叹气了：“输得更快……”

沈渔吐吐舌头：“您再这样我开手机让 AI（人工智能）教我下了啊。”

沈爷爷推了棋盘，喝两口茶，说歇歇再下。

沈渔手臂搭在椅背上，脑袋枕上去：“我外公要过七十大寿了，您到时候去吗？”

“不去。人家过生日，我去添堵，不合适。你妈回来吧？”

“回呢，跟她通过电话了。”

沈爷爷沉默半晌：“文琴也不容易。”

一时无话。

沈渔望着散落一地的光斑，风吹叶摇，那光斑也跟着晃动，像在水里似的。

沈爷爷瞅她一眼，淡淡地说：“小鱼儿，你也别把自己过得老气横秋的。什么陈蓟州、王蓟州的，分了就再找一个，眼睛擦亮点儿。再不济，结了婚

还能离婚。爷爷不管你带什么人回来，紧要的一点是，你得喜欢。人不是跟‘合适’过的，得跟‘喜欢’过。”

“嗯……”

沈渔从没把心里的想法细致地同爷爷说过，可他却比谁都看得透彻。

最后，爷爷说，生活多苦啊，你得自己赏自己甜头吃。

沈渔在爷爷这儿吃了晚饭才回清水街，爬上楼，发现六楼大门敞开，灯火通明。

沈渔探头往里看了看，却见客厅里有两个年轻男人，正架着梯子给墙面刷漆。

屋里乱糟糟的，地上铺了防水布，散落几只油漆桶，散发出一股刺鼻味。

“你好……”沈渔出声，“你们是来翻修屋子的？”

难道陆明潼打算搬回来？

闻言，这两人齐齐转过头来。

靠左边的梯子上的那个，穿件红蓝撞色的 T 恤，脚底一双黄紫相间的球鞋，整个人好似打翻调色盘。

他看了眼沈渔，愣一下，急忙打声招呼：“沈渔姐，好久不见了。”他爬下梯子，把滚筒往油漆桶上一搭，朝她走来。

沈渔也愣住了，对方好像瞧出她的茫然，提醒道：“我，李宽，李宽啊！”

这倒真是好久不见。

李宽跟陆明潼是高中同学，那两年没少在她跟前晃悠。高考结束，李宽和陆明潼去了不同学校，往来变少，加之陆明潼大三出国做交换生，没了这个桥梁，她便没再见过李宽了。

沈渔笑说：“你们是来帮陆明潼搞装修的？”

“我们租了他这房，搬进来之前稍微收拾一下。”

“你在附近上班？”

“不是，我跟着江樵——我校友一块儿创业呢。”

李宽说这句话的时候，另外那架梯子上的男生也转过身来，冲着沈渔挥了一下手，权作打招呼。他应当就是江樵了。

“陆明潼也跟你们一起创业？”

“他要是跟我们一起就好了，还能免房租……”李宽脑瓜子灵光得很，立马说，“沈渔姐，要不你替我们劝劝他呗——陆明潼！你出来下！”

话音落下没多久，陆明潼从厨房走出来，手里拿着一瓶冰水，瞥一眼李宽：“你拉谁当说客都没用。”

沈渔同他招手：“你过来。”

陆明潼要理不理的。

“过来。”

陆明潼这才放下水瓶，懒散地朝她走去，站在门口，抬起手臂，一手撑住了门楣，就这样低头看她：“干吗？”

“你还真打算一直在我们工作室干下去啊？李宽这提议不挺好的吗？”

陆明潼笑了声：“你了解过吗，就说挺好？目前他们这个创业团队，就他们两个人。”

“我们人虽少，但都是精英骨干。你不加入可以，不要诋毁。”那个叫江樵的男生懒洋洋地接腔。

“你是，我信。至于李宽……”

李宽：“我也是！我怎么不是了？！”

沈渔被他们逗笑，目光越过陆明潼，看向李宽：“你们吃晚饭了吗？我请你们去撸串？”

李宽笑说：“还是沈渔姐大方，陆明潼一抠门鬼。就这破房子，还收我们三千块一个月。”

陆明潼一副冷酷无情的姿态：“你不如去打听一下，这附近整租都是什么价格。再抱怨一句，加一千块。”

三人略作收拾，出门了。

路上，不待沈渔多问，李宽已然竹筒倒豆子般交代完前因后果。他一听说陆明潼回国，就积极联系，拉陆明潼入伙。谁料这狗东西斩钉截铁地不同意，倒是听闻他们在找房，反过来讹了一笔房租。

陆明潼冷声道：“合同签了，押一付三你给了吗？”

李宽：“好兄弟还把账算得这么清楚，多生分。”

沈渔在旁听得笑不可遏。

高兴是因为她总担心陆明潼自我封闭，如今看来并非如此，至少，他跟

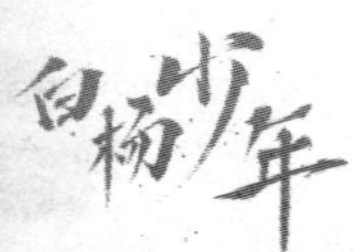

李宽的友谊还一直延续。

四人在烧烤摊子坐一桌。

李宽拿上点菜单，似有所顾及，点的那点东西明显不够塞牙缝。

沈渔笑说：“尽管点，别客气。”

李宽拿目光去瞥陆明潼，直到后者发了话：“让你点你就点。”这才把那单子上的类目大半都钩上。

夏日的烧烤摊烟熏火燎，暑气之外再添一重热。

老板在旁边支一台巨大的电风扇，只在转动过来的时候，那叶片才送来一点风，但完全没有凉意。

先送上来四十串烤羊肉，三人都是男生，且干了一整天的活儿，饥肠辘辘，风卷残云之势，一下就消灭干净。

陆明潼从他们手中夺下了几串，递给沈渔。

“你吃吧，我在爷爷那儿吃过晚饭了。”

一会儿，老板送上来几瓶冰镇啤酒。

李宽捏着酒瓶子在桌沿上磕掉瓶盖，拿一只一次性塑料杯，斟满了先递给沈渔。

却叫陆明潼截了去：“她不能喝。”

李宽挑挑眉。

嗬。

他有心逗他俩：“沈渔姐不喝也行，她的你来替。”

陆明潼瞧他一眼，像是难以置信这等糟粕的劝酒词会从他口里说出来。

李宽被这目光冒犯了，还非糟粕一回不可了。

陆明潼直接从他手里拿过酒瓶，放狠话：“先喝醉的怎么说？跪下叫爸爸？”

李宽尿了，他见识过陆明潼的酒量，反正他一点儿便宜也讨不到，识趣道：“点到为止，点到为止。”

烧烤陆陆续续地端上。

李宽看沈渔一眼，这灯光昏黄，腾雾浮尘的夜色里，她一张脸被衬得更白皙干净，虽然，不是他的菜，但也不难理解，陆明潼为什么执着了这么些年。

他笑说：“沈渔姐谈男朋友了吗？”

“这不是巧了嘛，昨天刚分。”沈渔淡淡一笑。

李宽愕然看向陆明潼，目光鄙夷。

陆明潼：“……”

他不是他没有，他真的什么也没做。

沈渔问：“那你呢，谈女朋友没？我记得你读高中的时候，不是心心念念一个小姐姐？”

李宽笑说：“姐，你这消息更新得够慢了。我读大一那会儿，她就结婚了，现在二胎都生了。”

“好像听陆明潼说过，可能我给忘了。”

“她大我八岁，估计也就觉得我是闹着玩。有一说一，我确实也没多认真，就找个目标激励自己好好读书而已，我跟陆明潼，还是不一样……”他说着，忽觉自己失言了，赶紧噤声，捞酒瓶叫大家干一个，笑两声，掩饰尴尬。

陆明潼放下酒瓶的时候，忍不住吐槽李宽越来越油腻，整一个老社会人了。

李宽回怼，我要有你这么张横行无忌大杀四方的脸，也用不着深谙这些套路。

他们没喝多少酒，因为吃完了还得回去接着干活。

一道进了楼里，陆明潼到了六楼却不停下，跟着沈渔继续往上走。

沈渔一下转过身，指一指下方他家的门：“你住那儿。”

陆明潼无可无不可地“嗯”了声，伸出手臂，搭在栏杆上，仰头对她说：“我好像喝醉了，你家里有酸奶吗，借我解一解酒。”

“你是不是还要说，你又胃痛了？”

陆明潼煞有介事地感受了一下：“有一点。”

沈渔推他：“赶紧回去，没空跟你闹。”

她手没收回去，被陆明潼一把攥住。他顺势往上迈一步，后背抵靠栏杆，拿身体挡住可能来自自家门内的窥探视线。他低头，声音沉沉的，也是十足诚恳：“按照排队顺序，是不是该给我个机会了？”

无论是他略带酒气的呼吸、手指的热度，抑或是让他身影围出来的这进退皆难的背光一隅，都让沈渔窘迫。

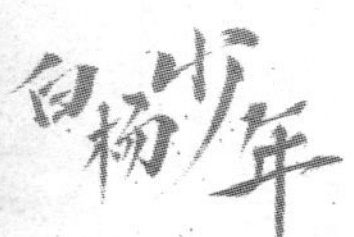

她赶紧抽手，斥他在说胡话："你当是踢足球吗，还有替补位的？不行就是不行。"

"我一定比陈蓟州好，也比你以往谈过的每一个都好。"

沈渔略感头疼……不知道是因为酒精，还是因她分手，他没了顾忌，又变回了当年那个无时无刻不对她疯狂洗脑的陆明潼。

她正色道："我刚刚失恋。"

"我不在乎。"

"我在乎！我还在难过呢，你看不出？"

他当真微微眯一下眼，仔仔细细地凑上前往她脸上看。

她气得才不管这张脸是不是好看得价值千金，直接手掌糊着他的脸往后推："陆明潼，你要是在我意志薄弱的时候乘虚而入，我会恨你。"

"你除了威胁我，还会别的吗？"

"还会真的恨你。"同样套路，她如数奉还。

陆明潼神色严肃："你的意志薄弱期持续多久？不让我乘虚而入，那等你准备好了，我正面强攻？"

沈渔拿起手包砸他一下："滚！"

和沈渔闹了两句之后，陆明潼回到自己家中，等待他的自然是李宽的一番揶揄。

"既然反正打定主意要在她身上耗死，何必当年要出国，浪费两年时间？"

陆明潼不置可否。

他能怎么办，他是投鼠忌器的那个，他的威胁每每做不了真，沈渔的却不一定。

李宽知道在这方面陆明潼非常无趣，和他聊感情八卦是聊不起水花的，转而说起正事，让他再考虑一下入伙的事。

陆明潼仍是这句话："暂时没这个打算。"

接话的是江樵，这个创业计划的真正发起人："没有瞧不起婚礼策划的意思，但我觉得，你的天赋，还是应该发挥在真正适合你的领域。"

"游戏行业有你一个天才就够了。"

"我俩擅长的方向不一样，我负责构思，你负责实现。"

一旁的李宽不高兴了，意识到自己整个在食物链最底层："樵总，怎么忽悠人的话术都不带变一变的啊？"

江樵挑一挑眉："哦，忘了你在这儿。"

陆明潼懒得与他俩插科打诨，他还得返回自己租住的地方。他将钥匙交给李宽，方便他们后续修整屋子："我走了，你们缺什么给我打电话。"

沈渔销假返工，次周周一的例会上，唐舜尧论功行赏。

做他们这一行的，底薪一般不高，与南城的平均工资持平，主要收益来源于每一单的提成。

类似沈渔负责的高端定制，除最基本的策划费用之外，物料、花卉和人工等，都由工作室及其合作商提供，环节之间存在不菲的利润空间。而且，唐舜尧不是个小气的老板。

会上，唐舜尧还宣布了一项重要决议，往后要准备拓展海外新地图了。

有人有所疑议。

唐舜尧说："我们已经晚了很多步了，同行都快包圆了大溪地、巴厘岛、马尔代夫这些地方。我们一开始步子不用迈这么大，先挑两个地方试试呗。"

有人说，自己这破四级英语，大学毕业以后就再没用过了，到国外去交流不了。

唐舜尧开玩笑说："这不我才招了小陆进来嘛。沟通方面不是什么大问题，工作室可以招人，一时招不到合适的，你们雇个当地翻译，也花不了多少钱。"

散会后，唐舜尧把沈渔叫去办公室，叫她坐，不用拘谨，随便聊聊往后的职业规划。

沈渔笑说："唐总，你这么说我可放松不了。"

唐舜尧摘了眼镜放在办公桌上，皮鞋蹬地，慢慢转动着大班椅，手指揉一揉眉心，问："去年，我问你有没有想法领导一支团队，你说，你的乐趣只在策划本身。现在你还这么想吗？"

沈渔听明白唐舜尧这番叫她来聊一聊的意思，想必，这与他在会上的决议也是相关的。

沈渔笑了笑说："师兄，你先告诉我，我有退的余地吗？"

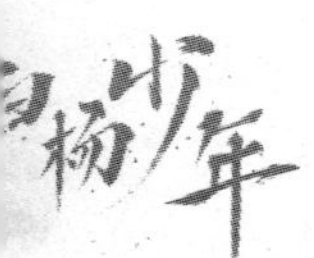

沈渔本科一毕业就来唐舜尧这儿工作了。

那时候唐舜尧从上一家做婚庆的大公司出来，自立门户，开了一家工作室。工作室刚刚步入正轨，急需人才。唐舜尧跟几个员工，在沈渔本科学校的校招会上支个摊子，当场接收简历，当场面试。

沈渔那时即将毕业，对想做什么工作并没有明确意向，只知道对所学的工商管理专业没有半点热情。

这倒是给了唐舜尧可乘之机。

唐舜尧拿到沈渔的简历之后一通忽悠，她不喝他的迷魂汤，最后决定过来试试只是因为，当时他们的摊子上有一本印刷的相册，都是他做婚礼策划这些年随手拍下的。

不是婚纱照，而是婚礼当天，婚宴之外的点点滴滴。不全是兴奋和喜悦，也有忐忑、焦虑、游离和恐惧。

她知道自己有个心结，始终没有解开，这或许是个契机。

当时她问唐舜尧："你结婚了吗？"

唐舜尧给她亮了亮手上的婚戒。

她又问："你觉得婚姻是什么？"

唐舜尧经手了那么多个策划案，还从没认真思考过这个问题，他想了半天，才说："对我而言，婚姻可能是遮风挡雨的地方。"

"那为什么有些人会出轨？因为天晴了？"

唐舜尧又给问住了。然而坐在对面的女孩神色严肃，目光清亮，不像是故意来消遣他的。

他只好说："我不知道别人怎么样，但我不会出轨。"

"一定不会吗？还是说，每个人在步入婚姻的那一瞬间，都觉得自己绝对不会出轨？"

唐舜尧诚实地说："我不知道。生死都是朝夕间的事，人心思变，又有什么难理解的？

他指一指摊子后方，用几个展架专门隔出来的一间"会客室"，笑说："要不，我们先来面个试？"

沈渔就这么来了唐舜尧的工作室，一干就是四年。

当初，她入行的初衷是为了弄清婚姻的本质，结果最终只弄清了婚姻的本质就是玄学。倒是几年干下来，对自己所做的工作产生了成就感。她一个对婚姻爱情都消极的人，挺乐得用亲手策划的盛大仪式，将一对对新人送入婚姻殿堂。

究竟，婚礼只是一个开始，往后静水深流；还是那就是爱情的顶峰，风光大葬之后日趋腐朽呢？

没个确定答案。

眼前，唐舜尧笑说：“倒不是不让你退，但你退了，该你坐的位置总不能空着。要是让比你晚进公司的，或是能力没你强的爬到你头上了，你忍得下吗？”

“师兄的意思是，义不容辞呗？”

“我最放心你。”唐舜尧眼里透出老狐狸奸计得逞的目光，戴上眼镜，从抽屉里拿出一只亚克力盒子推到她面前。

这不是算准了她不会拒绝，连新名片都印好了，很能唬人的“总监”头衔。

沈渔捏着名片一角，看了看，最后提出一个请求：“我能要一项权力吗？”

“你说。”

“我想开除一个人。”

“陆明潼不行，全工作室就他英语最好。”唐舜尧比她还精。

“……”

正式的人事任命，要等小武发邮件通知，但办公室里哪有秘密，顷刻间，没有老板在的微信群里弹出消息，纷纷道贺。

沈渔先往群里丢了个数额不小的红包，等他们抢的时候，切出界面，先处理一上午堆积的重要消息。

倒让她看见，红点提示的未读消息里，有陈蓟州的妈妈。

沈渔点进去看，是一小时前发来的，说中午会经过他们这儿，能不能占用她一点时间。

沈渔回复过其他消息，才回陈妈妈，叫她中午在附近的一间餐厅见，两人一起吃饭。

最后，她才切回群里，感谢大家。

此外，沈渔和工作室几个关系稍近点的，自有一个小群。这些人，她是

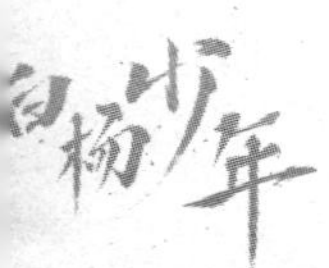

要请客的。她叫他们自己商议时间地点，不过今天中午不行。

陆明潼马上发来消息问她："中午有事？"

"跟陈蓟州的妈妈吃个饭。"

她看见"正在输入"闪了又闪，陆明潼却没发半个字过来，不知道是不是被她气着了。

中午的办公室，没了敲击键盘的声响，倒比平常更安静些。

陆明潼戴着降噪耳机，小憩片刻，醒来往沈渔的座位那儿看一眼，她还没回。

直到快近上班的时间，沈渔才回来。单从神色，看不出来她高兴还是不高兴。

晚上，沈渔小小地加了一会儿班。

等她回神时已是七点半，关电脑收拾东西的时候，发现陆明潼也没走，且随她一起站起了身，明显等她的样子。

两人前后脚进了电梯，沈渔白他一眼，看不惯他这牛皮糖的行径。

陆明潼跟她下了停车场，说要搭一搭顺风车，回一趟清水街。

沈渔忍不住要教训两句了："你的生活是围着我转的吗？"

陆明潼讪讽神色，反怪她自作多情："我去看一看李宽他们的进度。"

沈渔推他："滚滚滚，自己坐地铁去。"

上车以后，陆明潼降下车窗，点了一支烟。

"你要抽烟就别坐我的车！"

他不紧不慢地抽了几口，赶在沈渔真要发火的边缘，把烟灭了："中午，陈蓟州的妈妈对你说什么了？劝和？"

就知道，这狗东西不可能憋得住不问的。

在她还沉默着，不大想开口的时候，陆明潼又说："你不告诉我，我就直接去找陈蓟州。叫他别逮着你的软肋使劲，有本事自己回来跪地求你原谅，我还能敬他三分。"

还真让陆明潼给说着了。

虽然，陈妈妈再三澄清，自己不是被陈蓟州支使来当说客的，可话里话外，有代自己儿子受过的意思。

陈妈妈对她说，陈蓟州跟那个钱果果，真没有什么，只不过钱果果主动追他，叫他一时之间，对钱果果可能带给他的那些，心生动摇。

陈妈妈说：“蓟州打小是个好胜心强的人，他在学校里遇到了一些不公平的事，所以才有了非得留在首都，出人头地不可的想法。他一时想岔了，也叫你寒了心。小渔，阿姨一直知道你是个好姑娘，蓟州能有你当女朋友，是他的福气，只怪他自己不争气。只是阿姨又难过又愧疚，阿姨是真的把你当自己家人看待的。慢待了你，阿姨十分过意不去。”

沈渔只好劝慰陈妈妈，这单纯是她跟陈蓟州之间的事，和旁人没关系。

最后，陈妈妈说，因陈蓟州所有的通信方式已被沈渔拉黑，这句话，只能由她这个做妈妈的来传达了：“小渔，蓟州说，只要你给他去个电话，他就决计不留首都了，他一定毕业回来，跟你好好过日子。”

沈渔掌着方向盘，稳稳地跟着前车过了路口，没让这段陈述扰乱自己的心情。虽然，中午跟陈妈妈聊完以后，她是实打实地被恶心得不行。

“以前我以为自己讨厌的是坏人，现在发现，我还是最讨厌懦弱的人。”明知道她是心疼陈妈妈的，还故意利用这一点。当真从头到尾的不敞亮，活该在她的黑名单里躺成无期徒刑。

陆明潼沉默了一瞬：“你怎么回复她的？”

“我说，哪怕陈蓟州亲自回来，当面跪地求饶，我都不会原谅他，更遑论别人代传的一句道歉了。”

这句话好像叫陆明潼受用得很，他轻哼一声地笑了。

沈渔不能否认，聊过以后，心里松快多了。

至少，这事儿彻底画上句号。

“你能不能将车窗关上，我开着空调呢！”她情绪转换极快。

“你升职了，不请客吗？”陆明潼慢悠悠地升起车窗。

“请啊，不是一起请吗？你还想要特殊待遇？”沈渔一眼看穿他的小算盘。

“至少，不能和严冬冬一个待遇。”

“严冬冬可比你好，你多烦人。”

“刚才将我当情绪垃圾桶的时候，怎么不嫌我烦？下回难受了你自己憋着，垃圾堆里找男朋友，活该。”

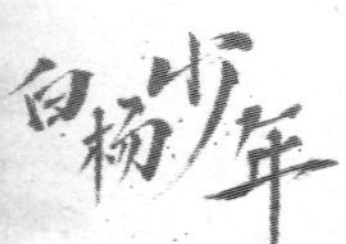

沈渔笑了：“属二踢脚的吗，陆明潼？突然炸，动不动就炸。而且，我求你了吗，不是你自己非要黏上来的？”

沈渔转头看一眼，陆明潼眉宇间都是郁色，好像对她说：你再激一个试试，我还能有更炸的。

“好了好了，一起吃晚饭好了吧？我请客。”

烟黄的灯光与亮红色的霓虹灯，装点一整条街的食肆。

沈渔有时嫌这饮食男女的众生相吵闹，有时又觉得自己混迹其间能讨个心安。

盛夏的主题是啤酒和小龙虾，各家架出招牌，麻辣、蒜蓉、十三香。

沈渔坐在靠近门口的一张桌子往外望，玻璃门常有人推开，捎进来外面的暑气。

对面一爿小卖部，陆明潼正在那儿买烟——浓酽夜色里的一副清正骨架，个子高到出来时，差点撞到店门一侧悬着的一颗灯泡，他赶紧扶扶额。

沈渔不禁笑了声，笑他蠢样。

陆明潼回来时，点的三斤油焖大虾还在做，只上了一盘盐水花生、一盘拍黄瓜。

这家不是南城常见的盱眙龙虾的做法，因老板是潜江人，用料更厚重。前几年沈渔第一次过来吃，辣得一边吸气一边直呼过瘾。她盼望老板生意兴隆，结果兴隆过了头，四回来，三回没位，今天是凑巧。

陆明潼问沈渔升职的事，是不是唐舜尧想让她负责拓展海外。

“是啊。他去年就想让我领导团队了，我没答应。”连着病两场，让沈渔看开了，她要想继续在这一行干下去，确实得适度地把执行类的工作交给别人去做。

说到这儿，沈渔又想适时地劝诫他两句：“我今天问唐舜尧要了一项权力……”

陆明潼做出洗耳恭听状时，沈渔口袋里的手机响了，她说一句“等下”，放下筷子，接听。

沈渔之前找的一个房产中介打来的，问她这周末打不打算去看房。

“暂时不准备看了，过一段时间吧。”

房产中介说自己手里的几个好盘，要不抓紧点，很快就会被别人给签走了。在沈渔再三推拒之下，他才放弃，嘱咐如果再有需求可联系他。

服务员端上来一大盆虾，陆明潼一边分一次性手套给沈渔，一边问：“不准备买房了？”

“再说吧。”

“陈蓟州对你影响这么大？”他凉凉的语气道。

“我是想等出海的第一单完成了，唐总少不了我的提成，到时候直接买个三房的不好吗？”

他反倒拿乔：“你不用跟我解释。”

沈渔指一指眼前：“看见这盘盐水花生了吗？”

陆明潼一副“我又不瞎”的表情。

“刚才要是我没克制住，现在它已经在你头上了。”沈渔轻哼一声，戴上手套。

她去拿龙虾，未防那是刚出锅的，烫得一缩手。

陆明潼轻笑一声，自己拿了一只，掐去头部，扯出一段还带着虾黄的肉。又大又嫩又新鲜，连虾线都不怎么能瞧见。

沈渔被辣香味刺激得口腔生津，气自己烫得吃不着，陆明潼还故意勾她。

哪知道陆明潼只是虚晃一招，那虾快到他嘴边时又拐个弯，被放到了她面前的碗里。

沈渔低头看一眼，愣了下。

“不吃？不吃那算了。”

他作势要拿回来，沈渔以更快速度抓起虾就送到嘴里。

她没一点心理负担，这龙虾198元一斤，陆明潼点起来不含糊的，她说两斤就够，他非点了三斤，再加些配菜、饮料，一顿吃掉她七百块！

结束时，沈渔还有点儿意犹未尽，陆明潼趁机说：“再加一斤？”

“加什么加，你给钱哦！”

推门走出店外，暑气很快袭得人一身汗。

沈渔口腔里还有辣灼之感，仿佛自己也在辣油里煎过一遭，便往对面去买了两瓶冰水，解辣降温。

往巷子里走时，沈渔又来一个电话。

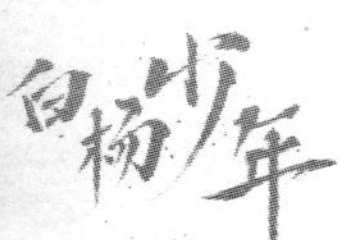

拿出手机时，陆明潼自然地接过她手里的矿泉水瓶。

沈渔看了一眼来电人，一时表情晦涩，往旁边走了走，背过身去，才接起这个电话。

陆明潼一下就知道是谁打来的了。

只有叶文琴的电话，她才会背着他接。

她穿一件七分袖的敞袖白色上衣，轻薄的料子，接电话那只手举起来，袖管滑下去，露出自手肘往下的一段清瘦小臂，借三分灯光来看，莹白如玉。

可她背光的另一侧却在一段灰雾的阴影中，让他只能远远地站在那里，心情分裂地欣赏她，又畏惧她。

沈渔接完电话，陆明潼有自知地什么也没问，把水递回去，两人再沉默地往回走。

他们路过窄巷里的一家小卖部，有只野猫在门口扒拉垃圾桶。店主很快出来，举扫帚拂赶咒骂，将野猫吓得“喵”一声，飞快逃窜。

六楼。

门依然敞开着，今日李宽不在，只有那个叫江樵的男生。他正在安装电脑，屋里换了沙发、电脑桌和置物架，已有些焕然一新的景象。

江樵蹲在电脑桌下配线，不便起身，只开口打了声招呼。

陆明潼要转身进去的时候，沈渔叫住他，老话重提：“你还是再考虑下吧，我真觉得现在这实习不适合你。即便不跟李宽他们创业，去找个对口的工作……”

陆明潼不免露出不耐烦的神色。即便他知道沈渔的出发点是为他好，这个时候，也难免会联想，她不过是想将他赶离身边罢了。

他没吭声，低头进屋。因略带着情绪，他关门的动作比平常重，听起来倒有点像是把门给摔上了。

叶文琴的电话，是通知沈渔，她应当会在外公生日的前三天就回来。

当天，沈渔提前问明航班号，要去接机。

叶文琴却说，不单她一个人，还有两位朋友自崇城来，他们已在南城落地，到时候其中一位会去机场接她。另外，住宿也已经安排好了。

沈渔倒没觉得落一身轻松，反有种失落感。

快到下班时间，沈渔接到叶文琴的电话，说住的酒店离她的工作室近，步行也就十来分钟，不如晚上一起吃个饭。

沈渔做完手头最后一点工作，当即收拾东西，又到洗手间去补个妆。

出门打卡，撞上陆明潼也下班。

这边微信里叶文琴通知一声他们已经到写字楼前面的广场了，沈渔惊惶，将陆明潼手臂一抓："你……你晚点下班。"

陆明潼看着她。

"我妈过来了，我跟她一起吃晚饭……"

话音未落，她已觉察到陆明潼目光沉下几分，却什么也没说，只将她的手拿开，转身往回走。

他身影挺直，大步如风，肩线都未塌下去半分。

沈渔却觉得心里有一瞬急慌慌的。

玻璃外墙反射一轮红而瘦小的落日，外头霞光漫天。

沈渔赶两步路，与叶文琴会合。

不止叶文琴，还有两位男性，一人看着与叶文琴一般年纪，穿一件苎麻料子的上衣、浅灰色的长裤，气度尔雅；另一人则似乎三十来岁，挺括的一身正装，面容清俊，笑容温和。

沈渔一眼审不清这两人的身份。

叶文琴主动介绍。

前者叫秦正松，她的一位朋友；后者是秦正松朋友的儿子，叫齐竟宁，因为准备往后来南城开拓业务，所以就先随世叔即秦正松一道过来探探路。

叶文琴详细介绍了齐竟宁此行的目的，却对秦正松一语带过。

沈渔觉出一些意味。

叶文琴说，原本两位初来南城，该带他们去吃最有名的菀柳居，地道淮扬菜，可惜那儿很难排队。她对沈渔说："小渔，你挑个餐馆。"

"有什么忌口吗？"沈渔笑问。

答话的是那位秦正松秦先生，语气和煦："我跟文琴不拘，竟宁不能吃辣，别的，小沈你做决定吧。"

沈渔带他们去吃蒸汽海鲜。

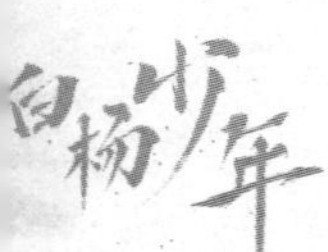

挑一个晚市的四人套餐，生蚝、血蛤、海鲈鱼和南海鳗都有，最后打底的是海鲜粥。

秦正松和齐竟宁坐在沈渔母女对面。

秦正松看着沈渔，笑说："急匆匆的，又没提前约，很是失礼。但文琴说你就在旁边的写字楼工作，我觉得倘若不跟小沈你打声招呼，恐怕更失礼。"

沈渔笑说："我们工作日晚上一般没什么安排，即便有，我妈回来，我怎么也能抽出时间。"

叶文琴今日穿一件复领的白色上衣，搭配藏青色条纹包身裙，简洁利落的一身，皮肤比上回见晒黑许多。她不惧露出眼角皱纹，脸上妆容描得没那么细致。

她笑看着沈渔，搂一搂沈渔的肩膀，笑说："我经常说，如果不是小渔还在南城，且我父母年事已高，我都懒得再回来。"

因只是临时一聚，且后续秦正松和齐竟宁还有安排，这顿饭很快结束。席上几人只聊了些彼此新近的状况，没往深里去。

但那些寒暄间的机锋，沈渔是懂的，吃这顿饭没什么别的目的，就是秦正松想见见她，见见叶文琴最亲近的家人是什么模样。

散场时，秦正松说，过两天再由他做东，请她吃饭。

时间尚早，叶文琴想去趟清水街，去沈渔那儿坐坐。

沈渔说："我赶早出门都没收拾，家里很乱。"

"我不了解你？高中那会儿内裤、袜子到处扔，还不是我给你收拾的。"

沈渔开车，叶文琴在副驾驶座上拘束得很，问她："你这车买好几年了吧，怎么也不换辆新的？这么小空间，开着舒服？"

"开习惯了。"沈渔没说自己是攒着钱打算买房，免得好像有问叶文琴要钱的意思。

"现在你的工资多少了？"

"说不准，看收益。我们主要靠拿提成的。"

"你们做婚礼策划的，好像上限不高？没想过转行吗？"

"转行还得从零做起。没您想的那么差啦，我前阵子刚刚升职，"说着，她腾出一只手从储物格里拿出张新名片给叶文琴看，"现在是总监。"

叶文琴没接，瞟一眼："你跟老板干了这么多年，他没个股权激励的打算？”

“我们就一小作坊而已……”沈渔已经看出来了，叶文琴不怎么满意她目前的发展。她也就不想说自己了，把话题往别处引。

车停在路边，沈渔领着叶文琴往巷子里走。

叶文琴边走，边感叹：

怎么几年过去了，外头日新月异，就清水街没一点儿变化。

这些餐馆的后面也太脏了吧，卫生检查能过关吗？

路面压坏十来年了，现在还这样，下雨怎么得了……

其实这些话，叶文琴每一次回来都是要说的，沈渔也就随口一应。

上楼时，叶文琴穿着高跟鞋，差点被高低不一的楼梯绊一跟头，沈渔赶紧搀住她：“小心。”

六楼，房门关着，里面传来打游戏的声音。

叶文琴脚步一顿，朝着房门瞟了一眼。

回到楼上家里，沈渔给叶文琴找一双拖鞋，再去倒水。

叶文琴一边扫视着屋子，一边问沈渔：“楼下的回来了？”

“就陆明潼回来了。”沈渔轻描淡写地说。

“怎么跟个狗皮膏药似的？他们陆家不是江城大户吗，非赖着这么个老破小？”

“他自己也没住，租给别人了。”沈渔压低了语气，拿烧水壶往洗净的玻璃杯灌入凉白开。

“你跟他有来往？”叶文琴疑惑她怎么了解得这么清楚。

“没啊……”沈渔下意识地撒谎，“就楼上楼下的碰见过。”

“可别叫我碰见，怪恶心的。”

沈渔没应声了，垂下目光，抽纸巾擦干桌上的水渍，把水杯递给叶文琴。

叶文琴端着玻璃杯满屋子地逛了一圈，无非还是那几句，这么破的地方，难为自己当年怎么能忍受得下来。

最后去了沈渔的卧室。

叶文琴瞧见枕头边上一个鲨鱼的玩偶，还是两三年前，她回来的时候，跟沈渔逛宜家时买的，问了句：“还留着呢？”

“当靠枕挺好的。”

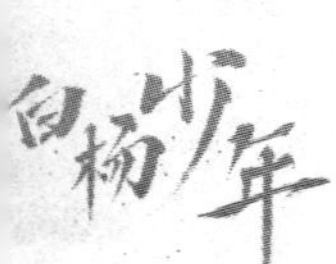

叶文琴也只是随口一提，将玻璃杯搁在沈渔卧室的书桌上，在床沿上坐下：“小渔，妈想跟你商量件事。”

沈渔有所预感地站在书桌边，后背抵住了桌沿，两手往后撑着：“您说。”

叶文琴说：“我想把这套房子卖了。”

沈渔愣了下，倒不为没猜中叶文琴要说的，她以为叶文琴会要聊那位秦先生。

叶文琴解释：“我准备以后就长居国外了。”

“和那位秦先生一起？”

叶文琴没否认，只说：“你现在有多少存款？我帮你凑个首付，你自己往后慢慢还房贷？”

“不用，”沈渔一副急切语气，“我已经凑够了，原本就打算年底买房的。这里，您卖了也好……”

清水街于叶文琴而言是一处疥疮，迟早得除掉的。

“你呢，想不想出国去工作？”

沈渔勉强挤出一个笑：“我就算了吧，我英语这么烂。”

“总不会比我当时还烂。小渔，妈没有瞧不起你现在这个工作的意思，只是……”

“我干得挺开心的，”沈渔感觉那笑容在自己脸上快要挂不住了，“您别操心我。我要跟您去了，不打扰您生活吗？而且我过不习惯，一吃西餐就拉肚子……我在南城挺好的。”她开始语无伦次。

叶文琴能开始新生活，她自然一万个替其开心。

只是……

上初一那年，家里做大扫除。

叶文琴从沈渔的卧室里翻出一堆乱七八糟的东西，小学课本、七岁买的发卡子、八岁收的水晶球、九岁买的文具盒、十岁写的“绝交信”……

“有什么用，放屋里占地方又积灰尘。”

沈渔一把夺回来，不许妈妈扔掉，急急地争辩：“有用！万一以后有用呢！”

她那时候不知道。

确实都没用了，除了她投射在那上面的，没有人在乎的一点不舍。

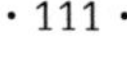

叶文琴没待多久便准备走，沈渔要送，她说不用，一来一去耽误事儿。

沈渔：“您就让我送吧！”

叶文琴听她语气和声调都不对，愣一下，往她脸上看，她却一偏头躲开目光，把椅子往桌下使劲一推，转身就往外走。

陆明潼这一阵经常下班以后来清水街待会儿，诚然是为了沈渔，但也愿意跟江樵他们打打游戏。他是个社交关系匮乏的人。

临近九点半，他离开清水街准备回自己的住处。

他穿过窄巷，一拐弯，整条街漫漶着橙黄灯光。

他往地铁站方向走，经过街边停放的一辆大众 polo，下意识地多看了两眼。

等看见车牌号，他愣了下，往驾驶座瞥一下，熄了火的逼仄而昏暗的车里，沈渔在里面，脑袋趴在方向盘上。

陆明潼走过去，敲窗。

她闻声转头。

陆明潼看见她自凌乱长发间露出两只湿漉漉的眼睛，试着去拉车门，是锁定的，紧接着两下敲在玻璃上，更急更重，不由分说地叫她：“车门打开！”

沈渔并不是有意要跟陆明潼僵持，她只是想一个人待会儿，谁都不见。

偏偏陆明潼催命鬼一样，大有不把她催开门誓不罢休的架势。她太了解他，怕引来旁人的围观，最后只好给车门解了锁。

陆明潼一下拉开了车门，紧接着来牵她的胳膊。

她攥紧了方向盘，抵抗一阵：“你拽疼我了！”

陆明潼立马松手，停顿一瞬，撑着车门，弯腰凑近。

沈渔被他注视得很难堪，伸手去推，没推开。

“让开！”

陆明潼依言退后。

她钻出车门，懊恼不已，急急地要走，手臂又被陆明潼一把抓住。

她真不想这时候再跟他纠葛不清，这些事儿已经够烦够让她头疼的了。

她翻着手腕挣扎，陆明潼似怕再弄疼她，力道卸了两分，但并没有完全松手。他只有所迟疑地轻拽了一下，待她朝他这边侧了侧，看见她雾气蒙蒙

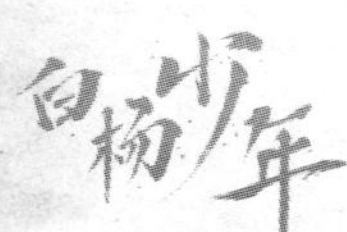

的双眼时，他径直将她往自己怀里一拉。

年轻男人蓬勃干净的气息，烘热的体温，身躯如一堵无尽头的高墙一样竖在她四周。她只能徒劳挣扎，以及更徒劳地骂他：“你有病吗？”

他应承得很无所谓：“我就是有病。”

他箍紧她还在试图挣扎的手臂，往后退几步，到了路边的那棵梧桐树下。陆明潼转个身让她后背靠着树干，让她无处可逃，他问：“为什么哭？”

委屈的时候，人真是受不得一点点关心。

沈渔抬手臂盖住了眼睛，他却拂开了她的手，再欺近一步，把她脑袋按在自己胸膛。

最不得体的那种哭法，和美、和梨花带雨没有半点关系，只是单纯的号啕。

陆明潼身上一件棉质的圆领白色T恤，胸口全给浸湿。

他算着，几分钟了，五分钟？六分钟？

这个人，怎么这么能哭啊？

他无奈且无声地叹口气。

也不叫她抬头，就这样抱着她，说是私心，他也认了，这是难得地沈渔不会对他张牙舞爪的时刻。

他有时候甚至想提醒她，你真想拒绝我，就不要由着我一次次在你最脆弱的时候靠近你。你是不知道男人总爱怜惜弱者，这狗改不了吃屎的德性，多大岁数都一样？

及至不知道多久以后，声息渐消。

陆明潼这才退开些，低头看，只看见沈渔打湿的长睫毛。她眨一下，他心脏就跟着颤一下，声音倒还是平静的：“阿姨对你说什么了？”

“她打算把这儿的房子卖了，长居国外……和新家庭。”沈渔声音里带着浓重的鼻音，“清水街对她是个心结，卸了包袱重新出发，且又找到了后半生能陪她一程的人，每一桩都是好事，但是我……”

沈渔感觉到，搂抱她的手臂紧一紧，他说：“我知道。”怕她不相信似的，再重复一遍，“我知道。”

陆明潼最了解不过沈渔这个人。

他跟许萼华刚搬来那会儿，她来他家里玩，总是抱怨，叶文琴管她太严，又自我又强势，烧饭还难吃得很……可是，听在陆明潼的耳中，这些抱怨不

过是无伤大雅的小牢骚，因她内心有一层被爱着的底色。

像他和许莩华便不会如此，如履薄冰的关系，平日里连重话都是不敢说的。

后来那件事，击穿沈渔前十八年累积的自信，她所认知的普通但幸福的三口之家，结果却是破船一条，不堪一击。

她大三暑假实习就搬回清水街了。诚然最初的理由是想省一笔租房钱，但此前逢年过节总来打扫，使它还维持一个家的模样，因在她心里，还留有那样的一个念想。

她最清楚不过的，念想就是妄想，一切都回不去了，可也甘心地做个守墓人。

起码，那屋里有她不肯丢弃的回忆呢。

如今，念想没了，回忆也将没了。

大人们一人抱一个救生圈逃命了，而她攥在怀里的一块破舢板都要被夺走。

偏偏她没法委屈。

委屈这事都和得奖一样，不是第一名，都不被认可。

始终有比她更委屈的。

觉察沈渔情绪逐渐平复，陆明潼问：“要不要喝水？”

这种时候的沉默，多半等于“要”。

他准备去买，沈渔提醒一声：“我车里有。”

陆明潼从后座拿一瓶还没打开的矿泉水，拧开了递过去。

她渴极了，一口气下去，但没喝光，还剩个四分之一。

陆明潼无语地望一眼，把剩下的接了过来。

“我喝过的！”

他眼也没眨，一口气喝完。然后他捏瘪了喝完的空瓶，拧上盖子，瞥见不远处有个垃圾桶，投篮似的找一找准头，扔过去，堪堪投中。

转身，他看见梧桐叶间洒落的昏黄灯光洒落在她脸上、白色短T恤上，这样昏蒙的调子，莫名叫他不由自主地凑近一步，想看清楚些。

沈渔看他又要靠过来，赶紧伸手推他肩膀，叫他离远点，她本来心里就乱得很。

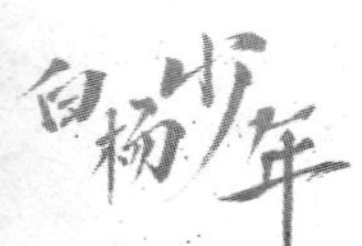

“你可真会过河拆桥。”陆明潼扯一扯衣服给她看“罪证”，嘲道，“刚刚怎么不叫我离远点？”

“是你非要用强的，讲不通道理的一头倔驴。”

陆明潼眼里薄薄一层愠色，忽地捉着她两只手腕，猛地往后一推，无视她后背给硌了一下而眉头一蹙，径直俯首去。

离她嘴唇只余寸许的距离，他蓦地停下来，盯住她：“我告诉你，这才叫用强。”

他只是虚晃一枪，沈渔却吓得后背僵直，惊惶得心跳漏拍。她瞳孔放大，屏住了呼吸，因他的呼吸就落在鼻尖。

他长睫毛下的一双眼睛里，是威胁目光，仿佛告诉她，不是不敢，只是不能。

沈渔不敢再言语无忌了，她真的信他什么都干得出来的。

沉默无声地僵持片刻，陆明潼忽又低头，薄薄一个吻，落在她的眼角处。

赶在她抓狂之前，他已迅速几步退开，手抄在裤子口袋里：“你赶紧上楼去，我走了。”神色语气俨然比谁都要无辜。

“喂！”

陆明潼脚步不停。他自发地讨了赏，心情好得很，才不想折回去再听她的教训。

“陆明潼！你回来！”

就不回。

“帮我个忙！”

陆明潼顿一下，转身，要听完她说要帮什么忙才行。

“我……眼镜，”她指一指车内，“先前摘的时候不知道落在哪儿了，你帮我找一找。”她五六百度的近视，读书时不注意用眼卫生，老躺床上看书。现在摘了眼镜，世界都是高斯模糊过的。

陆明潼揿亮车厢顶上的阅读灯，俯身找一圈，在靠近副驾驶座的底下找见了。他从中控台上抽一张纸巾，将眼镜擦干净了才递给她。

沈渔接过戴上，神色别扭地说句谢谢。

看她没有要跟他算账的意思，他索性再跟她聊两句，问她：“房子什么时候卖？”

“我妈让我找个中介先把房子挂上，也不着急。”

“你可以先继续住着，慢慢地找买家。”

沈渔摇头：“我打算搬出去了。”

陆明潼顿了顿说：“我租的是个两室的，还没找到室友，如果……”

“我先去问严冬冬愿不愿意把次卧租给我，再不济，公司附近也有很多一居室。”她急急打消他这种危险念头的语气。

陆明潼没所谓地“哦”了一声。

“那你回去吧，一会儿地铁该停运了。”

自他折返回来，她一直是没敢看他的。倘若他去看她，她就立即将目光瞥向另一处。

陆明潼挑眉笑了笑，走之前，手臂往沈渔肩膀上一搭，低头，凑到她耳边，沉沉语气：“姐姐，心里有鬼才这样呢。”

沈渔的眼睛很敏感。

一般来说，近视的人眼睛都挺敏感的。

学化妆那会儿，画内眼线能让她难受得想死。

陆明潼那个吻，偏就落在她的眼角上，还蹭了一下脆弱的眼皮。

她洗了澡躺在床上了，还觉得像是被烙铁烫过，总忍不住去碰，明明一点痕迹也无，却叫她烧到心里去。

她翻来覆去地睡不着，煎熬的心情。

好像知晓最终会有一场大考揭晓成绩，然而就是不肯好好复习，好好面对，只能又拖延，又恐慌，又焦虑。

突然响起的几声微信提示音吓了她一跳。

她摸手机过来看，是陆明潼发来的消息。

抗拒却不由自主，这两种矛盾心情怎么会那么和谐地共生于她的身上？

总之她还是点开来了。还好，没发什么叫她更睡不着的内容，是他从找房类的网站上，分享过来的几个一室户的租房链接。

凡关于她的，多琐碎他都能考虑得到。

沈渔没点开看，回复一句：“谢谢，我先看看。”

陆明潼发了一个句号。

他的习惯，表示收到了，且不用继续往下聊。

沈渔放了手机，继续摊饼似的翻覆。

没一会儿，手机又响了。她拿起的时候手滑了一下，手机差点掉下来砸到脸上。

还是陆明潼发来的。

几张照片，客厅、厨房、浴室、阳台和侧卧，干净整洁，阳台上摆放一个梯形置物架，整齐地摆满了绿植。整个屋子，还是沈渔最喜欢的木地板。

几乎可以说，从租住的角度而言，这已经是"梦中情房"的级别了。

图片最后，附上文字："当然，我觉得这套最好。某人却不领情。"

沈渔还没回复，他又连续发来几条：

"帮你做早餐。"

"洗衣服。"

"卫生全包也不是不行。"

"房租一千五百块一个月，全网最低。"

"你考虑下。"

沈渔看屏幕快给他单条单条的信息刷满了，赶紧打断他："考虑什么，不考虑！"

陆明潼回复她一个句号。

多傲慢冷漠的一个句号，好像前面那刷屏式的卑微言论不是他发的一样。

沈渔和外公那边的感情，比较起来，不及她跟爷爷这边。

当年那件事是原因之一，但更主要是因为外公那边的关系更复杂——外公离过婚，沈渔如今这位名义上的"外婆"，和外公结婚时，还带着两个跟前夫生的孩子。

叶文琴不大喜欢这位"继母"，连带着也不喜欢她带过来的两个"弟弟"和"妹妹"——"小的跟大的学了一式一样的精明市侩"，叶文琴常常这样对沈渔说。

因为这一层，沈渔和外公那边来往并不密切，只逢年过节前去拜会。

外公是个豪爽直快的脾气，喜交朋友，同时，也好面子。

生日是大事，又是七十岁整寿，自然不能失了排场。

沈渔早知道今天一定场面隆重，真到现场，发现还是远超想象。

酒店一整个宴会厅都给包圆了，花团锦簇的场景，外公在门口迎宾，穿着一身新做的、黑底朱纹的唐装，新理的头发，虽满头花白，却精神矍铄，不见一点老态。

沈渔一露面，外公便将她两手都握住，仔仔细细地打量，笑说："小鱼儿今天这一身可标致得很。"

旁边有宾客笑应："吃了您的生辰酒，下一回，咱们再来吃您外孙女儿的喜酒！"

一句话逗得外公喜笑颜开。

叶文琴和秦正松、齐竟宁也都到了。

叶文琴招手叫沈渔过去："怎么来这么晚？你赶紧的，我跟老秦要去招待客人，你在这儿招待一下小齐。"

齐竟宁今天穿了齐整的一套西装，那面料和剪裁一看便价格不菲，即便如此，也说不上是衣衬人，因他很有一种清贵气质。

但说实话，他是属于在酒吧里碰上，沈渔都不会去主动打招呼的那一型，因为有距离感，一看便知两人不是一个世界的。

沈渔也不知道这"招待"该怎么进行，不认为齐竟宁会对这场子里自己都认不全的亲戚朋友感兴趣。

两人寒暄两句，无话可说，场面尴尬。

这时候，沈渔的"表妹"瞧见了她，招招手叫她过去坐。

表妹那一桌热闹得很，都是叶家各亲戚家的年轻人，聚一块儿唧唧喳喳聊天，细听竟同时进行着三四个话题。

沈渔和这位马上读大二的表妹的关系相对而言稍微近些，偶尔会一起约个饭。

但沈渔不是很喜欢跟她一起玩，因她说话有时候不懂看场合，比如现在——

"表姐，陈蓟州没跟你一起来吗？"

沈渔神色尴尬："我跟他已经分手了……"

这下表妹可来精神了，非叫她仔细说说怎么回事，是不是对方也出轨了。

沈渔庆幸还好叶文琴不在这儿，不然听见这个"也"字非得吃心不可，

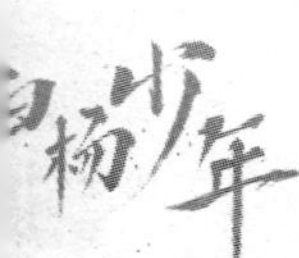

私底下又要同她抱怨：老的大的小的，都是一脉相承的爱嚼舌根。

沈渔自不可满足一桌子的八卦目光，简单一句“性格不合适，和平分手”打发掉这个问题。

齐竟宁游离于这一桌的闲话之外，他明显一张陌生面孔，且不像是一路人，大家只敢偷眼打量，不敢跟他搭话。

这时候，他面向沈渔，笑说：“我看走廊那端有个茶室，能不能陪我过去坐一坐？”

此刻，沈渔倒挺庆幸自己还有个“招待齐竟宁”的任务在身了。

那茶室也不安静，但比宴会厅好上许多。

沈渔坐下没多久，接到一个电话，是陆明潼打来的。

她本在那里挑拣茶叶，看见屏幕上的名字，慌里慌张地回头张望，没看见叶文琴的身影，这才把电话接起，示意齐竟宁自己要接个电话，然后便去了最远处的那一扇窗边。

齐竟宁放松地坐在藤椅上，手臂轻搭着扶手。

所朝的方向，沈渔恰恰好被框定在他视野的正中。

她穿一袭墨绿色的丝绒长裙，这色调衬得皮肤在灯光下，仿若釉色柔腻的白瓷。不知谁的电话，叫她不自觉露出笑容。

实话讲，前两天第一回见，沈渔没给他留下特别深的印象，因那天她的笑容更带些社交礼仪的性质，不像是发自内心的，且他觉得她整个人都有点惶惶无定的感觉。

倒是今天的这一笑，全然不同。笑容是一闪即逝的，似一片柳叶偶然地落在了春日的河流上。

叫他觉得轻盈，赏心悦目。

很快，沈渔接完电话，回来他对面坐下，面对他的，又是那社交意味十足的礼貌笑容了。

齐竟宁问：“男友的电话？”他只能做此猜想。

“同事，公司的助理，问我要网盘的密码拿点儿资料。”

齐竟宁有些想笑，听她急急撇清的语气，正因为是同事，还露出那样的笑容，才更叫人遐想啊。

沈渔与齐竟宁不甚热络，有一搭没一搭地聊了半小时，也基本知晓了他的个人状况。他家里在崇城那边是自己开公司的，代理国外的某精密仪器，来南城是打算经营一家子公司，往后会有相当长的一段时间留在南城。

齐竟宁半开玩笑地说："我在南城人生地不熟的，往后还要仰仗沈小姐多多照顾。"

沈渔也就同样开玩笑地说："齐先生想办婚礼倒是可以找我，我跟老板帮你申请八八折的贵宾优惠。中式西式日式，保你满意。"

她完全推销业务的口吻，齐竟宁付之一哂。

没一会儿，酒席开始了，沈渔和齐竟宁回到宴会厅。

这时人已经坐得七七八八。

沈渔去洗手间时，在走廊里碰见了叶文琴，她一脸怒气冲冲。

"妈，怎么了？"沈渔赶紧拉住她。

"还能怎么了，就我那个好'妹妹'，背地里跟人编派我呢，说我这回喊了老秦一起来，是想耀武扬威，一雪前耻。说我都五十岁的人了，找了个快六十的老头儿，还管得上什么用，你听听这话！"

"您轻易不回来一次，别跟她置气……"

叶文琴始终愤愤不平："当年是你爸闹出来这档子丑事，我是受害者，怎么最后，这倒成了我摆脱不掉的耻辱了？"

沈渔沉默了一下，不知道该说什么。

叶文琴按捺下火气，瞥她一眼："酒席都要开始了，你去哪儿？"

沈渔指一指洗手间。

"快点吧，别让人等你。"

沈渔外公爱喝酒，他们这些做小辈的，少不得要陪他喝到尽兴。

沈渔也是逃不脱的，她酒量浅得很，各种作弊耍赖的方式都试过了，最后还是喝得烂醉。

她有印象的最后，是已然也有几分醉意的外公，拉着她、表妹和表弟三人的手，说他活到七十也无憾了。倘若今后还能看着这三位孙辈结婚生子，那真是上天待他不薄。

后来，沈渔不知道被谁搀扶着去洗手间吐过一次，然后被安置在了茶室里。

她在那儿睡了半个多小时，被叶文琴叫醒，说散席了，赶紧走吧。

沈渔头重脚轻地站起身，走路左脚绊右脚的。叶文琴赶紧搀住沈渔，言辞间有些不悦：“你出社会也有个四五年了吧，就几杯红酒，能把你喝成这样。”她今晚受了些闲话，心情一直不大好。

是一辆商务车，秦正松的司机在开。这里离他们下榻的酒店不远，车就先开到酒店。

下车时，叶文琴嘱托了齐竟宁将沈渔送回去。

沈渔忙说：“妈，我自己回去就行了……”

“行什么行，路都走不稳。”

齐竟宁便笑一笑，对她说：“正好，我也在车上吹吹风，醒一醒酒。”

沈渔没言声，因为她胃里陡然翻腾了一下，叫她必须得深呼吸憋住，腾不出精力与他两人再做争辩。

为防吐在车上，沈渔侧了侧身，没一会儿就在一阵眩晕之中又睡了过去。再醒来就已经到清水街了，她被齐竟宁叫醒，说不知道她具体住在哪儿。

下车之后，沈渔深一脚浅一脚，试图走得稳些，但有些力不从心。齐竟宁要来搀她，她三番五次地推开，并嘟囔说：“别，不然他又要发疯了。”

“他是谁？”

沈渔：“什么他？”

“你说他要发疯。”

“我说了吗？”沈渔比他还要茫然，“他是谁？”

齐竟宁：“……”

那一段楼梯，真叫齐竟宁耗尽了耐心。

沈渔攀着扶手，一步一挪，不要他扶，死都不要，他就只能跟在她后面，不敢超到前面去，怕她脚下打滑，他能在后面托她一下，免得摔下去。

好不容易爬到了六层，齐竟宁生生累出一身汗，心想，她模样挺可爱的，就是这不大会变通的执拗性格……

正巧这时候，六楼的房门打开了。

一个个子挺高的年轻男人走了出来，看一看齐竟宁，再看一看沈渔，蹙了蹙眉，走过来，便要去搀扶后者。

齐竟宁将他一拦：“你是……”

年轻男人斜他一眼，不答，只说："你送她回来的？"

"是啊。"

"那你送到了，请回吧。交给我就行。"

"可她不是住七楼……"齐竟宁指一指楼上。

"住六楼。"

"她自己说的，住七楼……"

而这时候，晕晕乎乎的沈渔说："七楼！"

齐竟宁看向年轻男人，想看看他还有什么解释。

年轻男人面无表情道："她脑子不好，记错了。"

齐竟宁："……"

然而，他不可能草率地将沈渔交给他人，追问道："你是她什么人？"

"她助理。"年轻男人有点儿不耐烦了，拂开他的手臂，径自将沈渔搀过来。

齐竟宁意味深长地"哦"了一声，而后问："能证明吗？"

年轻男人猛地搡了一下沈渔，搡得她骂了句脏话，睁开眼来。

他问："我是谁？"

"陆明潼，你有毛病……"

年轻男人再将目光投向齐竟宁："放心了？"

齐竟宁笑说："行吧，那我就算送到了。倘若人交给你，出了什么事，我报警的话，也是来六楼找你吧？"

年轻男人拿"你脑袋没病吧"的目光看着他："能出什么事？她跟你一个陌生人在一起，恐怕才要出事。"

齐竟宁特别无辜地耸了耸肩。

陆明潼等人走了，才将沈渔搀回七楼。本来李宽听见了动静要出来看热闹，被陆明潼一个眼刀给逼回去。

喝醉的人，比麻袋还沉。

站在七楼门口，陆明潼让沈渔整个趴在自己身上，他后背先靠住了门板，然后去拿她手里那只黑色的口金包，从里面找出钥匙。

等打开门，他直接将人拦腰抱起，踢开虚掩的卧室门，把她扔在了床上，

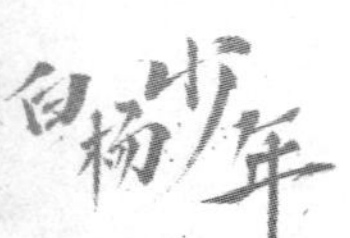

紧跟着，他去另一头拽下了她脚上的高跟鞋。

她整个人死沉地卧倒在床上，索性放任自己丢失了最后一点清醒。

陆明潼看得来气，在床沿上坐下，将她脑袋扳过来："先去洗漱。"

她不满地"唔"了一声，去拨他的手。

陆明潼伸出拇指和中指，按住她两侧脸颊，使劲一捏，看她嘴唇都给挤得变形，他又伸出食指，按着她鼻尖往上推。

丑死了的一张脸，他笑了声，突发奇想，另一只手掏出手机来，拍了张照，而后催她："猪，快起来！赶紧去洗澡，不然我也要拿凉水泼你了。"他记仇得很。

这么被捏着，沈渔当然不舒服，皱眉摆头，要摆脱他。

陆明潼手松开，看她脸给酒精染作浅红，而唇上的口红也花了，唇线边缘浅浅地晕染开。除此之外，从那件墨绿色的礼服裙里露出来的肌肤，哪里都是白皙的一片。她一动，墨绿与冷白的界线便跟着不断变动。

陆明潼觉得也有点儿神志不清了，情不自禁地低下头去，她身上浅淡的香水味直往他鼻腔里钻，仿佛是玫瑰夹杂一点微苦的红茶味。

沈渔伸手在空气里拂了拂，似乎觉得他的呼吸扰了她休息，便要翻过身去。

陆明潼伸手一拦。

她翻身翻到一半，受阻，索性就伸手抱住了他的手臂，脑袋往他手背上靠，仿佛觉得这枕头好睡得很。

"……"

他抽手按住她肩膀，再将她翻过来，仍然朝着自己。这一下，她发丝一半糊在了脸上，那礼服的肩带也滑落下去。

陆明潼目光渐沉渐暗，伸手把她的头发都拂开去，手指碰了碰她的脸颊，目光定定落在她口红洇开了的嘴唇上。

许久，他一手撑住床沿，俯首。

沈渔是给拍醒的。

好重的几巴掌拍在她额头上，她不耐烦地睁开眼，对上陆明潼的目光，一瞬间没反应过来，这是在哪儿。

“起来，把隐形眼镜摘了再睡。”

沈渔痛苦地“呜”了一声，她不想起来，又怕瞎了。

陆明潼面无表情地看她在那儿挣扎，面无表情地说：“我抱你去浴室……”

沈渔一下就坐起来了。

她边往浴室走，边问：“几点了？”

“十点半。”

“我戴着隐形睡着了？”沈渔怔一下。

“半小时，还好。”陆明潼没告诉她，因为知道她用的是硅水凝胶的日抛，稍微戴着睡一下问题不大，才由着她先休息了半小时。

沈渔洗净了手，对着镜子卸隐形眼镜的时候，陆明潼也跟了过来，一手撑住了门框的上沿，问她：“送你回来的那男人是谁？”

沈渔反应了一下：“齐竟宁吧。”

“哪儿认识的？”

“你审问罪犯吗？和你有关吗？”

“你拒不回答，就和我有关了。”

沈渔冲他翻个白眼：“我妈男朋友的朋友的儿子。”

陆明潼很不悦：“凡事讲先来后到，不要随便来个人就插我的队。”

“什么队？”沈渔正巧打开了水龙头，流水声盖过了他的声音，她只听见最后几个字。

“我说，该轮到我了。”

“什么轮到你了？”

陆明潼无语：“你是猪。”

“你才是猪！”

叶文琴隔天就要去崇城，到秦正松那边盘桓几日。

她原本打算多逗留几天，再跟家里的几个亲戚单独吃顿饭，昨天给继妹气得不轻，当下打消了这个心思。

晚上下班之后，沈渔去了一趟酒店。

叶文琴正在收拾行李，偌大一个套间里，到处散落着她的衣服。

秦正松自觉地抱着笔记本电脑去吧台那边处理文件，只给沈渔递一句话：

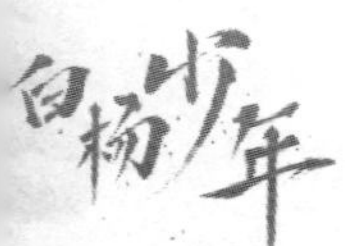

“你妈妈昨晚头疼犯了，半宿没睡，今天心情也不好，小沈，你帮忙劝着些。”

沈渔走过去时，叶文琴已将衣服收拢在床上，坐在床沿上，一件一件地叠。她应当已经洗过澡了，脸上没有妆。上年纪之后就是熬不得夜，疲倦在脸上根本无所遁形。

沈渔分几件衣服过去帮忙。

叶文琴看一眼，觉得她这叠衣服的手法十分稀松，倒也没说什么。

沈渔道：“您还生气呢？”

“所以我为什么不愿意回来，你的‘舅舅’和‘小姨’，从前就盼着我跌跟头。”

“您现在不是过得比他们好多了嘛，”沈渔微微笑说，“反正您经年才回来一次，他们说他们的，影响不到您。”沈渔自知这话苍白，叶文琴随了外公，是顶要面子的一个人。

果真叶文琴不置可否。

她当年出国，背井离乡的，拼了命努力，是想活成个跌倒爬起的励志典范。这回她带秦正松回来，未尝没有衣锦还乡的意思。当然，秦正松也知晓她的心思，两人的感情是实打实的，这点虚荣心不碍事，不妨说，从某一角度而言，这也是对他的一种肯定。

“他们在背后编派您，不正好说明您扎了他们的心，这有什么可值得生气的，换作是我，高兴还来不及呢。难道说，您愿意看舅舅和小姨对你谄媚？以您的性格，不更消受不了？”

沈渔的这几句话，似乎很让叶文琴受用，眼见的面色稍霁。

叶文琴将手头叠好的一堆衣服整齐地放入行李箱内：“所以，往后你找老公可得看清楚。我不是说一定要大富大贵，但至少得找个知冷知热对你好的，别让人把你当个笑话看了。我们娘俩儿，已经禁不起别人看笑话了。”

沈渔面色淡淡的，勉强笑了笑：“可是，日子不是自己过的嘛。”

叶文琴驳她这想法天真：“能不顾别人看法闷头过日子的，都有颗金刚心。你有吗？”

沈渔不言声。

叶文琴从前就说她，做什么都中不溜丢的一个人，没野心没追求的，这一点真是随了她爸。

他们第二天赶早自驾去崇城，沈渔送不着，告别的话就先提前说了。

沈渔今天也没空手来，给秦正松备了件礼物。这件事办得周到，叶文琴夸她，到底在社会上磨炼过，还是有长进的。

秦正松自然也还了礼，提早准备好的一个红包，沉甸甸的重量，由不得沈渔推拒。

如今，叶文琴已不会像头次出国那样感性，容易落泪，惆怅还是有的，连带着再劝沈渔两句，只要有去国外工作的打算，她一定替其打点好一切。

沈渔忙完手里的一摊事，落实了此前答应好的请客。

吃饭的地方，最后仍由沈渔拍板，定了葛瑶老公投资的那家餐酒吧。一来氛围好，二来能走葛瑶的人情，拿到不小的折扣。

周五下班，大家出发去吃饭，除了陆明潼和严冬冬，还有两个策划、两个摄影，都是与沈渔关系相对较好的同事。

其他人都高高兴兴的，唯独陆明潼，到达以后环视餐酒吧的环境，摆个臭脸，凑过来问沈渔："为什么选这儿？重温你跟陈蓟州初见的场景？"

"重温你个头！陈蓟州这事翻不了篇了是吗？还有，谁告诉你我跟他在这儿初见的？"

陆明潼是有原则的人，怎会出卖自己的盟友？

沈渔却说："你不说我也知道是谁。"语气笃定。

严冬冬翻看菜单，犹豫是要牛肋排还是猪肋排的时候，沈渔坐去她旁边，询问租房的事。

严冬冬又为难又遗憾："沈渔姐，我当然想跟你一起住，而且还能帮我缓解点还贷压力。但是我爸妈，每周都要去我那儿一趟，有时候还会留宿。"

陆明潼在旁一听，高兴得很，深感自己那全网价格最低的次卧，有机会推销给沈渔了。

结果严冬冬话锋一转："不过小武的室友前两天刚刚退租，空出来了一个卧室，正在找人合租呢！"

沈渔立即翻微信给小武发消息。

不过十分钟，就敲定了明天去看房。

陆明潼："……"

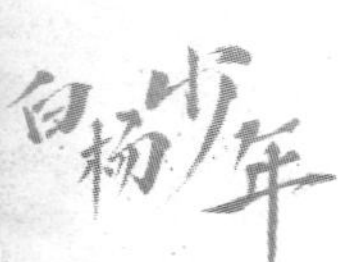

这事一有解决的苗头，沈渔立马换上严肃神色，审问严冬冬：“我告诉你的事，你都告诉陆明潼了？他拿什么收买的你？”

严冬冬委屈地看向陆明潼：“你出卖我？”

沈渔说：“看吧，男人都靠不住，长记性了吧。”

陆明潼无辜且无语：“我什么也没说，沈渔诈你的。”

严冬冬又委屈地看向沈渔：“你钓鱼执法？”

江湖怎会如此险恶？

一顿饭气氛活跃，陆明潼被迫听了不少他们婚庆界的八卦。

比如婚礼当天，新郎和小姨子出轨被踢爆，喜事秒变法治在线；比如有摄影师在剪片时发现，无意间拍到了新郎和伴娘窗帘后头激情拥吻；比如化妆师听见新娘讲电话，说近期要出去度蜜月，先不去夜总会了……

比较起来，什么婚礼现场备胎抢婚都稍显不够俗辣了。

陆明潼不合时宜地插了句话，问有没有婚礼策划跟新郎或者新娘勾搭上的？

本意是想揶揄沈渔，哪知道在场诸位反应热烈，纷纷说有有有，还不少呢。

有个女策划师，因为觉得准新郎条件太好了，撬掉了新娘的墙脚，自己上位。

有对新人，婚礼筹备，从爱侣到怨侣，新郎嫌新娘太作，跟人分手，赶在婚期之前，把负责自己这单的策划追到了手，婚礼照办，一点不吃亏。

还有个男摄影师，平常给人拍私房照的，拍着拍着就跟人上床的那种，后来发现，自己去婚礼跟拍的那位新娘，就是曾经跟自己约拍过的客户……

吃完饭，叫人清理餐桌，再点上酒。

大家闲聊的话题，已然从别人身上，转到自己身上，互相通报近期感情进度，也是分分合合精彩纷呈。

酒精将气氛烘得越来越热烈，不知道谁提议玩游戏，最简单的那个玩法，谁说了“7”的倍数谁受惩罚。

惩罚就是真心话，非常之劲爆的问题，例如，最后一次尿床是几岁，尝没尝过鼻屎的味道，尝试过的最刺激的买可乐的场景是什么……

后面的问题稍显温和：第一次接吻（小孩子性质的不算，亲什么爸爸妈妈侄子侄女儿的都不算）是在几岁，和谁？

节奏快，局数多，该输都得输，人人逃不过，因此答案也是五花八门的。

沈渔输的时候，因为上一局的突出表现，大家这次分外“期待”她的回答。

哪知道她也直接说：“我还是请客吧……”

被严冬冬鄙视：“你和陆明潼是不是串通好的？”

而当陆明潼输了，他要笑不笑地说：“时间有点久了，我想想……”

身旁的沈渔，一眨不眨地看着他，眼里只差写上“好自为之”四个字。

他“想”了半天，最后笑说：“忘了。还是我请吧。”

最后散场，由扫兴一号选手陆明潼和扫兴二号选手沈渔负责买单。

大家各自打车，陆明潼谢绝有个顺路的同事的邀请，说要先送“表姐”回家。

沈渔有点害怕跟他独处，因为不知道他准备了什么话在等着她呢。她扒严冬冬那辆车，要跟对方一块走，却被陆明潼抓着手臂拽回来。

陆明潼很有礼貌地叫严冬冬注意安全，他会毫发无损地将沈渔送到家的。

严冬冬猛地冲他点头，一脸的“我懂我懂，你们加油”。

沈渔被他俩的狼狈为奸气死了，等人都走了，瞪他一眼，猛地甩开他的手，去路边拦出租车。

陆明潼紧跟着上了后座，懒散地坐着，旧话重提：“我那间次卧，现在拎包入住才有实惠，往后你想租我都不会答应你。”

“哎呀，我好怕哦。”

陆明潼眯眼瞧她，觉得她这语气欠打得很：“你既然对我毫无想法，为什么怕跟我合租？”

“瓜田李下懂不懂？”

“你想当鸵鸟，耗着也行，看谁耗得过谁！”

“谁跟你耗？我说了一百遍我们没戏，你听吗？”

“谁拒绝人只靠一张嘴，你倒是拿出点实际行动让我看看？”

“你以为谁都像你厚脸皮。”

陆明潼替她下了结论：“承认吧，你就是舍不得我。不拒绝不主动。沈渔姐姐，你不觉得你很渣？”

“别叫我姐姐！”沈渔真的要奓毛。

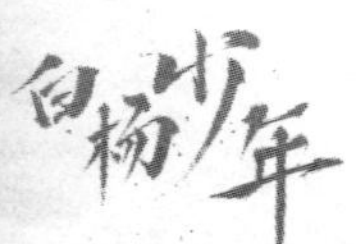

“为什么不能叫？”他挑了挑眉，“现在倒挺横，刚才怎么没胆呢？不敢告诉他们，你初吻是跟……”

沈渔扑过来捂住他的嘴：“你快闭嘴吧！”

陆明潼登时笑起来，笑意愉快到有些变态了，笑得她掌心里麻酥酥的。

第四章

你是露珠我是白马

BAIYANGSHAOSHIAN

自十五岁那年开始，和沈渔在水果摊会面之后，晚上所做的那个窥探到内心潜意识的梦，让陆明潼吃尽苦头。

那之后，陆明潼很长时间都躲着沈渔。

可是，即便不与她碰面，也能在自家门里听见门外嗒嗒嗒上楼的脚步声，楼上椅子腿在地板上的拖动声，深夜马桶的抽水声……

这些细节，反而叫他加倍在意。

他开始从头回溯，具体是在哪个时间点，对沈渔生出了异样心思。

有眉目的，大抵要将时间倒回到许家和沈家闹翻之前，沈渔高三毕业的那年暑假。

那时她刚刚高考结束，为不甚理想的高考成绩伤心不到三天即满血复活，用各种各样的活动将假期安排得满满当当。

有天他跟沈渔一起出去游泳。

离开游泳区，准备去浴室洗澡换衣时，沈渔脚上那双人字拖打了滑，直接往前一扑摔个四仰八叉。

他蒙了下，赶紧去扶，沈渔却将他狠狠一推，自个双手撑住了地面慢慢地爬起来，在地上坐下，低头查看。

他蹲在她跟前，有些不知所措——她半干不干的一头中长发，还顺着发

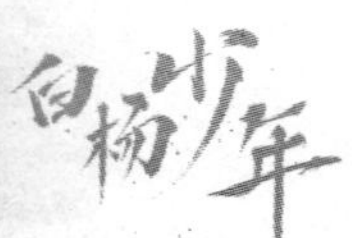

梢向下滴水，整张脸皱成一团，面颊涨得通红，不知道是因为旁人的围观让她窘迫，还是因为疼得厉害。

她穿一件裙式的泳装，两个膝盖在水泥地面上挫擦得表皮翻起，鲜血渗出。她伸手要去碰创面的时候，他总算反应过来，捉住了她的手："别碰！"

他们来时是骑的自行车，沈渔的膝盖成这样了，返程自然没法再骑。

下午四点，外头闷热得很，空气也被热化了似的扭扭曲曲，他蹬着车，后座载着沈渔。

沈渔没去洗澡换衣，身上仍然穿着那身黑色波点的泳衣，只在背上披了一套柠檬黄色的半透明防晒外套。

她手臂搭在他肩膀上，每当听见她似乎因为疼而"嗞"出一声的时候，他就不由自主地将车蹬得更快些。

游泳馆离家车程三十分钟，快到清水街时，那黏稠闷热的天气，化作阵雨落了下来。

他将踏板踩到底，接连险险经过了巷子里的几处坑洼，拧把手转弯时差点撞上撑伞出去买菜的大妈，讨得一阵咒骂。

赶在彻底淋湿前，自行车有惊无险抵达楼下。

沈渔扶着栏杆走了两步，牵扯了膝盖粘连的创口，不由得呼痛。

他停好了自行车，走过去要背她，她投来不甚确定的目光："你背得动？"

那应当是他长这么大遇到的最大挑战了，背背停停，等终于到了六楼，直从脚底升起一阵虚脱之感。

他背她上来的那一段路，很多知觉都是模糊的，因为多半精力都用来给自己打气。逞强放的话，要不能执行到底，他会觉得很没有面子。

等将沈渔安置在了自己家里，再掉头下楼去买药的时候，他淋在密织的雨雾之中，才后知后觉地想起，她趴伏在他后背，那异常柔软又异常陌生的触觉。有一瞬她微微潮润的头发垂落下来，擦着他的耳郭，那突如其来的痒，让他不由自主地打了一个战。

回到家中，沈渔大小姐已将自己伺候得好好的——跷腿躺在他家的沙发上，看着他家的电视，还吃着他家搁在冰箱里的和路雪。

他捎带潮湿气息进了屋，鞋子让雨水漫灌已经湿透，就脱在了门口，赤脚走进屋里。他没来得及冲个澡换身衣服，浑身滴水地走过去，帮她消毒。

她将双腿都搭在茶几上，别过头闭上眼，叫他擦药的时候动作轻点儿。

他拿棉球蘸了碘伏刚贴上去，她就惊呼一声要抽回腿。

他一把按住，沉着脸叫她："别动！"

她神色委屈："痛都不行哦。"

"我都还没开始。"

"哦……是吗？"她眼睛睁开一条缝，望了望，"那你倒是快点啊，一气呵成好不好？"

"到底要轻还是快？"他手掌底下便是她的脚踝，踝骨分明而突出，脚背白皙，有晒出来的凉鞋印。

"轻和快又不矛盾！"

"……"

等消毒完，又擦过药水，她手里那盒冰激凌去了大半。她看他一眼，他眉上蓄了不知道是汗还是雨水，便将小木勺递给他："你要不要吃？"

"不要。"他站起身，要去洗澡，她又喊住他。

"你妈妈有指甲油吗？"

他去许莺华的卧室里拿出两瓶指甲油给了沈渔，自己回房间找一身干净衣服准备洗澡。

出来时，沈渔已经打开了指甲油瓶子，捏着小刷子，凑近了去涂大脚趾。

两下刷下去，成形一个酒红色的甲面，衬得脚背越发白。

他盯着看了会儿，心突突跳了两下，没来由地，突然觉得这样看她很是不妥，自己都不清楚哪里不妥。

他去浴室冲个凉，换身衣服出来，沈渔也晾干了指甲。

她去他家厨房找到保鲜膜，将两个膝盖缠得滴水不漏，再借用他家浴室洗澡。

他抽出纸巾擦拭沙发上让她身体拓印出来的水渍时，她突然在浴室里喊道："陆明潼，我内衣掉地上打湿了，你上楼帮我找一件干净的！钥匙在我外套口袋里！"

她是真不觉得两人有什么男女大防，十四岁的小男生，小屁孩一个，有什么可防的？

他一时十分窘迫："你自己回去拿！"

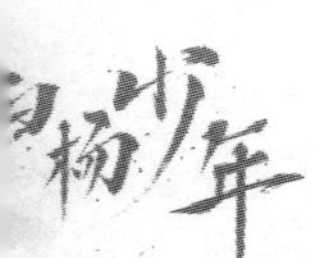

“我膝盖伤了哎！你还有没有良心了！”

他受不住沈渔的念叨，最终还是上了楼，如她吩咐的，在她衣柜的抽屉里，找到她的内衣内裤，花花绿绿的一堆，没敢细看，随便抓了一件。

沈渔洗完澡，拆了膝盖缠的保鲜膜，给吹风机接上电源，站在浴室门口吹头发。

嗡嗡热风盖过了电视机里的声音，他看着静音以后的滑稽画面，始终没转过头去看她，叫她把吹风开小一挡。

那天以后，陆明潼觉得沈渔在他心目中的“烦人”程度又升级了。

从以前她抢他零食的烦，和他抢电视遥控器的烦，霸占了他书桌看漫画的烦，同许萼华絮絮闲聊的烦，总时不时逗他的烦，早上去教室门口送落下的牛奶给他并监督他必须喝掉的烦，坚持拿尺子量他睫毛有多长的烦，和他比身高的烦……升级成了，只要一看见她，他就觉得烦，并且下意识地抗拒和她待在一个空间。

她的存在就是烦人本身。

后来，那个梦告诉他，那升格后的“烦”的本质是“在意”。

过分在意，他才觉得她过分具有存在感。

陆明潼抗拒了一段时间，就躺平认命了，并正式走上了一条有去无回的路。

他从来就是个很有好胜心的人，考试要考第一，游戏机的纪录要刷到第一，现在喜欢一个人，也要挑一个第一难追的。

对沈渔而言，将陆明潼从她恨意的范畴划出去以后，生活并没有产生多大变化。

因为她似乎很长一段时间，都没再跟陆明潼碰过面。

导致她都怀疑，陆明潼是不是已经搬走了。

九月开学以后，院内办一台晚会，沈渔宿舍合力要出个cosplay(角色扮演)的节目。当然，葛瑶牵头的，其他室友都是被她胁迫的受害者。

那天是周六，李宽照例在陆明潼家打游戏。

陆明潼躺在沙发上玩掌机，突然听见门外一阵“咚咚咚”的脚步声，不止一人，简直像是来了一支骑兵队。

李宽也听见了：“陆明潼，外面什么声音？”

陆明潼给游戏存个档，摘了耳机，起身打开门，看见沈渔身后跟着五个女生，正浩浩荡荡地经过了他家门口，再爬上楼去。

沈渔略停了一下脚步，站在上方楼梯上，向他瞥了一眼。没什么意味的，单纯听见开门声后的条件反射。

陆明潼回屋，打了会儿游戏，有人来敲门。

他以为是沈渔，没作他想，打开门却发现不是，一个一头长鬈发的女生，似是很久以前在派出所里见过的，但他想不起名字了。

女生主动做自我介绍：“我叫葛瑶，沈渔的室友。我俩见过的，你还有印象吗？”

陆明潼点头。

葛瑶笑说：“你家里有电脑是吗？能不能借用一下？我们排节目的音乐下错了，得重新下一个。”

陆明潼将门打开些，请她进来。

葛瑶徘徊在玄关，找拖鞋的模样，陆明潼说：“直接进来吧。”

然后让李宽暂停下游戏，电脑借人用一用。

李宽这时候没在副本里，正跟他那个小姐姐看风景呢，打字说明了一下，把位置让出来，还顺带地将桌面上的垃圾扫进了垃圾桶。

葛瑶用数据线将手机连上电脑，开音乐软件找歌。

李宽凑到陆明潼身旁，悄声问：“这是谁？”

“楼上邻居的同学。”

“楼上邻居，就那个……上回你追出去的那个人？”李宽还记得上次饭吃到一半陆明潼跑人的事。

陆明潼没答他，自己去冰箱拿了瓶冰水，搁在葛瑶手边。

葛瑶看一眼，说声谢谢：“不用不用，我下完了马上就走。”

“你们排什么节目？”

“明天晚上院里有个晚会，我们出个 cosplay 表演。”

“沈渔也参加？”

“参加呀。”

没一会儿，葛瑶下好了歌，摇摇手机对陆明潼说句“谢谢”。

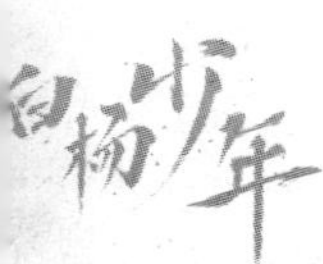

陆明潼将葛瑶送至门口，忽然问她："能要你一个手机号码吗？"

葛瑶大大方方地给了。

门掩上，李宽继续打游戏，陆明潼抱着掌机，却一时没动。

知道他家有电脑的，肯定是沈渔。她自己不好意思来借用，所以打发了葛瑶来？

这个猜想，让他觉得很有意味。

陆明潼他们学校，周末休息，但周日晚上要统一上晚自习，这安排是为了防止大家周末玩散了心，周一没法立刻进入状态。

这天下午，李宽在陆明潼这儿玩到了五点，自觉地退出游戏，喊陆明潼一块儿吃晚饭，然后去学校上晚自习。

陆明潼："我不去了。"

李宽："啊？"

"你帮我请个假。"

"你干啥去？"

陆明潼去卧室找一件外套披上："看演出。"

"啊？"李宽没反应过来，"看什么演出？"他看陆明潼爱搭不理的，又说，"不说清楚，我就告发你。"

"那我就告诉你妈，你天天在我这儿打游戏。"

李宽怎么能够忍受兄弟一个人出去浪却不带上自己："那我也去。我打电话跟老师说，陆明潼同学发烧了正在打吊针，我在医院陪着。老师肯定答应，说不定还嘱咐我，一定好好照顾你。"他得意自己这请假理由逻辑缜密，看向陆明潼，一脸的"求表扬"。

陆明潼蹲下身系鞋带："随你。"

大学校园对外开放，陆明潼照短信里葛瑶给出的信息，很快找到演出地点。

李宽跟着在观众席后排坐下，看着前方舞台上悬挂的"工商管理学院"的相关字样，在一头雾水之中，渐渐摸出一点门道，对陆明潼说："哦，原来是为了你那个邻居姐姐而来的呀。"

陆明潼没有理他，懒散地坐着，有些纡尊降贵的神色，仿佛刚刚着急赶来的人不是他，他是被迫来看这场演出的。

演出水平意料之中的非常有限，沈渔肢体动作僵硬，定点跟不上节拍，还常常忘了下一步该干吗，频频偷看葛瑶。

陆明潼扶额，一副没脸看的样子。

旁边的李宽乐出一声，笑说："你这个邻居姐姐，虽说舞跳得不怎么样，可腿好看啊。"

话音还没落，陆明潼幽幽地瞥他一眼，仿佛在说，你目光收着点儿，不该看的不要瞎看。

沈渔这个节目一结束，陆明潼便离开了演出厅。他原本是想直接回学校的，要是动作快点，还能赶得上最后一小时的自习。

但在出门之后，往走廊里看了一眼，发现前方的那间教室似乎是演出的后台，他犹豫了片刻，走过去。

李宽差点跟不上他飘忽的走位："哎，你去哪儿，还准备上后台献花去吗？"

这演出后台不存在所谓的管理这一说，是个人都能随随便便进去。

陆明潼站在教室门口，往里望了望。

沈渔身上还穿着那件戏服，她们这次的演出主题是迪士尼公主，沈渔扮成花木兰。那衣服还原度还不错，只是为了演出效果，脸上妆容浓了一些，尤其腮红，不要钱地扑了一层又一层，在正常的灯光效果之下，猴屁股似的滑稽。

整个教室里吵吵嚷嚷的，有人马上要上场，有人自己带来的衣服找不到了，有人满屋子找自己演出要穿的鞋。

沈渔是那个嚷着要卸妆的人，一脸粉底糊得她难受死了。

葛瑶叫她忍一忍，卸妆水忘带了。

沈渔说："我不想带着妆出去吃宵夜，要不等会儿你们先去吧，我回家卸了妆再来。"

她话音刚落下，便有人在背后拍了一下她肩膀，递来一包湿纸巾。

沈渔转头一看，是他们院里同年级的一个男生，但不是一个系。他是学生会宣传部的，这演出是由宣传部牵头组织，因此沈渔此前便和他打过交道，

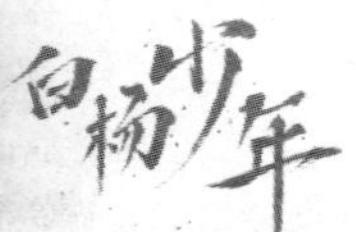

印象中还比较好的一个人。

男生笑说："湿纸巾行吗？"

沈渔赶紧说了声谢谢，将就能用。她到那临时搭建起来的化妆台前，抽出一片来开始擦脸。

男生跟过来，一手撑住了化妆台的台沿，略带三分局促地问："你们一会儿出去吃宵夜，能带我一个吗？"

"可能不行，就我们宿舍内部六个人，不带其他外人。"

男生踌躇一下："要不，下回我请你吃夜宵吧？"

沈渔问："为什么？"该请也是请葛瑶才对，这节目完全是她组织编排的。

男生没再说什么，有些尴尬地笑了笑："我先去忙了……"

李宽跟在陆明潼后面，把这一出好戏全看了去，调侃道："你这邻居姐姐行情挺好呢。"

陆明潼沉着脸色，转身便走。

沈渔不怎么爱跟人提及自己的初恋，因为开始得稀里糊涂，结束得也拖泥带水，回想起来，不愉快的记忆远远超过了愉快的。

她这段初恋持续了三个月不到就草草结束，只进展到了摸摸小手这个阶段。

在相处的过程中，她实在受不了男生要她时刻报备行程，而且她和班里男同学多说两句话，他就要吃醋，控制欲与日俱增。更重要的是，她似乎始终没有所谓的"小鹿乱撞"的心理体验，同恋爱达人葛瑶老师咨询过以后，便果断提出分手。

但对方不肯，连续短信和电话骚扰，到后来发展成了去教室门口堵她。

最惊悚的一次，是下了晚上的选修课以后，对方悄无声息地尾随着她，一直跟到了清水街。

男生急切地拦住她，要问她讨一个说法，说如果自己有什么做得不好的地方，可以改。

沈渔从前用来摆脱他的，所谓的性格不合的这一套说辞，他完全不接受。

没办法，沈渔只好说："我感觉自己没有那么喜欢你……"

"不喜欢我，那你答应我干什么？涮我玩呢？"

沈渔一下给问住了。

她自知是开窍比较晚的那一类型，初中高中从未对任何一个男生产生过喜欢的情愫。所以上大学之后，第一次碰见有人晕头转向地追她，她自己也跟着晕头转向了。

人都是有些虚荣的，她也不例外。在男生紧跟不舍的追求和室友的不断起哄中，她就稀里糊涂地答应了。

现在回想整个过程，她确实是对不起他。她也就不替自己辩解了，只是诚恳地道歉。

对方冷笑："道歉有什么用？我在你身上花了这么长时间，你就是这么糟蹋我对你的喜欢的？"

她思索片刻，问道："你觉得怎样才能弥补你？"

对方不要弥补，只想再和她试试。

他低声下气地求了好久，又说找个地方，两人好好聊聊。

沈渔莫名觉得巷子里比平日里要黑上几分，明明时间还不晚，那些铺子却都熄了灯。她有些慌乱，说自己要回家了，要说就明天白天再说吧。

这听似有些敷衍的说法惹恼了男生，叫他还非得就在今晚跟她掰扯清楚不可。

他拉住沈渔，不肯让她走，开始细数为她所做的点点滴滴，越说情绪越激动。

巷子里有人从门口探头出来查看，黑暗里又丁零丁零地经过了一辆自行车，似也丢下了一束打量的目光。

沈渔分外窘迫，她真是怕了这种叫人看热闹的场景，便急切地打断男生，叫他别说了。

沈渔是男生的初恋，对于未能修成正果的初恋，人总有一种偏执。这时候，男生已然是穷途末路般地不冷静了。

男生一把攫住她要往回抽的手臂，往自己跟前一拉。

沈渔急了："你撒手！"

男生不肯放，仍这样攥着她，要往巷外走去。

黑暗里，响起一道沉沉的声音："放手。"

自行车轮碾着石板驶近，在他们身侧停了下来。

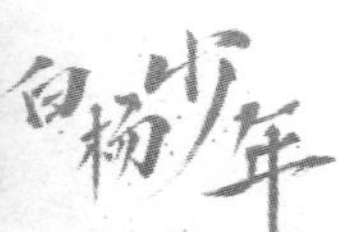

沈渔转头去看，车主两手掌着车把手，脚点在地上支撑。

昏暗里，车主的五官是不甚清楚的，可她对他熟得很，不自觉地以哀求口气，低低地喊他一声："陆明潼……"

陆明潼下了自行车，沿墙根停好，走过来，再度警告男生："放手。"

他方才骑着自行车经过了两人，听着那争吵的声音里有一道是熟悉的，便停了下来，隔一段路听了听他们说些什么。

男生瞪着他："你谁啊？"

"放不放？"

等了三秒，看男生还没有见好就收的意思，陆明潼二话不说，把斜背着的黑色书包卸了下来，拎在手里。

他眼睛都没眨一下，书包整个直直朝着男生的肩膀掼去。那里面装着书本和水壶，一下砸过去的重量真不轻。

男生趔趄了一下，松开了沈渔，转头与陆明潼厮打在一起。

场面混乱，沈渔趁机想往巷口跑去，陆明潼像是知道她要干什么，抬头喝道："别去报警！"

凭一股不要命的气势，局面牢牢掌握在陆明潼手中，他一只手将男生的手反扣在后背，另一只手将其脑袋摁在地上，冷声道："下回别让我再看见你。"

男生"呸"了一句："你有本事打死我！"

陆明潼浑身戾气："你以为我不敢？"

沈渔在旁听得浑身发冷，觉得陆明潼这带冷笑的语气，不像是在开玩笑。

男生显然也被他骇到，骂骂咧咧了几句，没再还手。

最后，陆明潼松手："滚吧！"

沈渔心有余悸，站在原地一动未动，望着陆明潼，半晌憋出一句"谢谢"。

陆明潼冷冷地瞥她一眼。

陆明潼记性不算差，记得这男生他见过，是在三个月前沈渔演出的当晚。

他想起半个月前，骑车回来的时候，曾在清水街的对面，看着沈渔和一个男生站在树荫底下，两人凑近了像在聊天，手挽着手的，那场景磕碜死了。十分钟过去了，他俩都未曾挪步。

现在看来，那男生应该就是这个人了。

陆明潼走过去，从地上拾起自己的书包，拍拍上面的灰尘。他没有应承沈渔的这声道谢，因为心里实在恼火，即便打赢了架，也丝毫未得消解。

他扭头去路边墙根处推上自己的车往回走，沈渔在后面不远不近地跟着。

挺难得地，他们一道同行却没有互相避开。

沈渔听见前方自行车轮毂旋动的声响略停了下，黑暗里陆明潼音色沉沉，问她："你受伤没？"

"我没有，你……"沈渔觉察后半句要说的话里带了关心，一下觉得别扭，没再往下说。

陆明潼显然也不在意，他继续往前走，片刻，又冷冷地嘲了句："找男朋友都不挑的吗？"

换以前，沈渔早怼回去了，可他替她解了围，实打实的。

而且她也没底气替自己辩解。虽然她觉得是可辩解的，日久才见人心，男生追她的时候，又没这样气急败坏过。

一路沉默着走到了楼下，陆明潼停好了自行车，踏进楼里，拍了一下手，声控灯没亮。

沈渔也跟进来了，跺了跺脚，灯还是不亮。

沉默一霎。

沈渔说："好像，早上通知过，我们这儿晚上十点到早上七点要停电。"她才想起来。

难怪这巷子里黑得可怕。

又沉默一霎，陆明潼问："去买蜡烛？"

沈渔愣了下："好啊……"

他们原路折回，安静的氛围，只有脚步声。

零星几家点起了蜡烛，橘融融的一捧光。

沈渔好难得地体会到了一种久违的平静。

好像一时间爱与恨这样激烈的情绪终于远离了她，在这样一个停了电，谁也看不清楚谁的面目，谁也不用看清楚谁的面目的夜晚。

她顿了顿脚步，抬头往天上看，缓慢地呼了口气。

已经是呵气成白的冬天了，灰沉天色里也没见到几颗寒星。

前面的脚步也顿了顿，似乎是在等她。

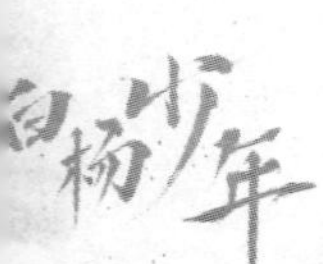

她就再迈开跟上去，顺便递上方才没说出去的那后半句:“你受伤了没？”

陆明潼听见这句话愣了一下，似乎没料到她竟会主动关心。他抬起手臂来看了看，说：“没事。”

沈渔猜想他胳膊上应该有些剐蹭，不然不会做出这个动作。

那平常卖五毛钱一支都无人问津的蜡烛，一下成了紧俏货，涨价到两元一支，且店主不讲价，一副爱买不买的架势。

沈渔说：“拿四支吧。”

陆明潼拦下她：“一晚上一支够了。”

“你不也要用？”

“那两支就够了。”

“你确定？”

“嗯。”

陆明潼两句话让店主少赚了一半的钱，店主递过蜡烛和打火机的时候，冲他俩翻了个白眼，连小塑料袋也没舍得给一个。

走回到楼下，陆明潼拿出打火机将蜡烛点燃，举在手中，走在沈渔身后，替她照亮脚下楼梯。

到了六楼，沈渔嘱咐他，胳膊上要是有伤记得擦药，别又沾水发烧了。

陆明潼想起去年自己发烧，她一边恨极一边却还是肯照顾他，心里有些异样情绪，忍不住借烛光多看她两眼，也没顾上是不是视线流露得太过直白。

他“嗯”了声，反过来叮嘱她，睡觉之前别忘了把蜡烛吹灭。

沈渔笑了笑：“我没这么迷糊吧？”

“说不准。”

然后便是沉默，唯独他手里的蜡烛，借楼道里微微回旋的风，火苗轻摇。

自那件事情发生之后，这算是两人第一次正常交流，彼此都有些别扭。沈渔没让对话有任何往尴尬处发展的机会，先一步挥手上楼了。

那之后有好几天，沈渔晚上上完选修课，回到清水街，总能在附近碰见陆明潼。

他有时是在超市里买东西，有时在水果摊前挑水果，还有些时候，则显得百无聊赖，好像没什么事儿，只是在外面瞎逛而已。

一回两回是巧合，三回四回沈渔就上了心。

有一天她突然福至心灵地意识到，陆明潼该不会担心那个男生还会来纠缠她，所以……

又一天，沈渔在超市门口撞见陆明潼。他在里面逛了半天，却只买了一瓶可乐。

沈渔径直问："你不会是在等我吧？"

陆明潼露出一下子给难住了的神色，撇了下嘴角，不自然地说："想多了。"

沈渔笑了，心说你这撒谎的技术倒是练一练呢。

这一年的寒假，沈渔找了一个实习，因为实习地点离清水街比较近，她就顺势正式搬了回来。

和陆明潼的来往，也在那段时间渐渐正常。

有时候实习下班很晚，回来正好撞上下晚自习回来的陆明潼，两人就一道在街口吃点夜宵，或是热气腾腾的馄饨，或是给料很足的鸭血粉丝汤。

他们分坐于桌子两端，沈渔聊一聊工作中的牢骚，陆明潼提及高三以来，自己也倍感不适的学习压力。

后来的话题不拘于此，但他们之间达成了默契，什么都可以聊，只除了两家之间发生的那件事。

久而久之，沈渔已经很习惯将他们分得清清楚楚，陆明潼是陆明潼，许萼华是许萼华。

偶尔，沈渔也会深觉自己是个叛徒。当有这种念头产生，她便会克制不住地冲陆明潼摆臭脸。

陆明潼似乎非常理解她的心理，他默认，甚至纵容了她的阴晴不定、喜怒无常。

但到后来，沈渔发火的次数也就越来越少了。正因为他承受一切毫无怨怼，使她觉得，她不能这样不公平，他原本是无辜的。

而且，他们虽是最不尴不尬的关系，却有着最切实的陪伴。因他的存在，她所有无从排遣的情绪都有了指向。

沈渔的第二段恋情，差点开始于那年寒假。

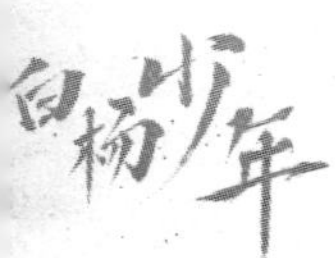

说差点是因为她及时发现了对方和异地的女友分手并没有分清楚，两人还在藕断丝连。

对方是跟她一块入职的正式员工，另一所学校毕业的研究生。

两人分在一组，平常互帮互助，男生大她几岁，处事也成熟些，工作中对她照顾很多。

对这个男生，沈渔是清清楚楚有好感的，不管是长相还是脾性，都很对她的胃口，且她明显觉察到，对方对她也有好感。

两人怀揣心事地互相接触，似乎只差捅破那层窗户纸。

直到有一天，沈渔通过同事的微博关注列表，偷偷地发现了男生的微博——他倒没说谎，微博确实已经没在用了，快有大半年没更新。

临睡前，沈渔出于好奇，把这停更的微博从后往前翻，结果在他的点赞记录里发现有个账号频频出现。

顺着那账号摸过去，发现是个女生在用，往下翻了没几条便看见了一段微信聊天记录。虽给名字打了码，可头像沈渔认识，就是那男生的。

配的文字是："我知道你也放不下。"

再往前翻，翻见男生跟女生的合影，时间不过是在一个月前。

她彻夜没睡，第二天跟实习公司请了假。

上午她顶着两个黑眼圈下楼去买早餐，准备吃过再补觉，在外头碰见了陆明潼。

她无精打采地应承了他的招呼，一眨不眨地盯着翻滚的热油，等油条出锅。她觉察到陆明潼站在一旁打量的视线，没有理他。

她提上油条和豆浆，和陆明潼一道往回走，在路上，沈渔接到了那男生打来的电话。

关切而温柔的语气，问她今天怎么没来上班，是不是身体不舒服，要不要他过来看看。

沈渔是藏不住心事的性格，虽然在感情上有相当程度的钝感，但极度不爱拖泥带水，于是直接质问他，为什么有了女朋友还来招惹她？

男生愣了下，急急解释说，和女朋友已经分手了。

"分干净了吗？"

男生不说话了。

沈渔直接撂了电话。

转头发现陆明潼正看着她，她气急：“你别看我！”

她加快了脚步，陆明潼也紧跟着，一前一后地上了楼。在他家门口，他忽地伸手，捉住她的胳膊：“在我这儿坐坐？”不甚强烈的询问语气。

沈渔很喜欢他家里那张电脑椅，寒假这段时间，常来他这儿上网查资料。她占了李宽的位置，李宽没处玩，转头就骂陆明潼重色轻友。

这时候，沈渔也就去那电脑椅上坐下，蹬了拖鞋，蜷着腿，双脚蹬着椅子边缘。

她无意识地转动电脑椅，咬着油条，思绪一跑偏，便觉出吞咽不下的委屈。

没到要落泪的程度，但她心里堵得难受。

她将吃了一半不到的早餐往旁一扔，从口袋里摸出手机，准备给男生打电话，把这事儿聊清楚。

还在拨号，陆明潼径直走过来缴了她的手机，往自己裤子口袋里一揣：“你就不能端着点儿吗？”

“我是要跟他吵架的。”

“有必要？向他证明你在乎他？”

沈渔紧抿嘴唇：“你懂什么……”

“你懂，怎么老遇见这样的人呢？”他语气里略带嘲讽。

“身边都是烂人也要怪我吗？我倒是想找一个表里如一的好人呢……”

“认真找了？”陆明潼打断她。

沈渔愣了下。

却见陆明潼绕着电脑桌转了半圈，整个人眼见地突然烦躁起来，他似乎是在找东西，又进了卧室一趟，半晌出来，手里拿着烟盒和火机。

他靠窗把烟点着了，隔着半个客厅的距离遥遥地看她。那视线意味很深，她觉得自己应当回避，不去探究。

以前撞见过他买烟，但见他抽，还是第一次，她忍不住劝一句：“你还没成……”

“你别说话！”他更焦躁。

沈渔两条腿放下去找拖鞋，她闻到了烟味，很不喜欢。她自己心情也不好，没那份心神再去管别人的闲事了。

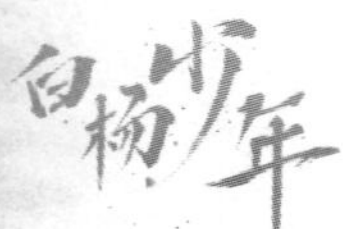

走到门口，身后陆明潼骤然出声：“就那么想谈恋爱吗？”

她有些微被冒犯感，拧着眉，转身要驳斥两句，瞧见陆明潼已经从窗户那儿走了过来。

烟没被带过来，被他横放在了铝制的窗框上，寒凉空气吹起一阵青蓝色烟雾，绕一圈，又飘往窗外。

就这么一愣神的工夫，陆明潼已走到她面前，伸手，掌住了门把手，不叫她开门的意思。他这样一臂撑着，好像半抱住了她。

她眼皮莫名地跳了下，往旁躲了躲。

少年个子高高的，落落青松一样，身上穿一件白色的粗针圆领套头毛衣，眉目雪光一般清朗。

只是他的目光，是与之不相匹配的焦灼和烦躁。

他低下头来，就这么猝然地说：“那就跟我谈吧。”

沈渔把他前后的话结合了一下才反应过来：“你开什么玩笑！”

“我没开玩笑。”他目光盯着她眼睛，追踪她的视线，一点闪躲的余地也不给她，“我喜……”

沈渔扬手拍在他颈间。

原本是朝他脸上去的，落下的瞬间她下意识偏了些。

“你有毛病吗？”她眉间浮起愠色，觉得这些话荒唐得很。

喜欢……他们之间容得下“喜欢”这样的感情吗？

陆明潼一点不恼，看她的目光笃定得很，没甚所谓的语气：“我确实有毛病，不然怎么敢喜欢你？”

话里卑微的底色叫沈渔动容了一下，但也仅仅只有一下，她伸手去推陆明潼的手臂，要去开门，没想到推开了。

“陆明潼，这话我当你没说过……你别开这种玩笑，我们之间不要搞得更复杂了。”

她急急慌慌的，要逃。

陆明潼看出她的恐惧，才愿意松了门把手。

因为他比她想得更多，他也有恐惧，从发现自己喜欢她起，想过一百遍，他们之间，隔山隔海，隔心尖刺。

但倘若能由理智掌控并且消灭，那也就不是喜欢了。

开了门，她鞋都没来得及穿好，只靸在脚上，飞快地跑上楼。

“沈渔……”

她在楼上急吼：“你闭嘴！”声音带上哭腔了。

敌进我退，敌驻我扰，敌疲我打，敌退我追。

这是游击战的战术核心思想，陆明潼把它当作追沈渔的行动纲领。

反正不敢紧追不放，怕哪天把她逼急了，一拍两散。

沈渔明显也呈观望态势，一碰见陆明潼便如惊弓之鸟，直到几天过去，发现他一切如常，真像没说过那些话一样，这才稍稍放心。

但明显还是同他疏远了些，刻意注意着两人之间的界限。

开学便是陆明潼高中的最后一学期。

为请家长的事，陆明潼找到了沈渔。

“让我去？”

他俩正在街边吃夜宵，沈渔一碗鸭血粉丝汤里多加了豆泡，一口咬下去汤汁溢出来，烫着了舌头。

陆明潼解释说，他一直跟学校说的是寄宿在亲戚家里，父母不在身边，且亲戚很忙。一来他成绩好，也绝少在学校里惹是生非，没什么需要请家长的机会；二来班主任体谅他这家庭状况，能跟他本人对话解决的，就直接解决了。

“但这回不一样，”陆明潼说，“高考一百天誓师大会，班主任想跟学生家长都聊聊。”

“跟我能聊得上什么，我自己都才读大三……”

“学校要求每个学生的家长都必须出席。拜托了。”

他静定地望住她，态度诚恳，叫她拒绝的话说不出来。

去陆明潼学校那天，沈渔特意穿得成熟些，米白色套裙外搭一件咖色风衣，换上隐形眼镜，脸上是葛瑶帮忙化的妆，大地色系眼影与浅豆沙色口红，当作初入职场的小白领来看并不违和。

陆明潼专程下去一楼接她，望见这一身打扮，多端详了两眼。虽然明显与他拉开了年龄感，可这种不着痕迹的精致很是赏心悦目。

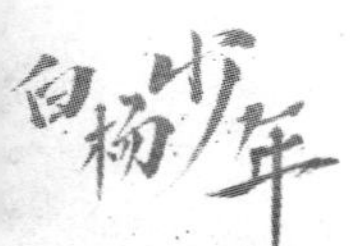

沈渔比自己带家长来见班主任还要紧张，一来担心身份被人揭穿，二来要是老师问及陆明潼的情况，她怕自己答不上来。

事实证明，她想多了。

班主任一上午要接待完所有家长，每人也就能聊个五分钟，脸都认不清。对于陆明潼这样一贯不需要操心的好学生，班主任也就叮嘱两句最后半年注意加强营养，不要额外施加压力云云。

中午，沈渔跟着陆明潼去吃食堂。

同行的还有李宽，但李宽是一个人。

沈渔："你家长没来吗？"

"他俩上班呢，哪抽得出时间？"

"不是强制要求每个学生的家长都一定要来？"

"没……"李宽正要斥这说法扯淡，瞧见陆明潼递来一个警告的眼神，话锋硬生生地拐了个弯，"没说一定要今天！来是肯定要来的，我爸妈上周五已经来跟老师谈过了。"

"哦。"

李宽险险替陆明潼忽悠过去，怕沈渔细想，赶紧转移话题，沿路介绍学校里的情况。

沈渔倒是注意到了别的，往食堂去的这一路，碰见不少女生对她好奇打量。

李宽也察觉到了，笑着对沈渔说道："刚过去的那个女生是文科实验班的，给陆明潼送过信，很高调。咱们每回开月考总结大会，年级前五上台接受表彰，那女生为了跟陆明潼同台，超级刻苦，走路都在背单词。"

"李宽，"陆明潼斜去一眼，"喝不喝水？"

"啊？"

"话这么多，不嫌口渴？"

在食堂吃过中饭，沈渔跟着陆明潼回教室。下午两点体育馆办誓师大会，邀请家长最好和学生一起。

陆明潼劝说沈渔留下，理由是——来都来了。

班上座位都是流动的，为了学生的视力着想，每次月考结束，就轮排轮组地换一次，这回陆明潼的座位靠窗。

他同桌的座位是空的，陆明潼说应当是回家吃饭去了。他让沈渔坐他的位置，自己坐同桌的。

陆明潼桌上摆放的东西没什么特殊的，一摞书本，桌屉里也都是课本，码放得整整齐齐。随意抽出来一本习题册，都是做过了的，没写完步骤也会写个答题思路。他的字连笔多，不怎么工整，不过倒也挺有筋骨。

沈渔很是汗颜，自己读书时可没这么刻苦，“学霸”也不是嘴皮子一碰那样轻易，都要背地里下功夫。

吃完饭血糖浓度升高，沈渔犯困，打了个呵欠。

“你睡会儿吧。”陆明潼扯下椅子靠背上搭着的校服递给她，让她盖着免得着凉。

沈渔摇头，指一指自己眼睛：“戴着隐形呢，趴着睡会很难受。”

“要不靠我肩膀睡？”

少年挺风轻云淡的语气，神情比语气更坦然。沈渔却立马警惕，扬手推开了窗，让新鲜空气透进来些：“没事……过了这阵就不困了。”

闲得没事，沈渔叫陆明潼找一套英语真题给她做着玩。

结果倒是被真题给玩了。她英语四级的水平，做高三的英语题，有些竟然也拿不准。

纠结于有道完形填空究竟该选“on”还是“to”的时候，她听见陆明潼在旁边笑了声，转头看，他手臂搭在她身后座椅的靠背上，微侧着身，往她卷面上看。

沈渔自尊心受挫，将试卷一掩，不做了。

“你不想对一下答案？”

“不想。”

陆明潼很不认可的目光：“刚才那道题应该是选‘to’……”

“你平常给李宽讲题还没讲够吗？”沈渔打断他。

隔了两条过道而坐的李宽感到冒犯，心想你俩打情骂俏别扫射到我啊，忍不住道：“陆明潼上回生物考得还没我好呢！”

“就低你 1 分。”

“那也是低！”

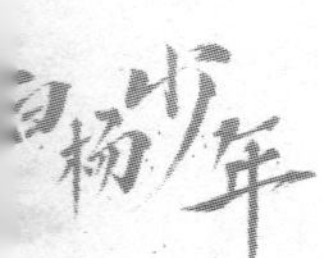

下午的誓师大会在学校体育馆举行，陆明潼给沈渔安排好位置，嘱托给了李宽，自己就溜了。

直到誓师大会开始，他上了台，作为学生代表之一发言。

他把校服换上了，蓝白配色。说实话，衣服的样式挺土，但他盘靓条顺的，自有一种青春的蓬勃感。

沈渔在台下看他带头宣誓，那样意气风发的模样，延迟地理解了自己读书时，为什么总有些女生为了个别的天之骄子春心萌动。

她很有些“学生家长”的傲然和与有荣焉，尤其有家长听说她是陆明潼的姐姐，都凑近了搭讪，问家里是怎么教，能教出这么个优秀又听话的小孩。

这句话让沈渔略有些吃心，笑一笑说：“全靠他自觉，家里没管。”

这是实话，但其他家长却当她是在谦虚。

沈渔听他们七嘴八舌的，越发不后悔今天自己来了这一趟——

不该叫他锦衣夜行这样久，应当有人见证他的荣光。

誓师大会结束，下午和晚上还要继续上课。

陆明潼只将沈渔送到学校门口，叫她回去注意安全，顺手将今天学校赠送的钢笔插到她的风衣口袋里，感谢她今天来一趟。

穿白蓝校服的少年似青松高劲，却微微地低下头来迁就她，脸上自有含蓄的骄矜神色。

他惯常是面无表情，但此时此刻沈渔知道他是开心的，就没推拒那一支钢笔，只说：“我回去了。”

这年高考在微微小雨之中落下帷幕。

李宽脱了缰绳，彻底放飞，把自家那台电脑搬了过来，明目张胆地与陆明潼天天双排玩《英雄联盟》。

一晃眼到了公布成绩的时候，他俩一块儿查分的时候，沈渔也在。

李宽正常发挥，保底也能读个本省的985高校。至于陆明潼，分数去国内排名前三的学校稳稳当当。

沈渔比自己考好了还高兴，终于能用上这个装样儿的句式了：该去北大还是清华呢？

陆明潼却将查分界面一关，戴上了耳机继续打游戏，脸上没一点喜悦的神色。

李宽只好这么揣度："可能他的目标是高考状元吧，那是还差点儿。"

李宽填完志愿以后出门浪了一段时间，再来找陆明潼的时候，已是收到录取通知书以后。

沈渔出门去买东西，恰好在巷口碰见李宽，他特意调出来拍摄的通知书照片给她看，笑说："陆明潼收到没？我过来瞅瞅北大清华的录取通知书长啥样。"

"他好像还没收到吧，我一直没听他提起过。"

"不应该啊，我们学校那几个报这两所学校的都已经收到了。"

沈渔跟李宽一块儿到了陆明潼家里，结果那厮正在玩游戏，脸上波澜不惊。

沈渔问："你收到录取通知书了吗？"

陆明潼瞥来一眼："收到了。"

沈渔把他头上戴的耳机拽了下来："倒是拿出来看看呀！"

陆明潼懒得动，只朝着抽屉扬了扬下巴。

沈渔赶紧拉开抽屉，EMS 的文件袋，拿出来里面的东西，一眼望去却是愣住，那封面上写的是"南城大学"。

李宽也傻眼了："这什么情况？你滑档了？"

陆明潼语气平淡："没。"

"那你……"

沈渔揪住陆明潼的 T 恤衣领："你过来。"

陆明潼抬头看她一眼，她脸上是一触即发的怒气冲冲，便没违逆，站起身，跟着她出了门，又上了楼。

自家门一合上，沈渔开门见山："为什么报南城大学？"

"不想去首都。"

"那去别的城市也不行？"

陆明潼顿时沉默，低下头去，看着她："我就想留在南城。"

"为什么，你这么好的成绩……"

"为了你。"直接且掷地有声的三个字。

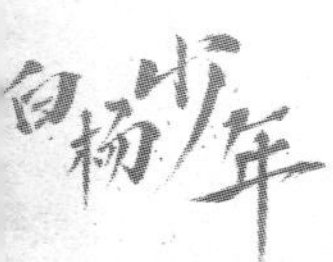

沈渔愣住，继而紧咬嘴唇，几经控制，还是忍不下："你疯了吗？这是你的前途，多少人怎么拼命都拿不到的机会，你呢？你随随便便就这么放弃了！"

"既然是我自己考的，我为什么不能放弃？"

"陆明潼！"

陆明潼始终是神色冷静的："我上不上清北，没人在意……"

"我在意！"她单手叉着腰，焦虑地在玄关这方寸里转了两圈，情绪冲到顶，却没个宣泄的途径，"你说是为了我，有没有想过，我就想你去最好的学校，前途似锦。你要一辈子待在这么个破地方吗？"

"如果你待在这儿，我就待在这儿。"他把她的手抓过来，扳直了五指，往自己脸上拂，"你想打我就直接动手。但这决定我不会后悔，我清楚自己要什么。"

"你十八岁都不到，你清楚什么……"她要抽回自己的手，却是纹丝不动的，那些复杂的情绪最终冲破了泪闸，叫她仰起头来，狠狠地抽了几下鼻子。

陆明潼就这样抓着她的手，往自己怀里带，两条手臂箍紧了，不让她逃。哪怕她气急败坏地挣扎，一口咬在他的手臂上，咬出了带血的牙印子。

沈渔带着没能挣脱的挫败，号啕大哭。

"陆明潼，你干什么啊，你是不是想逼我去死……"

少年的心里没有半刻惶惑，他知道，倘若离开了南城去异地求学，他们必然走向渐行渐远的结局。

人间凡事，都不及她重要。

陆明潼伸手摘了她已经模糊的眼镜，揣进自己的裤子口袋里，将她脑袋按在自己肩膀上，咫尺距离地盯住她湿润的双眼，不容置喙的语气："我只是想喜欢你。"

他不信这是死局，掀了棋盘也想为自己争取一条生路。

沈渔打心眼里感觉到恐惧，为他竟然是这样一个不管不顾的疯子。

"我们没有任何可能，我也绝对不会喜欢你，绝对不会。"她落着泪，紧咬牙关，一字一句地说。

那之后，沈渔和陆明潼冷战了快有一两个月，直到新学期开学，陆明潼去南城大学报名，一切无可更改。

沈渔不理他，他就去找她。

不知道为什么，他总能精准定位她的行踪。

在学校路上，他拦住她，也不说话，往她手里塞了东西就走。

沈渔拿到东西就直接扔了，但次数多了也有些颇觉浪费的心疼，葛瑶劝她："别扔了吧……再不济我帮你解决呢。"

再往后，陆明潼又发展出了新套路，直接把东西交给葛瑶，让她转交。

葛瑶拎着袋子，问沈渔："要不要？不要我扔了？"

沈渔瞥一眼就掉转目光，什么也没说。

他送来的多半都是零食，卤藕、鸭脖、小蛋糕，有时候是热腾腾的炸鸡排或者芝士焗番薯，且都留足了分量。

葛瑶替沈渔将东西分给了舍友，大家很快统一了阵线，联合起来劝导沈渔："何必呢！陆弟弟多好一个人啊，你就原谅他吧！"

沈渔一下从床上弹坐起来："你们都是叛徒！"

大家咬着软糯香甜的番薯，特别敷衍地点头："是是是。"

那年南城是个寒冬，沈渔跟葛瑶一起泡图书馆做了一晚上的文献综述，快到宿舍熄灯时间才离开。

结果一出图书馆大门，沈渔就在路对面看见了陆明潼。

他嘴里咬着一支烟，靠着路灯，望见她时，意外地没主动朝她走去，手里也是空的，什么也没拿着。

这倒让沈渔在意起来，对葛瑶说："你先回宿舍吧……"

沈渔朝陆明潼走过去，隔了两三步站定。

他微微偏了一下头，看她一眼，才缓缓地站直身体。烟被他拿在手里，一团青雾，竟让人觉得那是带着寒意的。

他别开了目光，开口时呼吸变成了大团的雾气："我外公做手术，我回趟江城。天气冷了，你注意保暖。"

沈渔知道他与许萼华娘家的关系有多淡薄，所以瞧见他冷涩的样子，愣了一下。

他含着烟，两手都揣进黑色棉服的口袋里，略低下眼："走了。"

"哎……"沈渔看到他身影顿了顿，艰难地说了句，"你注意安全。"

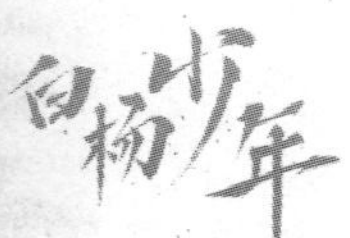

陆明潼一去，过了一周才回来。

她是在清水街碰见他的，他提一只行李袋，眼见地憔悴许多，眉目间是蹉跎的霜雪色，让她一下心软，没法继续同他生气。

她挺唾弃自己。

沈渔叫他到家里来吃晚饭。

她做不来什么菜，就下了一锅水饺。

陆明潼狼吞虎咽地吃过，再问她要一杯热水，说胃痛得难受。

她要下去给他买药，他一把抓住了她的手臂，平静的目光，亦有些许哀求："陪我一会儿。"

他要点支烟，沈渔没阻止。

他抽了两口却又将它灭了，一下站起了身，说要走了。

沈渔喊住他："你到底要干吗？"

陆明潼停下脚步，后退一步，靠着墙根，他说："你过来。"

沈渔站着不肯动。

他只是望着她，寒凉的目光，直到她挨不住，主动走过去。

她犹豫了一下，伸手，双臂自他身体两侧环上去，贴在他肩胛骨上，抱住他。

陆明潼愣住了，片刻，手抬起又落下去，到底没去回抱她，只在她的拥抱里，放任自己颓然地耷拉下肩膀。

他同她讲，小时候有几年他是在外公家度过的。

只是许萼华和娘家的关系一团乱麻，她受不了家里的压抑氛围，受不了冷眼和背地里的议论，便执意将他带出来，各地辗转。

外公也是个强势的人，许萼华未婚先孕本就叫他丢尽颜面，因此也不挽留，对陆明潼的几个舅舅放话说：等她在外头吃尽苦头，她就会晓得回来求我了。

许萼华真没回去求他，拉扯着六七岁大的陆明潼，在外奔波了好多年。

父母子女之间，自有斩不断的血缘牵绊。

后来，许萼华借陆明潼外公生日之机回去了一趟，与其达成了实质上的和解，也因此，外公才将多年前在清水街置办的一套房子赠与许萼华，叫她到底先找个地方安定下来，孩子读书是最紧要的。

但后来，又出了那档子事，这下许萼华是彻底自愧于陆家了。

那年舅舅来过以后，逢年过节的，陆明潼会给外公去个电话。

外公接到电话总是高兴的，只是他脾气倔强，陆明潼回绝了他，他断不可能再主动邀请陆明潼回江城。

这一回，陆明潼久违地再次踏足江城，却是因为外公确诊肺癌，准备手术。

好在手术是成功的，但后续恢复如何，会否转移或是复发，一切都不好说。

沈渔犹豫了好久才问："你妈回去了吗？"

"嗯。"

那自然算不上多愉快的见面场景，两位舅舅指着她的鼻子痛骂，她硬撑着一句不回应，直到看见外公的脸才落下泪来。

却也不敢放声大哭，只是捂面饮泣。

外公看着她，幽幽地叹口气："你怎么把自己活到了这步田地？"

沈渔心底还有清晰的恨意，却不影响她从陆明潼的讲述里体会比恨更复杂的况味。

陆明潼的心情同样复杂，自见到许萼华起。

他发觉人伦关系是一张网，他其实挣脱不掉的。

如果说，有哪个时刻，他真的想过放弃，应该就是栖息于外公膝下，术后照料的这一周吧。

如许萼华这样，一辈子名声跌破的人，面对至亲都得匍匐。

换作沈渔呢？

他的喜欢是任性的，非拉着她众叛亲离不可吗？

有一瞬，他不想叫沈渔走上这条路。

他无所谓，可他不舍得沈渔。

可等再见到了她，回到这日复一日向着没落而去的清水街，他又从她的心软里决绝起来。

尤其，她主动地拥抱他。

或许不是爱情，但他们之间的关联已然无法斩断了。

好或者坏，都得到最后揭晓不可。

终归是惨烈的，他宁愿任性一点。

因为不想余生活成一把灰烬。

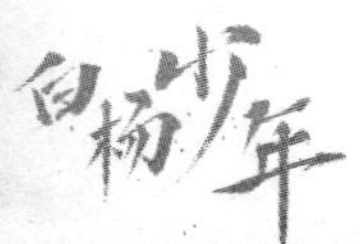

沈渔也洞明了这一点。

她相信，有一万个契机，让她没法跟他一刀两断。

只把界限画在那儿，随他怎么闹腾，她不松口的就是不松口。

沈渔毕业以后去了唐舜尧那儿做婚礼策划。

她和陆明潼很长一段时间相对稳定的关系，在陆明潼大二结束的那一年，再度陷入僵局。

起因还是她的恋情。

那人跟她在同一个写字楼，几回在同一家餐厅吃饭，电梯里也常常碰见，就这么认识了。

沈渔吸取此前的教训，特意与对方接触了很久，才准备有下一步的进展。

那一阵陆明潼在和同学一起忙一个计算机编程大赛的事，好长一段时间泡在了学校机房。比赛结束，他们拿了银奖。

恰逢李宽也从崇城回来了。他联系陆明潼，说好久不见沈渔姐姐了，要不喊出来一起吃个饭吧。

陆明潼准备等沈渔下班之后说这件事，结果那晚她迟迟未归，电话打了几通都无人接听。

他有些担心，想去他们工作室看看，没想到下楼时，就跟她迎面撞上。

她手里还抱着半桶未吃完的爆米花，脸上挂着灿烂笑意，而她身边跟着一个男的。

沈渔顷刻变了神色，转头对那男的勉强笑了笑说："就送到这儿吧。"

男的打量了陆明潼一眼："这是……"

"我弟弟。"她话音刚落，手臂便被陆明潼一把攥住，往楼上牵。

沈渔几步走得跌跌撞撞，他开了门，她猛地将自己的手腕挣开，气恼道："干什么啊？"

陆明潼不说话，只将自己放在沙发上的背包提过来，拉开拉链，倒提着一倾，那里面掉出好些零零碎碎的东西。

沈渔认出来，都是她听说他要去外地参加比赛，叫他带的纪念品。那时他只说要看情况，不一定有空去买。

结果一件没落。

沈渔怔然，说不出话来。

陆明潼目光冰冷地看着她：“我以为你遇上什么事，这么晚不回来，电话也不接。电影好看吗？”

“陆明潼……你好好说话，别阴阳怪气。我原本就打算等你回来，跟你说说这件事。”

陆明潼冷笑一声，俯身去拾给她带的东西，往包里一塞，便往外走，说反正她是用不着了，干脆扔了。

沈渔一把抓住了背包，气急地说：“你别闹了！”

他彻底愤怒，猛地将背包一拽，那尼龙料子的一角，自她手指脱钩。他扬手往地上一扔，紧跟着，又伸手将她眼镜摘了下来，信手丢去了茶几上。

沈渔急慌慌眯眼要去找眼镜的时候，他伸手，将她腰一捞，带入自己怀里。他另一只手探向她面颊，大拇指狠狠擦掉她为和那男人看电影而抹上的口红。

她吃痛地“嗞”了一声，一句脏话还没出口，陆明潼已低下头来，直接吻住她。

沈渔这回没留情，一巴掌没有犹豫地甩在他的侧脸。

他抬头，愤怒到极点的那种冷静目光，直直地盯住她片刻，没所谓地笑了声。

他松了手，一把将她推开，紧跟着打开门，直接下楼去了。

那天陆明潼一晚上没回来。

第二天李宽打来电话，说他跟陆明潼在酒店呢，昨晚两人喝了一宿的酒，他也听了一肚子的牢骚话。

“他酒醒了吗？”

“还没。”李宽笑说，“沈渔姐，倒是给老陆一条活路呢？他喝醉后跟我说，院里有个交换项目，老师准备推荐他去，他都没答应，就想留在你身边。”

陆明潼醒来的时候，发现窗边站了个人。

不知道是几点钟，半开的窗帘外，天色昏蒙。

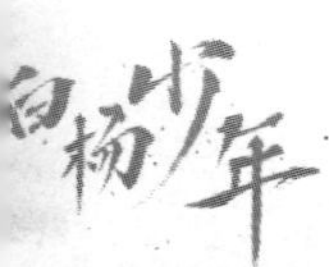

沈渔穿得很简单，T 恤牛仔，好像是随便穿了一身就出门。

她仿佛是哭过，镜框后的眼睛红红的。

陆明潼头痛欲裂地爬起来，没什么表情地瞥她一眼，准备去浴室先洗个澡。

沈渔在他身后声音沙哑地说："世界这么大，总有你找不到的地方吧？"

他一下顿住，转身："你什么意思？"

"李宽告诉我，你打算放弃出国交流的名额。两年前，你为了我放弃去更好的学校，现在又重蹈覆辙。我不懂你是怎么想的，但我担不起耽误你前途的责任。如果，你执意这样，那我只好走了。"

"威胁我？"

"你试试就知道了。"

沈渔两手在身后撑住了窗沿，她低下头，看着鞋尖，再顺着去看那地毯上的花纹。

她到底没能忍住，眼泪往下落："我怕你，怕你这么狭隘又任性的喜欢。我是个胆小鬼，没有对抗全世界的勇气。陆明潼，求你，别再逼我了。"

她说出的字句，仿佛被脚下的厚地毯吸走了声响。

最后，他只看见她嘴唇在动，耳中、脑海，都是一片绝对的静默。

第五章

山长水远仆仆来赴

沈渔不久便搬了家，和同事小武合租。

她升任总监之后，并不比以前轻松许多，以前只是管事，现在还要管人。

而唐舜尧一样没闲着，发挥自己的人脉优势，正积极物色拓展海外业务第一单的客户。

工作室一切向好，沈渔也充满干劲，只除了某人的存在叫她十分不顺眼。每回跟唐舜尧聊完工作，她总会捎带着请求立即开除陆明潼。

唐舜尧始终这个态度：“不急嘛，看看再说。”

“你让一个南城大学的计算机高才生在你手下打杂，亏心不亏心！”

唐舜尧笑说：“你自己说不通陆明潼，找我施压？他干得挺好的啊，我有什么理由辞退他？再说了，我不是一时没招到英语好的嘛……”

“我去报英语培训班好吧！”

“你说的？”唐舜尧简直像是算准了她要这么说一样，“那你什么时候学成，我就什么时候开了他……”

“你所谓的学成是什么标准？”

“至少过了托福或者雅思吧……”

沈渔鄙视他的没诚意，唰地站起来便走。

唐舜尧忍俊不禁：“到底上不上了？上的话我给你批经费……”

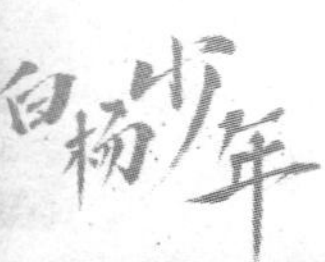

沈渔快走到门口了又折返回来：“上。但我俩要签个书面协议。”

沈渔还真去报了个培训班，针对口语会话的。

她之所以最终决定报班，除了跟唐舜尧的协议，还有一个原因。

齐竟宁为了工作长居南城，人生地不熟的，常会在微信上找她咨询一些问题。

最初沈渔略有戒心，后来发觉齐竟宁为人处世很是得体，找她帮忙的措辞也十分礼貌不唐突。有时候他要请客户吃饭，询问她南城可有适合的餐厅，有时候向她打听些南城本地风土人情相关的信息。

就在前几天，齐竟宁又在微信上联系到她，说他有一位朋友的英语教室扩容，准备换一个授课场所，请她帮忙留意一下，她所在的写字楼及其附近可还有空置的办公室在招租。

沈渔正有报英语口语培训班的打算，这真是瞌睡就赶巧有人送枕头。

齐竟宁的那位朋友迁来附近的写字楼之后，沈渔便去他那儿报了一个课程的口语会话。

每回下了班，她都会去上一节一对一的辅导课再回家。

她英语丢下好多年，拾起过程痛苦不堪，跟英语老师磕磕碰碰交流的时候，总要在心里咒骂陆明潼。

她在上课这件事，陆明潼很快知道。

陆明潼很不服气，午休时间跑过来质问她：“你想学英语，为什么不找我？免费，一对一辅导，只要你愿意，二十四小时沉浸式全英文交流。”

“我就愿意花钱，反正走公司账面。”

陆明潼瞅着她，要笑不笑：“你怕我笑话你。当年做个完形填空，都不好意思让我给你讲题。”

这都多久远的事了……

沈渔敷衍他：“是是是，你说得都对。”

“怎么突然想报班了，不是有我给你当翻译？”

“万一在国外我跟你走散了呢？”沈渔要做听力练习了，戴上耳机，嫌他碍事，推他赶紧回自己座位上。

临近年末，南城天气渐冷的时候，沈渔此前负责的一个策划，也要落地实施了。

她之前已经做好了完整的策划案，只须交与手下的策划负责执行。所有任务分配到人，她每天整体把控，验收工作进度，总结得失，及时调整。

直至婚礼当天，圆满结束，没出任何大的纰漏。

旧历新年前后，是结婚的高峰期，工作室还有两个策划案要落地。

赶在这一拨高峰之前，趁着较为空闲的空当，唐舜尧组织全员出去进行两天两夜的团建，在邻市近湖的度假小岛上。

这全员不包括陆明潼，因他要跟李宽和江樵一块儿去参加在杭城举办的游戏展。

游戏展既有育碧、EA、任天堂这样的大厂参加，也不乏一些专做独立游戏的小工作室。大厂小厂都会借此机会发布自己的新游戏企划、游戏内测试玩等活动，可谓游戏从业者的盛宴。

沈渔挺惊讶陆明潼这回“弃暗投明”。

陆明潼解释说，是李宽一直缠着要他去，烦得很。

李宽借了家里的车，周五下午，三人自驾过去，在杭城住一晚，赶第二天早上八点半开始的展会。

早上到时，会场外已在排队。

展商通道排着好些 showgirl（表演的女孩），很多扮成了经典游戏中的人物。杭城这天气已经冷得让人遭不住了，那些女孩子露腿露腰的，十分敬业。

李宽举着单反相机咔咔拍照，感叹“不虚此行不虚此行”。

三人这回过来主要是冲着还在起步阶段，或是已经过了天使轮融资的创业小公司去的，看看他们游戏研发的方向，更有参考价值。

会场大得能走断腿，他们边看边玩边买，饶是最兴奋的李宽，到了下午也颓掉了。

某厂商做游戏推广，展台上 showgirl 唱唱跳跳。

三人侥幸在观众席抢到座位，坐下休息。李宽翻着宣传册，江樵在随身携带的记事本上，写观展整天的感想和灵感。

陆明潼拧开水瓶喝了一口水，背靠着座椅，纯粹是放空。

直到背后有人拍了一下他的肩膀。

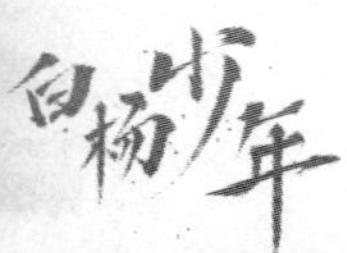

他转头去看，只见一个穿黑色羽绒服，戴副眼镜的男人。对方称不上英俊，倒也五官周正，瞧着有两分面熟。

陆明潼检索记忆，不觉得自己好像认识对方，向对方投以疑问的目光。

男人问他："你认识沈渔吗？"

陆明潼愣了下："您是……"

"看来我没认错人。"男人笑了笑说，"我叫俞霄，我们见过两三面，但估计你没印象了。两年前，我还在南城工作，跟沈渔一栋楼的……"

陆明潼想起来了。

那天晚上，和沈渔一起出去看电影的那人。

"哦，你是她前男友。"

俞霄笑了笑说："算不上吧，我俩最后没在一起。"

两年前，沈渔以自己出走威胁陆明潼，两人关系彻底陷入僵局。

此后，陆明潼又去找了沈渔好几次，其中有两次是在她工作室附近的快餐店里，俞霄都跟她在一起。

陆明潼想同沈渔聊一聊，她摆出拒不沟通的强硬架势，两个选择，只有二选一，没有其他协商余地。

他心灰意冷，最终选择了出国做交换生。

那一阵，忙着准备材料、上语言班，他与沈渔很少碰面，也不知道她和俞霄最终发展到了哪一步。

今天，俞霄的说法倒让他很惊讶。

陆明潼问为什么。

俞霄笑说："其实那时候我收到了杭城一家公司的 offer（录用通知），准备离开南城了。她考虑了很久，不愿意跟我一起走，也不愿谈异地恋，所以就没接受我。"

"你现在……"

"哦，"俞霄冲着台上扬了扬下巴，"我在这家游戏公司工作，做策划。"

陆明潼不善与陌生人过多交流，一句"挺好的"也显得不甚有说服力。

俞霄也不在意，开玩笑说："下个月公测，要不你给我们游戏贡献一个下载量？"

陆明潼也跟着一笑："要是不好玩，就是给你们贡献一个'流失'了。"

“好玩，我还是有信心的。”

看俞霄似乎就是单纯打个招呼，没什么要深入去聊的事，陆明潼就沉默一霎便转身回去，继续放空了。

哪知道过了片刻，俞霄又凑过来，忽然问：“你其实不是她弟弟吧？”

陆明潼蓦地回头。

俞霄还是笑着，没什么探询的意思，只是好奇：“你喜欢她吧？”

沈渔他们在小岛上的团建走纯粹放松的路线，除了晚上的烧烤，没有安排别的集体活动。

岛上能乘船观湖，能钓鱼，还能泡温泉，做 SPA（水疗）。

沈渔和严冬冬几人一起活动，白天坐船绕岛一周，买了些岛上农家自产的土特产品。

晚上吃过烧烤，她跟严冬冬一起去做了个全身按摩，再回到套房，和同事一起喝酒打牌。

她知道自己酒量不佳，很是克制，只保持一种美妙的微醺状态。

晚上十点半，她接到个电话，陆明潼打来的。

沈渔一手牌扣在桌面上，让同事们先等等，接了电话再继续打。她起身，往阳台上去，顺道掩上了门，才将电话接通。

陆明潼：“你住哪一栋？”

“啊？”沈渔反应了一下，“你过来了？游戏展结束了？”

“明天跟今天内容一样，玩一天就够了。”

沈渔透过玻璃门往屋里看一眼，自己房里都是人，且都是女的。

“小武给你安排了房间吗？同事都在我这儿，我跟严冬冬住一个房间，你过来肯定不方便。”

“我自己订了房。”陆明潼说，“你出来一下，我跟你说两句话。”

打完电话，沈渔进屋叫她们先玩着，自己出门一趟。

严冬冬自手机屏幕上抬眼，意味深长地瞅了她一眼，笑说：“可别回来太晚，我睡很早的。”

沈渔：“……”

沈渔是洗过澡了的，没想过晚上还会出去，身上只披着酒店的睡衣。

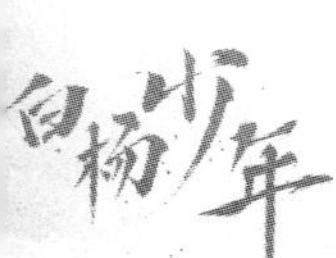

她去洗手间里穿上内衣，套一件高领的白色毛衣，浅蓝色的牛仔裤，再裹上羽绒服，就这样出门。

在楼栋前等了片刻，陆明潼过来了。

他推着小号的行李箱，手里还拎着一个皮卡丘的毛绒公仔，走到她跟前，把那公仔往她怀里一塞："给你的。"

沈渔抱着，看了看，吊牌都没摘，应该是游戏展上买的正版，价格不低。

她问："你想说什么？"

陆明潼看她一眼，笑了声："姐姐，赶过来很冷，让我进屋缓一会儿再说。"说着伸手臂将她肩膀一搂，哥俩好的那种搂法，推着她往前面走。

"去……去你房间？"沈渔后脚钉在地上似的，走得很抗拒。

"又不会吃了你。"

这一片都是独栋别墅，一栋里面住两三组人，男士和女士分开。

陆明潼是自己订的房间，没与工作室一起，因此单独住了一栋，与他们也不连着。

往里走了好久，七拐八绕的，让沈渔丢失了方向感。

自湖上吹来寒凉夜风，叫沈渔觉得自己羽绒服里的毛衣跟摆设似的，没有一点御寒效果。她抱紧了那只公仔，走得更急些："到底还有多远？"

"五百米。"

沈渔刚想发出抗议，却听陆明潼笑了声，就在左侧一栋楼前停了下来，摸口袋找钥匙。

"幼稚！"

陆明潼轻哼一声。

进屋摸到门边的一排开关，陆明潼全揿下去，屋里大灯小灯都亮了，煌煌如昼。

陆明潼将行李箱推至客厅中央，脱下身上的黑色棉服，扔在沙发上。他不急着跟她说话，放倒了行李箱找换洗衣物，要先去洗个澡。

沈渔斥他毛病真多："你有话快说，回去晚了冬冬得睡觉了。"

"那就在这儿睡。"

沈渔理他才怪。

中央空调运作起来，室内温度渐渐升高。

沈渔瘫坐在沙发上玩手机的时候，浴室传来陆明潼的声音。

她听不大清楚，穿上拖鞋走过去，问他说了什么。

那里面水声小了些，陆明潼说：“我说，你给客房部打个电话，问问还能不能送点吃的过来。”

“怕是餐饮部已经下班了——我那儿有，冬冬带了几包袋装螺蛳粉过来，可以自己煮。”

“她带这个干什么？”

“鬼知道她的——你没吃晚饭？”

“赶高铁，没来得及吃。”

“明天再过来不行哦。你自费住这儿，还跟我们不是一个规格，财务不会给你报销的。”

“不行，今天必须得问你几句话。”

“那你倒是赶紧说啊。”

“我饿了。吃饱再说。”

“……”

沈渔还是给客房部去了个电话。她知道陆明潼有胃痛的老毛病，不敢让他饿着。

客房部告诉她除非有预订，不然现在不送餐了。不过，他们工作室预订晚上吃烧烤的食材还有剩余，如果需要的话，跟人事报备以后，可以给他们送过来。

陆明潼洗完澡出来的时候，看沈渔捏着手机，以为她还为食物的事情发愁。

“不送就算了。”

沈渔解释说，已经跟小武申请了，也回拨给了客房部，食材一会儿就送过来。

她提前说：“我也不知道还剩些什么，反正来什么煮什么吧。”

“你煮？”陆明潼一副迟疑语气。

这是又到了嫌弃她厨艺的常规环节了。

“有得吃就不错了，你还挑！”

没过多久，工作人员前来敲门，送来一箱子食材，拿保鲜膜裹好的，荤

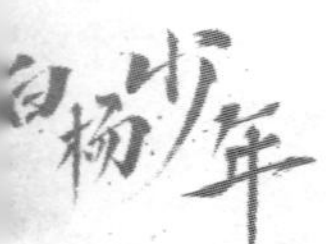

素都有。

沈渔挑挑拣拣一些，决定就做个一锅乱炖。

她拿上食材去厨房，捞一把头发，拿皮筋束起来，取下刀和砧板，处理食材。

陆明潼在旁看着，穿着酒店提供的深蓝色睡袍，头发没吹，还往下滴水。

“劳烦你让让，站在这儿碍事得很。”

陆明潼笑了声，折回浴室去吹头发。

水烧开了，见沈渔将萝卜片、玉米、青菜、番茄和午餐肉一股脑儿地扔进去，陆明潼做了个一言难尽的表情。

“你有什么意见？”

陆明潼耸耸肩表示没有。

锅里咕嘟咕嘟地开了，沈渔没事做，一手撑着灶台，问他到底要说什么，有屁快放。

她脱去了外套，里头是一件白色高领毛衣。按理说，宽松的版型不显身材，可她动起来，影影绰绰地也勾勒出曲线。

陆明潼目光是盯着那口锅的，余光去捕捉她的身影，却也微微地恍了神，半晌才说：“吃过东西再说。”

“我发现了，你就是故意浪费我的时间。”

“那你回去吧。”

沈渔转身就走。

陆明潼赶紧抓住她的手臂，笑说：“这么听话，让你走你就走？”

沈渔发现了这人今天心情异常地好，才变了法子要消遣她。可她也沉不住气，对他想说什么很是好奇。

一锅乱炖出了锅，盛在一个大碗里。

陆明潼吃东西快而不邋遢，沈渔坐在对面，双手托腮地看着他。结果，他嘴上嫌弃她的厨艺，最后却吃得只剩下半碗汤。

陆明潼将那一锅一碗丢进水槽，直接清洗过了，完了，又说要去刷个牙。

“你再多出一个步骤来，我马上走！”

陆明潼挤着牙膏，从浴室门口投出目光，望着她笑。

沈渔继续瘫在沙发上玩手机，严冬冬发来消息，一个猥琐的表情包，问她：“沈渔姐，打牌的都散啦，我也准备睡觉了，你什么时候回来呀？”

沈渔回复“快了”，听见脚步声自浴室出来。

陆明潼在她对面沙发上坐下，也形似她一样地瘫着，非常放松。

沈渔看他：“能说了？”

深蓝色真是极衬他，皮肤更白，眉眼更黑，清清落落的，让她顿了一下才移开目光。

陆明潼先是“嗯”了一声，紧接着突兀又一点不叫人意外地说：“跟我在一起。”跟每天打卡日常任务似的。

沈渔想也没想道：“闭嘴。说了没可能。”这种拒绝都成为一种条件反射了。

他无可无不可地道：“你其实可以坦诚点。”

沈渔莫名地听出些给她下最后通牒的意思，瞥他一眼，又低头去看手机：“说人话。”

陆明潼便直接进入正题：“你猜，我今天遇到谁了？”

“我哪知道。”

“给你个范围，你的前男友之一……”

杭城。

沈渔都用不着一个一个猜，直接锁定，俞霄？

而她没说出口，陆明潼已经知道她猜到了。他微微偏着头，眼里一点笑意不加掩饰：“他跟我说，他算不上你前男友。”

沈渔脸色陡然一变。

她猜到陆明潼要说什么了。

她顿时慌了神，去捞自己放在沙发上的羽绒服，挽在手臂上，站起来要走。

陆明潼在她身后说：“毕业的时候，我原本可以继续留在澳洲读研，但我选择了回南城，知道为什么吗？”

沈渔不知道是该留下听，还是应该立刻、马上从这屋里走出去，脚步迟疑着，反而给了他把话说完的机会。

“当时你赶我走，不惜威胁。我只愤怒你竟然这么狠心，没有意识到……是在国外回想你说的话时，我才想明白。你不知道，我回想过多少遍。”

想一遍便是凌迟一遍。

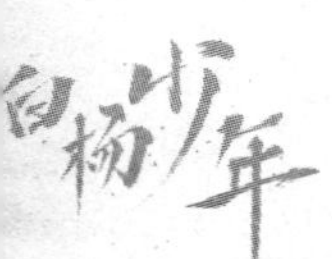

陆明潼微微闭了闭眼，再度睁开。

沈渔已经走到了玄关，离大门仅一步之遥。

“你说，你不想耽误我的前途，你胆小，不敢对抗全世界。可是……”陆明潼看她手握上了门把手。

“你唯独没说过，你不喜欢我。”

话音落下的瞬间，门敞开了，冷风强烈地卷了进来。

那里已经没有沈渔的身影了。

沈渔惊惶地扑进了黑暗里，心还在扑通乱跳。

她记不清来是走哪条路了，顾不上太多，直接往左拐。

身后传来门摔上的声音。

沈渔下意识地回了一下头，陆明潼已经走了出来，就站在廊下，头顶是浅黄色的廊灯。

“你走错了。”

陆明潼冷静的声音提醒她，迈开脚步，朝她走来。

沈渔这瞬间觉得自己蠢极了，帮他做饭，等他餍足，精神饱满且精力充沛的，再来好整以暇地捕食她吗？

她听见了陆明潼的话，却不回头，走错就走错，大不了绕上一圈。

脚步声不远不近地跟着她，她越走越快，恨不能跑起来甩掉他。

走着走着，她感觉跟从的脚步声消失了。

沈渔仓皇而疑惑地转头看去，却见陆明潼不知道什么时候停了下来，蹲在原地，手握成拳地抵住腹部。

她远远地站着：“你别来这套，我不会再吃你的苦肉计！”

陆明潼没应她，只保持这个姿势，一动不动。

沈渔不想理他，继续往前走。

他还是没跟上去。

她迟疑地停下了脚步。

几分钟过去了。

黑暗里的那团影子十分单薄，他只穿着酒店的浴袍，风又这样冷。

沈渔踌躇许久，最终还是往回走，走到他跟前。她伸出脚尖，轻轻踢一踢他的小腿胫骨："喂。"

他依旧不动弹。

沈渔犹豫着，手臂伸进袖管里，慢慢地套上了抱在怀里的，稍显碍事的外套，然后蹲下身，伸出一只手去探他。

结果她还没碰到他的肩膀，他倏然抬头，那目光简直称得上冷酷。

"不是说不吃苦肉计？"

沈渔气急："幼稚！无耻！"起身就要走，手腕已让他一把抓住。

他顺势站起身，指控她："你原本可以不给我利用你心软的机会。"

他牵着她的手腕，往自己怀里带。

沈渔执拗地挣扎。

陆明潼从不认为自己是好人，这样的机会，他必定是要得寸进尺的。

"俞霄跟我说，你没答应他，固然因为不想去杭城，也不愿意异地。但是，你没好意思骗他，所以跟他说了实话。"

其实我有喜欢的人。我甚至最近才意识到我原来喜欢他。我跟他没有任何可能。也许，我最终会找一个我不那么喜欢，也不那么喜欢我的人过一辈子。但这个人不能是你，因为我感觉，你还是蛮喜欢我的。我不能欺负你。

——这是沈渔告诉俞霄的原话。

今天，俞霄原封不动地告诉给了陆明潼。因为他离开南城以后，前后的事情一串连，后知后觉地推断出了个大概：为什么每次跟"弟弟"见面后，沈渔都失魂落魄的，很是不开心；为什么"弟弟"出国的那天，沈渔请了假要去送机，结果却没有去；为什么自己跟她表白，她不但不开心，反而像是背上了一层负担。

沈渔还能清晰地记得当时告诉俞霄这些话的动机。

诚然不想欺骗一个无辜的人，可更多是因为她快被这个秘密给憋疯了，不敢向身边任何亲近的人倾诉。

她笃定了一辈子和俞霄不会再相见，所以，将他当作了一个树洞。

结果，她还是小看了人生兜兜转转的巧合。

沈渔放弃挣扎了。

她一个字也说不出，眼泪转瞬就掉下来。

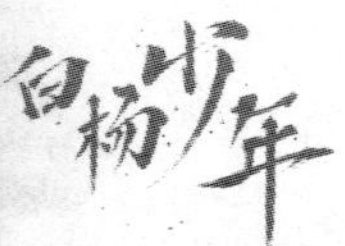

风刀子似的刮在脸上，又冷又疼，她都怀疑眼泪快要冻住。

陆明潼突然意识到，沈渔为他哭过的次数，其实远远大于任何人，任何其他男人。

他紧紧抱住她，转身替她挡住了风。

她的眼镜已经起了雾，他伸手将其摘了下来，塞进她的外套口袋里。

她的底牌被他不留情地掀了，再也没法冲他张牙舞爪了。

可比起过往那些一次一次要将他赶离身边的恶形恶状、恶言恶语，此时此刻她不作声地落泪，更叫他心痛难忍。

他突然意识到自己过分了。

浮躁鲁莽、耀武扬威地，将她的秘密当作了刺向她的武器。

他明明比任何人都不舍得叫她难过的。

陆明潼低下头去，干燥而微凉的嘴唇先碰上她的额头，再碰上她的眼角。她眼睛颤抖了下，眼泪更加簌簌地落。

他再沿路去碰她的鼻尖，她的呼吸。

最后，他停顿一下，尝她唇上的眼泪。

也尝她的心痛。

在冷风里挨着，不晓得他们哪一个会先冻感冒。

陆明潼央求的语气叫她，先进屋去吧。

他们始终缺席的一场对话，还要继续拖延下去吗？

沈渔没有反对和挣扎，被他挽住了手，趿拉着没来得及换下的室内拖鞋，往回走。

陆明潼给她买的毛绒公仔也着急忘了拿，落在了客厅的沙发上。进屋以后沈渔去沙发上坐下，无所适从地将其抱在了怀里。

陆明潼去了趟浴室，片刻回来，手里拿着绞得不再滴水的热毛巾，蹲在她面前，伸手要去帮她擦脸。

她抗拒地要往回退，被他搂住后颈拦住。

看似蛮横的动作，落到她脸上却是温柔的。

沈渔一把夺过毛巾，自己动手。冻僵的皮肤复苏，让热烫的毛巾焐着，复又微微泛红。她擦过脸，又将毛巾握在手里，擦了擦掌心，低头，叠整齐了。

陆明潼拿过毛巾，回到浴室，自己浇着凉水，洗了一把脸才又出来。

他从外套口袋里找出烟和火机，燃了一支，远远地靠在了餐桌那儿。

他先说出口的是道歉，为自己得了这个秘密，却像得了把柄一样来欺负她。可是，转而他又说："你不知道俞霄告诉我这些话的时候，我有多高兴。"

多高兴，同时就有多痛苦，因为误解了你，还让你活得比我更加找不到出口。

沈渔出声打断他，音色凉凉："别把我说得那么惨，只要我愿意，分分钟可以找另外一个男人结婚。"

"找个不爱的人？"

沈渔没有正面回答。

情绪崩溃以后重新整装，没花去她太多时间，因为这些决心是早早下定的，凭他的几句话、一个吻，远不足以撼动。

"陆明潼，我告诉你我跟你有什么不同吧——假如换作是我考上了清北，我一定不会选择你，而是毫不犹豫奔着前程而去。"

"无所谓。"陆明潼全然冷静的语气。

他不在乎他是那个爱得更多的人，因为哪怕付与十分，只要她还以一分，对他而言就是救赎了。

"你没听明白吗？"沈渔环抱着公仔的两只手紧紧绞在一起。她眼镜在外套口袋里，这时候肯定已经弄脏了，她不想戴上。这正好成全她不必去看他的表情。

"小孩子才会把爱情看得比天大。我从小就是这么得过且过、趋利避害，不领头，不冒尖，为了一点随时可能生变的喜欢去冒险，你觉得我是这种人吗？"

陆明潼冷眼审视她，告诫自己不能小瞧她的决心，这都是她的伎俩，为了赶他走，什么刻薄话都能说得出口。

他吸了一口烟，比她更镇定地开口："如果你真有你说的这么凉薄，最初你就不会搭理我，怎么会任由自己落到现在这个狼狈的局面？"

她神色一滞，仿佛被他狠狠地将了一军。

看到她的底牌以后，这牌可就太好打了。

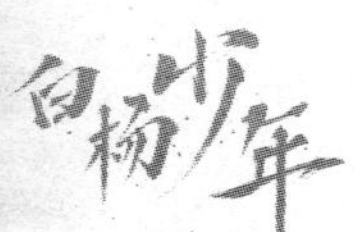

“你是我见过的最口是心非的人。”

沈渔认了他的指控：“随你怎么说吧，反正，我不会跟你在一起。”

至于理由，陆明潼比她更清楚。

远离闹市的小岛，到了夜里，门窗紧闭，将风声拦在了外面，而当他们不说话的时候，这屋里安静得似一处坟墓。

陆明潼手里的那支烟燃完了，他哑声咳嗽一下，揿灭了烟头，扔进一旁的垃圾桶，这才开口：“我没有别的选择，只能做个自私的人。不然你我之间，就真的没有一点可能了。”

沈渔丢了手里的公仔，站起身，到客厅南向去打开窗，让新鲜且寒冷的空气灌进来。

她想让自己清醒些，不要在最紧要关头失足跌落。

那底下是深渊万丈，掉进去就没个全尸。

从前，她不相信人能够体会到那么切实的痛楚。

所谓“心痛”原来绝非一个夸张的形容，它真是能叫人从生理上感觉到心脏被人戳刺、搓拽、煎熬又冷冻。

在这种状态下，人为了能够停止这种痛法，真是什么样的事都能干得出。

上一回，她有这种感觉是逼着陆明潼出国，她差点追到机场去，效仿三流电视剧的桥段。

这一回就在此刻。

没道理，上一回做得到，这一回却做不到了吧。

沈渔吹够了风，头脑也清醒了，刚想关上窗户，再次整肃原则与界限的时候，一阵脚步声靠近。

陆明潼已经走了过来，绕过了她，将窗户关上了。

玻璃窗上映出了他俩的影子，因有灯光干扰，并不清明的。

两个人同时没有动作，只盯着那两道影子。

是陆明潼先开口，伴随着要来搂她的动作。

沈渔不知道自己为什么没阻止。

可能因为那两道影子吧。

他手臂自她背后环过来，搂在她腰上，紧跟着说：“你答应不答应都无所谓，我们各自坚守立场，看谁先服软。反正，跟你纠缠，好过跟你一刀两断。”

这是不再逼她非得今晚做出决定的意思。

沈渔没有半点松口气的感觉，她实难承认自己吃软不吃硬。

酝酿了半天决心与他划清界限的话，结果就被他这样放低态度直接给打消掉了。

“你的人生难道没有其他执着的事情？”沈渔无可奈何地叹声气。

“没有。从我十五岁起，就没有了。”

“十五岁是个什么说头？”

陆明潼不回答，搂住她的手臂让她转过来。她因为近视而习惯性地眯了眯眼，望清他冷肃的表情时，又下意识地往回靠，要挣离他的怀抱。

“姐姐……”他不自觉地放低了声调。

“别叫我姐姐！”

他抓着她的两条手臂，环在自己腰上，往前挤一步：“我不催你答应我，你也别赶我离开。但你好好考虑，人不可能同时走上两条路。你选择走哪条？”

“你不懂吗？选择你，就是背叛……”

“我懂。我也不自作多情，裁决的权利在你。你客观地掂一掂我在你心目中的分量。我不信轻到不足一提，不然不会让你左右为难。”

他从来没有这样语调平和地跟她说这些话，那清冷悦耳的音色，配上这样循循善诱的口吻，简直称得上是蛊惑了。

沈渔意识到自己没得选了。

要么允了他的“绥靖政策”，要么就在此刻与他彻底断舍离。

谁叫她是没出息的吃软不吃硬？

“我会好好考虑，你也别催我，别问我要期限。”

“不公平吧，要是你一直拖下去……”

“那就算了。”

“行，你爱考虑多久就考虑多久。”他再度妥协。

陆明潼手臂收拢，手掌轻触到她毛衣之下，腰肢上薄薄的皮肉。他望着她的眼睛，也望向她眼角的泪痣：“今晚就在这儿睡好不好？”

“想得美。”

“我又不做什么。我都让了这么多步，你总该拿出点诚意。”

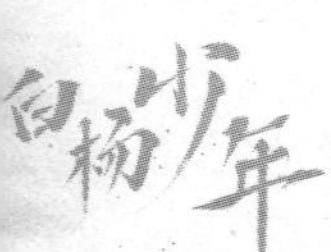

“什么给了你有资格跟我讨价还价的错觉……”

陆明潼笑了一声。

他笑得她被美色所惑，心神恍惚的时候，他倏忽低下头来，衔吻她最后一个字还没收梢的唇。

这回是真正的吻了。

沈渔的后脑勺已经抵上了玻璃窗，退无可退，只能伸手去推他的胸膛。

结果手也被他一把握住，他指节微微弯曲地合拢住她纤细的手指，往后按在她脑袋旁边的玻璃窗上。

气息洁净，有薄荷的味道。

沈渔陡然想到，他非得多此一举地要刷个牙，莫不是那时就已经算计……

她气恼地去咬他几乎就要得逞的舌尖。

他一下吃痛，蹙了蹙眉：“别闹！”

还以更深的吻。

沈渔开始呼吸不匀了。

她脚底发软，又不肯露怯，只好将全身重量都靠在玻璃窗上。

她不想承认她是享受的，虽然她一直被动，不给任何回应。

时间持续得有些久，她都觉察到自己立场失守。

而陆明潼手掌按在她的腰间，虽是克制，却也有初现端倪的试探。

沈渔强迫自己清醒过来，手掌贴在他脸上，往后推：“没完了是吗？”

陆明潼笑了声，干脆利落地放开了她。

晓得见好就收是种好品质，他一向贯彻得非常彻底。

沈渔摸自己的衣服口袋，找出手机来看时间。

已经很晚了，严冬冬发来消息，说自己已经睡了，自作主张地打发了她，并且强调：“我睡眠很浅，醒了很难再睡着。沈渔姐，委屈你就在陆弟弟那儿住一晚吧，你要是吵醒我，我会生气的！下次不跟你的妆了！”

沈渔凑近着屏幕回了条消息：“知道了。”

片刻，严冬冬回一个：“嘻嘻！”

“你不是睡了吗？”

“你赶回来我就睡了，真的，我秒睡。”

沈渔摸到口袋里的眼镜，去茶几上抽一张纸巾出来擦拭干净，戴上。

陆明潼烧水去了，正站在灶台前。

从背后所见身形修长，宽肩细腰，挽起的衣袖里露一截手臂，也是线条紧实的。

她很快地移开了视线，面无表情地说："我睡觉去了。"

楼上两间房，都收拾得很干净。

沈渔挑了间更宽敞的，关上门，从衣柜里取下一套女士睡衣。她刚将身上的毛衣脱下，听见楼梯里传来脚步声，她吓得赶紧将门反锁上。

脚步声径直朝着门口来了。

陆明潼敲了敲门，问她需不需要护肤品，要的话他给客房部打电话送一些来。

"不用……"

陆明潼"哦"了一声就又下去了。

沈渔略微觉得自己有些小人之心度君子之腹，他一贯是很懂得尊重她的，断然不会冒失到直接开门。

换上了睡衣，沈渔又开始纠结。

她纠结后的结果，还是解开了反锁。

她爬上床，拿出手机来，心不在焉地刷了会儿微博。

门外再度响起脚步声，仍是停在门口，他敲门，问她睡了没。

"没有。"

得到许可之后，陆明潼打开了门。

他端着一杯热水，还拿着一个充电器。

他放了水杯在床边茶几上，插上充电器，将手机接口的那一段拉过去，叫她一伸手就能够着。

他直起身，问她："帮你关灯？"

"你不睡吗？"

陆明潼挑了下眉："你在邀请我？"

沈渔冲他翻了个白眼。

陆明潼不逗她了，替她关上了灯，说句"晚安"，掩上门出去。

他站在门外揉揉脸，叹了声气。

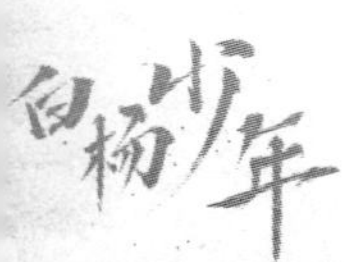

沈渔定了个闹钟，次日早早地醒来，想趁着大家还没起床的时候，赶紧回到自己住的那一栋，免得碰见熟人。

结果她披上外套走下楼梯，在拐角处吓一跳——

陆明潼不知道什么时候也已经起来了，懒散地坐在沙发上，打着语音电话，面前茶几横着笔记本电脑。他还穿着酒店的袍子，赤脚踩踏着木地板，脚踝处一段无血色的苍白。

他抬眼，冲她扬了扬下巴作为招呼。

沈渔将头发从外套的领子里捞出来："我回去了。"

他这个电话通篇都是她听不懂的专业术语，语气又胶着得很，估计一时半会儿也打不完。

陆明潼分神地"嗯"了一声，目光追随她去。

沈渔正要换下拖鞋，换回自己的靴子时，想起还落了东西。她走去沙发那儿，把那皮卡丘的毛绒公仔捞起来。

将要走的时候，陆明潼忽然抬腿一拦，再抓住了她手腕往前一拽。

绊得她身体不受控地前倾，慌里慌张地找着力点，双手下意识地往前撑，直接撑在了他膝盖上。

他趁火打劫，伸手托一托她的下巴，倏然凑拢，往她唇上偷个吻。

沈渔气得半死，抬头对上他恶作剧得逞的笑容，张口便要骂他。他手机拿远了示意她别说话，还在通话中呢。

她根本忍不下这口气，抄起"皮卡丘"便往他脸上砸去。他偏头躲了一下，没躲开，生生受了一记不轻不重的力道，笑出一声。

电话那端的人："笑啥？我说错了？"

"没。我在跟沈渔说话。"

沈渔意识到电话那边是李宽了，直接缴了他的手机，冲那边说了句："陆明潼等会儿打给你。"便把手机挂断，扬手往沙发上一扔。

她神色恼怒，语气就重了几分："你别搞错了，我们还不是那种关系……"她见陆明潼要站起身，自己矮他一截，气势上先输三分，便伸手按住他肩膀，瞪他，示意他乖乖坐着听训，别动！

陆明潼憋着才没笑出声。

沈渔正色："我答应你会考虑，是基于相信你是个懂分寸的人。但凡有下次……不，没有下次了，你直接滚蛋吧。”

陆明潼神色无辜，但答应她不会再犯了，没当面拆穿：姐姐昨天晚上对那个吻享受得很，第二天就不认账了？

当然也是因为玻璃窗裁一段浅金色的晨光进来，正好照在她脸上，皮肤净透，恍若能看见那上面细细的绒毛。

他看得恍神了一下，忘记开口了。

沈渔沟通成功，箍着“皮卡丘”走到玄关处去换鞋。

身后一道声音懒懒提醒：“出门右转，别再走错了。”

“要你管……”

沈渔回去的时候，严冬冬还在睡觉。

几个电话连拨，催得严冬冬怀疑人生。

严冬冬起身给她开门，打着呵欠道：“沈渔姐，你也起得太早了。”话里话外的语气，仿佛疑惑昨晚不该是个“战斗夜”吗，早起还能这么精神抖擞？

沈渔拎着“皮卡丘”照着严冬冬也来了一下，但控制了力道，不痛不痒的。

“陆明潼给了你多少钱，让你这么跟他里应外合？”

严冬冬嘿嘿笑了声：“周瑜打黄盖的事，跟我这个外人可没关系！”她扑倒在床上，要再睡个回笼觉。

沈渔已经没有睡意了，在床上玩了会儿手机，下床换身衣服，化妆。

等严冬冬起床，稍稍收拾之后，两人一起去餐厅吃自助早餐。

严冬冬边走边发着消息。

沈渔问：“又给陆明潼通风报信？”

“哪有！”

结果她俩在餐厅坐下没多久，陆明潼就过来了。

谎言不攻自破。

严冬冬理直气壮道：“小陆同学贿赂了我一盘贵妇眼影盘，我只是受人之托忠人之事。”

“严冬冬，我平时对你不好吗，一盘眼影就被人给收买了？”

“这是身为化妆师的人性弱点，你谴责我也没用。”

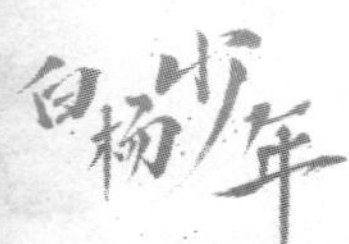

“……”

沈渔挺悲哀地想，自己怎么能不输？这小子是懂兵法的，苦肉计、美人计信手拈来，左一招以逸待劳，右一招暗度陈仓，把她身边的情报网渗透得跟个筛子一样。

早餐是自助，沈渔拿了些羊角面包、炒面和香肠，就着橙汁和一盘水果沙拉。

说不上味道好不好，反正吃了仿佛没吃，说饿倒也不饿。

陆明潼倒仿佛挺习惯了，像模像样的三明治就热咖啡。

沈渔刻意避开了与他目光相汇，因为很不自在。她知道自己在强撑着内里空空的一张皮，只剩下虚张声势了。

但是，能撑多久就撑多久吧。

“小陆同学，你是不是要过生日了啊？”

严冬冬突然的一句话将沈渔的思绪唤回来。

陆明潼“嗯”了一声。

“要热闹点过吗？”严冬冬是喜欢社交的一个人，不错过任何跟同龄人一起玩的机会。

“一般不过。”

沈渔知道陆明潼对生日一贯不热衷。

他出国前的那两年，沈渔记着他的生日，提议要不要过一下，他也是同样的语气打发掉，只晚上在她那儿吃碗面，卧两个蛋。要是她的礼物没送到点子上，他还要口头上嫌弃两句。

不过，嫌弃归嫌弃……

沈渔抬眼往他手腕上看，当年送他的那块卡西欧手表，不还是好好地戴到了现在。

下午四点集合返回南城，白天仍是自由活动。

严冬冬提议去爬山，被沈渔否决，说天气冷，到时候出一身汗，容易感冒。

皮划艇也不行，这季节水浇在身上别提多冷。

数来数去都不行。

严冬冬：“我发现了，你就想宅着。”

“平常工作多累，出来玩就不要这么积极了。”

严冬冬闲不住，就起身去凑小武他们的热闹，不跟着沈渔一起活动了。

沈渔瞥一眼陆明潼，他还老神在在地坐着，好像跟她一样觉得这室外透进来的阳光极好，晒得人懒得动。

“你不出去活动？”

“没空，”陆明潼懒洋洋地应声，“我等会儿就回去了。李宽他们忙不过来，叫我帮忙做两个功能。”

“你不是带了笔记本电脑？”

“跑不动Unity（游戏引擎），他们的工程文件要连SVN（版本控制系统），这儿的网速拖不动。”

沈渔看他热心得很：“这不就是实质性入伙？”

陆明潼抬眼看她，戏谑地问：“我们都接吻了，那算是实质性在一起了吗？”

“……”

就不该理他。

沈渔端上空盘起身，送去回收处。

陆明潼也紧跟着过来了。

沈渔没刻意等他，反正他身高腿长的，两步就追上来。

“生日有什么想法吗？”沈渔问，还是没去看他，盯着地上的影子。

她有种奇怪的补偿心理——答应了要好好考虑，但其实自己心里清楚，这不过是拖延时间的说辞而已。

“没想法。”

“要我送你礼物吗？”

“你想送就送。”他这语气，好像她求着要送一样。

“你就不能可爱点？”

陆明潼笑了声：“大小姐，能不能讲点道理？对你热切一点，你提点我要懂分寸；对你稍微不假辞色，你又说我不可爱。再者说，你拿什么立场要求我非得做个顺你心意的人？”言下之意，你又不是他女朋友，管得着他可爱不可爱吗？

沈渔真是被他将得死死的，一下就丧失了说话的欲望。

什么愧疚感、补偿心，他就不配。

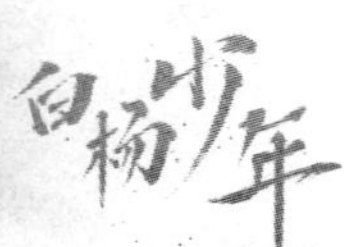

傍晚，沈渔随大家一起抵达南城之后，去了趟清水街。

家里东西太多，短时间内清不完。她过冬的衣服多数都还在那儿，得去取一趟。

六楼门里传出笑声，沈渔想着还得拜托李宽一件事，便敲了敲门，顺道打声招呼。

一阵脚步声传来。

让沈渔意外的是，开门的是个陌生女生。对方个头不高，黑色长发，空气刘海，巴掌脸，穿一件浅灰蓝色的开襟毛衣，配格纹短裙，黑色长筒袜和黑色的制服鞋。

沈渔脑海中飘过的第一个形容词是“二次元”，第二个形容词是“萌”。

女生有些困惑地瞧她：“你好？”

沈渔笑一笑说：“我住楼上的，找李宽有点事。”

“请进，请进！”女生打开了门。

里面的场面，比沈渔想象的还要热闹。

陆明潼、李宽和江樵都在，除了这个“二次元”萌妹子，还有个女生。她站在江樵身旁，微微偏着脑袋听他说话，神色清清冷冷的。

萌妹子喊一声：“李宽，有人找你！”

一屋子人都转过头来。

沈渔莫名尴尬，尤其他们似乎在讨论游戏的事，她来得很打扰。

好在李宽立马起身打招呼，又给她介绍——萌妹子叫杨萄，是他们的文案，括号，临时的；江樵旁边的女生叫宋幼清，是他们的美工，括号，永久的。

杨萄抗议：“我怎么就是临时的，我写得不好吗？”

李宽冤枉得很：“不是你说的就下学期开学之前帮我们一下忙吗？”

“除非你说动陆明潼永久性入伙，那我也一定永久性给你打工，分文不取。”

杨萄话音刚落，陆明潼便抬眼去看沈渔。

沈渔避开了他的目光，对李宽说道：“拜托你一件事。”

这一阵中介打来电话，说有人要来看房。沈渔不敢把备用钥匙交给中介，又不能时时刻刻都过来，就想将钥匙交给李宽代为保管。

李宽笑说："没问题！不过沈渔姐，你提前跟中介说好，过来看房最好选在下午两点以后，太早了我不一定起得来。"

沈渔笑一笑应允。

她从包里找了备用钥匙出来，递给李宽，转而说道："那你们先忙，我先上去了。"

陆明潼随之跟出去，掩上门，隔绝门内一道探询的视线。

他叫住正在上楼的沈渔："杨萄是李宽的初中同学，李宽叫她过来帮忙的。"

沈渔脚步顿了一下，笑说："我刚刚还在想，你会不会跟我解释什么？不要这么俗套好不好，我又没误会。"

陆明潼走过来，迈了两步台阶，一手撑着栏杆，微微低了一下头，恰与高一阶的沈渔目光平齐。

"怕你碰见个阿猫阿狗，就当成砝码加注到赶我离开的那一边去。请你不要'双标'，也别搞俗套。要是说什么觉得我跟别人更般配这种话，我会鄙视你。"

他真是把她要发挥的余地都给堵死了。

确实有一刻，沈渔觉得杨萄站在陆明潼身边登对得很，活脱脱高冷学霸和软萌少女的剧本。

"她喜欢你？"沈渔换上八卦语气。

"说过这种话。"

"看来是我的误解，以为你除了李宽，再没别的社交关系了。"

"不过因为没必要跟你报备而已，尤其跟女性朋友的。"陆明潼神色三分倨傲，"这是给女朋友的特权。"

最后一句话，他是忽然凑拢到她跟前说的。

看她吓得不自觉地倒退着往上一步，他愉悦地笑了一声，搭在栏杆上的手收回来，抄在裤子口袋里，准备回屋："你最好一直别吃醋。吃醋可就输了。"

陆明潼掩上门回到位子上坐下，对面撑着桌面挤在李宽身旁的杨萄，随即抬头说了句："沈渔姐姐蛮漂亮的。"

十足诚恳的语气。

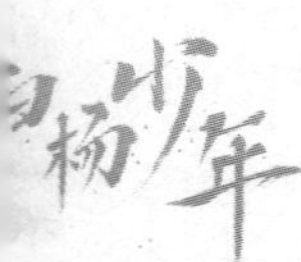

事实上，杨萄跟陆明潼是高中校友，文科班上的。

不过陆明潼高中三年人际关系匮乏，自己班上的好多女生也只认得脸，名字都叫不全。杨萄能跟他认识，完全是经由李宽。

杨萄跟李宽是初中同学，且坐过好长时间的同桌。

两人性格不是特别对付，但对日本动漫的共同喜好，使他俩建立了牢不可破的友谊：杨萄早早就在自学日语，李宽仰仗着她总能第一时间看懂更新的漫画“生肉”，而作为回报，李宽送她盒蛋，有时候还在她手头拮据的时候帮忙结一下制服的尾款。

陆明潼和李宽成为朋友之后，有一次被拖着去参加漫展。

杨萄就是这么认识陆明潼的。

她之前就知道陆明潼这个人，毕竟他是开学典礼上学生发言的常客。女生之间，也少不了有关于他的讨论。

那天漫展上近距离看，陆明潼这人比在观礼台上，或是走廊里的匆匆一瞥，都更具有杀伤力。

杨萄是个标准的、严苛的、无可救药的“颜控”，从前都只在漫画里给自己找“老公”，认识陆明潼之后心悦诚服地从纸片人转投现实。

有一天课间，她拜托李宽将陆明潼叫了出来，就在走廊里，大大方方地问他，你有女朋友了吗？没有的话，要不要考虑一下我？

陆明潼愣了一下。

他没少收到告白，但多是班里的某位同学代为传达，或是他某天中午去食堂吃完饭回到教室，发现摊开的“五三”里面夹了封信。

这些迂回曲折的心事，他一贯懒于回应，因为觉得这些人藏头不露尾，不值得他回应——

同年级有个文科实验班的女生，据说为了能与他同台接受表彰，刻苦到走路都在背单词。每回他在走廊里跟她撞见，总有别的同学阴阳怪气地起哄，而那个女生低头脸红扭扭捏捏，一派坐实了传闻的架势，搞得他莫名其妙，总有种被流言绑架了的不爽感。

正面且直接告白的，杨萄是第一个。

也因此陆明潼要高看她两眼。

而高看她的方式，就是拒绝得非常干脆：“谢谢。没有女朋友，但我有喜欢的人。如果要找，也只会找她。”

杨萄转头对李宽说，你这位朋友，我都不好说他是残忍还是不残忍。

她做好了告白会失败的准备，没想到对面真能毫不委婉地将她一颗玻璃心吧唧摔得粉碎，一点不留情。

不过她转念又说：“这种利落的作风，不愧是我看上的人。”

杨萄没有死缠烂打。

她将态度明明白白地告诉陆明潼：我反正目前为止一直是喜欢你的，但不强求，也绝对不打扰，不勉强你接受我的好意。你可以就当我不存在，但要让我再离远一点，那就没办法了。毕竟我跟李宽好几年的友谊，我不会为了顾及你的感受而跟他疏远。当然，如果你主动选择跟李宽疏远，我管不着。但我觉得你不会，你也是珍视朋友的人。

一席话滴水不漏，说得陆明潼无从辩驳。

当然，杨萄也是如上所言地践行着。

她对待感情大方自信的态度，实在是与其软萌的外表形成巨大反差。

本科，杨萄去了师范大学学日语，如今在南城大学读研。

江樵和李宽在做的游戏缺个文案，李宽第一时间找到了杨萄帮忙。杨萄义不容辞。

陆明潼出国留学的那两年，杨萄和李宽始终是有来往的，也从李宽的口中，渐渐补全了陆明潼和沈渔的事。

刚才去开门的时候，她还没反应过来，直到李宽介绍，她才意识到，这就是陆明潼喜欢了这些年的人。

作为旁观者，她挺清楚地观察到，自沈渔进来之后，陆明潼是怎样从一种漫散的、无所谓的、疏离的状态里瞬间抽离。

他望向沈渔的时候，眼里就容不下世界上的任何其他了。

她挫败，但也心服口服——不愧是陆明潼，是她看上的，深情也要到极致的一个人。

李宽接了话头，笑说：“可不就比你耐看多了，沈渔姐是气质型，不像你……”

杨萄抄起纸巾盒砸他：“给你脸了哦！拿镜子照照自己，好意思说我没气质。”

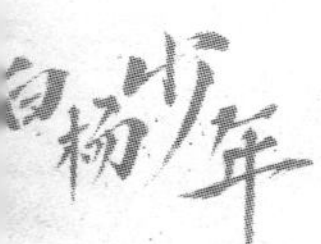

他俩一旦开嘴仗，没几个回合不会结束。

今天杨萄过来主要是来跟他们聊世界观雏形的，一直探讨到晚上十点半，厘清基本框架。

李宽将杨萄送到出租车上，折返回来。

陆明潼难得地多管了一下闲事，评价李宽这种逮着机会就不忘损杨萄两句的行为幼稚极了，跟小学生欺负前排女生没两样："你是不是喜欢她而不自知？"

李宽否认三连：我不是，我没有，别瞎说。

他说："我看的日本小说都是她给我翻译的，太知根知底，擦不出火花。"

他转而评价陆明潼这种行为阴险得很，怕沈渔吃醋，就想将兄弟推进火坑！

他光是想象就觉得可怕："要是她拿我看的本子里的羞耻情节来嘲讽我，我还要不要活了？"

一旁的江樵笑了声："李宽，别怪我多话啊，我觉得你已经陷得挺深了，好好审视一下自己的内心吧。"

李宽："审视什么！我从来只喜欢成熟的御姐，杨萄哪一点沾边了？"

江樵顾及还有宋幼清这个妹子在身边，叫他言辞注意点。

李宽哼一声，将显示屏一转，自己背过身去码代码。

心里郁闷极了。

沈渔七月接的那单策划，婚期定在了年后，正月十八。

距离婚期只剩下一个多月的时候，横生枝节——

团队都在抓紧时间备齐场景布置所需材料，酒店那边突然打来电话，取消场地预订，赔付违约金。

筹备婚礼，任何意外情况都有后备方案，但搞不定场地是灾难级别的意外。

接到电话之后，沈渔便约了酒店宴会厅方面的负责人当面相谈。

这家酒店与工作室也合作多年了，负责人没有隐瞒——有人要在那天包下宴会厅给女友过生日。

沈渔问对方是谁，能否给个联系方式，她自己去跟那边协商。

负责人露出为难神色："沈小姐，我们做生意的，当然希望和气生财，谁都不得罪。但如果遇到非得得罪一方的情况，我们也只能两害相权取其轻。非常抱歉，我们会按照合同条款赔付违约金，并且提供下一次合作的优惠。希望您能见谅。"

沈渔听明白了对方的意思，抢了宴会厅的人，对方开罪不起，她小小一介打工仔，自然更开罪不起。

酒店是连锁的，沈渔请求负责人帮忙看看，他们旗下的其他酒店，在那天可还有档期。

负责人告诉她，是确认过实在没有，才不得不走违约这一步的。

沈渔将后续赔付事宜移交给了法务，自己投入全部精力联络新场地。

但南城的星级酒店就那么几家，提前半年就预订满了，多是结婚、寿宴、结婚纪念日这种一般不会更改日期的。

沈渔挂断电话，将又一家酒店从名单上画去，长叹一口气。

她往日历上看了看，圈出来两天后的日期。

没心情沮丧，她双手拍一拍脸，提提神，紧跟着打下一通电话。

纸上列出的名单，一个一个都画掉了。

沈渔丢了笔，丧气地把自己扔进椅子里。她缓了一会儿，起身去唐舜尧办公室。

经过陆明潼身旁时，他投来关切的一眼，她没空回应。

唐舜尧听完汇报，让她再试着联系南城周边城市的酒店试一试，倘若能订到，再和客户协商。

沈渔将任务分派给了几个策划，一上午过去，最终联系到了一家，有档期。

但问题是，离南城三小时车程，且无高铁直达。

紧急开了个会。

最后唐舜尧拍板，工作室承担改址造成的额外交通费用，并将尾款再打七折。

沈渔拿这个方案去跟客户沟通，自然不顺利。

新郎在电话里破口大骂，沈渔不敢还口，耐心且放低姿态地道歉、安抚情绪。

新郎丢几句脏话，直接撂了电话。

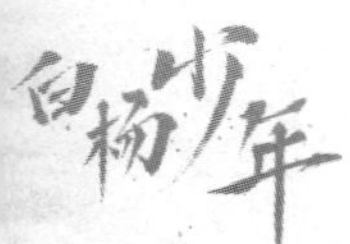

沈渔缓了缓情绪，再拨过去，新郎已经把她电话拉黑了。

下午快下班前，新郎携新娘气冲冲地赶来，前台拦都拦不住。

他们径自走到沈渔跟前，不由分说地掀了她桌上的东西。

零七碎八的东西散落一地，声响扰得全工作室视线齐齐投了过来。

新郎指着她的鼻子：“当时你推荐我选全包，我寻思多花点钱图个清静。结果我花了钱，倒是给自己找不痛快！我亲戚朋友挨个通知到人了，你说改地点就改地点！我告诉你，这方案我不接受！”

沈渔耐心地想同新郎沟通，然而新郎根本听不进，叫她喊领导出来。

唐舜尧早早就听到动静，这时候走过来，脸上赔着笑，说倘若补偿方案不满意，都是可以协商的。

新郎：“协商可以，你先把这没办事能力的策划给我开了！”

唐舜尧笑说：“我是老板，我负主要责任。二位移驾我办公室先喝杯茶吧，我保证，一定给出一个满意的解决方案。”

两人到底更信服唐舜尧身为工作室老板的权威。

唐舜尧陪同两人往办公室去，临走前，安慰地拍一拍沈渔的肩膀。

客户在气头上，要找个发泄途径，沈渔作为总负责人，自然首当其冲。

沈渔没什么不满情绪，结婚本就是人生大事，谁遇到这种情况都很难心平气和。

办公室里，围观人等都各自归位了，沈渔蹲下身去捡拾地上的东西。

一双脚停在不远处。

她顿了顿，知道是谁，没抬头去看。

她伸手去捡马克杯碎片的手被拦住，陆明潼取而代之。

沈渔捡起书本，摞在座椅上，自嘲地笑了声，拿自己惨痛的经历教训陆明潼：“你现在还想在这行待着？赶紧辞职弃暗投明吧。”

陆明潼脸色沉冷，叫她：“闭嘴。”都自身难保了，还有心思数落他。

一小时后，唐舜尧送走了那两位客户。

没能就解决方案达成最终共识，他们只答应再宽限三天，三天之内，必须在南城境内，找到他们满意的新场地，否则这事儿没完。

早已过了下班时间了，办公室里气氛凝重，同一团队的人，都自觉留下加班。

沈渔是负责人，大家都在等着她做决定。

她往小组群里发条消息，叫大家先下班，明天再说，然后起身，去茶水间冲泡咖啡。

速溶咖啡如刷锅水一样难喝，她端着马克杯，走到窗边，打开了窗户，吹会儿风。

实有一种焦头烂额之感。

身后响起脚步声。

沈渔回头看，进来的是陆明潼。

他揭下外套帽子，将手里的打包盒放在桌上。

他靠近她，捎带着一阵寒气，冰凉的手伸过来，拿走她的咖啡杯，赶她去桌子那边吃东西。

她中午只吃了两口饭就投入工作，现在也早已过了晚饭的饭点了。

他嘲讽了句："你高中的时候有这个努力的劲头，考名校也不是完全没可能。"

沈渔反击："能考上名校的人跑来打杂，论没出息，我可比不过你。"

陆明潼给她打包了萝卜炖牛腩和砂锅菜心，都是热腾腾的。

袋子拆开才见有两盒饭。

沈渔递一盒给陆明潼，自己掰开了方便筷。

陆明潼不怎么有胃口，往嘴里扒了两口米饭就撂下筷子。

"你准备怎么办？"

"只能不局限于酒店，再打听看看了，或是走走熟人的关系……"说着，她顿了下，想到一个人。

"最坏的结果是什么？"

"这一单白干。影响业内口碑，顺带影响明年的业务……不知道，也许蝴蝶效应，到最后我们这小作坊直接倒闭。"她说到最后自己反倒乐了。从业四年，头回遇到这么糟糕的情况，也算是看个稀奇。

吃过饭，沈渔列了个第二天联络的名单就下班了。

陆明潼等她一起，要去趟清水街，并接手了替她开车的任务。

窗户半敞开着，沈渔手肘搭在上面。

她因为累，摘了眼镜拿在手里，合着眼休息，声音也软绵绵的，似没气

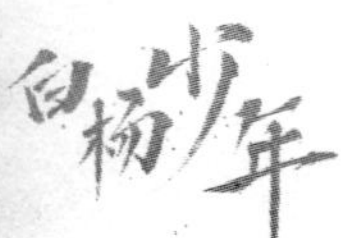

力："你上班和在江樵那边两头忙，顾得过来吗？"

"嗯。"陆明潼难得地起了辞职的念头，但不是因为沈渔所说的那些理由。

到达清水街。

沈渔没精力与李宽他们打招呼，经过六楼直接上楼了。

陆明潼进屋，打开电脑。

系统启动的时候，他脚蹬着地略微转了转电脑椅，人提不起劲，也没掩饰些许的疲累神色。

李宽问他怎么了，他提了提今天工作室发生的事。

杨蓟抱着笔记本在一旁写文案，听见这话，稍微挂心。

到晚上十点半，杨蓟准备离开，收拾好笔记本电脑，喊陆明潼出来一下，有话跟他说。

陆明潼起身跟出去，掩上门。

杨蓟始终不习惯这楼里高低不一的台阶，沿路扶着栏杆，看着脚下，走得很小心。

"我听见你跟李宽说的话了。"杨蓟说，"我有个朋友的姐姐在做艺人经纪人，人脉比较广。如果需要的话，我可以帮你问一问。"

陆明潼没有犹豫："不用。"

杨蓟笑说："我没有挟恩于你的意思。"

"我知道，"陆明潼说，他的声音不带什么情绪的，但能叫她听出来诚恳，"是我的偏执，有些原则不想打破，见谅。你的好意我心领。"

"好吧。"杨蓟笑了笑。

陆明潼将杨蓟送至路口打上车，嘱咐她路上注意安全，到了给李宽报个平安，自己往回走。

让心事绊着，他的脚步越来越慢。

他停了下来，点燃一支烟，靠墙而立，冷眼瞧着不远处的一盏路灯。寒气袭人的夜晚，灯光结了霜。

一支烟叫他衔在嘴里，却是蓄了好长一截灰，让打旋的寒风吹散。

最终，陆明潼揿灭了烟，掏出手机来，拨了一个电话。

沈渔到家了也没休息。

责任感抻得她难受极了，非得做点什么不可。

沈渔给葛瑶打了一个电话，拜托她帮忙问问她老公那边可有办法。

约莫过去半小时，葛瑶回复说，能问的都问过了，但实在爱莫能助，春节前后是各种宴席的高峰期，且还是正月十八这么个喜庆日子。

临睡前，陆明潼却来敲门。

他好似从外面回来的，一身寒气，身上带点儿烟味。

他也不进屋，就站在门口。

问他有什么事，他不说话，却忽地倾身而来，抱了抱她。未等她反应，他已一步退远，叫她早点休息，别操心了，车到山前必有路。

沈渔莫名其妙的。

她当然不可能不操心，次日，照着自己所列的单子，给南城几个度假酒店，或是能承接团体活动的别墅业主都打过电话，还是没空闲的。

最后，她只能把信息发送给了齐竟宁，他是她认识的人当中，最像是有这种门路的人。

齐竟宁在微信上告诉她，他现在在崇城开会，预计明天回南城。他会抽空打电话帮忙问一问，朋友圈里也许有人能帮忙联系到场地。

到了这一步，沈渔能做的也都做了，只能等反馈，或是做最坏打算，与客户再度协商。

她惶惶难定地等到了第二天，也没个消息。

临近下班，她已准备再拟谈判条款的时候，唐舜尧忽然在微信上叫她："来办公室。"

唐舜尧神色舒展地将平板电脑往她跟前一推，说："场地问题解决了，跟客户联系吧，保管他们没有任何意见。"

那是一处庄园的介绍页面，沈渔滑动屏幕，越翻看越惊讶，欧式建筑，玻璃教堂，户外草皮，依山傍水……

"唐总联系到的？"

唐舜尧笑说："不是你联系到的吗？"

沈渔将新场地的资料发给了客户，并附上尾款七折的赔偿性优惠。

果真，他们没再说半个不字。

后续还要紧急调整场景布置，但沈渔决定先下班了，因为还有要紧的事。

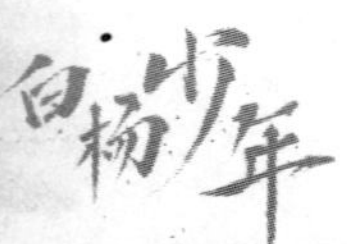

她起身环视一圈，却发现陆明潼不在。

她给严冬冬发条消息问人去哪儿了，严冬冬回以一个惊讶表情："陆弟弟一整天都不在呀，他跟小武请假了，你都没注意到吗？"

沈渔准备联系一下陆明潼，却率先接到了齐竟宁的电话。

接通后，她赶紧同他道谢，托了他的福，总算敲定新场景了。

那边的人沉默了片刻，随即爽朗笑说："我正准备去吃饭，你要没什么安排，出来一起吃两口？"

沈渔答应下来。他刚帮了她的忙，她不好过河拆桥地说不去。

齐竟宁开车过来接她。一辆奔驰 GLE，那车又稳重又商务的，不似年轻人的喜好。

车上沈渔随口一提地问了一句，齐竟宁笑说："开宝马坐奔驰，这不是为了你的乘坐体验着想吗？"

他衬衫之外套一件烟灰色的毛衣，出门前刚拾掇过，十分清爽，只脸上倦色浓重，似陈了一宿的酽茶。

听他不住地打呵欠，沈渔忙说："这一回实在是太麻烦你了。"

齐竟宁笑说："我在南城这半年也没少麻烦你，上回朋友找办公室不也是你帮忙的？投桃报李的事。"

他们吃饭的地方是沈渔提议的。

前几天严冬冬在群里分享，扬州一家老字号酒楼，在南城刚刚开设了一家分店，她已经自己打卡过，跟扬州那家一模一样的做法，口味正宗，推荐大家都去尝一尝。

刚开业没多久，食客盈门，他们略等了二十分钟，喝了两盏茶，才等到位。

齐竟宁点一壶龙井茶，正菜是莼菜银鱼羹、母油船鸭、碧螺春虾仁和八宝冬瓜盅。

他昨晚应酬，早起回南城，到现在肚里没进点热乎的东西，因此他吃得很快，没有因为外人在场就端着姿态。

等胃里垫了些食物，齐竟宁放缓速度，方笑了笑，对她说："还是跟你说实话，免得我良心不安。"

沈渔投以困惑目光。

齐竟宁说："刚我给你打电话，其实是打算告诉你，能拜托的朋友我都拜托过了，但没给你调到合适的场地。你要不再核实一下究竟是谁帮的你，这件好事，肯定算不到我头上。"

"那你……"

"秦叔叔前一阵就在催我请你吃饭，我一直推托工作忙，其实是怕你不赏光。这回将计就计，回去也好跟秦叔叔交差了。倘若我真帮了你，反倒不会要你跟我吃这一顿饭了。人情账，没多大滋味。"

沈渔虽被戏弄了，却没法冲他发火。

好不容易挨到了这一顿饭结束，她离席要去买单，被齐竟宁抢了先，说无功不受禄。

齐竟宁去取车的时候，沈渔给陆明潼打了个电话，问他在哪里。

他听不出来情绪的语气："家里。"

两天前，陆明潼打了一通电话给舅舅，没意外讨得一顿骂，说他："派得上用场的时候，才临时抱佛脚想到人情往来的好处，早干什么去了？多有本事的人也不能脱离他人而活，何况你陆明潼，离真有本事还差得远呢！"

陆明潼难得一句不反驳，听完了这一通教训。

末了，陆舅舅到底没对他的请求置之不理："当年我给你留了一个红包，那里面有张名片。倘若你照名片上的方式联系过了，这些年好好经营，那人如今就已经变成了你的人脉，你今天也犯不着来低三下四地求我了。"

陆舅舅给他发了个号码，叫他自己联络。

要联系的人姓吴，是陆舅舅的朋友，也是陆明潼外公当年的学生。

因此，当他说明来意，对方毫无半点迟疑，说这都是小事，还同他致歉，倘若知道老师的外孙在南城，一定早早就照应起来了。

吴先生邀陆明潼一起吃顿晚饭，说原不该这么仓促，不过他后天就要去一趟国外，下一回指不定什么时候才有时间。

那晚饭摆在吴先生常去的一家私家餐厅，不对外营业，会员预约制。

吴先生五十岁出头，休闲装扮，宽脸方额，笑容平易，气质不似商人，倒像个学者。

在他对面，还坐着一位女士。

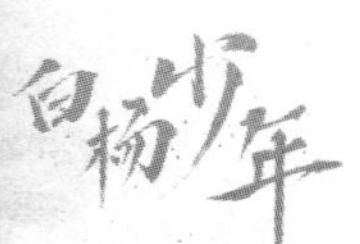

一头乌黑长鬈发，妆容精致，着一身灰色休闲西装，妩媚之外兼有英气。

吴先生介绍说，女士叫吴简安，他的侄女儿，没什么大本事，放在手下当个助理倒是趁手。

这一顿饭，气氛很是融洽。

吴先生浸淫商界多年的人，轻易引出话题，又能使话题在他想要的气氛里缓缓落地。此外，还有吴简安这样一个八面玲珑的人给他打辅助。

陆明潼不会社交辞令这一套，不过是有一说一，这番搭了舅舅的关系来唐突叨扰吴先生，是为了一个重要的人。

吴先生哈哈笑说："确实是萼华的孩子，你这真性情我很喜欢。"

陆明潼顿了一下："您认识我妈？"

"当然认识。不过也好些年没来往了，听你舅舅说她在国外，如今可还好？"

"我和她联系并不是很密切。"

他神情晦涩，吴先生瞥一眼，便转了话题，叫他别只顾说话，先吃菜。

吴先生又问他，本科学的什么，现在在哪里工作？

"学的计算机，现在……跟朋友一起创业。"陆明潼反常地承认不了自己在一个小小的婚庆工作室当实习生，他并不以为工作有高低贵贱，可这会儿世俗的评价标准率先框定了他。可能因为，此时此刻他身后还有外甥和外孙这复杂的身份，他不只是陆明潼。

他不惮承认自己爱惨了一个女人，但是不想让吴先生以为他儿女情长英雄气短。

果真吴先生称赞说，他欣赏年轻人有勇气出来打拼，好过一出校园就将自己塞进了社会的规训里，格子间里匍匐一生。他又说，倘若创业遇到什么困难，尽可以再找他，他不吝替年轻人的梦想出一份力。

一顿饭结束，吴先生将联系场地的事交给了吴简安，他后面一周要出差。

第二天，陆明潼便随吴简安去了一趟吴先生投资的私人庄园。

那里平时只供吴先生圈内朋友做接待用的，从不对外开放。但因为陆明潼开口，他愿将其免费借出，并连同庄园的一整套后厨团队。

庄园自带一个玻璃教堂，宴会厅占地宽广，用以接待婚宴宾客也是绰绰有余。

陆明潼勘验现场，记录数据，与吴简安敲定以后，给唐舜尧打了个电话，说场地已经找到了。

唐舜尧很是高兴，问他："沈渔找到的？"

陆明潼顿了一下："嗯。"这属于沈渔的工作失误，补救结果算在她头上，更好。

打完电话，陆明潼准备回工作室看看，场地更改以后，场景布置也得调整，还有得忙。

吴简安拦住他，笑说："带陆先生过来忙了整天，一顿饭也捞不到，说不过去吧？"

她身上一件黑色的羊毛大衣，只着浅口平底鞋，也靠着衣架子的身材，穿出了洒脱的气场。凑近时，她衣服上散发浅淡一抹女香，水生调，清淡不俗。

陆明潼请她吃晚饭，在前几日严冬冬在群里推荐过的店。

吴简安泼泼洒洒地点了一桌，直到服务生都委婉劝阻，分量太多恐怕吃不完，这才住手。

她抬头看一眼，陆明潼仍是神色疏离，好像这热闹的尘世与他无涉一样。

吴简安望着他笑说："得亏我现在脾气好，我年轻的时候，哪个男人跟我吃饭敢这样心不在焉，我直接连人带桌一块儿掀了。"她说得这样过尽千帆，其实也尚不到三十岁。

陆明潼回神，目光仍是淡漠："抱歉。"

吴简安莫名挺好奇，他这一双永远浮一层厌世和冷漠的眼，是不是也能为某人热起来呢？

没过多久，吴简安的好奇心就得到了满足——

服务生领进来一双男女，就在他们斜对面，隔两桌的位置上坐下。

自此，陆明潼的视线就没从那年轻女人的身上挪开过。

起杯落箸的声响盖过了他们的交谈声，但可见的气氛很热络。

陆明潼盯了片刻，随即不消受地移开了目光。

吴简安旁观着，不由得笑了笑，但什么也没说。

陆明潼跟吴简安率先吃完，离开了酒楼。

陆明潼婉拒了吴简安送他一程的提议，感谢她今天前后奔忙："吴小姐

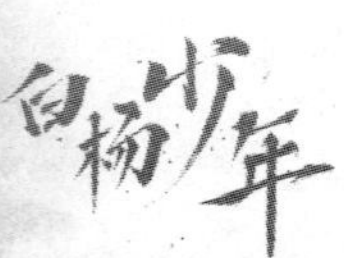

以后有用得着的地方，尽管开口。”

吴简安笑说：“这是你欠我叔叔的人情，我可不敢擅自挪用。”

她涂着酒红色的指甲油的纤细手指，自包里取出一张名片，在夜色里凑近一步，塞进他的外套口袋里，轻轻一拍。

留一声笑，她转身，上了她的那辆卡宴，疾驰而去了。

沈渔没让齐竟宁送，打了个车，直接去陆明潼那儿找他。

她在小区外的超市买了一把面条、一盒鸡蛋、一瓶可乐，提上东西，上楼。

敲门敲了片刻，陆明潼才过来应门。

他神色沉郁，往她手里望了望，方往里让，叫她进来，脱了脚上的拖鞋给她穿，自己赤着脚。

沈渔将自己的提包将沙发上一扔，没来得及多看一眼她的“梦中情房”，就要往厨房去。

陆明潼两步走过去，拦下她：“你记得我的生日。”

沈渔看他一眼，仿佛说这不是废话吗？

陆明潼声音里没有一点情绪：“你记得，却还去跟一个摆明了对你有意思的男人一起吃晚饭……”

沈渔愣了下。

不等她问怎么知道的，他率先说：“我在那儿，我看见了。”

沈渔赶紧解释：“我委托了齐竟安帮忙，吃这顿饭算是道谢。”

更复杂的真实情况她还未说出口，陆明潼直接打断。

“他帮了你吗？”他垂下视线去看她，目光沉冷到极点，“是我帮的你。”

沈渔愕然。

不给她再多问一句的机会，他骤然抓住她的手腕，拽下她手里的塑料袋子丢去餐桌上。紧跟着按她肩膀，往后推，推到她后背靠上墙壁，他修长的手指一把捏住她的下颌，低头便去咬她的嘴唇。

一句话被他碾在她的唇上，隐忍到了尽头，气急败坏的语气：“我真是受够了。”

沈渔嗞声呼痛，谴责他的话语，反复是那几句：“你又发什么神经，是不是有病……”

听得陆明潼都脱敏了，叫她换两句新鲜的来说。

他冷眼去摘她围巾，再摘眼镜，窸窸窣窣地都扔在了餐桌上。

怒气都在动作里。

沈渔不是没见过陆明潼暴戾的这一面，可今天所有的锋芒都是指向自己的。

像来找她索债。

当短羽绒外套的拉链给拉开的刹那，她吓傻了，攥住他的手往后推："陆明潼，你冷静点……”

陆明潼直接将她拦腰抱去卧室。

她脚上穿着他的拖鞋，尺码大了，蹬踢的时候，落在了地上。

任凭她怎么惊惶地又痛骂又呼救，他反正是不理。

人跌在深蓝色的床单上，去推拒他，不想让他脱掉衣服。

因她里面穿的便是那晚在小岛上穿过的白色毛衣，让他昏头得更彻底，以膝盖卡住她的挣扎，倾身向她，再以吻封堵。

掀了毛衣后的手，向上直接寻找重点，却被后背的一排搭扣给难住。

他很恼火，早就丢失了耐心，干脆也不解了。

他听见她倒吸一口凉气，挣扎要逃，但在领悟到力量的悬殊之后，又改痛骂为哀求："陆明潼……”

他冷声提醒："你最好别叫我的名字。"

她神色一滞地噤了声。

卧室灯没开，只有从客厅里斜射进来的灯光，浅黄色一片，遇见障碍就折一个弯，像洒落在深海的月光。

沈渔倒在昏暗里，从来没有这么害怕过，悖逆感叫她毛骨悚然，结果反而加倍地放大了五感。

她惊慌极了，伸手去扳堆叠在毛衣下的他的脑袋，恳求的语气："陆明潼……”

陆明潼顿了顿，抬起眼来，看她。

她被他眼里的沉冷惊骇到，甚至怀疑，他方才的投入，不过是单纯泄愤，或是，为了羞辱她？

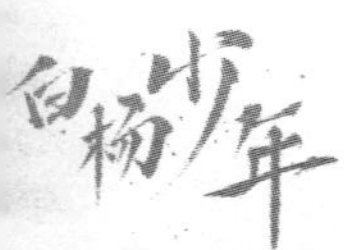

沈渔在这样的猜想里无地自容的时候，陆明潼忽然出声，回应了她此前的指控："我是有病，不然怎么求了人情帮你解围，却不找你邀功，白白成全你跟齐竟宁。"

她一愣："你求了谁？"

陆明潼不答，低头再去吻她，自眼角开始，密而急切。

她用尽力气去推，去闪躲："陆明潼！你非要让我们走到退无可退的境地吗？"

"我原本就没打算退，"陆明潼轻易箍牢她的手腕，目光冷峻地看着她，"决定权在你。只要你说不喜欢我，我马上走，这辈子再也不来找你。"

沈渔咬紧牙关。

"说啊！"

她不吭声，只是睁圆双目，眼神仿佛恨极了他。

陆明潼笑了一声："你看，你分明很喜欢。"他低伏下头，牙齿啮合，片刻，又抬眼去看她，眼里满是恶劣的笑意，"喜欢我这样，是不是？"

沈渔偏过头去，拿手臂挡住了脸。

疯了。

都疯了。

森严的抵抗被摧毁一角以后，她轻易地被他点燃，后面推搪的力道那么微不足道。

陆明潼拉她的双臂，绕过自己肩头。那陌生触觉，从影像上的纸上谈兵，落实到现在具象的一切，叫他从脚底生出一阵战栗。

他就这么被激发了征服欲，他想看她失控。

最终，她成全了他的心愿。

陆明潼克制着自己，躺下去拥住她。

然而，沈渔猛地转过身去，脸埋进枕头里，放声大哭。

陆明潼一惊，瞬间从神魂颠倒里清醒过来，赶紧扳她肩头："怎么了？"

她始终不肯转过来，他没办法，只好伸手将她抱起来，朝向自己。

沈渔拿手背盖住了脸，一边抽泣，一边问他："你求了谁帮忙？"

陆明潼最怕她的眼泪，不管什么时候，总能叫他一秒投降。

"我舅舅。"

沈渔睁大眼睛："就为了我？"

他不出声。

沈渔哭声更甚，实在没有体验过现在这样五内俱焚的心境。

"许萼华再怎么罪大恶极的一个人，你是她儿子，你得护着她。你记得陆家的态度，这辈子绝对不可能服软。你是不是，这么对我说过？"

陆明潼还是不出声。

"你不该变成这样。"她如陷迷雾般惶惶无定，承他的好，但不想让他这样卑微，虽然她自己就是使他委曲求全的元凶。

陆明潼仍是这样的态度："我无所谓变成怎样，只要你肯答应我。"

"可是，你真觉得这样正确吗？"

他不耐烦了："在我这儿，你就是正确。能不能坦诚一点，至少……"他手指去沾一沾她的罪证，"别刚这样就翻脸不认啊？"

沈渔羞愤不已，蹬开他，爬起来要去洗澡。

"别再逃避了……"

"你让我静一静！"

陆明潼不说话了，一身怒气地起身去帮她找睡衣，没合适的，就随意拿了一件长袖的 T 恤给她。

沈渔在花洒下痛痛快快地哭了一场。

她不是没有经过事，所以更觉得害怕啊——因为陆明潼叫她体验到了切切实实的愉悦感，是从前其他人没有带给过她的。而他们甚至都没有进行到最后一步。

可与愉悦相伴相生的，是让她生出穷途末路之感的负罪感。

沈渔洗完澡，眼睛红彤彤地出来了，头发还滴着水。

陆明潼正靠着沙发扶手抽烟，他只穿着薄薄的一件毛衣，黑色长裤，赤脚踩在地上。他掀眼看她："吹风机就在毛巾架子上，没看见？"

沈渔不应他，径直走过来。

她穿着他的 T 恤，长度及腿根，空空荡荡的，引他遐想。

他别过了目光不去看她，她却偏偏就在他面前停下来，涩冷的音色问他："继续吗？"

陆明潼骇得烟一抖，可他听得出来，这不是在邀请他的语气，而是——

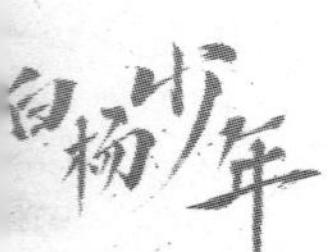

“什么意思？”

“是我欠你的。”

她只这样说，但他听明白了。

她要“偿还”他，再与他一刀两断的意思。

陆明潼不知道自己是气她居然把自己当个“物件”，还是气她都这样了仍然不肯给他丁点希望。

“这就是你静一静的结果？”他沉沉笑了声，“沈小姐自诩理智，自诩趋利避害，怎么现在昏了头？你不是叫我不要卑微吗，现在这是干什么？我要只想跟你有肉体关系，你能存活到现在？”

他真是气得想掐死她。

然后下一瞬，沈渔就叫他这怒气上也上不得，下也下不得。

沈渔看着他，雾蒙蒙的一双眼睛，突然说：“陆明潼，我爱你。”

他愣住了，心脏仿佛被她狠狠捏了一把。

说什么呢，他都还没对她说过“爱”的。

“所以……”她语气镇定得很，比问他要不要继续的那一句还要镇定，“更不能让你，跟我没有结果。”

“不试一试，又怎么……”

“你觉得，倘若我们试过发现走不通，还能退回到不给任何人造成伤害的原点吗？”这不是一个问句，所以沈渔摇了摇头，继续说着，“如果我答应你，就注定我们只有一条路了，我不觉得那条路走得通。”

“可是……”

“你要让我众叛亲离吗？”

陆明潼觉得胃里又似梗着冷硬的一块，他仰头往上看：“说什么爱我，结果还是自私。”

“是。”

“那刚才为什么让我继续？”

“因为我没法骗你说不喜欢你啊……”她表情好像又要哭了。

这句话，让陆明潼瞬间怒气全消。他咬着烟，两手去抱她，她整个人散发着潮湿气息。

“我不要结果，也不要身份，这样行吗？当你觉得继续不下去了，随时可以跟我结束。”

烟飘到脸上，燎得她眼睛发疼：“你胡说什么！你要我们的关系也见不得光吗？”

话里的“也”字，同时刺痛了两个人。

静默许久，陆明潼才说：“随你怎么说，反正你不可能三两句话打发我。”

“那我只能……”

“搬走再不联系？”他搂住她的腰，将烟拿远了，“别动不动这么小孩子似的威胁我，吃一次就很给你面子了。”

陆明潼油盐不进、软硬不吃，让沈渔实在没有办法了。她手臂搂住了他的颈项，脸埋在他肩窝处，低声哭。

陆明潼偏头去亲她薄红的脸颊，放低了声调：“跟我试一试好不好？”

沈渔哽咽着，仍然摇头：“我说了，我是最世俗不过的一个人。请问，你要拿现在这个小助理的身份跟我试吗？我不会找一个没出息的人做我男朋友，一辈子没别的企图心，只围着我打转。我不是那种要人做低伏小的女人，我希望我的另一半强到来掌控我。陆明潼，你现在够格吗？”

她其实是真的没辙了，才会拣这些最伤人的话作为武器。

陆明潼沉默。

“你这么聪明，不要将才华消磨在我身上。你觉得我会欣赏你一再为我放弃事业，不是在看低我吗？我没自卑到，需要你用这么大的代价来证明你爱我啊。”

“你倒是知道我爱你。”陆明潼自嘲地笑了声，“我当然可以买车买房、功成名就，做一个世俗意义上活得很好的人。可是沈渔，你要清楚，没有你，我不会好。我只是活着。”

这番话让沈渔心软到极点，却也坚定到极点，正因为爱他，所以不可以耽误他：“我们都冷静一点吧，好不好？”

“你是想冷静，还是想去接触别的男人？冷静之后呢？还是现在这个答案？你首鼠两端，吊得我这么难受，有意思吗？”

“那我们从今天起就不要见面了。”沈渔讷讷地说着，都快忘了，这种没杀伤力的威胁，早就被他驳过一轮了。

陆明潼被她气笑：“别兜圈子了。你不是要看我功成名就？可以。我倒

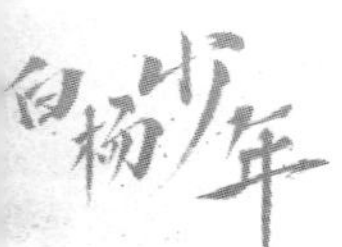

要看看，到那个时候，你还能拿什么借口拒绝我。”随即一把捞起她不断滴水在自己肩头的头发，拧眉道，“快去把头发吹干，赶紧从我家滚出去！”

“你还没吃面……”

“你已经送了我这么大一份礼物，别的消受不起。”他抽着烟，郁闷到极点的神色。

沈渔一言不发地去了浴室。她掬水洗一把脸，望见镜子里的自己眼皮都肿了。

她知道自己有多别扭，做不到与他切割干净，也做不到坦然答应一条路走到底。

她吹干头发，准备去换衣服。

陆明潼拦住她：“干吗去？”

“回家啊。”沈渔瞥见他脸色十分难看，“不是你说……”

“那也得把面先煮了。”

“……”

这少爷脾气。

惯例的一碗面，卧两个鸡蛋。沈渔对自己的厨艺有自知之明，但陆明潼从来只是口头嫌弃。

她愧疚于自己今天让他过了这么一个糟糕的生日，因此无声陪着他，等他把面吃完了，锅碗都拿去水槽里洗净，才准备离开。

陆明潼去了浴室，她去卧室换回自己的衣服。

她刚将T恤脱下，门一下给拧开了，陆明潼走了进来。

沈渔吓得赶紧拿衣服遮挡：“我在换衣服！”

他却没有回避，走到衣柜前，打开了柜门去找换洗衣服，紧跟着瞥她一眼，语气平淡地说：“你今晚在这儿睡。”

沈渔神情尴尬：“很晚了……”

陆明潼于是好心提醒她，刚刚是哪位大小姐，主动问他要不要继续。

“所以你……”沈渔小声地问，发觉这下真是搬起石头砸自己的脚了。

“当然不会如你的愿，让你觉得可以跟我两清。”

但即便什么不做，也要跟她耗着。他现在很不高兴，就这么放她回去，岂不是便宜她了？

陆明潼下楼了一趟，帮忙买来牙刷和干净毛巾。

沈渔洗漱之后坐在卧室的床沿上，处理好几个小时没看手机积累的信息。虽然重要的不多，却很烦琐。

等处理得差不多，这时候她才有闲暇去打量陆明潼的房间。

典型的单身男性独居风格，面积不大，整洁又简单。

深灰色的亚麻布窗帘放了下来，窗前支着一张书桌，只摆放少量物件。木质 LED 电子时钟、蓝牙音响、黑色机械键盘，还有一台笔记本电脑，接着电源，亮起一点绿色的指示灯。

靠墙立着四层的黑色置物架，放置一摞书、一小盆绿植、小型投影仪，以及几张 VCD。

是的，VCD，早被时代淘汰了的老古董。

因此沈渔一眼认出来，这几张 VCD 她是见过的，在几年前陆明潼还住在清水街的时候——

那是他们搬来了快有大半年的一天晚上，她下楼喊陆明潼跟她一起去买吃的，打开陆明潼的房间时忘了敲门。

他正在拿笔记本电脑看什么东西，在她进门的瞬间合上了屏幕，扯下耳机线表达抗议。桌上，就放着这 VCD 的外壳。

她好奇要将其拿过来看，被陆明潼一把夺回。

她以为他一定是在看什么见不得人的，扬言要找他妈妈告状，他急忙叫她不准去，并关上了门，勉为其难地拿给她看。

也没什么稀奇的，一位男歌手的专辑，名不见经传到她从未听说过。分一只耳机来听了几句，口水歌的普通水准，音色也不怎么具有辨识度。倒是 VCD 里的 MV，虽然服化道都极有年代感，出镜的这男歌手却英俊到让人过目不忘。

沈渔问陆明潼：“你偶像？”

他不说话，按了暂停键，扯回耳机，让她赶紧出去，别打扰他。

沈渔从置物架上拿起那 VCD，亚克力的外包装满是划蹭痕迹，那里面附赠的歌词页，也因为多次折叠，边缝重度磨损。唯独封面上穿一件宽松的牛仔外套、理着二八分中长头发的男歌手，还是英俊得超越了时代。

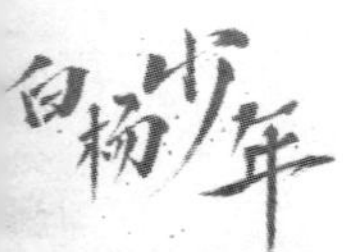

真没想到，辗转这么多年了，陆明潼还保留着它。

沈渔盯着看了片刻，莫名觉得，这男歌手的眉眼有些眼熟。

门口脚步声靠近。

沈渔合上外壳，问走过来的人：“你还粉着这个人呢？”

陆明潼不回答，伸手轻轻巧巧地自她手里抽回 VCD，放回到置物架上，顺便嘲她：“还有心思操心别人？”

他洗过澡，只穿深灰色的短袖 T 恤和裤衩。室内虽然开着空调，但仅能感觉到一点热度。他纯粹是仗着年轻不怕冷。

陆明潼自己去床上躺下，靠着床头，架着腿玩起了手机。

沈渔还站在置物架前面，莫名有点被他晾着的难堪。她不知道怎么办好了，本来气氛就诡异，自己是硬着头皮才留下来的。

她犹豫片刻，抽了一本书出来，退后一步坐在床铺的一角，将书摊在膝盖上。

她哪里看得进去呢，不过为了排遣这窘迫的气氛。

她看一行漏一行地翻过了一页书，顶灯突然灭了。

沈渔吓了一跳。

是双联控制的，床边还有一个开关。陆明潼将其揿灭，在黑暗里笑了一声。

“我不叫你过来，你就在那里看一晚上？”

沈渔被尴尬笼得脸发热：“你能不能别再戏弄我了？”

“过来。”

沈渔合上了书页，磨磨蹭蹭着不肯动。

陆明潼没耐心了，翻身下了地，赤脚走过来，抽了她手中的书，“啪”一声扔到书桌上。

紧接着，他按她肩膀，往后一推，携一道黑影覆压而下。

来吻她的动作，暴露他并没有那样淡定，因为他自己先乱了呼吸。

沈渔对目前形势发展无法预测，不知道他是不是突然又改变了主意。

只是他口腔薄荷的清凉，和身上潮湿清爽的沐浴露香味，都让她一瞬间神思迷离。

理性延迟了一步才归位，沈渔还是伸手去推他肩膀，都不甚肯定，自己拒绝得是否足够坚决。

但陆明潼停下来了，搂她到铺着枕头的那一侧躺下。

结束了今晚这乱七八糟的一切，他只想好好地抱抱她。

沈渔的思绪在黑暗里，在他低沉悦耳的声音里缓缓沉陷。

他告诉她，虽然她还是拒绝了他，但今晚他很开心。

“为什么……”

“因为你用各种前后矛盾的大道理来搪塞我，却不肯撒谎说你不喜欢我。”他笑着，转而又三分骄矜地说，“这么看来，你还是有可取之处的。”

几句话就让沈渔又有泪意。

她知道自己是多么优柔寡断的一个人，他们能走到如今这一步，全是靠陆明潼义无反顾、飞蛾扑火地走向她。

陆明潼却说，不是这样的。

“因为某人总是心口不一，言行相悖。”

如果她一开始就没有这些优柔寡断，而是干脆地将他划入敌方阵营，他再偏执，再能屏蔽自己内心的非议，也断然不会一条路走到黑了。

“我知道向你发出声音，是不会没有回声的。”他这样说道。

不舍得对无辜的人痛下杀手，得一分恩便要偿还一分的恩，这就是他看中的、喜欢的姐姐。

“求你别再这么叫我了。”沈渔将脸深埋下去，“你给我加了一百层滤镜，我根本没你说的这么好。”

“我对你并没有滤镜，我说过了，这就是你唯一的可取之处。”

“……”

她的感动真是一秒破功。

沈渔被他抱在怀里，让他身上清爽且蓬勃的气息笼罩着。

她很肯定自己快要倒戈向他了，就差那么一点……她也说不清，究竟是差在哪里的一点。

沈渔沉默了好长时间，陆明潼以为她睡着了，轻轻地抽出压在她颈下的手臂。

他手肘撑起，去给她掖被子的时候，却与她的视线对上。

“大半夜眼睛睁这么大吓谁？”陆明潼伸手去蒙她的眼睛。

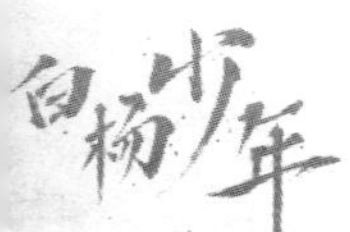

她睫毛在他掌心里眨，突然说："陆明潼，我不想跟你不清不楚，想有名有分，有因有果，有始有终。甚至还想，求个两全。我是不是太贪婪了？"

这话简直比"我爱你"更让陆明潼心脏滚烫。

他手没有移开，就这样蒙住她的视线，低头落一个吻在她唇上："贪婪不贪婪我不知道，我只知道，没有始，就不会有终。

"我等你勇敢一点。"

第六章

拥你于深谷

BAIYANGSHAONIAN

工作室完成了年前的最后一单，进入冬歇节奏。

沈渔拾掇东西去了爷爷那里。

然而屋里并不像往年那样让提前置办的年货堆满，和左邻右舍张灯结彩的景象相对比，萧条得有几分反常了。

沈爷爷坐在客厅喝茶。

他这些年勤勤恳恳地戒着烟，除了喝茶，没有其他爱好。

他好像就等着沈渔回来，没待她屁股坐稳，径直说道："小鱼儿，往你爸那儿去一趟吧。"

沈渔条件反射地答："我不去。"

沈爷爷啜饮一口茶："你爸昨天来电话了。他做了个胆结石手术，在家将养，原本请了个钟点工，但因为家里有事提前回老家去了。你过去看看吧。"

"我不去。"沈渔还是这句话，提着行李箱便往自己的卧室走。

沈爷爷跟进来，看她摊开了行李箱，将衣服一股脑地丢去床上，明显带着情绪。

沈爷爷站在门口劝说，语气也是淡淡的。他知道沈渔有心结，但不想让她以后为该做的事情没做而后悔。

"爷爷还不知道你，多容易心软的一个人。他再怎么混账，也是你爸，

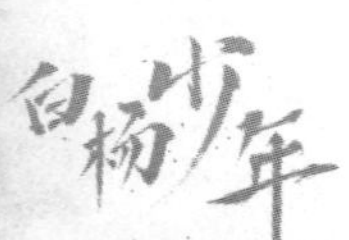

又在年关，真忍心让他一个人待着？就去看看吧，也算是尽心了。”

沈渔不接腔。

第二天早上，沈渔收拾了些必要的东西，跟爷爷打过招呼以后，自驾过去了。

印城相距南城三四个小时车程。

沈渔知道沈继卿居住的地址，但之前从没去过。这些年，只过年或是爷爷生日的时候，沈继卿才会回来。

父女之间几乎没什么交流，沈渔也不觉得，自己和沈继卿还有什么交流的必要。

沈继卿在一家民营玻璃厂做机电工程师，住的是厂区附近的员工宿舍。他是高级工程师，分到的宿舍条件也不差，两室一厅，装修风格虽然简单，但自带家电，用以居住绰绰有余。

沈渔叫爷爷给沈继卿提前打过招呼，不过沈继卿对于她的到来，还是明显受宠若惊，迎她进门的时候，很有些不知所措。

他虽然做的是腹腔镜微创，但多少也是个不小的手术，术前术后禁食，医院里熬了四五天，人是瘦脱了相的憔悴，一副眼镜架在鼻梁上，随时要松脱下来。

因受伤口牵引，沈继卿微微佝偻，要去倒水。

沈渔拦住了：“你歇着吧，我自己来。”

她话里没什么情绪，至少没带明显的抵触情绪，但还是让沈继卿觉得惴惴不安，语气不由得带几分小心翼翼：“那小渔你先坐着歇会儿，不忙……”

屋里雪洞冰窟似的，没一点节庆该有的模样。

沈渔放下东西，问明白附近超市和菜场的所在，出门去了。

一小时后，她拎回来几大袋的东西，稍作整理，就挽一挽衣袖，去厨房做饭。

她实在厨艺有限，开个视频边看边学，最后捣鼓出来一锅鸡汤、一盘虾仁炒芥兰、一盘番茄炒蛋，好歹卖相上过得去。

她将三个菜端上了桌，盛饭，喊沈继卿来吃。

饭桌上，两人始终是沉默的。

沈继卿寒暄似的问两句开车过来累不累、年后初几上班这类的，被她淡淡几句打发了，也就不好再开口。

他心里惭愧得很。

女儿远道过来，他术后还未恢复，只能在这屋子里拘着，连带她出去逛逛、略尽地主之谊都做不到。

饭后，沈渔在厨房洗碗的时候，他缓慢地走去门口，对她说：“城西有一家奶茶店倒是不错，小渔，你下午自己去逛逛吧。”他知道现在的年轻人喜好这些。

沈渔动作不停，半晌才“嗯”了一句。

沈继卿需要静养，饭后也有午休的习惯，便将钥匙交给了沈渔，自己回房休息去了。

沈渔对逛不逛街兴致乏乏，但恐怕还得去一趟超市，买些必需品。

她出门前去了趟洗手间，因比方才急匆匆多了些闲暇，是以才发现镜前的隔板上，放着新的口杯、牙刷和牙膏；架子上，也挂着簇新的，吊牌都未拆下的毛巾和浴巾。

她略有几分惊讶。

沈继卿行动不便，还能想着替她准备这些。

沈渔往旁边卧室走，沈继卿的房门忽地打开了。

他对上沈渔没甚表情的脸，指一指她房里：“床单被罩都是新的，也洗过了，找一位同事借的，原本也是为他读高中的女儿过来住准备的。你自己铺一下，要是被子不够厚，你跟我说，我再找同事借一床。”

他语气里充满了说得不清楚，唯恐她不放心，说得太烦琐，又唯恐她不耐烦的小心翼翼。

沈渔说：“知道了。”

“那我睡了，你出去要是找不着路了，给我打电话。”

“有地图呢。”

“哦……也是。”他笑了笑。

除了出去买东西，沈渔几乎不怎么往外跑。

这厂区在郊区，很是偏远，往市区里还得开车。人生地不熟的，没什么意思。

她带了笔记本电脑来，看看视频，玩玩手机，时间打发起来也快。

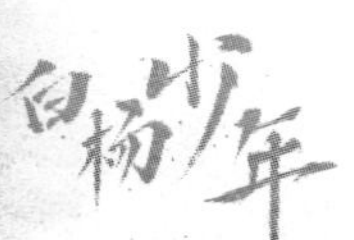

她每天给爷爷去一个电话，催促他，虽然是一个人，也得好好过年，不然让她两头都不放心。

除夕这天，沈渔多弄了几个菜，凑满一桌子。

电视里放点儿应景的节目，她跟沈继卿吃一顿名不副实的团年饭。

这些年，她对过年不过年，没什么热衷的，别家的热闹，反而衬托她家里萧索得很。

吃过饭，陆陆续续便有拜年短信发过来，群里小武起头，暗示唐舜尧该发红包了。

而这时候，通知栏里弹出一条“新年快乐”的红包提示，沈渔想也没想地点进去领了，结果发现是葛瑶发的，登时肠子悔青——

葛瑶知道了陆明潼辞职的事，也知道了两人有了一些实质的接触，年前忙着没空聚首，就缠着沈渔让她在微信上聊清楚。

这时候弹出来一条视频请求，叶文琴发来的。

沈渔愣了下，拿着手机站起身。

沈继卿投来询问目光，沈渔匆匆解释一句：“我妈打来的。”

她拿着手机，原本是要进卧室，望见沈继卿很是不自然地掉转了目光向着电视，又觉得这样好像太过了，便只走到了餐桌那边。

拨视频的是秦正松，窗明几净的厨房里，叶文琴站在他身旁，正在煎蛋。“吱吱”的声音里，她抬头来看一眼，问吃过晚饭没。

“吃了。您跟秦叔叔呢？”

“时差呢，我们刚起床。”

秦正松笑说：“等会儿会有些朋友过来跟我们一起做饭，怕忙起来没空，你们又得休息了，所以提前打个电话过来问候一声。小渔，祝你和爷爷新年快乐，身体健康。”

沈渔笑着应下，回以同样祝福。

视频挂断，沈渔在原地站立片刻，方揣着手机回到沙发那边。

沈继卿神情晦涩几分：“你妈她现在好吗？”

换作以前，沈渔一定回怼“她过得好不好关你什么事”，但他病容憔悴的样子，让她没法如此刻薄。

“她要长居国外了，开年以后应该会回国一趟，召集两方的亲戚朋友一道吃顿饭。”

沈继卿听完，声调艰涩地说了句：“也好。”

沈渔瞬间被他拱起些火气：“你后悔吗？”

沈继卿愣了下，继而苦笑：“有些事，说后悔不后悔的，没有意义。”

“不管有没有意义，你后悔吗？”

沈继卿沉默了好久。

沈渔相信他绝对是想过这个问题的，现在这副讳莫如深的样子，由衷地令人生厌：“结果都造成了，问你一句后悔不后悔，也要考虑这么久？”

电视里的喧嚣热闹，将他们之间陡然冷凝的气氛，衬得很滑稽、很不合时宜。

沈继卿垂下眼去，摘了眼镜，揉一揉眉心：“我只能说，我唯一后悔的是，这件事，我原本有更稳妥的处理方式。”

“什么意思？”沈渔胸腔里一团心火在烧，“你觉得你没错吗？”

“我当然错了，小渔，”沈继卿消瘦的面颊，一半隐于阴影之中，“我当然是错的。只是，我不想否认那段好感是真实发生过的。”

沈渔张了张口，神色僵住了。

她突然发觉，沈继卿说的这话，多么悖逆、多么罪该万死，可她……竟然听明白了。

因为陆明潼的存在，让她知道，世间有些事明知不应该、不正确，可它就是会发生、会存在，甚至不以人的意志为转移。

然而，明白不代表可以理解，更侈谈谅解。

“人是论迹不论心的，随你心里生发些什么念头，你就该让它烂死在心里！你和许萼华单独相处的时候，就没有哪怕一刻想过我们吗？”其实这问题憋在沈渔心里好久了，她此前一直觉得，这样的叛徒，不值当她的一句质问。

“所以我做错了，小渔。我不该放任自己去越过心里的那道防线，忘记丈夫和父亲的责任。如果，这样说能让你好受点——我跟她，从未彼此挑明过心迹。我们唯一的越界便是，那天一起去看了一场电影。但错误是一种性质，错便是错，不存在错一点，或是错很多。”

沈渔听得沉默下去。

那天的决裂将她的生活横劈作两半，所以她一直记得，那时的沈继卿是

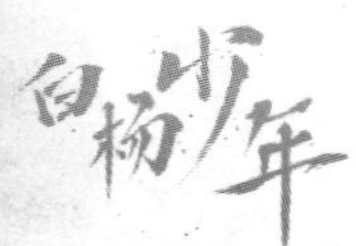

怎样的沉默懦弱，许萼华又是怎样的寡廉鲜耻。

“你们既然没有挑明，为什么不否认？至少，事情不至于发展到这个地步。”

沈继卿一手撑住了额头：“我这样说，你一定更恨我——因为她没否认，所以我不否认。”

“我不懂。”沈渔咬紧牙关。

“你不用懂，也不值得你去懂。就这样吧，小渔，说这些平白扰乱你的心情。你这回愿意过来，爸爸已经很高兴了。”

“你说得这样轻飘飘……”沈渔蓦地站起身，这样居高临下俯视丧家犬般的沈继卿，给了她一些勇气，“就因为你，我可能一辈子都没法去追寻自己的幸福。”

沈继卿投以困惑的神色。

沈渔被一阵豁出去的恨意裹挟，脱口而出：“我喜欢陆明潼。”

沈继卿猛地抬头，难以置信地看她。

“就因为你，我迈不出这一步。即便迈出去，一辈子我跟他没个清清白白的名声。什么你已经很高兴了，你高兴什么？我被责任绑架，不能不顾你，不能不顾我妈，还有外公、爷爷……这该是你挑的担子，你扔给我了！”她话赶话的，越说越激动。

“你轻飘飘一句我不用懂，你们这点男盗女娼有那么难懂吗？你和许萼华惺惺相惜，你怜悯她的处境，你觉得我妈太强势，家里没人愿意听你那些风花雪月，所以你到外面去找你的知己。你觉得自己可了不起了，士为知己者死。你甚至不用付出生命，不过是放弃了婚姻和家庭。你保全了你和许萼华那点心有灵犀，你们是一对被世俗阻挠，此生不复相见的怨侣。你是不是这么觉得？”

沈渔一口气说完，心里是鲜血淋漓的畅快。

她看着沈继卿的神色由愕然转为漠然，最后肩膀塌下去，目光死寂，如一把枯灰。

“你把自己过得惨兮兮的，觉得自己是在赎罪。你丢下我和爷爷，只顾寻求自己内心的平静……你怎么这样自私？你从前教我写字读书，你喜欢苏联文学，你说，因为有一种牺牲的美感。你真的懂牺牲是什么意思吗？”

沈继卿沙哑的声音道：“小渔，对不起。”

“你是对不起我，可是我不在乎，我不在乎了。”

电视里一个歌曲大联唱，明星璀璨，唱家庭和满，风调雨顺，国泰民安，大红大绿布景，喜庆祥和氛围。

沈渔别过脸去深深吸气，生生忍着，没叫自己落下泪来。

沈继卿沉默良久，只说：“我知道自己没这个立场劝你，但是小渔，你跟小陆的事，谨慎些吧。众叛亲离，不是那么好受的……”

“轮不到你来教育我。”

沈渔一把抓起放在沙发上的羽绒外套，抄上手机朝门口走去，“砰”一下摔上门。

风寒露重。

这儿远离市区，天色黑沉，能望见几颗疏寒的星星。

沈渔抽了抽鼻子，出门以后右转，走出几百米，瞧见一家小超市还开着。店主拿手机播放春晚，一人守着店。

她想起陆明潼心情不好总要抽两支烟，得此启示也想试试。

问店主拿了一包万宝路和一只打火机，走出店门，她在路灯下把烟点着。

不得其法，除了让自己呛得咳到肺疼，半点用处也无。

她将整一包的烟盒捏扁，连同火机一起扔进了垃圾桶。

走一段路，碰见路边有条长椅，她在上面坐下。

大约半小时过去，她始终心绪难平，虽被风吹得手脚发凉，仍然不打算折返。

这时候手机响起来。

沈渔以为是沈继卿打的，没理。

再响。

响了第三次，沈渔不耐烦了，摸出来看，却是陆明潼。

接通以后，他懒散声音说道：“姐姐，发红包你也不领啊？”

沈渔一下就让翻涌的情绪堵住了喉咙，缓了一下才说：“跟我爸吵架，没看见。”

“你没在沈爷爷那儿？”

“我爸做了个手术，我来印城看他。”

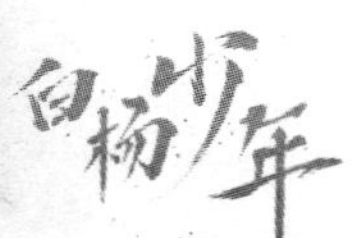

沈渔最近和陆明潼很少碰面。

陆明潼辞职辞得挺干脆，唐舜尧知道自家小庙留不住大佛，因此也只象征性地挽留了一下。

而陆明潼在走之前，还跟唐舜尧做了一个交易，把空余时间开发的，新的任务管理系统卖给了工作室。那新系统有APP版，且完美解决了老版存在的一切痛点，且陆明潼承诺终身负责维护和更新。

办完离职手续，陆明潼抱着自己的东西，走到沈渔的工位前，语气很跩地对她说：这是最后送你的一件礼物。

严冬冬听到以后鬼哭狼嚎，说沈渔姐求求你赶紧答应了陆弟弟吧，这都遭得住，你简直不是人！

那之后，陆明潼就日夜熬在了李宽和江樵那里。

沈渔年前忙得很，又不怎么回清水街，两人见面的机会少了。他是说到做到的，也不去找她。

陆明潼问："为什么吵？"

"能为什么，陈词滥调。"

"我猜，你这会儿在外面。"

"……"

"这不就是你的性格吗，吵完架就想跑？"

"别再吐槽我了。"

"那你赶紧回去，不嫌外面冷啊？"

"嗯……"

"别'嗯嗯嗯'了，赶紧。"

"你在哪儿？"

"跟江樵一块儿打游戏。"

"他过年不回去？"

"也得有地方去呢。"

"你俩难兄难弟哦。"

"别以为我没听出来你在拖延时间，"陆明潼残酷无情地打断她，"赶紧回去，在外面冻感冒了。"

沈渔从长椅上起来，在地上跺一跺冻僵的脚："那我挂了。"

“哎……”陆明潼拖长了声音，“说话会影响你走路？”

明明舍不得她挂嘛，这么不坦诚。

沈渔和陆明潼一路漫无边际地闲聊，直到回到了小区门口，在那里碰上步履蹒跚的沈继卿。

一见沈渔，沈继卿稍微卸下些担忧神色：“你电话打不通……”

沈渔的电话让陆明潼占着线，路上她是听见嘟嘟嘟的有别的电话拨进来，但没去管。

她同电话里陆明潼打声招呼，将电话先挂断了。

在寒风里冷静了许久，沈渔没再那么义愤，瞥一眼沈继卿：“要你静养，你跑出来干什么。”

沈继卿讪讪一笑，只说外面天冷，赶紧进屋去吧。

他委实不放心沈渔出去那么久没个声息，怕有些社会闲散人士趁着年关出来作歹，这附近以往出过一两起事故。

因伤口未愈，沈继卿行走很慢，他对沈渔总要停下脚步频频等他过意不去，递了钥匙，让她自己先走，他慢慢地跟上她。

沈渔两只手都抄在衣服口袋里，并不去接。

他咬着牙关，步子迈得急促些，沈渔立即回身看他：“走不快就别逞强了。”

沈继卿实在心绪难宁，沈渔那一番话说得他面上心上都烧得慌。

她合该恨他，置之不理也属正常，可她还是尊重本性，选择包容。

沈渔次日上午过了十点才醒，因晚上有些失眠，且有拜年信息不断地进来。

深夜两点，她在朋友圈里刷到了一条新动态，是叶文琴发的，与秦正松，还有附近邻居的合影。长条桌上一桌子的菜，大家分坐两侧，面向镜头大笑，画面和配文，皆是和乐融融。

沈渔莫名让这张照片给刺了一下，手指悬停许久，才点了一个赞，回复“妈妈新年快乐”，做作地缀一个欢乐的波浪号。

早上她洗漱过后，听闻厨房有动静。

沈继卿穿一件麻灰色的粗针套头毛衣，站在灶台前煮面。

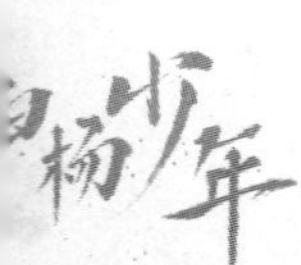

沈渔喝止他："你放着我来不行吗？"

沈继卿笑一笑说："煮个面而已，不妨事。"

沈渔总能从他语气里品出歉疚，虽说她心里怨怼他，可看着毕竟是自己父亲的人，在自己面前低眉顺眼的，并不是特别能消受。

两只海碗盛着鸡蛋面，有菜有蛋，端上了桌。

沈渔换下睡衣坐过去，提筷的时候想到，从前叶文琴工作忙，早上便是沈继卿替她煮面，吃完了再同她一起出门，一人上学，一人上班。

这种久远且温情的回忆，让她不由得蹙了蹙眉，下一秒便从脑中摒弃。

沈继卿咀嚼、吞咽都很慢，术后恢复期胃口也差，一碗面只吃了三分之一就放筷。

他从纸巾盒里抽出一张纸来擦了擦眼镜，也没再戴上去，就这样看向沈渔，慎之又慎的口吻："小渔，我细想了一整晚，有几句话想跟你说。"

沈渔手中的筷子略顿了顿，动作不停。

沈继卿说："我一辈子过得稀里糊涂的，如果不是你昨天晚上一通话骂醒我，我恐怕还觉得自己这七八年躲在印城是在赎罪。这些事，一两句也讲不清了……先放一放，我说一说你和小陆的事。"

沈渔拿筷子绞着面条，缓缓地送进嘴里："逆耳忠言就不用说了，我听的打击够多，不差你这一句……"

"听我说完。"沈继卿难得地没由她打断，"年轻时我想报文科，到大学学文学，你爷爷不答应，说理科好就业，我就去学理科了。后来经人介绍，认识你妈，觉得方方面面的条件都合适，也就定了下来。我这辈子随波逐流，没争取过什么，唯一一次由着性子，却是伤害了你，也伤害了你妈。"

沈渔听沈继卿话里的语气比昨晚诚恳得多，没那些虚头巴脑的"没意义""你不懂"，这使得她的抵触情绪没再那样强烈。

沈继卿："我思考了整晚，就想告诉你，倘若你真的决定好了，和小陆一试也未尝不可。"

"你别拿这些话来笼络我……"

"我何必要笼络你，我原本也不是这件事的关窍所在，你妈那边松不松口，才是最要紧的。是我造成了你现在这样的困局，我的首肯，想必你也是不稀罕的。"

沈渔不吭声。

她没说其实并非全无意义。

“如果你做了决定，一定别犹豫。想不伤害任何人，最后无非任何人都会受到伤害。别让责任把你绊住了，原本这不是你的错。”

“说得太轻巧了……我不在乎你的看法，还能不在乎我妈的看法吗？”

“有些事不能两全，端看你想要什么。我说句不中听的，我也好，你妈也好，许萼华也好，都是要走在你前面的，百年之后，尘归尘土归土，我们三人的恩怨，我们自可以到了地下再做清算，你却还有自己的日子要过。到时候亲人无一在身边，谁陪着你呢？作为一个失格的父亲，我欠你的，一生偿还不起了。那我宁愿陪着你的那人，爱你且呵护你。”沈继卿的一番话到这儿也就结束了，末了他叹声气，拾了桌上的眼镜戴上。

他缓慢起身去，给自己倒水服药。

沈渔一下失去了胃口，第一时间想到深夜刷出来的那张合影。

还剩的面她一口也吃不下去，最后全坨在了温热的汤里。

沈渔初六回的南城。

沈继卿的伤口愈合得差不多了，慢慢摸索着弄点吃的问题不大。那位钟点工阿姨也将复工，如果他自己一人还是顾及不来，还可以把人叫来帮忙。

临走前，沈继卿叫沈渔给沈爷爷带话，他身体痊愈以后，会回南城陪沈爷爷一段时间。

沈渔复工以后，便投入正月十八将要落地的那一起策划。

经历了前期临时更换场地的一出风波，这案子非得分毫不差地办好不可。

因为场地是私人性质，厨师团队也没合作过，怕出现什么纰漏，沈渔带着团队的几个同事，在婚期到来之前去了一趟，与那里的管理人员接洽，核对细节。

应当是上头打过招呼的，管理人员非常配合，且主动提供了一些建议。譬如到时候新娘新郎入场的方式，亲友和傧相穿什么颜色的衣服，最合适玻璃教堂的采光和布景，甚至还细致到推荐了几支婚宴上的红酒品牌，是与庄园合作的，质优价廉。

傍晚碰头会结束，得了允诺，沈渔和手下的人，还将在整个庄园里细致

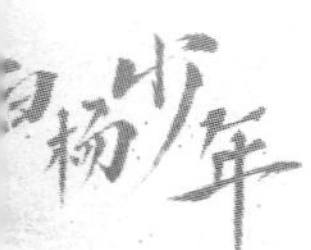

地踩一下点。

严冬冬这个只管化妆的，今天也跟出来了，纯粹是央了沈渔，满足自己的一点私心，因为她还从没逛过这样豪华气派的地方。

严冬冬边走边拍照，跟着沈渔穿过主楼一侧的长廊，瞥见自己手机镜头里，摄进两道不期然飘过的身影，一男一女，一前一后地走进了别馆的大门。

严冬冬愣住，脚步一顿，刚要对沈渔言声，发现她也停了下来。

很明显，她也看见了。

那自己应当没有看错，两人中的那位男士，就是好一阵没有见过的陆明潼。

他穿深灰色的西装，脚上黑色的皮鞋不沾尘埃，外面披一件黑色羊毛大衣，高而修长的身影，将这正装穿出岭上花的禁欲出尘。

同行的那位女士，乌发红唇，同样黑色的大衣里，着一袭极其挑眼的橄榄绿礼服裙，脚下高跟鞋步步生风。

那位女士是挽着陆明潼的手臂走进去的。

倘叫不认识的外人看来，这两人虽有明显的年龄差，可这种错落感也是别样的赏心悦目，总之，套上一句俗气的“金童玉女”一点不为过。

严冬冬有点呆住了，半晌才去打量沈渔的神色。

沈渔脸上并没有什么表情，只催促大家走快些，一会儿天就要黑了。

他们是开着公司的一辆面包车来的，开车的是跟拍的男摄影师。

上车以后，沈渔选了最后排的位置落座，没有参与其他同事的闲聊。

严冬冬觑她的神色，小心翼翼地喊：“沈渔姐？”

“困，我眯一下，到了叫我。”沈渔摘了眼镜拿在手里，抱着手臂，脑袋靠上玻璃窗，目光朝向窗外。

回公司之后，沈渔敦促负责的策划将今天开会的成果，对照此前的策划方案，整理出婚礼当日行程规划表和执行手册，要求明天下班之前交。

那策划领了任务，先下班了。

沈渔手头一时没什么事，却还是待到了晚上九点才走。

合租的小武跟她打过招呼，今天要去男朋友那里留宿。

沈渔开车上路，不知怎的，不想回那空荡荡的出租房，临时变道，往清水街去。

李宽来给她开的门，对她的突然到访很是惊讶。

沈渔将在巷口超市里买的一些零食递给他，往屋里看了看，果然，其他人都在，只除了陆明潼。

李宽自然知道沈渔不可能是冲着他来的，笑着知会说：“陆明潼今天有事没过来。”

“说了什么事吗？”

“没说。”

沈渔“嗯”了一声，接过李宽递来的一瓶水，喝了两口，往他的电脑凑拢看了看：“你们的进度怎么样了？”

“还行，核心玩法和功能基本都做完了，后面都是铺量工作，得看美工和文案了。今年上半年必须得开发完，拿去参赛。”

杨萄靠在沙发上，腿上放着笔记本电脑，戴着耳机，心无旁骛地敲着键盘，噼啪作响；那个话很少的宋幼清，也正拿着数位板作画。

电脑主机的风扇全速运转，大家都分外投入，绷紧的脸上写满紧迫感，沈渔感觉自己的来访十分打扰，便起身告辞了。

李宽：“陆明潼过来了，我就跟他说你来过。”

“不用，”沈渔笑说，“我就是过来慰问一下你们的。”

开车回去的路上，沈渔实在憋得难受，给葛瑶拨了一个电话。

她将前因后果讲述一遍。

“陆明潼有个高中同学，跟他都表白过，我不觉得有什么，今天看见一个明显只是同去应酬的陌生女人，却焦虑得不行。”

葛瑶问这两人分别长什么样的。

沈渔照自己所见客观描述。

葛瑶说：“因为他那位高中同学不过是跟他同龄的小姑娘，另外那个女的可就不同，不论具体多少岁，终归比陆明潼大吧？你在意的是，陆明潼究竟只喜欢你一个‘姐姐’，还是压根儿所有的‘姐姐’，都是他的狙击范围。吃心了吧，叫人给比下去了吧？”

“……”

“让你犹豫呢。也该你吃吃醋了。”

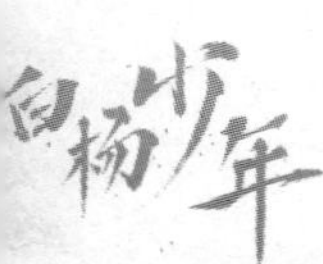

“我没吃醋……”

“死鸭子嘴硬。”葛瑶笃定得如朱批御笔一样，让她心虚得无从反驳，“沈小姐，别纠结了，享受当下吧。”

入夜之后道路通畅，沈渔开了车窗，让风吹进来些。

她只有一个感觉，此前沈继卿说的话，叶文琴发的照片，今天所见的这一幕，都在怂恿她不管不顾地往下跳。

孤勇和鲁莽，可有差别？

她有些浑噩得分不清了。

陆明潼知道受了吴先生和吴简安的帮助，这份人情迟早得还的。

这倒让陆明潼觉得心安，一报还一报，他虽然避免不了要入世地活着，但也知道自己不是那种人情世故里打滚的角色，做不来的终究做不来。

年后没多久，陆明潼接到吴简安的电话，邀他陪她同去参加一场晚宴。

吴简安坐车来接，问吴先生借的一辆宾利。

自上车以后她便对镜补妆，一句话也没同陆明潼多说。按理说，这行为很失礼，不像是八面玲珑的吴小姐会做的事。

陆明潼看她如此忐忑紧绷，心下了然。今日吴小姐一身橄榄绿的礼服，脖子上缀同色系的宝石，美得杀气腾腾。

这显然不为争奇斗艳去的，恐怕是去寻仇。

果真。

宴会在吴先生庄园的别馆举行，吴简安挽着他的手臂，由侍应生代劳打开门。

在众人惊叹的目光之中，她视线扫一圈，最后在站在最里的一位陌生男人身上，才落下一些痕迹。

自有人上来奉承逢迎，吴简安分寸恰当地应付过去，施施然品酒，有点儿守株待兔的意思。

果真，没多久那男人就携着女伴过来打招呼了。

他不冲向吴简安，先问陆明潼的出处。

吴简安替陆明潼答了，笑说：“我叔叔故交的儿子。他是技术人员出身，对商场辞令这套没兴趣，你别搭讪他。”既抬高了陆明潼的身份，又隐隐有回护的意思。

陆明潼忍了忍才没笑，觉得这手段低级得很，对面这位男士要真吃她这一套，不过因为周瑜打黄盖罢了。

结果这人还真吃。

对方冲陆明潼欠一欠身，笑说：“请允许我占用吴简安小姐几分钟时间，许久未见，同她叙旧两句。”

陆明潼走到宴会厅顶端的阳台去点烟。

被男人撇下的女伴也走出来，问他借一支。女人吞云吐雾的，问他：“你也是被雇来的？”

“不是……”

“那你可别跟吴简安掺和。他俩分分合合好多年了，多少人被他俩搅和进去不得安宁。”说着，她拿正眼打量他，“吴简安也挺会的，你比他年轻、比他英俊，可不是招招致命。”

陆明潼听得兴趣乏乏。

女人估计也闲得无聊，才继续这明显没什么可聊的话题，背靠着阳台的栏杆，又看他：“你混娱乐圈的吗？”

“不是。”

“浪费一张脸。”女人笑了笑，吐一个烟圈，眯眼细细打量，“你长得有点儿像我们圈里一位台前转幕后的大佬。”

陆明潼顿了一下，侧头望她。

“这个角度就更像了。”女人咯咯笑，“想出道吗，现在娱乐圈挺缺你这一型的。”

“不了，谢谢。”

女人叼着烟，打开自己的手包，拿出张名片强塞给他：“有兴趣可以跟我联系——不过，吴家准备开始发力文娱事业，你真有这想法，肯定不会从我这儿走远路。那就当是交个朋友吧，我这人喜欢交朋友。”

陆明潼尽职尽责地陪着吴简安应酬完了这一顿晚宴。

上车以后，吴简安先扶着额头干呕几下，婉拒了司机劝她就在此留宿的建议。

“走吧，先送陆先生回去。”

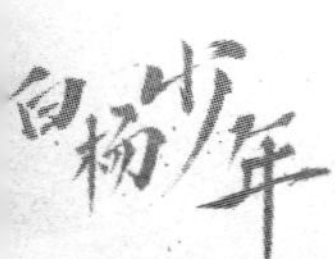

她打开车窗，迎风点了一支烟，烟灰扑了她一身，她也懒得去掸。

一支烟燃完，她掐在灭烟器里，转而问陆明潼："要去我的住处吗？"

很坦诚直白的邀请。

陆明潼说："不了。"

吴简安笑了声："洁身自好，还是觉得我够不上你的标准？"

"吴小姐应该知道我有喜欢的人。"

"你好这口？"

陆明潼瞥她一眼："跟年龄无关，只因为她就是她。"

"都是'姐姐'，你觉得我怎么样？"让醉意装点，她笑起来妩媚之外更有一种娇憨。

"这种没水准的问题，不像是你能问出来的。"

吴简安咯咯直笑："你真有意思。"

她的邀请也就点到为止了。

诚然欣赏陆明潼这样一副好皮囊，但不会贴着自尊去强人所难，她从来自傲，今天请了陆明潼来只为跟另一个男人斗气，本就是自降身价了。

车停在陆明潼家小区楼下。

下车前，吴简安叫住他："下个月叔叔有个饭局，想让你陪同出席一下。"

陆明潼问："什么性质的？"

"你去了就知道。"吴简安语焉不详。

没多久，吴简安所言的这一顿饭就成行了。

吴简安同司机来接，她这回全然工作状态的装束，一身休闲西装，内里搭一件绸制衬衫，妆都化得极淡，只有职场女性的干练洒脱。

车上，吴简安挑眼去瞧陆明潼，他仍然穿着上回的那身西装。这叫她觉出些赤诚可爱，恐怕小陆同学就这一身，专门用来应付他们这种恼人的应酬局了吧——也是率性得很，多置办一套都不肯的。

她再去看他五官，是现在娱乐圈年轻小生少有的锋芒感的英俊。

吴简安盯着他多看了两眼，语气意味深长："其实，你当时不该找上我叔叔帮忙。"

陆明潼抬眼看她，一副"此话怎讲"的神色。

“他是个不折不扣的商人，商人讲利益，只有当感情可以最大化利益的时候，才会讲感情。”

“吴先生帮了我，不管利益还是感情，该我还的，我不会推拒。”

吴简安笑了笑，神情一时晦涩。

话应当是没说透的，不过倘若别人不想说，陆明潼也懒得追问。

他不知道这一顿饭是什么性质，鸿门宴也罢，兵来将挡，水来土掩而已。

吃饭的地方，是一家法餐厅。

坐落在绕了很长路程的半山腰上，隐蔽得不屑食客来尝。

显然，它也是一家只供熟客和会员的餐厅。

陆明潼知道舅舅生意做得很大，结交的权贵与富豪，都是他兴趣领域之外的、另一个世界的人。

倘若不是这回搭上了吴先生，他也没机会见识到那些养尊处优之人的活法。他只是个普通人，更贪恋烟火流水的世俗生活。

因此，进门一看见这法餐厅的高档装饰，他的胃先不适了起来。

侍应生显然是认识吴简安的，直接引他们往里面去。

餐厅布光很暗，有人在弹钢琴，寥寥的几桌人，人声喁喁。

他们拐一个弯，去了隔帘的那一方。

昏暗的灯光里，坐着三人，除了吴先生，还有一男一女。随着陆明潼和吴简安进来，三人都站起身来。

陆明潼感觉心跳扑突了几下。

向着他的方向而立的那一男一女，女的看似有四十来岁，面容和打扮都低调得很不起眼，应当是助理这一类的身份。

男的比吴先生年轻许多，年龄感非常模糊，说是四十岁，说得过去；要说三十多岁，好像也说得过去。

待走近些，陆明潼看见这男人的面孔，胃里突然腾江倒海，立即懂了来之前吴简安在车上的一番话。

商人讲利益，不讲感情。

他陆明潼，只配当个“利益”罢了。

陆明潼其实很早就知道了自己父亲是谁。

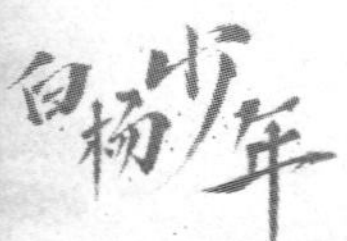

虽然在许萼华、外公和舅舅的口中，这是个讳莫如深、宛如禁忌的秘密。

可他与许萼华生活多年，被好奇心驱使着，从所有的蛛丝马迹里窥探出一个名字。

那人艺名叫蒋铮。

他出过三两张专辑，如今在娱乐圈已然销声匿迹的一个小歌手。

蒋铮出道的时候，互联网尚不发达，没留下太多痕迹。

这些年，他反反复复以“蒋铮”为关键词检索，只能找到屈指可数的几条内容，且都含混不清。

唯独那三张 VCD，是叫他相信这人真实存在过的证据。尤其这些年，他越来越可见，自己与 VCD 封面上的人，长得何其相似。

吴先生前两年开始涉足文娱这一块版图，经人介绍，与蒋从周搭上关系。

蒋从周年轻时做过歌手，后来因为资质平庸没闯出名堂，倒让京城的一位千金小姐看上。结婚以后受妻家荫庇，这些年深耕于文娱帝国，既有人脉又有资源。

而这两样，是独独不缺金钱的吴先生最缺的。

但蒋从周这人并不那么好相与，他能从入赘的婚姻关系里发展到如今妻家都要忌他三分的程度，不是没有原因的。

且他去年诊出患了癌症，更加性情古怪。

蒋从周原本是南城人，吴先生借由老乡之名与他沟通接洽过多次，却都未能打开缺口。

直到年前，陆明潼前来求吴先生帮助。

见面后，吴先生瞧着陆明潼与蒋从周酷肖的脸，结合蒋从周的生平履历，突然得出一个大胆猜测。

他允了陆明潼的求助，转头就开始调查。

他与蒋从周酬酢之间，无意抛出了许萼华这名字做诱饵，果然蒋从周便上钩了，几番对他旁敲侧击。

两人俱是生意场上的老狐狸，几番来往试探，最终，吴先生答应叫陆明潼出来吃一顿饭，了却蒋从周的一段心结。

吴先生亲自领陆明潼落座，介绍道：“这位是蒋从周蒋先生，也是你母亲的朋友。这次取道南城，听说萼华的儿子在这儿，便属意我一定邀出来一聚。”

陆明潼笑意冷然，只说：“幸会。”

蒋从周揭了放在一旁的一本菜单，递给陆明潼，叫他点餐，并推荐说这里的鹌鹑肉烧得极好，值得一尝。

陆明潼不接：“蒋先生做主，客随主便。”

蒋从周便唤来服务生，点五份晚市套餐。

他显然意不在这些烦琐流程，直直地打量陆明潼，语气倒是拿捏过的稳妥，笑问：“你母亲这些年可还好？”

倘若陆明潼不是提早知道了蒋从周的身份，大抵真会将他当作一位热情好客的长辈。

“她在国外，我跟她联系并不密切。”陆明潼依然如是这般回答。

陆明潼没经历过这般难挨的饭局，每一秒都在考验他的演技。

蒋从周笑说：“那倒是可惜，不然也该叫她出来一聚。”

陆明潼神色冷淡：“家母不爱应酬，这些年，故交朋友都已经断绝来往了。她有自己的新生活，不想被人打扰。”

吴先生听陆明潼语气生硬，从旁打圆场：“小陆秉性随了萼华，直来直往的。”

蒋从周眼热，却得面冷，丝毫不敢逾矩。见面起他便一眼看出，陆明潼性格孤傲，断然不能让其知道真相。况且他在首都还有家，这次悄然进行的会面，不宜闹大。

蒋从周笑一笑说：“她从前就这样，不奇怪了。那小陆你现在在做什么工作？”

陆明潼似笑非笑，眼观鼻鼻观心地去瞧蒋从周：“我以为，吴叔叔与蒋先生寒暄，聊及故人情况，不会不连带说清楚我的情况。”

蒋从周觉得陆明潼话里带刺，这份敌意不像是师出无名。

但是假若陆明潼提前知道自己身份，怎么可能神情如此淡定？他自己都无法做到这种程度的不动声色。

一旁的吴简安见陆明潼落入彀中，非常不忍。吴先生虽然是她的叔叔，可她自己不过一介助理，毫无话语权可言，否则，这顿饭她一定是会干预的。

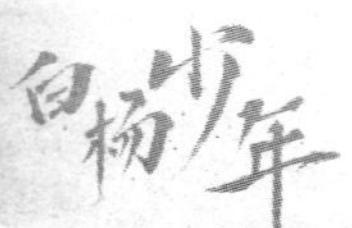

但岔一岔话题，替陆明潼挡一挡火力总是力所能及的，她笑说：“听说蒋先生是有名的制片人，可不可以找您问两句八卦呀？”

“吴小姐也关注娱乐圈？”

“打工人下班之后也就这点消遣了。”

……

这让陆明潼如芒在背的一顿饭，足足三小时才结束。

席上开了好几瓶酒，他胃痛难忍，心情郁结之时，不如平常担得住酒力，散席之时已经醉了，强撑最后一点清明，拒绝了蒋从周叫司机开车送他回去的提议。

吴简安挽了陆明潼一臂，对蒋从周笑说：“蒋先生，我跟陆明潼也是难得一聚，他我领走，去下一摊了。”

蒋从周笑说：“那就不打扰你们年轻人了。”

他上了车，目光仍然落在陆明潼身上，许久，才升起车窗，叫司机出发。

陆明潼上了吴简安的车，望一望车窗外的吴先生，三分礼貌笑意：“我们正在开发的游戏赶着参赛，后面都得加班加点赶工。晚辈确实不善交际，往后，还是不跟吴先生出来献丑了。”

吴先生并不为他这还了人情就急急撇清的语气生气，笑说：“哪里话，我不过就是喜欢跟你们年轻人打交道罢了。回去好好创业，倘有什么周转不开的地方，尽管跟我开口。”

吴简安跟着陆明潼上了后座。

车子启动，驶离这叫人作呕的应酬场，陆明潼瞬间卸下脸上的表情，只平淡地对吴简安说：“谢谢。”

饭局间，蒋从周几番的交锋试探，都是吴简安帮忙打消的。

吴简安转头看他：“你是不是……都知道了？”她并不是非常肯定，因为陆明潼让她看不太透。

陆明潼解了外套，领带也被他一把扯松了，仰靠在座椅后背上，并不应她。

“就为了一个女人，陷到这步田地。”吴简安叹声气，“我叔叔，吃人不吐骨头的主，你何必找上他？”

回城路途遥远，陆明潼靠着车窗小憩，却不知不觉让醉意裹挟着睡了过去。

沈渔手头存积的策划案，目前都圆满落地了。

唐舜尧马不停蹄地给她找了要去新西兰办婚礼的新客户。拓展版图真操实干演练的第一单，唐舜尧很重视，亲自挂帅督战。

这天开会以后，沈渔正在工位上构思方案，小武拎着个包裹过来找到她。

“陆明潼的东西，不知道是不是地址忘改了，寄到咱们工作室来了。沈渔姐，你帮忙转交给他？”

沈渔瞧一眼收件人，笑说：“行。”

不知道里面具体是什么，大概手办之类的，估计预订的时候填了工作室的地址，出货前忘更改了。

这个快递盒杵在办公桌的一角，让沈渔很有想法。

自那次在庄园偶遇陆明潼以后，她有好一阵没见过他了。

心猿意马地加了几小时的班，走之前，沈渔给李宽去了条消息，问他陆明潼在不在清水街。

李宽：“他今天没来呢！”

“有事出去了？”

“多半在家里吧？他社交生活多匮乏，沈渔姐，你还能不知道吗？”

沈渔笑了。

陆明潼住的地方离这儿并不远，沈渔决定开着车绕去看一看。

反正，名正言顺嘛。

到了小区楼下，她才给陆明潼打电话，结果没人接。去楼栋底下呼叫楼上，还是没人应答。

沈渔抱着快递盒，败兴而归。

她开着车倒出去，掉头。

这时候对面一辆保时捷驶过来，堪堪停在小区门口。

后座一个女人下了车，绕去另一侧，打开门，从车里搀出来一人。

沈渔都要走了，不过是驾驶习惯，看一眼两侧后视镜确认路况。赶巧，就看见被搀的那个人是陆明潼。

女的也眼熟，那不输模特的高挑身材，现实中很难碰上几回。

两人进了小区。

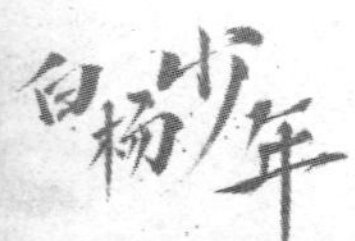

沈渔车停在原地，分分秒秒地挨过了二十分钟，抱着那快递盒下了车，摔上车门。

她跟从小区居民进去，到楼层底下，再呼对讲机。

接通了，一道女声响起："你好？"

沈渔："我找陆明潼。"

"他喝醉准备睡了，请问你是？"

"他女朋友。"

楼上开门后的情景，证明沈渔脑补得狗血过头了。

事实上，陆明潼睡在卧室床上，而那个女人不过是坐在沙发上抽了一支烟。

她的醋意翻腾和怒气冲冲，碰上这么纯良的场面，有点儿尴尬。

女人自我介绍说叫吴简安，是陆明潼的朋友。

吴简安抬眼打量沈渔，似笑非笑地说："陆明潼知道自己升格成了沈小姐的男朋友吗？"

"你认识我？"

"和沈小姐接洽婚礼事宜的人，是我安排下去的。"吴简安不吝词句，将前因后果都告诉了沈渔。

她拿上自己的手包要走，最后说了今晚的事："叫他这样一个人熬在那种尴尬的场合里，旁人都当他是个傻子，我一个外人看了都难受。作为普通朋友立场的一句劝说，希望沈小姐珍惜他的这份心。我谈过无数次恋爱，这样赤诚的男人不多见了。"

她开玩笑说："沈小姐弃之敝屣的话，我可就要下手了。"

陆明潼在一阵剜心裂骨的头痛里醒来，皱眉撑着手臂坐起身，望见窗帘外的天色暗沉。卧室里，只亮着另一边床头柜上的小灯。

他反应了一会儿，掀开被子准备下床，却见被里还卧了另外一个人。

他吓得心跳停了一下，等凑拢去看，发现那叫头发遮住的一张脸，是沈渔的。

他思考半晌，拼不出事情怎么发生的。

他顿了顿，伸手碰一碰她的脸，看她睡得酣沉。

实在受不了自己一身酒气，他先下床去洗澡了。

水声里似裹挟了别的声音，陆明潼一下关小了花洒，听见有人敲门。

沈渔在外面喊他："陆明潼。"

"你醒了？"

"嗯——我有话跟你说。"

"我在洗澡……"

"我等你洗完。"

陆明潼拉开浴帘，瞧见那毛玻璃外的人并没有走。

他被她弄得莫名其妙，不由得加快速度。洗完，他换上T恤和短裤，头发也来不及吹，直接打开了门。

沈渔就在门口站着，让满屋子的热气扑了一下，眼镜微微起了一点雾气。

她应当是在他这里洗过澡了，且自作主张地换上了上一回穿过的那件T恤，细长而白皙的腿，赤脚踩在木地板上。

陆明潼看她一眼，克制着收回目光，扯一张毛巾擦头发，问她："你怎么进来的？问物业要的钥匙？"

沈渔不答，把眼镜摘了下来，拿在手里，走到他跟前，踮脚，双手直接攀上他的后颈，凑拢自己，在他唇上亲了一下。

陆明潼双手还抓着毛巾，她身上的香气，让他有点儿两难，一股焦躁的心火腾起，酒未消尽的凌晨，尤其考验他的意志。

他眨了一下眼，困惑地看她。

就听见沈渔垂下目光说："我输了。"

"什么意思？"他紧跟着想着自己什么时候说过了这句话，瞬间醒悟过来了，挑眉看她，"哦？你碰见吴简安了……"

"我表白的时候不要提其他女人的名字！"

"啊？"陆明潼愣一下，笑了，"你在表白？"

"是啊，我不是承认我输了？"

"你管这个叫表白？"

沈渔被他抢白得有点气急败坏了，干脆地伸手搂他的头低下来，直接去吻。

陆明潼拿起乔来，偏头躲开了："别动手动脚，让人误会。"

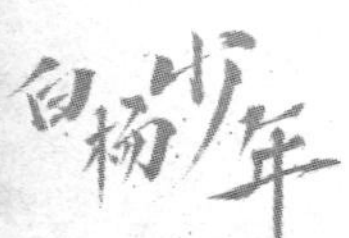

“陆明潼！”她咬牙切齿地叫他的名字，两手扳着他的脑袋，不让他躲，“我叫你跟我在一起！”

沉默一瞬。

陆明潼笑了，神色里三分倨傲：“我又不是不答应，不要用这种杀人全家的语气威胁我好不好？”

他看沈渔因害羞而恼怒，被他气得跳脚，准备松手离开了。

他立即双手去搂她，推后，将她抵在门口的墙边，按着她薄薄的腰肢，低头去就她的身高，沉声问：“想好了？”

沈渔简直受不得他这样蛊惑人心的音色。

他身上带潮意的温度，和荡在鼻尖的呼吸，轻易让她心脏烧起来，又疼又鼓噪地叫她，不要闪躲了。

倘若是下地狱，跟陆明潼一起，又有什么不可以的。

“想好了……”

年轻人的做派，从来是行动大于语言，在她这句话的尾音尚未落下之际，陆明潼已经急急来吻，吞了她的话音和呼吸。

沈渔也有豁出去的心思，因他身上的气息这样干净好闻，他以无限虔诚的心意向她，让她忍不住恃宠而骄，又势必想回馈他些什么。

她踮了脚手臂搂在他后颈，将自己的体温贴近他。

陆明潼抱起她，那么轻的一点分量，仰头不离开她的唇，倒退着往后走去。

陆同学想要个帅的，结果因为看不大清楚路，在茶几那里差点绊了一下。

沈渔扑哧笑出声。

他冷声说：“最好你等下还笑得出来。”

沈渔后背着陆，跌在深灰色的床单里。

不是上一回的，陆明潼换过了。

他有一定程度的洁癖，冬天也保持床单被罩一周一换的好习惯。

陆明潼手臂撑在沈渔身侧，解自己心魔似的，指触自她的足踝开始，一寸一寸往上。

他实在没法忍受她身上这件T恤，吻她的间隙，嘴上还要犯浑：“你是不是故意穿这件的？”

“讲点道理，我上次就……”

他根本不想听解释，如此认定了，拿掉她的眼镜，自左眼始，以很重的力度去吻，去“惩罚”她的不问自取。

沈渔已经觉察到了，陆明潼好似对此很有执念。

“你喜欢我的眼睛？”

“我是喜欢这粒痣。”

沈渔让这触感抓挠得蜷缩脚趾，阻止他这样：“为什么，又不好看？”

“好看。”他哑声说着。

没空再说话了，视觉和触觉占据他大脑所有的CPU，这时候不要什么判断，只凭本能罢了。

沈渔给了他足够多的回应，和上一回全然不同。

她并非那样放得开，却不惮叫他知道自己的热情和决心。

而这就够了。

台灯亮起的那一下，沈渔还是让并不算明亮的灯光，刺得闭了一下眼睛。

等她再睁眼时，他的吻轻轻落在她眼角，问她：“怎么哭了？”

沈渔后知后觉地恐慌，从失陷的生理再到心理，因为——

“没有退路了……”

“我以为，你是深思熟虑了才答应我的。”

“我当然是！”

“我知道，我相信，我们等一下再说？”陆明潼恳求她，“你知道这一天我等了多久吗？让你先属于我，好不好？”

沈渔眼里汪着水泽，鼻尖面颊都泛红，点头的瞬间，又有泪滴滚落下来。昏黄灯光下，晶莹如一颗露珠。

陆明潼真觉得自己要疯了，这个场景比十五岁的梦还让他癫狂。

他吻掉她的泪，再也不留余力，让自己疯，也让她疯。

陆明潼陷入半梦半醒的酩酊状态。

视觉和听觉齐齐地丢失，又在某一刻突然如潮涌袭来。他很是自私地向她征讨这些年欠下的心痛，不顾她并不真切的哀求。

最后，呼吸悬于一线。

他本能地俯身去捞她在怀里，在吻她额上的薄汗、眼角的泪水的同时，

放任自己抵达尽头。

呼吸和神思慢慢回笼。

陆明潼克制自己去冲洗这一身汗的念头，先躺下去搂抱沈渔。

陆明潼捋了捋她额上被汗水打湿的碎发：“喝不喝水？”

沈渔有气无力地“嗯”了一声。

陆明潼套上衣服，走去冰箱拿一瓶水过来，拧开了，递到沈渔手里。

她渴极了，一下喝去大半，递回给陆明潼。

他就着她的手，也喝了些，拧上瓶盖放在床头柜上，抖开了被子，再去抱她。

他问她：“你今天怎么想到要过来？”

“你有个快递寄到了工作室，我给你送来。”

陆明潼一下识破她的借口：“你大可以送到李宽那里去。想见我了，是不是？”

沈渔坦诚地说：“早就想见你。”

陆明潼很受用，偏偏要拿乔：“沈小姐，你没觉得你贱兮兮的？我缠着你的时候，你催我走；不缠你，你自己送上门来。”

“那还是比不过你一缠缠我这么多年哦。”

被子又潮又热，沈渔套了衣服再躺下，将被子掀开一些。

陆明潼立即再将她抱入怀里，好像不舍两人有片刻分开。

年轻男人脸上薄汗未消，沈渔伸手碰他白皙的皮肤，也摹他硬净如玉的五官。她知道矫情俗气得很，可这几乎是本能反应。

陆明潼捉住她的手指，放在嘴唇上碰一下，仍然是骄矜语气：“你今天真落俗套，早知道你吃激将法这一套，我早应该雇个演员来刺激你一下。”

“我才不是被吴简安激的，”沈渔横他一眼，这时提其他女人，是欠揍吗，“你这么想，难道不是小看我，也小看我迈过我们之间阻隔的决心。”

陆明潼立时摆正神色，对她道歉，两句信口胡说的话，让她别往心里去。

沈渔对他说：“吴简安告诉我，你今天去应酬了。”

陆明潼神情淡了几分：“嗯。”

“你回来的时候喝醉了，又说酒话喊胃痛。”沈渔话语里有重重的愧疚，

“就为了我一个不值一提的破策划案,你向人一次次低头。我舍不得你这样。我这样不懂珍惜、任性妄为，上天总不会永远地饶过我吧？即便他愿意，我也不愿意了呀。如果势必会辜负一个，我不想你是被辜负的那个。你不该为我受苦了，我实在是不值得的。”

陆明潼认真地听她说完，合了合眼，回应说：“除了最后一句，我都同意。”

你当然是值得的。

沈渔一直自我定位是个感情方面很迟钝的人。

学步晚，说话晚，连发育也比别人晚一些。

清水街一亩三分地的市井生活，塑造了她的童年，她其实被母亲的强悍性格，和父亲的社会地位保护得好，无忧无惧地长到了十八岁。

叶文琴常说她，做事不动脑子，戳一下才晓得动一下，没个规划，只看眼前。

如果不是家庭骤变，她还将沿着这迟钝的轨迹继续生长下去，如今或许多半顺着叶文琴的意思去了体制内，干一份薪酬不怎么高却很清闲的工作，谈着一个男朋友，不那么着急结婚，但又似乎随时可以结婚。

她原该走上这样一条平淡的路。

沈继卿和许萼华的事情，打破她遮风挡雨的茧房，叫她知道世间更多的，是幸福的假象。

陆明潼的存在，又强迫她去进一步思考，善与恶，有罪的与无辜的，什么事不可豁免，而什么事其实可以饶过自己。

以十八岁为界，她尚且不长的人生可以分作两半。

前一半与父母相依为命，后一半的主题，是陆明潼。

他强势地、偏执地、不可忽略地、横冲直撞地、无孔不入地，又不失投机取巧地，一定要在她的人生占得一席之地。

成长往往伴随疼痛。

而陆明潼是切实地叫她感觉到痛的那个人。

起初她想否认这样荒谬的事实，也驱逐他的存在。固守于清水街，犹如固守回不去的永无岛。

后来发现，她与陆明潼在那样蛮荒而孤独的年岁，在被父母抛下的孤岛

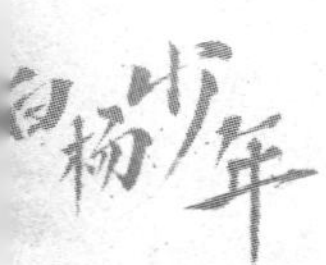

上，相依为命着，互相活成了对方的影子。

除非永远躲藏在黑暗里，否则，人是没办法驱逐自己的影子的。

今天侥幸叫她撞见陆明潼应酬回来。

守他到半夜，听他眉头紧蹙地说胡话、喊着胃痛。

她实打实觉得心疼。

这种感觉，在从前疾言厉色赶他走，看见他眼里隐忍不发的怒气和痛苦时，同样一次次地体会过。

不过这一次，天平终归偏向了陆明潼，让她决心，下一次的痛苦，换自己来承受。

她实在不能想象，将他从自己的人生中剥离。

这些，沈渔都没告诉陆明潼。

只对他说了春节和沈继卿的一番对谈，以及看见叶文琴和朋友的合影，那里面切切实实的，没她的位置了。

她怅然地想，其实也无须凑到叶文琴跟前去，让自己的存在，时刻提醒着叶文琴她失败的前半生了。

陆明潼眉目舒展，他愧疚却坦然，矛盾地受用沈渔想通的理由，但还是追问："这里面真没有吴简安的因素？"

"没有！"

"不说实话是吧……"他手向被里探，吓得她惊叫连连地往后躲，并且求饶。

"好了，好了！"沈渔缩到了床铺的边沿，再动一下就要掉下去了，"她只是导火索，导火索而已，请不要随意拔高她的影响。"她转头将脸埋进枕头里，声音闷沉，"因为我发现，我没法忍受你叫其他人'姐姐'，想象的都不行。"

陆明潼怔一下，朗笑出声。

今天的沈渔，坦率得过于可爱了。

他继续凑过去，无视她的警告神色，赶在她准备下地"逃命"之前，一把将她捞进自己怀里。

他下巴抵着她的肩膀，沉沉的声音问着："吴简安有没有告诉你，我今天为什么被她叔叔喊去吃这一顿饭。"

“她没细说，只说是姓吴的利用了你。”

陆明潼露出一只清亮的眼睛来看她：“你知道我爸是谁吗？”

沈渔瞬间卡壳，想到以前问过陆明潼这个问题，他声色俱厉地说那人已经“死了”。

“架子上VCD封面上的那个人，就是。”

“啊……”沈渔愣了一下，继而惊恐想到，“莫非今天……”

陆明潼“嗯”了一声，将脸再埋下去，不愿细说。

沈渔惶惶难安，不知道怎么是好了，他不愿意说，她也不敢追问，只说：“对不起。”

沈渔不想跟他纠缠，爬起来，要去洗个澡。

现在已经凌晨五点钟。

陆明潼原本是想逗她的，伸手没太用力地拽了一下她的手臂。

沈渔瞪他，谴责的目光。

陆明潼憋住笑，搂她的后背，与小腿弯折之处，将她稳稳当当地抱了起来，往浴室去。

这小公寓自然不带浴缸，干湿分离也设计得略显草率，只拿防水的浴帘隔开。

沈渔落地踩到了冰凉的地砖，后知后觉地羞耻起来，躲在了浴帘后面，只探出头来：“你出去。”

陆明潼俗套地调侃她两句，留了凉拖给她穿，自己赤脚出去了。

沈渔洗完澡，裹上干净的浴巾，趿拉上凉拖走出浴室。

陆明潼懒散地靠着沙发靠背，腿架在茶几上，燃了一支烟，向浴室门口望一眼，自然地就笑了。

“笑什么笑！我还要早起上班的，三个小时都睡不到。”

“请一天假嘛，大不了。”

“你养我啊？”

“也不是不行。”他一本正经的神色，“知道我为什么答应你辞职吗？”

“你不是说，要叫我看见你功成名就。”

陆明潼摇摇头，告诉她，不是这样的。

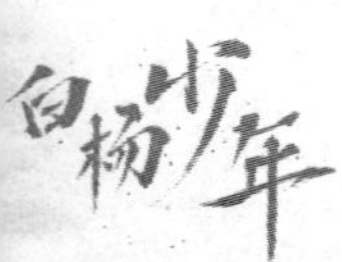

因为酒店取消预订的事，那天那对客户去工作室找沈渔麻烦，他看着客户指着沈渔的鼻子骂她，自己却什么也做不了。

这种无力感叫他难受，也第一次意识到，自己确实在无关紧要的事情上走偏了，也太过任性妄为了。

“所以，我想做到世俗意义上的成功。你哪天不高兴了，就可以辞职不干。”

沈渔不吃他的腻歪话：“那陆少爷知不知道，我信奉手停口停的，才不要依靠男人而活。”

陆明潼笑说：“你可以不依靠我，我却要时刻准备好做你的依靠。”

沈渔什么护肤品也没带，刚刚只在浴室里，用陆明潼的男式爽肤水扑了一下脸。

先前的那件 T 恤不能穿了。她打开他的衣柜，再随意挑了件穿上，将自己摔进被子里，给唐舜尧和小武各发了微信消息请假，用感冒发烧的借口。

她抱着手机，对抗睡意，想等陆明潼过来再一起睡的。

最后，她实在没有撑住。

陆明潼洗完澡，吹干头发，一身清爽地回到卧室里。

不意外沈渔已经睡着了，因为他也感觉到了困倦。

他躺下以后，撑着手臂要去关灯，望见她白皙净透的面颊，长而微翘的睫毛，顿了顿，情不自已地俯身，亲她一下。

继而发现，她手里还捏着手机。

将其抽出的动作，却一下将她惊醒。

她腿蹬了一下，迷迷瞪瞪又不明所以地望他。

陆明潼说：“没事，赶紧睡吧。”伸手揿灭了灯，躺下，搂她入怀。

他感觉沈渔也主动来抱他，往他的怀里钻，汲取他身上的温度一般，呼吸贴近他的耳朵，仿佛半梦半醒的一句咕哝：

“陆明潼，这下我只有你了。你不许背叛我，也不许当逃兵。”

睁眼已是天光大亮。

陆明潼不在床上了，沈渔撑着脑袋去看桌上时钟，时间早过了十一点，她迟缓地记起自己已经请了假。

她爬起床，摘下手腕上的皮筋，一边扎头发，一边走出卧室。

茶几上摆着笔记本电脑，陆明潼赤脚蹲在沙发上，一只手里捏着一支烟，另一只手有一下没一下地敲击键盘。

是的，蹲，而非坐着。沈渔少见他这样奇奇怪怪的状态，眉目间笼一层悒郁，生人勿近的模样。

听见脚步声的瞬间，他换上笑脸，隔着烟雾去看她："我就想看看，你是不是准备睡到下午才醒。"

沈渔不想被他糊弄过去："怎么了，谁惹你不高兴了？"

陆明潼不想开口，但也不掩饰自己的坏心情，合了笔记本电脑，自沙发上站起身，问她中午想吃点什么，他下去买。

沈渔在他通往卧室的必经之路上拦住他，诚恳语气地再度追问一次："到底怎么了？我不是要你一定要告诉我，但你不要叫我担心。"

陆明潼垂眼去看。

她似乎已经理所当然地，将他的衣柜当成了她自己的。她身上这件深蓝色的T恤，宽宽大大地套在她身上，肩膀那一处松垮垮的。

他伸手去拽她衣袖，在她赶紧防护之下，没得逞。

他笑了声："麻烦你赶紧把你的东西都搬过来，别再穿我的。"

沈渔自然听出来，陆明潼是转换话题打发掉她的询问，便也就不寻根问底了，倘若他有他的顾虑。

她推一推他："我去洗漱。"

陆明潼在她身后笑问："你是不是装听不懂？"

"懒得理你。"

她挤牙膏的时候，陆明潼跟过来了。

他换了件宽松的白色抽绳卫衣，搭青灰色的休闲裤。沈渔从镜子里看他一眼，少见他这样穿，显得年纪很小，没毕业的大学生一样。

她不怎么服气地哼了一声。

陆明潼倚着门框而站，这回选择直入主题："搬过来住。"

"不要。"

"为什么？"陆明潼朝着旁边房门紧闭的侧卧扬一扬下巴，"一直空着，就等你搬进来。"

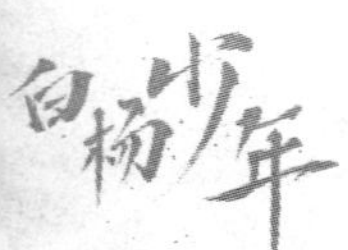

“我上次搬家没多久，太麻烦了，小武那里比较近。”

陆明潼微微蹙眉，不说话了，径直走进浴室，在她身后停下，伸手自她衣服下端探进去。

沈渔正刷牙呢，立马伸臂格挡，但抵不过他两手都空着，且力量悬殊。

“陆明潼！”

他沉肃神色，低头埋在她肩窝处，逼问她：“搬不搬？”

沈渔赶紧几下刷完，吐净口中牙膏沫，漱口的时候，他的攻势也随之升级，让她不得已伸手，撑住了洗手台台沿，转头喝止。

陆明潼挑着眉，再问：“搬不搬？”

沈渔实在招架不住了：“我搬！我搬行了吧……”

她下午得去公司,有个会等她主持,要被他绊住了,不知道几时才能结束。

陆明潼这才满意,搂她脑袋朝向后方,在她唇上碰了一下,暂时放过她了。

中午两人点的外卖。

陆明潼胃口乏乏的模样，每道菜都只动了两口，唯独番茄鱼汤多喝了两口。

“你胃还痛吗？”

陆明潼摇头，说可能饿过头了，反而没什么食欲。

“你早上几点起来的？没吃早饭？”

“十点，没吃。”

他完全一副理直气壮的口吻。

沈渔打了一下他脑袋：“知道自己胃不好，还这么饮食不规律。”

陆明潼笑了笑说：“姐姐这是迫不及待行使女朋友的职权吗？”他永远能将“姐姐”这个称呼拿捏出千变万化的深意，但每一种都不那么正经。

“好好吃饭。”沈渔懒得理他的揶揄，“某人昨天才说要做的我依靠，别身体先垮掉。”

陆明潼笑说她偷换概念，但还是不由自主地提筷多吃了两口。

垃圾交由陆明潼收拾，沈渔将就换上昨天的衣服，准备出门。

陆明潼从门边的鞋柜抽屉里翻出一把备用钥匙,递给她:“晚上过来吗？”

“我得回去换衣服。”

“那就拿了衣服再过来……或者，我今天就去帮你搬家。”

“非要这么着急吗？”

陆明潼将钥匙揣进她的衣服口袋里，退后半步，便换上平日里的那副傲娇神色：“行行行，不催。免得你又要说我太黏人，你需要空间。”

“我说过这种话吗？”沈渔一下笑出声，扬手去捏他的脸，“你这张嘴，能不能饶饶人？”

陆明潼偏头躲过，不喜欢她这样对待小孩子的动作。

沈渔摔上门之后，房间里一下便安静下来。

陆明潼将自己摔进沙发里，头枕着扶手，燃了支烟，没什么兴致，抽了两口就夹在指间不动弹了。

早起，他接到一个电话。

蒋从周打来的，和煦语气，邀他出去吃顿饭，旗号打得十分名正言顺，说是从吴先生那里听来，他正在和朋友创业。碰巧，他在文娱这一块既有资源也有兴趣，想投资一笔，问他可有意向聊一聊。

按理说，这事涉及李宽和江樵，原该跟他们商量再说的。

陆明潼知道蒋从周的醉翁之意，不管其打了什么算盘，他不想叫其如愿。

蒋从周并不气馁他的拒绝，告诉他说，自己还将在南城盘桓一阵，无论如何，想单独见他一面，单纯吃顿饭也好。

就是这通电话，搅和得陆明潼的好心情烟消云散。

蒋从周为了见他，不惜送一个把柄给吴先生，其决心之坚可见一斑。

这正是陆明潼忌惮的地方。

自然，蒋从周不至于拿他如何，可如果蒋从周自顾自地表演起了父慈子孝这一套，也足够让他恶心的。

沈渔开完下午的会，偷闲时间找小武聊了聊，提及自己可能要搬出去的事，承诺帮她挂招租启事，自己的那一份房租，也会交到下一个室友找到为止。

严冬冬离小武的工位不远，听见了对话，转头就在微信上问沈渔，怎么还没过多久就又要搬家。

沈渔拿定主意的事，不会含含糊糊，免得叫光明正大的感情，平白变得不磊落了。

于是她回复严冬冬说，要搬去跟陆明潼住。

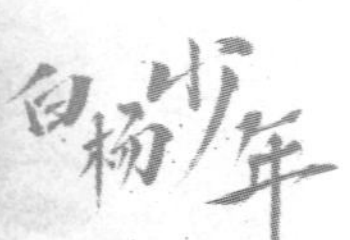

严冬冬发来一个惊恐的表情包。

没一会儿，她就找到一个八百年前所建的，只有三人在的小群，在群里@陆明潼。

“小陆同学，是我想的那样吗？”

“请客请客请客！”

陆明潼浮上来冒个泡，高冷地回复了一个“嗯”字。

严冬冬简直比自己嗑的CP成了真还高兴，刷屏似的询问沈渔，怎么想通的，什么时候的事，今天上午请半天假该不就是跟陆弟弟谈恋爱去了吧？不对不对不对，沈渔姐，你衣服没换呀，昨天晚上莫非……

沈渔：“你们化妆师都是这么的工作不饱和吗？”

严冬冬的一串追问，莫名叫沈渔心里也觉得喜滋滋。她在列表里翻出和葛瑶的对话框，打字：“我有个好消息告诉你。”

葛瑶秒回：“巧了，我也有个好消息要告诉你。”

“你先说。”

“还是你先吧，我怕吓着你。”

“那一起？拼手速呗。”

沈渔：“我跟陆明潼在一起了。”

葛瑶：“我怀孕了。”

片刻，两人不约而同地发了一句粗口表达心情。

如此，怎么能不约一顿饭，这里面可太有说头了。

葛瑶邀请沈渔去她家。确认怀孕以后，她的土豪老公潘岳山已经火速请了一个新保姆，专门照顾她的饮食，那手艺简直绝了。

沈渔今天难得不加班。

她既有热恋中的自觉，也挨不住自己真实的意愿，下班前询问陆明潼，去清水街了吗，没去的话，要不要一块儿吃晚饭。

陆明潼连回两条：

“没去。”

“去了也得赶回来应你的征召。”

下班以后，沈渔开着车到了约定好碰头的地方。

陆明潼还是上午的那一身，白色卫衣衬得他唇红齿白的，招摇醒目的大学生样。

可惜她这辆 polo 实在寒碜，演一出“富婆包养”的戏码都不够格。

初春的傍晚，白日尚未暖透，就已坠入萧寒的暮色里。远处两朵暗云，边缘燃金，也快要掉到高楼的那一头去了。

陆明潼拉开副驾驶座的门，坐上来以后，未来得及系好安全带，先去找她讨吻。

沈渔伸手猛地推开他的脸：“路口有摄像！”

陆明潼笑一声，丝毫不被这一次未遂影响心情。

吃饭的地方不远，且他们运气好，不用等号，到店即有座位。

沈渔翻菜单的时候，总觉得对面的陆明潼高兴的程度有点超标了，比昨晚还甚，不禁问：“你乐什么呢？”

陆明潼却说：“并没有，是你的错觉。”

实则因为，他原本预设，即便沈渔松了口跟他在一起，也不会坦然承认两人关系。没想到她直接告诉了朋友，实在让他觉得意外。他也反思自己，可能确实还不够了解沈渔。

至少，她这样孤勇的另一面，他从来没见过。

一顿饭，有一半的时间陆明潼都在看着沈渔。

明明是很腻歪的打量，偏因为他的坦坦荡荡，反而让她的不自在显得反应过度了。

沈渔实在受不了，拿手挡在自己眼前，也挡他的视线，低声恳求说：“你别看我了好不好，看菜啊，你不饿吗？”

“饿啊！”陆明潼真是占了脸蛋漂亮的便宜，多轻浮的话，让他说出来，也只剩过滤后的一本正经，“可你难道不知道这些不管饱？”

吃完饭，沈渔捎陆明潼回去。

到了小区门口，他却不下车，手臂搭着车窗那一侧来看她，自顾自地安排起了后续行程：“你回去拿换洗衣服再过来。”

“让我好好睡觉吧……犯了一下午的困。”

陆明潼无可无不可的，退而求其次，要讨一个离别的吻。

没等她允诺，他倾身过来，一手撑在车厢顶上，一手捞着她的腰。

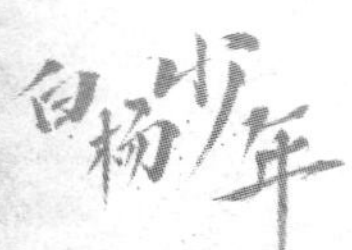

绵长而细密，单曲循环似的让人上瘾。

他在接吻的间隙换一下呼吸，伸手碰一碰她的脸颊，哑声再问："你现在的决定？"

沈渔张口一下咬在他手指上。

生气。

气自己意志不坚定。

择一个周末，在陆明潼和严冬冬的帮忙之下，沈渔搬去了陆明潼那里和他同住。

她的东西不多，因为还有多半都放在清水街的家里。

次卧与沈渔和小武合租那间一般大小，陆明潼曾提议可将主卧换给她，被她拒绝。

事实上，等她搬进去以后，才发现分了主卧和次卧根本没有意义——刚开了荤的人不得餍足，七天里有五天要缠着她的。她也没有矫情到，上一秒刚刚在陆明潼房里，下一秒转头就要回自己屋里。

于是，两人房间的区分渐渐模糊。陆明潼常常在自己的书桌椅子上，看见沈渔随手挂在那里的衣服或是一伸手就能在枕头底下摸到她扎头发的发圈。

他拥有了心心念念的"姐姐"，自然也得一并悦纳她生活上的小缺点，只在偶尔做清洁失去脾气的时候，把戴着干发帽的沈渔箍过来，叫她看看："浴室地板上有多少你的头发！"

沈渔振振有词："没有哪个长头发的女人是不掉头发的，除非我剪成短发，你要我剪短发吗？"

她知道答案肯定是否定的。

果然陆明潼无话可说了，转头郁闷地去网上下单了一台吸尘器，用以弥补家里那台扫地机器人的不足。

沈渔并不会在家务上占尽便宜，家里的日化用品都是她负责补足的，后来还包揽了做饭的任务——听说上一回帮忙找灯笼的那位陆明潼的摄影师朋友，其老公经营着一家中医馆，叫作青杏堂，颇有名气。她便寻了一个空闲时间拜访一趟，要来一张调节肠胃的药膳方子。

陆明潼对此不以为然，说任何事情坚持才能出效果，这么三天打鱼，两天晒网的，能有用吗？

沈渔一句“爱吃不吃”就将他的话堵回去。

事实证明再无厨艺天赋的人，多加练习也能取得一定成绩。

起码如今沈渔不加班，说要晚上自己下厨，陆明潼是会愿意自李宽他们那里赶回去，同她一起吃晚饭的。她厨艺精进缓慢，如今也只能勉强搞定几道家常菜，但陆明潼贪恋两人对坐饮食、一蔬一果的烟火气。

沈渔中饭和晚饭都能随便拿便利店的便当打发掉，早餐却是从不含糊的。

为此，她宁愿早起一刻钟，下楼去早餐铺子买来包子馒头、豆浆稀饭等。

陆明潼这一阵肠胃确实好很多，有时候熬夜写代码，喝冰咖啡的时候，不会轻易胃痛了。

沈渔得意自己煮的药膳起了效果，陆明潼倒觉得是跟她规律吃早餐功劳更大。

同居中鸡毛蒜皮的一些小摩擦，往往两人拌两句嘴就由它去了。

大抵还是因为两人认识得久，这么多年知根知底，好习惯坏脾气，都似掌中纹路熟稔于心，磨合起来没有一点障碍。

和葛瑶的那顿饭，在沈渔搬家不久之后成行。

陆明潼觉得空手过去是不是不合适，沈渔却告诉他：“她要求了不准送礼物的。好像因为孩子不足三个月，怕隆重过了头犯忌讳……本来，她也没对外公布，只告诉了少数几个好朋友。这顿饭的名头也没算在她头上，是庆祝我们两个修成正果。”

陆明潼说一句“真麻烦”，却还是受教神色。

天气转暖多了。

陆明潼一件白色衬衫，搭咖色风衣，利落挺括的面料，衬得他清正英俊。他懒散搭着方向盘的模样，让坐在副驾驶座的沈渔，忍不住多看两眼。

这顿饭，葛瑶也喊了严冬冬去，答谢去年沈渔过生日，严冬冬的东道主之谊。

葛瑶自怀孕以后就不住在原来的那栋别墅了，搬到潘岳山名下的另一处大平层。

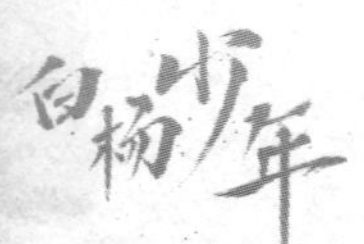

四周环境好，落地窗外即能望见湖景。

葛瑶难得一点妆也没化，穿衣也居家朴素，上衣外面套一件米色的针织开衫，十足贤妻良母的模样。

潘岳山公司临时有事，必须得去一趟，沈渔他们到了以后，他匆匆寒暄几句就离开了，准爸爸哪怕要去加班，也是高兴的劲头。

中午阿姨主菜做鱼，白肉蛋白质含量高，且葛瑶尚未到孕吐的时候，还能吃得下荤腥。

厨房里完全不需要几人操心，葛瑶引他们去阳台上喝茶。

铺了木质户外地板，和经晒的户外沙发，种三两株植物，人坐下没多久就开始犯困。

葛瑶拿公道杯给大家斟茶的时候，陆明潼来了个电话，李宽的。

估摸是催问功能，陆明潼拿上手机起身到客厅去接。

他简短说完，回阳台时，听见葛瑶问沈渔："穷追猛打这么多年都不松口，为什么最终决定答应他？"

沈渔："怕他又发疯。太能折腾了，折寿。"

陆明潼挑一挑眉，很想替自己分辩两句，转念又作罢。这话，当成夸奖来听也未尝不可的。

等陆明潼回到位子上，沈渔反倒开始"清算"了，一个两个的二五仔，惯会坑自己人。

严冬冬好委屈："沈渔姐姐，不带这么过河拆桥地对待媒人哦。"

葛瑶："就是。"

"况且，我们不过就放放风，你自己意志不坚定也要怪我们的吗？"

葛瑶："就是，就是。"

见沈渔瞟来一眼，葛瑶这个打帮腔的笑了笑说："你一茬一茬地遇到烂桃花的时候，就没个觉悟吗？肯定你俩的红线早就绑在一起了，才没有别人掺和的余地。"

"葛小姐怎么怀个孕还搞起封建迷信这一套了？"沈渔一百个的不同意，"我们最终在一起，肯定不是因为捆了什么红线，而是因为我们自己的努力。"

一旁的陆明潼只是笑笑不说话，春日静好天，他弓着腰给几个姐姐续茶，不沾脂粉与红尘，乖巧又干净不过的姿态。

在场唯一的单身狗严冬冬很是受不了，嚷着说自己就不该来。

因是家宴，大家都很随意。

两条清蒸的石斑鱼，让筷子剔得只剩鱼骨架子。

饭饱以后，沈渔想留在这儿睡个午觉，陆明潼则没能有个消停，得去一趟清水街，天生修漏洞的命。

没了男士在场，女生之间的话题简直生猛无忌，尤其有葛瑶领头。

她最近正魔怔地看一部讲姐弟恋的日剧，说要不是已经跟潘岳山绑定了，真想试试年轻小男生的滋味。还有一番高论，是为沈渔定制的——

“四岁差刚刚好，大了代际差距大，小了又没那味儿……陆弟弟这么极品，难怪你……”

沈渔抄起抱枕去砸她，却是重重拿起轻轻放下的。

葛瑶接了抱枕抱在怀里，又问沈渔：“你谈姐弟恋的话，你父母那关好过吗？”

葛瑶不知道陆、沈两人父母之间的那些关窍的，沈渔也没同她细说过。毕竟家丑，只笼统提过离婚是因为父亲出轨。因此她也不知道，年龄其实远远不是沈渔和陆明潼之间最大的问题。

沈渔不是不知道这关终究得过，但也没想急着主动找事，至少，先让她跟陆明潼过一阵清静日子吧。

她便只含混地说，过一阵再告诉父母，等感情再稳定些。

严冬冬就想得更远，说到时候沈渔结婚，她一定亲自跟妆，美美送其出嫁。

沈渔笑一笑说：“好呀。”

却叫这过盛的日光，忽地败了兴。好像她从小就有这个毛病，喜悦到了头，总有一种忧愁，怕这喜悦是不长久的。

沈渔留在葛瑶这里吃了晚饭才走。

捎带送回严冬冬之后，她驱车去清水街接陆明潼。

这也是和陆明潼确定关系以后，沈渔第一次跟李宽碰头。

果然见面以后是明了笑意，他也没多问，叫沈渔找个地方坐，他们修完手头这个漏洞就放陆明潼走。

沈渔说不坐了，回自己家里看看去。

好一阵没回来，家里弥散些尘埃的气息。

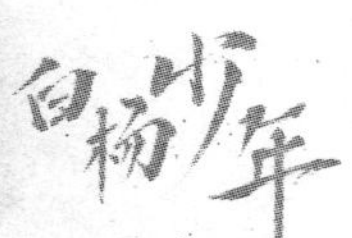

沈渔反正闲得没事，开了窗户通风，拿上扫帚拖把，做了下卫生，顺带地清理衣柜，那些还能穿的春装，也都可以一并带走。

时间过去得不知不觉。

陆明潼那边已经忙完，上来敲门，喊她一起回去。

跟着开了门的沈渔进卧室，发现那已经撤去了床单被罩，单单剩一个床垫的床上，堆了好多衣服。

“都要带走的？”

“不是……”沈渔叹口气，“原本想把不要的衣服也收拾出来扔掉，结果发现是个大工程。”

陆明潼在一堆衣服里，看见那件墨绿色的礼服。

他挑了出来，问她：“这件不要了？”

“要是要的，但我感觉自己长胖了，可能已经穿不下了。”

“没胖。”陆明潼倒是比她还笃定。

沈渔不怎么相信，说要试试。她也不忌惮在陆明潼跟前换衣服，直接脱了上衣和牛仔裤丢在床沿上。

她将那件礼服套上去，略微紧了两分。

陆明潼手肘撑着膝盖，视野前方是嵌在红木衣柜上的一面穿衣镜，年代久远，镜面蒙了一层纱似的不清晰。

镜子里沈渔侧着身，低头去拉侧面的拉链。

好在还能穿上，但比不上去年那样清减的效果。

她扯着裙摆转了转，抱怨自己果然最近太不克制。

她没有听见陆明潼应声，转头却见他正直勾勾地看着自己。浅黄灯光下，自他目光里，淌出十分清澈的欲念。

第七章

既做我的眼泪

陆明潼这天接到一个陌生电话。

那端一道女声，平平稳稳的，自报家门说是蒋从周的助理，上回在餐厅见过一面的。

陆明潼第一反应是要挂断。

那边仿佛料到一般，迅速补充一句：“只耽误陆先生三十秒的时间。”

助理告诉陆明潼，蒋从周前天进了医院，检查结果显示情况恶化了，她恳求他前去见蒋从周一面。

清水街的这一处地方，自江樵和李宽搬进来后，加之帮忙的两位女生时常过来，早给收拾得办公、休闲两不误。

几人都是熬夜好手，通常上午过了十一点才醒，吃过中饭，要到下午两点，才会磨磨蹭蹭地进入工作状态。

这时候已是下午五点，李宽掏出手机来准备点外卖，头上挂着耳机，放着音乐。

他隐约听见对面仿佛往桌上哐当掷了什么东西，急忙摘下耳机去看。

却见陆明潼蹬远了椅子，桌面上他手机离得老远。

李宽有些疑惑：“陆明潼？”

陆明潼没应他，只靠着电脑椅坐了一会儿，忽地站起身，揣上烟盒和火

机，往门口走去将门虚掩。

陆明潼在通往七楼的楼梯上坐下，将烟点着，沉沉地吸了一口。

从栏杆的缝隙间往上望，只能看见七楼顶上的一扇天窗，平常都是封闭起来的，偶尔，会有工作人员搭了梯子上去检修太阳能。

读初中那会儿，三伏天的清水街时常停电，楼上总是敞了门窗让空气对流透风，以此降温。

沈渔坐在门口看书，听见楼下有开门声，都会唤一声“陆明潼”，再支使他，你要出门吗？回来能帮我带支雪糕吗？

她的使唤这么不由分说，她的关心也是。

凡跟同学出去逛街买了什么好吃的，她回来时总不忘分他一些，虽然他义正词严地声明过，那些女孩子喜欢的巧克力、波板糖、蛋仔饼……他吃不惯，以后不要给他带了。

她口头应下，下一回依然故我。

小时候跟许萼华辗转去过好多地方，清水街这里的条件，远远不是最好的，却是叫他最不舍离开的。

所以，他对许萼华的怜悯里永远夹杂恨意。

怎么对骄傲看得那般重要，毁坏起来又那般弃如敝屣？怎么她永远只顾自己的心情，委屈了、闯祸了，都只会一走了之？

可有一回想过他吗？

他们，一个两个，仿佛吃定他不是薄情寡义的人。

血缘、义孝，一层一层地套牢他。

蒋从周住在医院的 VIP 病房。

单人间，带独立卫浴和阳台、可供人休息的沙发，还有一方台子，放置了微波炉、热水壶和小冰箱。

蒋从周躺在床上，身上接着各类检测仪器。

他形容憔悴且烦躁，在敲门声响起的前一瞬，他还在对着助理发火。

助理姓王，穿一身浅灰色的西服套装，脚底一双黑色平底皮鞋，不讲究样式，只图方便走路。

她五官无甚特点的脸上，似给生活磨得只剩下漠然。开门见是陆明潼来了，她向蒋从周汇报的时候，依然是那样平平稳稳的语气：“蒋总，陆先生来了。”

床上的蒋从周一秒变了神色。

他招一招手，叫王助理过来给他摇起病床，再吩咐她，给陆明潼倒水。

王助理搬了椅子到床前，自小冰箱里拿出一瓶小容量的瓶装矿泉水，置于床头的柜子上，掩上门走了。

陆明潼并没有坐，这椅子放置的方式和距离，俨然是常见那种家属探望的架势。

他走到了房间那一头的窗边，任凭蒋从周隔一段距离遥遥地望着他。

蒋从周脸上贴着笑：“我原本以为你不会来。”

陆明潼不动声色地冷淡：“蒋先生找我有何贵干？”

上次会面结束之后，蒋从周回去一细想，笃定陆明潼应当是知道他的身份的，酷似照镜的相同面容，不可能不心生怀疑。

只是他没想到，陆明潼年纪轻轻就有这样喜怒不形于色的定力。

蒋从周望着他，好似望着年轻的自己，酝酿一天一宿的话，临到头了还是踌躇，最后，才抠出一个看似合适的起头：“明潼，如果我说，我并不知道你的存在，你会怎么想？”

当年，许萼华和父母还住在南城。

许萼华刚刚大学毕业，供职于一家出版社。而蒋从周是个名不见经传的歌手，在一个不入流的商业演出团里工作，逢上婚礼、开业这样的仪式，才有机会给人唱两首港台流行歌。

两人经由朋友认识，不久便陷入热恋。

年轻人只顾冲动，未曾考虑过后果。

一天，许萼华跑去蒋从周上班的地方找他，两人一会面，许萼华便期期艾艾地告诉他，自己怀孕了。

蒋从周丝毫不觉得喜悦，反而有大难临头的恐惧。

一则，他一穷二白，初中毕业以后就没正经读过书，攀不上陆家这样高知的门楣；二则，那时候他被首都来的一位星探挖掘，合同都签好了，不日即将北上，正式出道。

他担不起，也不愿担这样的职责。

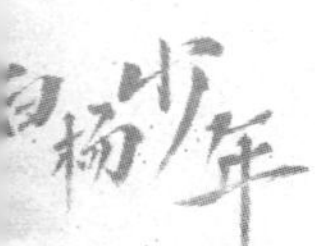

他回去思来想去，叫许萼华将孩子做掉，等他去了首都，事业有起色以后，他定然回到南城，光明正大地上门求亲。那时，他们再要一个孩子也不迟。

“我叫萼华回去考虑考虑。过了半个月，她来告诉我，她已经去医院动过手术了。她没别的要求，只想跟我一起去首都。”

那时候，蒋从周不过二十岁，比许萼华还要小两岁。他希冀北上便是飞黄腾达，当然不可能带上一个累赘。于是，他哄骗她，他先去，等找好地方，落稳脚跟，再将她接去。

年轻男人被野心蒙蔽，从不以为自己心狠手辣。到了首都，他便斩断原来的所有联系方式，将南城让他灰头土脸的一切，以及此生唯一一次动过真心的感情，尽皆捐弃。

蒋从周一字一句，在心上定自己的罪：“我万万没有想到，萼华并没有……”

在并不知晓“蒋铮”这个人之前，陆明潼想象过诸多情况，许萼华为何会未婚先孕。

其中一种，他自己最喜欢，也一度信以为真：或许自己父亲是一名军人，因公牺牲，以至于许萼华悍然决定留下遗腹子，以作念想。

知晓自己的父亲，多半只是个不入流的歌手以后，陆明潼也有过诸般想象，其中最让他能接受的是，外公棒打鸳鸯，许萼华决定留下爱情的结晶。

但他没想到，今日听闻的真实故事，远比他以为的狗血、低级、俗辣。

陆明潼胃里翻江倒海犯恶心，不喜对方贸然亲切地叫他“明潼”。

他神色始终漠然：“我听不明白蒋先生究竟有什么用意。”

蒋从周和现在的妻子结婚以后，一直无所出。

后来他才知晓，时时要他瞻仰供奉的这位千金小姐，读大学时就为当时的男友流过两次产，不孕或许就是那时没恢复好落下的病根。

对此他无所谓，甚至坚定了自己出人头地的决心。

他隐忍狠辣，杀伐决断地经营了这些年，终究，他与妻家相互制衡，甚至隐约要压过一头去。

个中情由，蒋从周没有细说，只笑一笑说：“我打算开一家互联网公司，配齐团队和职业经理人，你和你的朋友，尽可以随心所欲做研发。往后的发行渠道……”

“蒋先生，”陆明潼打断他，“我自认为，单凭自己的能力，我也能做到自己标定的高度。无功不受禄，蒋先生可以将财富赠给更需要的人。”

他一口一个生疏的“蒋先生”，噎得蒋从周更热切的话也说不下去了。

蒋从周背过脸去咳嗽几声：“你不收，可我的遗嘱里却不能不记你一笔啊。”

陆明潼沉了脸色。

蒋从周又说：“明潼，实不相瞒，我没多少时日可活了。”

蒋从周在病情恶化，住院的这两天里，生生死死都想过一遍。

近日医生判了他的死期，左右不过就一年时间了，叫昂贵的靶向药吊着，兴许还能从死神手里抠回一些余地，但至多三年，也就到头了。

人都是贱种，尤其将死之人，从前发愿要摒弃的一切，而今却急吼吼地只求弥补。

他怕到了地下不得瞑目。

陆明潼沉冷一笑：“可见，别人的尊严，还是比不上你成全自己内心的平静更重要。我二十多年的人生，从来没有你这样一个角色，往后也不会有。你很会道德绑架这一套，但恐怕你一点也不了解我。”

最后，他不惮将话说得更难听些：“配合治疗，好好保重身体吧。出于礼节，你的吊唁礼上，我愿意出席一程。”

沈渔最近忙得很，为了那单新西兰举办的婚礼策划。

一切合作伙伴，都得去跟当地的谈，尤其鲜花供应商。

她虽然只是领导者，协调人手，跟进任务，手下搞不定的，少不得要她亲自出马。

晚上她发了条消息给陆明潼，叫他自己吃晚饭。

加班结束之后，她开车回到住处，在附近小店里打包了一些夜宵，提着上楼去。

往常这个时间点，但凡不是要赶功能，陆明潼就已经从清水街回来了。结果开了门才发现，家里黑灯瞎火的。

她伸手摸门边开关准备揿下去，黑暗里分明一点红星亮起。

她吓得心脏跳出嗓子眼：“你怎么不开灯呀？”

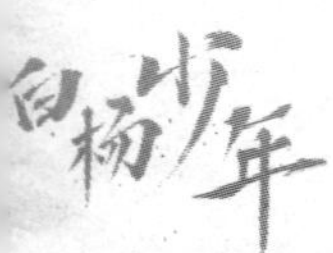

没有应声。

沈渔后知后觉地嗅到了烟味，打开了灯，放下打包的东西，蹬掉通勤鞋换上拖鞋，便着急忙慌地走过去。

年轻男人头枕在沙发扶手上，脸上少见地浮一层戾气。

沈渔跪在他的拖鞋上，伸手去探他的眉宇："怎么啦？"

陆明潼不想让自己的烦躁牵涉沈渔，起身摁灭了烟，想去洗个澡，冲掉身上浓重的烟味。

沈渔瞥见烟灰缸里，好些烧尽的烟头，于是想也不想地一把拽住他的手腕。

他还没来得及完全起身，给这一下拽得又跌坐回沙发上。

沈渔仰头看他，一副担忧神色："到底怎么了，有什么是不能跟我说的吗？"

陆明潼顿了顿。

他不由自主地，又团着拳头去抵着胃部。

沈渔望一眼，站起身，轻车熟路地去给他找药："你是不是没吃晚饭？"

"嗯。"

"……"

沈渔把玻璃水杯重重搁在面前的茶几上："你可以有话不告诉我，但不顾惜身体，又要让我来为你担这个不明不白的心。我这么不值得你信任吗？还是你觉得，我们只是表层意思的在一起，一起吃饭睡觉就够了？"

陆明潼立即说："不是……"

他要去抱她，却被她绷着脸，按着肩膀推开。

"你先把药吃了！"

小餐桌上方垂着三盏筒形吊灯，布下的暖光很漂亮，照射得食物色泽更好看。

通常，餐桌上是两个人聊事情、培养感情的地方。有时候，沈渔会开一集综艺、动画或者电视剧，两人边吃边看。而陆明潼即便不感兴趣，也会陪着她一起，间或就节目内容吐槽几句。

沈渔一一解开盛装夜宵的塑料袋子，将一次性方便筷掰开递给陆明潼。

也是很巧，回来看见有卖玉米南瓜粥的，她的身体早被一整天的加班掏空情绪，急需一些热乎的东西，就叫人打包了一碗，现在给陆明潼这个病秧子吃正合适。

沈渔自己吃蛋炒饭，和一些卤过的素菜，藕片、土豆片、海带结等。

她屡次打掉陆明潼伸过来夹菜的筷子。

小朋友不高兴了："这粥很清淡啊。"

"叫你不吃晚饭。胃痛的人不配吃这么辣的东西。"

"你是我女朋友还是我妈呢……"

"有必要的时候，我还能是你大爷。"

陆明潼自知理亏，不辩驳了，乖乖喝粥。

在照顾他这件事情上，沈渔具有不可挑战的权威。

他是食欲淡薄的人，有一勺没一勺地喝着。

但食物香气、浅橙灯光与沈渔的存在本身，还是感染他，让他从这些之中汲取了暖意，便慢慢地告知了沈渔，蒋从周的事。

沈渔气得要掀桌子："他怎么还有脸来认你？"

陆明潼说，自己不会认他的，原本生命里，这人就是缺席，今日愿意去见他，只是想听一听当年那个故事的真貌。

他又告诉她，为了拒绝这份不该属于他的职责，他拒绝了一家互联网公司："照他所言的配置，市值至少是上亿级别的。"

沈渔睁圆眼睛："你居然是身家上亿的富二代哦。"

陆明潼似一下被她戳到自尊地骄矜起来："你觉得我需要靠别人来定位自己？"

"当然不需要。你看，我不是心安理得地住着一千五百块一间的次卧吗？"沈渔笑嘻嘻地说，"这个价格等同于精准扶贫了。"

吃过饭，洗漱过后，沈渔征用了陆明潼的电脑桌，查一些资料。

陆明潼洗过澡了就挨过来。

他非常直接，不来虚的，按上了她的笔记本，谴责她，最近熬在工作上的时间长得过了头。

"你讲点良心，我回家的所有时间都被你霸占了……"她话没说完，已经双腿悬空地被他抱起。

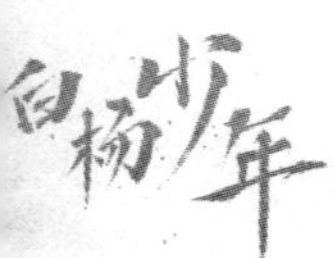

结束以后，去浴室简单清理。

沈渔躺下之前，给香薰机定了时。大灯都关上，浅黄色的柔和灯光里，雾气袅袅，弥散着她最喜欢的血橙香味。

有些话适宜餐桌上说，有些话，更适宜睡前耳语。

陆明潼自背后抱沈渔，对她说，即便他与蒋从周，实质上只是陌生人，听其安排后事的语气忏悔生平，他依然有片刻觉得于心不忍。

沈渔说：“心软是我们共通的弱点。但我知道，你不会让人利用这个弱点来伤害你自己的。即便你有不坚定的时候，还有我呢。未经我同意，谁也不准动你，因为你现在彻头彻尾是我的人。”

陆明潼笑了：“姐姐是想支配我？”

“……”沈渔觉得他话里的语气变了味，不敢说话。

蒋从周的事情，远未结束。

他几经辗转地联系上了许萼华，后者多年后再度踏足南城。

许萼华是跟蒋从周见过面以后，才联系陆明潼的，她只字不提蒋从周的事，只说已经订好了后天回程的机票，走之前，想跟他一起吃顿饭。

陆明潼应承得很不悦，明显知道她为什么回来，并且丝毫不同意她这个决定。

许萼华住在离机场很近的一家酒店，与陆明潼约饭的地点，也离机场很近，特意地、远远地绕开了清水街。

陆明潼在清水街那边待到傍晚，抄上外套出门。

薄薄的暮色，沿途的花正在败谢，整朵整朵地落了一地。

在陆明潼抵达吃饭的地点时，天已经彻底黑了下来。

许萼华坐在西餐厅的户外，穿一身连衣裙，后背系着一件薄薄的针织外套。提包置于另一张椅子上，椅背一角挂着一顶黑色的渔夫帽，手边放着她的墨镜。

她站起身，暌违已久的激动，只压缩在目光之中。她怕任何神情和肢体语言的吐露，对陆明潼而言都是一种冒犯。

陆明潼的神色再平静不过，坐下接了菜单，随意翻了翻，点了一份黑胡椒肋排。

一排户外灯，互相干涉，形成很是复杂的光影效果，将许蕁华笼罩其间。她依然不怎么见老，只是每一回见面都很瘦，且一回比一回更清减。

陆明潼对她有怜悯亦有憎恶，但面对面时，终归是前者会压过后者，有时也有一种恨铁不成钢的咬牙切齿：你反正已经身败名裂，何必不更自私些让自己过得更好，永远在钻一些不相干的牛角尖。

许蕁华自然也在打量陆明潼。

看他在白 T 恤外套一件黑色的运动外套，眉目较之上回所见更有硬朗之感。应当不是错觉，常常萦绕他的一种疏冷的孤僻之色，减淡许多。

这些年，母子两人见面次数少之又少。

微信上倒是保持着固定频率的联络，虽然也不过是些嘘寒问暖的浅表关心。

他们的会谈，往往是开门见山的，这一回亦由陆明潼开始，问她：“你回来见蒋从周的？”

“已经见过了。”

陆明潼只是蹙眉，没追问见面后他们都谈了些什么。

许蕁华有整个都被他否定的感觉，这种极有挫败感的认知，让她很难继续开口了。

一顿饭，不过是将微信上的那些嘘寒问暖，面对面地又照搬下来。

两人吃东西都不怎么在行，饶是许蕁华有意拖延，一顿饭还是很快地到了尾声。

陆明潼喊来服务员买单，不大耐烦地驳回了她想付款的要求。

服务员将杯里的柠檬水添满。

他们沉默了一会儿，都没主动说走。

直到许蕁华请求：“这里离我住的酒店不远，能陪我走过去吗？”

过去只有一公里的路，脚程再慢，二十分钟也会走到了。

许蕁华到底不想浪费这一次会面的机会，这不甚明亮的夜色给了她一些决心：“明潼，你是不是恨过我擅自任性地将你生下来，让你受了这么多年的苦？”

陆明潼没有应声。

在他看来，有此一问就很自私，好像是把刀塞进他手里一样，伤人不伤

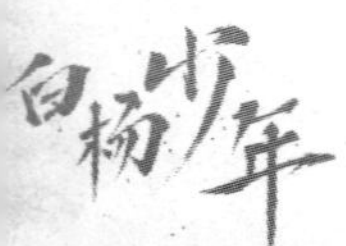

人的，那终归是利器。

非要他回答的话，他应该会说，没想过这个问题。

许萼华："原谅我从来不是一个合格的妈妈。可我生下你绝对不是为了赌气，也不是为了留待今天跟蒋从周对峙。"

她告诉陆明潼，那时候她都找了靠得住的朋友联系好了医院，预备做手术。躺到了手术台上，望见那冰冷的钳子，她突然心生觳觫。她怕那钳子搅碎的时候，那条生命会疼。虽然护士告诉她，不至于的，胚胎还没有知觉。

她还是下了床跑掉了，在医院后方的墙根处不住干呕。

陆家因为此事蒙羞，她在那些刻薄之中，始终抬不起头来。

但在胎儿逐月逐月长大的过程中，于母性的本能之处生出一种孤勇。

她有赖以生存的本事，不是不能养活孩子。

许萼华说："明潼，你并不是憎恶的产物，至少那时候我与蒋从周是相爱的。"

这一番话，让陆明潼没法反驳。

他之所以扭曲了是非去维护许萼华，正因为，长大的过程中，许萼华从未出于主观意愿地伤害过他。凡她所能，必然会给他最好的。

只是她的人生不只有他，还有更多叫她不适从的东西。

她前二十二年的人生被陆家保护得太好，未历风雨，也从未修得为人处世的圆滑。且她从事艺术这一领域，原本就有更敏感、脆弱的心性。

因此，她唯有不断地逃离那些叫她难过又手足无措的环境。

许萼华继续说，这次回南城，见蒋从周一面，也并非为了清算爱恨，不过了却自己的一个心结罢了。因为她早就没有了爱和恨，只有隔着尘世的大雾茫茫。

她一生的颠簸自那时开始，跌过无数的跤，漫长的余生都在为自己的选择承担后果。

陆明潼不得不出声打断她："别说了。"

因他实在不愿意当面驳她：你承担了什么后果？后果，是叫我们这些心软的、离不开又挣不脱的人承担着的啊。

许萼华顿一顿，住了声。

她一腔非要就此摊开的决心，让陆明潼冷声一打断，就有些泄了气。她将两手抄进外套的口袋里，低下头去，陷入无所适从的尴尬和惭怍。

陆明潼看她一眼：“今天出来，也是因为有一件事要告诉你。”

他没有犹豫地脱口而出，语气是不容置喙的告知：“我跟沈渔在一起了。”

许萼华惊怔之下，有许多话想说，但她是失却立场的始作俑者。

她自己原本就是悖逆的坏榜样，比较起来，陆明潼的这个决定算得了什么。

而且显然，陆明潼并没有预备要听她的意见。

沉默许久之后，许萼华问：“你考虑好了吗？”

陆明潼说当然，这么多年的时间，足够他将这个问题想得透彻。

许萼华无法言之凿凿地告诫什么，但她的这半生，经验没多少，教训倒是挺多，因此，不管陆明潼听与不听，一些话总是要说。

“明潼，我这么说，不是在质疑你的决心。你了解小渔的妈妈是怎样的性格，也应当知道，你们将要遭受的干涉绝非来自我，我没有这样的道德立场去左右你的人生。客观而言，这个社会女性总要比男性遭受更多苛责，希望你的考虑里，包含了小渔所要承受的那一部分非难。”

她是典型的，知道很多道理，却过不好自己这一生的人。

许萼华这一番话全然是站在沈渔的角度为她发声，因此陆明潼没有什么抵触情绪。

许萼华转头看他一眼。

在她自顾不暇的地方，陆明潼悄然成长为如今这般芝兰玉树的模样。

她之一生，囿于世俗和不道德的樊笼，各个角色都是失职，尤其做母亲。

他们两人之间的裂痕，远非言语可以修补，也早就错失了可以推心置腹的时机。

也是基于这样的认知，她觉得，倘若有另外的人能陪着他，治愈他的那些疏冷孤僻，她没有不支持的道理。

因此，告诫之外，他再由衷地多了两句祝福：“我知道你是拎得清的人，真到那时候，你要做她的主心骨。选左边没有错，选右边也没有错，最忌摇摆不定左右为难。

陆明潼难得地“嗯”了一声，应承下她这句话。

哪怕他的口吻并没有那么认可，也使她受到了一丝慰藉，让她觉得，自

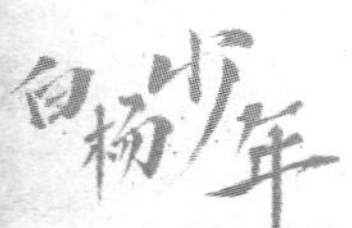

己还是在母亲这个角色里的。

末了，许萼华说：“小渔不会愿意见我，你也别告诉她今天见过我。往后你们过好自己的人生即可。”

“家庭”于牵涉进这一桩旧事的所有人而言，都已经是一个解构的概念。所以，也无须去追求世俗意义上的圆满了。

“求仁得仁，你要笃定。”

他们在酒店门口分别。

临别前许萼华问陆明潼，江城那边，他舅舅的儿子要订婚这件事，他知不知道？

“舅舅给我寄了请柬。”

许萼华苦笑说：“还真是原则分明。”

“你没收到？”

“没有。”许萼华也不甚在意，更不会愿意去当一个不受欢迎的人，“你想去的话就去吧，不去也没关系。但我的建议是，带上小渔过去看看。不参加订婚宴，单纯散散心也好。”

她没有说出自己的担忧，她不想看见两人独木难支，被外界的流言蜚语消磨决心，至少有个大家庭作为依靠总是好的。

许萼华：“外公，还有舅舅，都是喜欢你的。不用为了我的立场去和他们生龃龉，我不值得的。别把路走窄了，也别太清高。”

这些都是她自己做不到，却希望陆明潼能够听进心里、柔软着陆的祝福。

和许萼华分别之时，时间还没有太晚。

陆明潼直接回住的地方，快到达时给沈渔拨去电话，问她下班没有。

沈渔今天没有加班，这时候在附近一家麦德龙，因为爷爷快过生日了，她想买点东西带过去。

沈渔问他：“你要来吗？”

“你不是都快买完了？”

“我提不动啊。”理所当然要把他当苦力的语气。

陆明潼在超市里找到沈渔。

他自许萼华那处来，情绪本来消沉，望见货架与货架之间，沈渔身体压伏着购物车往前哧溜一阵，跟个小孩子一样幼稚。

莫名地，就似从暗处回到了光明且温暖的地方。

他走近一看，才知道她说的“提不动”所言非虚，购物车都快满了。除了给爷爷买的东西，还有趁着打折买的米面粮油、日化用品。

“你要把超市搬空吗？”

沈渔谴责他，以前一个人住的时候，没觉得日常用品消耗这么快啊，尤其洗发水和沐浴露。

饶是她这么编派，陆明潼还是从她手里接过购物车自己来推：“你头发这么长，说我消耗快？”

“你一天洗两次！”

这是陆明潼的习惯，早晚各要洗头洗澡一次。有时候早上沈渔急着用厕所，在门口跳着脚骂他，他施施然说，你多骂一句，我就多拖延一分钟。

陆明潼：“不就是想让我付账嘛，我付就好了。”

俨然已经有家主的派头了。

沈渔傲气地说：“我才不会占你便宜。”

她在房租上承担了小头，就要在生活开支上多承担一些，很朴素的男女平等的思想。

陆明潼不是没说过要把自己的银行卡都上交的话，但都被她以两人还没结婚，不能在财务上这么混淆的理由驳回。

陆明潼将几大袋东西置于车后座，再去拉副驾驶座的门。

从这里到家里很近，沈渔为了方便运东西才开车出来的。

她开车有自己的习惯，其实她的驾龄已经不短了，每回上路还似考科目三的谨慎，遇上变道不打灯的，总要埋汰别人几句。

沈渔觉察到陆明潼一臂撑着车窗，要笑不笑地望着她，便问：“看我干吗？”

陆明潼笑一笑说没什么。

沈渔目视前方，沉默片刻，想到什么般的语气说：“对了，我爷爷过生日，你要不要去呀？”

陆明潼不信她是临时起意，恐怕暗地里考虑过很久了，才拿捏得出这样轻描淡写的神情。

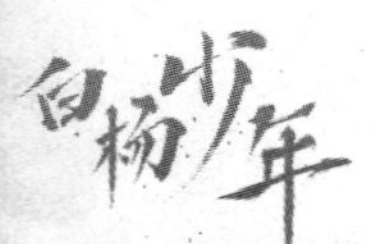

“你爸也回来？”

“他过一阵可能要回南城工作了，跟厂里已经辞职。厂里安排了他做工作交接，涉及一些技术培训方面的事，他最近都脱不开身。”

“他为什么突然打算回来？”

“可能被我骂的。”沈渔自嘲，“他想明白了，待在爷爷跟前照顾爷爷才是尽孝和负责任。”

对沈继卿的这个打算，沈渔是不置可否的。因为沈继卿回不回来，对她而言没有任何影响。但对爷爷的意义不同，这儿子再怎么犯过浑，能在跟前待着，总比远隔他乡的好。

沈渔转头望他一眼：“去吗？”

陆明潼少见地不给她干脆利落的回复。

沈渔完全明白他在想什么：“你信吗，如果我们家有一个人会毫不犹豫地接纳你，那一定就是爷爷。”这是她对爷爷的自信。

活到那年岁的人，没什么想不开的，且爷爷一直劝她，要学会自己给自己找甜头，没道理她把“甜头”领上门了，爷爷却要拒之千里。

陆明潼只说：“如果不会让爷爷扫兴……”

沈渔说：“你敢拒绝的话，就要先让我扫兴了。”

春日，城西老街的洋槐都开花了，树荫下一蓬一蓬的幽香。

沈爷爷的生日在星期一，沈渔跟他说好了提前到周日来过，带男朋友上门。

男朋友下了车以后便惶惶惕惕的，半点也无平日的镇定自如。

沈渔分了东西让他提着，自己腾出一只手来，去牵一牵他的。他手指冰凉，掌心薄薄的一层汗。

沈渔嘲他：“你第一次跟我表白的时候都没这么紧张。”

陆明潼说不一样的。

“哪里不一样？”

“今天要见的人，不但能把我扫地出门，还能把你也扫地出门。”他笑起来的时候，才有些平日蹚雷蹈火的不畏惧。

沈爷爷听说小鱼儿要带新男友来见，高兴得很。

他上了年岁以后，本来睡眠时间就短，今日更是起个大早，屋里屋外，来来回回地洒扫一清。

沈渔最近厨艺精进不少，说今回非要在他跟前卖弄一下不可，叫他不要急着做饭，放着她来。

虽然如此，沈爷爷还是早早地煲上了汤，松茸花胶老鸭汤，食材都是自己精挑细选过的。

巷子里静，又是尚未到中午热闹的时候，凡有脚步声经过，屋里总能隐约听见。

沈爷爷在厨房里看着火，听见这一回那由远及近的脚步声是停在自家门口了，立即起身去迎接。

门前枝繁叶茂的一棵树，风摇影动之下，走出来两个人。

沈爷爷先看见沈渔，自家孙女儿今天穿一条白色的针织连衣裙，干净得如玉兰花的花骨朵一样。

自然地，他的目光掠过了沈渔，再继续往她身后望去。

青年白衣黑裤,修长玉立,俊俏的一张脸,叫沈爷爷熟悉之间又觉得陌生。

等想起来这人是谁以后，他结结实实地吃了一惊，转而笑说：“小陆，好久没见了。”

陆明潼乖顺地说了句“沈爷爷好”。

沈爷爷又笑说：“快进来坐吧，一会儿就开饭，再等一个人，等小鱼儿的……”男朋友到了。

沈爷爷意识到什么似的，笑容和声息渐消，暗暗抽一口凉气，蓦地再看向陆明潼。

沈渔却还在追问：“等我的谁？我爸？他不是不回来……”

“不等谁！你赶紧叫小陆进来坐，看茶……我，我看看火去！”沈爷爷溜得飞快。

沈渔看向陆明潼，邀功般的神色：“看吧，我说了爷爷不会说什么的，待你多热情！”

陆明潼看着她，一脸看傻子的表情。

陆明潼并不是第一次到沈爷爷这里来。

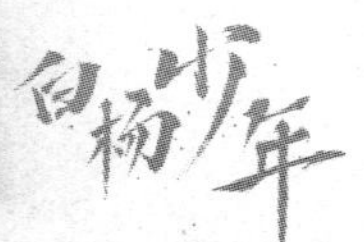

在两家尚未交恶之前，有几回周末，他跟着沈渔过来玩。

沈爷爷印象中的陆明潼，一直都不怎么喜欢凑热闹。

有一回，沈爷爷有事脱不开身，叫陆明潼帮忙看一会儿铺子。等沈爷爷忙完事儿回来，陆明潼还在那玻璃柜台后面乖乖坐着，也没玩手机。

他把放在盒子里的钟表零件拿在手里，对照着旁边一块拆开了后盖的手表仔细研究，似乎试图自己组装一块出来。

没系统学过，自然不可能仅凭观察就能做到，他却一点儿不气馁。白白净净的一张小脸，嘴唇紧抿，十足认真地拨一拨表冠，看看齿轮与齿轮之间是如何啮合转动的。

小少年心无旁骛，连沈爷爷进门都没觉察，直到沈爷爷出声，笑说："对这感兴趣？"

他这才回神。

他沾了一手的机油，去里间水龙头下打肥皂洗净，再回到柜台边上。

好像一道数学题解不开似的耿耿于怀，他便央沈爷爷给他讲解，这些大大小小的齿轮，究竟是怎么组合起来的。

那天，沈爷爷给他讲了一下午的机械手表运作原理，从识别齿轮、柄轴、擒纵叉、条盒等零部件开始，再到它们怎样组成原动系、传动系、擒纵机构……

沈爷爷没告诉陆明潼的是，当年他学修手表，是正儿八经地跪地叩头拜了师的。师父更叮嘱他，这手艺虽小，找继承人亦不可马虎，倘若找不到，宁可让它失传。

只是现在电子产品普及，戴机械表的越来越少，沈继卿与沈渔更对此没有丝毫兴趣。他一身绝学隐于世，虽说可以自得其乐，有时候也未免寂寞，也想叫旁人知道，其实表盘大小的方寸天地里大有乾坤，其乐无穷。

所以，那天才不厌其烦地同陆明潼讲解，倘若不是时间不够，他恨不得倾囊相授。

后来出了那档子事，两家断绝来往。

直到沈爷爷高血压犯了被送进医院，陆明潼陪同沈渔一同前去，才又得相见。

那时沈爷爷躺在病床上自顾不暇，也没机会同陆明潼说两句话，一瞥之下的少年，比及当年午后跟他学修手表的乖巧学徒样，长高了，长大了，神情却多了一层阴郁。

今天再见面，他的眉目更舒朗些，一副能担起事情的男子汉模样了。

沈爷爷在后面厨房里，花了几分钟时间，消化了沈渔带给他的“惊喜”，转头，换上笑脸面出门去。

看沈渔在餐橱里翻来找去的，他指点她：“最右边的罐子里是太平猴魁，你拿这个给明潼喝。”转头笑看着在一旁红木凉椅上拘谨坐着的青年，“年轻人喜欢喝绿茶，是吧？”

陆明潼当然听出来沈爷爷的称呼由“小陆”变作了“明潼”，语气里带点儿长辈称呼小辈的那种特有的亲昵。

他笑着应承说：“我不懂茶，听爷爷安排。”

他也自觉自发地，将“沈爷爷”的“沈”字略去。

泡茶的水，是沈爷爷亲自掌着火候的，将矿泉水烧到连续冒小气泡的“蟹眼水”状态，即可。

沈爷爷指给他看，说茶叶舒展开的过程，好似小猴子嬉闹，“猴魁”因此得名。

他这还在讲解呢，对面沈渔已经拿着盖碗喝起来了。沈爷爷白她一眼，说她这是牛饮。

这边厢，陆明潼尝了茶，说好像有股兰花香。

“哎——”沈爷爷拖长了声音，满意地说，“这就是猴魁的特色，甘甜清新，淡中有真味。”

沈渔这时候放了盖碗，叫爷爷跟陆明潼继续聊茶经，她去厨房烧菜去。

她起座转身前，拿夸张口型对陆明潼说了句：“狗腿。”

沈爷爷给茶碗里添第二泡的热水，目光自陆明潼脸上细细地查看，话语却轻描淡写的温和，问他：“这些年很辛苦吧？”

陆明潼觉得自己枝枝蔓蔓的岁月，都被沈爷爷这一问点了题。平白地，让他不怎么兴起波澜的心里，有了那么点儿难过的意思。

他笑一笑说：“还好。”终归有苦有甜。

沈爷爷不想拿一些俗话套话去卡两个年轻小孩儿。

沈渔的性格他再了解不过了，平庸不冒尖，今天做出这么个冒险的决定

来，一定不是一时兴起昏了头。

而陆明潼年纪小小就能耐得住性子，有种超越年纪的静定。这样的孩子，他也断然不忍心去问陆明潼，你真考虑好了？

人是惯爱吃甜不吃苦的，挑明眼人一看即觉得“昏了头”的路去走，还能有没考虑好的道理？

于是沈爷爷只说：“很好。”

肯定或是祝福，都在这两个字里了。

他又说：“往后你可以多过来走动走动。跟小鱼儿吵了架，我这儿也是个来处。”

他心里盘算着，还真有把一生钻研传授给陆明潼的打算了。

陆明潼笑说：“别让沈渔听见了，说我策反您。”

“对对，我们悄悄的。”

喝了会儿茶，沈爷爷往厨房去一趟，看沈渔要不要他打下手。

沈渔早计划好了做什么，头天晚上给爷爷发了消息，叫他帮忙提前买好所需食材。

水槽里沥着洗净的小虾，砧板上铺陈开粗细差不多平齐的青笋片。

切得慢归慢，到底是有了一些正经做菜的架势了。

沈渔拒绝了爷爷打下手的提议：“我自己能行，您信我一回！您跟陆明潼玩去吧。”

沈爷爷笑了笑，只能又出去了，叫她看着点火儿，再煲十分钟，就可以给老鸭汤调味。

陆明潼和沈爷爷在外面客厅里，闲聊些自己留学时的经历，又过去十几分钟，听见厨房里油花扑哧声，香气一缕一缕传来。

陆明潼起身，说去后厨看一看。

这一整套房子都是水泥地面的。早些年沈继卿想出钱重新装修，贴上时兴的瓷砖，被爷爷拒绝。他就喜欢水泥地方便打扫，盛夏时节，浇些水让它阴着，不用风扇空调也凉快得很。

不过为了方便抹擦，灶台倒是贴上了白色瓷砖。

厨房一扇窗户向阳，旧样式的木窗，窗棂是孔雀绿色，玻璃也比如今的那些欠缺些净度，没那样透明。

阳光照进来，在地上铺上长形的亮块。光线在白墙上漫射，一屋子都是亮堂的，却不刺耳，蒙上一层柔光滤镜一样。

沈渔就在那柔光之中。

陆明潼望了望，才凑进去，被沈渔一拐肘地推开了，后者说："帮我涮个干净盘子。"

她下厨好多次才总结出来的血泪教训，菜不能炒得熟过头，差不多的时候就起锅，叫自带的油热慢慢催熟。

陆明潼冲净三四个白瓷盘，置于沈渔的右手边，方便她拿取。

他目光瞟到了一旁的电饭锅："啊。"

"怎么了？"

"你忘记按煮饭键了。"

"……"

由于沈渔的失误，这顿饭，比预定的晚了十来分钟才开席。

红木的圆桌子，铺钩花的白色桌布，再铺透明的塑料防油布。

陆明潼曾经听沈渔说过，家里现在这些盖电视、盖空调、盖凉椅靠背的钩花织品，都是沈奶奶生前自己亲手钩的，让沈爷爷珍惜着用到了现在。

菜式是爷爷煲的松茸花胶老鸭汤，沈渔做的春笋明虾、木耳炒土鸡蛋、腊肉炒青椒和清炒绿叶菜。

沈小姐做菜很图样子好看，也讲究摆盘，因为拍照发朋友圈也是她做菜的动力之一。

今天这几道菜，也无非是普通水准基础上的稳定发挥，但沈爷爷第一回吃孙女儿做的菜，好稀奇，情感滤镜先给拉满，尝一口就猛夸好吃。

陆明潼有点悲哀地想，完了，让他们一个两个的不说实话，让她膨胀得很，估计这就是她这辈子厨艺的顶峰了。

沈爷爷有高血压，沈渔在自己口味的基础上，调得清淡许多。

不能喝酒，两个小辈只以茶代酒地祝爷爷生日快乐。

爷爷没个吃蛋糕的习惯，叮嘱了沈渔不要买，结果她还是买了。

这是沈渔对于仪式感的坚持："您就吃两口意思一下，剩余的我分给邻居的那些小孩子。"

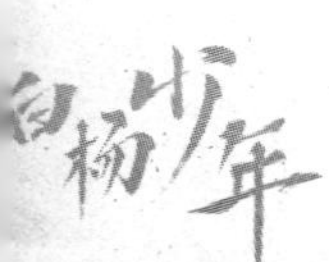

三人一人分吃了小小的一牙蛋糕，剩余的，沈渔等分为了五六块，拿纸碟装着，放在蛋糕盒子的盖子里，端出门送蛋糕去了。

等她带着一堆要她传达的生日祝福回来时，陆明潼和爷爷已经在门口摆上了棋盘。

爷爷一直嫌沈渔这个臭棋篓子不凑手，这回终于碰到了杀得有来有回的对手。

沈渔乐得清静。

下午，沈渔睡了几小时的午觉，而陆明潼则跟着爷爷去了一趟修表铺。

晚上，他们拿剩余食材打一个素淡健康的火锅，吃完待到晚上九点过后，就得撤了。

沈渔嘱咐爷爷："明天您正式生日，不管是张爷爷、李爷爷请您出去吃饭，都不准喝酒。"

爷爷笑说："好好，我哪回没听小鱼儿的？"

"我今天去送蛋糕的时候，可都打过招呼了。您要是喝了酒，各家的小朋友都会跟我打报告的。"

爷爷脸色严肃："保证不喝！"

沈爷爷让沈渔先去路口取车，他有几句话，想单独跟陆明潼说。

沈渔想也知道会说什么，拿上自己的东西先出门去。

在车里等了没多久，巷子里的灯光下陆明潼走过来了。

他拉开车门，系安全带的时候，沈渔目光瞟过去，顿了顿，将他手腕抓过来："爷爷送你的？"

他腕上，原本戴着那块便宜卡西欧的位置，换上了一块新手表，黑色表盘，黑色皮质腕带，简约复古，一点也没老气的感觉。

这是沈爷爷方才，自抽屉里的一只黑色绒布袋里拿出来的，拧发条，对好时间，再递给他。

爷爷说，这是他自己"攒"出来的手表，不是什么名贵的牌子，但他敢打包票，一年的误差精度不超过一秒。

是专门准备送给孙女婿的，特意挑了上好的牛皮料子，托人手工做的表带，怕金属的表带年轻人会嫌老气。

爷爷说："上一回小鱼儿带人回来，我瞅着他俩长久不了，是没给的。"

沈渔快要嫉妒死了："我爸戴的，都只是爷爷修好的一块报废的品牌表而已！"

她抓着他的手腕，翻来覆去地看，觉得爷爷的审美时髦死了。这表戴出去一点不会露怯，说是"意大利手工高级定制"都有人信哦。

陆明潼笑了声，觉得她蠢得可爱。

他摸衣服口袋，摸出来另一块，表盘小一号，其余做工一模一样："给你的。"

傻不傻，当然是一对啊。

陆明潼挽了沈渔的手腕来给她戴表。

沈渔低头看一眼，一句话脱口而出："你不要这么虔诚，跟戴婚戒似的。"

陆明潼动作顿了顿，等将腕带扣好了，伸出手去一把掐住她的下巴："你这张嘴，长了是专门来破坏气氛的？"

"本来就是，我鸡皮疙瘩都起……"

陆明潼拿一个吻堵住她，三分轻浮色，故意曲解她话里的意思："想结婚了？"

"谁要……"

"不然带我来见爷爷？爷爷的意思是，你奔着结婚去才会带人回来。"

沈渔不敢言声，总觉得他的话里有后招。

果不其然，他即刻换上傲慢神色："陈蓟州这样的，也值得你往家带吗？"

沈渔想给他跪下了："这个名字在你这儿就过不去了是吗？"

陆明潼以实际行动告诉她，还真过不去。

到家以后，沈渔脱下身上这条沾了些油烟味的针织连衣裙，扔脏衣篓里预备去洗澡。

陆明潼也走了进来，站在她旁边解衬衫的纽扣。

他垂下目光看一眼，顿了动作，忽而伸手，抓着她内衣搭扣的两端，凑拢了一使力，即解开了。

他动作快得沈渔压根儿没防备。那一下松脱的感觉，让沈渔尖叫一声，条件反射地去捂："有毛病！"

他幼稚又恶劣地笑一声。

沈渔洗漱过后，搬了笔记本电脑在客厅沙发上查看邮件。唐舜尧龟毛得

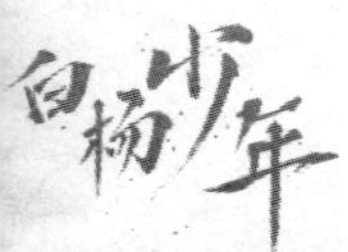

很，这次的设计他也要亲自过一过眼。他人在外地，承诺了白天看过方案以后，晚上发邮件告诉她意见和建议。

没一会儿，陆明潼洗完澡出来。

他拿着干毛巾擦着头发，往她身旁一坐，往电脑屏幕上看一眼。她用笔记本电脑不需要用鼠标，触摸屏用得灵巧极了，打字也快，十指翻飞。

沈渔回复了唐舜尧的邮件，又将他提出的建议抄送给了负责场景设计的策划。

陆明潼在旁问："忙完了？"

沈渔压根儿还没从工作状态切换出来，点了点头。

下一秒，笔记本就被他一把夺取，合拢了翻盖，力道轻巧地将其往茶几上一放。

沈渔瘫在沙发上。

陆明潼端她的马克杯来喂她水喝，被她一记眼刀警告回去。他讨回了自己想要的，才恢复平日体贴到无微不至的态度，起身去冰箱里拿一瓶水来，递到她手边。

沈渔接过喝水，同时跟他约法三章："以后不许再提我的任何一任男朋友。"

"满打满算不也就两任。"

"哪任都不许提！"

"俞霄呢，他好歹是帮了我。"

沈渔不说话了，摆出真要生气的架势。

他应承道："好好好，不提了。但我警告你，别让我抓到你跟别的男人还有瓜葛。"

这人平时多高冷，吃起醋来简直幼稚。

她冲洗过才又回到床上。

沈渔没精力玩手机了，躺在床上搂着陆明潼的腰，闭眼酝酿着睡意，问他："话说，你究竟是什么时候喜欢上我的？"

"不告诉你。"

"不说就不说。"她翻个身就要睡。

“我可以告诉你，你也要告诉我。”

在沈渔这里，这个问题压根儿没什么可隐瞒，因为她也不知道。当她后知后觉地意识到，再往前回想，发现并没有一个明确的节点，而是一个循序渐进的过程。

沈渔追问：“那你呢？”

陆明潼笑看着她，低声说：“我建议还是留到下回告诉你，免得你会求我……”

他闷哼一声，是沈渔一掌拍在他手臂上：“严肃点。”

“严肃的啊。”他神色无辜，“你确定要听吗……”

他温热的呼吸钻进她耳中，叫她痒得忍不住去捂，预感他狗嘴吐不出象牙来，说：“睡觉，回头再说。我明天还要上班。”

时间一晃，到了春夏之交的光景。

挂了快大半年的沈渔家的那套房，终于等来了合适的买家。

沈渔联系叶文琴，问她近期可有时间回南城一趟，协助中介办理房子的过户手续。

没多久，叶文琴给她来了回复。

说与秦正松商议过了，两人一同请假，回国卖房、请客吃饭都一并办了，省得作两趟跑。

这边，陆明潼和江樵、李宽几人做的小游戏，终于赶在某大型互联网公司主办的、鼓励和发掘独立游戏新人的“萤火虫计划”截稿日期之前，完成了初步开发，并按照主办方的要求，提交了至少包含一个章节内容的试玩版本参加初选。

“萤火虫计划”的首奖有三十万元奖金，这也是他们几人势在必得的。

赶在这稍稍能松一口气的当口，沈渔拉陆明潼出去逛街。

这一趟他们逛街的任务十分繁重，要给陆明潼即将订婚的表哥挑礼物，要给叶文琴和秦正松挑礼物，还得给沈渔置办一套到时参加宴席的行头。除此之外，还要给迁回南城，如今同沈爷爷住在一起的沈继卿，选一套全新的，适合夏天的四件套床品。

花去一整天，辗转两三家商场，总算将购物清单全部搞定。

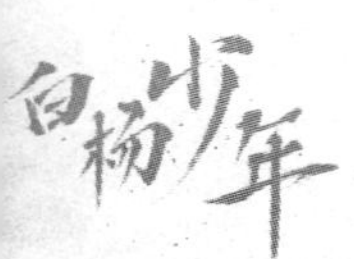

沈渔今天穿了双帆布鞋出来，走得久了也打脚，路过药店，进去买了一盒创可贴。

在奶茶店外找座位坐下，沈渔卸了斜挎包，蹬掉鞋子。

陆明潼自然不过地蹲下身，拆了四个创可贴，将她脚后跟和脚背上磨得红肿破皮的地方都贴上。

沈渔这几天正好生理期，想喝的奶茶口味都只能做冰的，让她加倍泄气。

陆明潼丝毫不体谅她的心情，点了冰的蔓越莓果茶。

沈渔眼巴巴地望他："我喝一口。"

"不行。"

"就一口……保证不喝多的。"

陆明潼挨不住她可怜兮兮的眼神，递了果茶过去。

沈渔原本想豁出去多喝两口的，看他严厉不过的督查目光，没敢造次，说喝一口，就真的只喝一口。

室外风暖，她中饭以后如若不睡个午觉，一定会困得思绪停转。

现在便是这样了。

她搬近椅子靠拢陆明潼，把脑袋枕在他肩膀："我睡一会儿，睡醒我们去吃晚饭。"

南城天河是南城最大的购物街，也是年轻女孩子逛街的首选。

沈渔的表妹辛萌萌，对在这家网红奶茶店碰见沈渔一点也不意外。

她点了单，排队等着取餐，百无聊赖之时，看见沈渔坐在室外，准备出去打个招呼，望见跟她同行的人又却步。

等看清两人共饮一杯、枕肩睡觉的亲昵行为时，她吓得不敢上前了。

何况，陆明潼还趁人睡着的时候，往沈渔额头上落了一个吻。

这行为的性质，拿什么都洗不脱。

在辛萌萌这儿，是不存在该不该说，合不合适的概念的，只觉得这事儿惊奇，就拍了张照片，发给了她妈——沈渔的"姨妈"一起"吃瓜"。

"姨妈"再传给"舅舅"和"外婆"一同分享，同时，不乏私心地又发给了叶文琴，遣词造句是掩饰不住的幸灾乐祸、架秧子起哄：

"姐啊，不得了，小渔在跟那个贱人的儿子搞对象！这事儿你知道吧？"

时差关系，叶文琴还在睡梦里。

等她醒来捞手机一看照片，气得急火攻心，当下改签机票，撇下秦正松先行回国了。

没跟沈渔通气，怕沈渔提前想好一肚子说辞来应付她。

中途转了一次机，飞行约二十多个小时终于落地。

她没心情休息，拎了行李直接回了清水街。她手头没钥匙，进不去门，放倒了行李箱坐着，给沈渔拨个电话，叫沈渔马上回来，到清水街来。

电话那端的人语气惊讶，问她：“您提前回来了？订了酒店吗？您先休息一会儿，我下班以后马上……”

“沈渔，我没心情等你，你上着班也得给我请假，立刻、马上过来。你知道我为什么事提前回来，你过来，当着面跟我说清楚。”

那边的人沉默片刻，说好。

沈渔在跟叶文琴通话完毕之后，随即给楼下的李宽拨了一个电话，首先询问他：“陆明潼这时候在不在？”

“他今天没过来，怎么啦沈渔姐，陆明潼的电话打不通？”

“不是……”沈渔不知道怎么解释自己此刻纠结的想法，索性略过了这个话题，又拜托李宽帮个忙，给现在正在楼上等候的叶文琴送一把备用钥匙。

李宽揣上钥匙上楼，说明了情由。

叶文琴觑一觑他的神色，接了过去，道一声谢。她跟陆家有仇，但不至于牵连到无辜的租客。

李宽回到屋里，越想越觉得，方才沈渔问他陆明潼在不在这话似乎有些深意，摸不清楚，她是希望陆明潼在，还是不在？

但李宽觉得，作为兄弟，还是应当知会陆明潼一声。毕竟楼上那人是陆明潼未来的丈母娘，要是他不赶紧过来打个招呼献个殷勤，未来就折在了这一关上，岂不是可惜？

李宽把电话拨过去，径直说：“你丈母娘回来了，你要不要过来瞅一瞅？”

“谁？”

“脑子烧坏了？你有几个丈母娘？”

那端的人沉默了片刻，问道：“沈渔过来了吗？”

“暂时还没，她不是在上班嘛。”

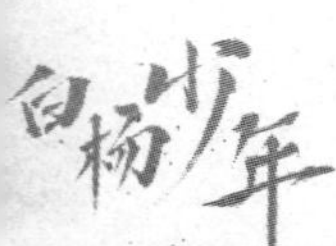

陆明潼没多聊，语焉不详地挂了电话，只说马上过来。

沈渔放下手头的工作，请了半天假，到地下车库取了车，径直开去清水街。

在路上，沈渔思绪难定。

她不知道这个消息是谁泄露出去的，原本她是想找一个合适的时机，主动找叶文琴坦白，现在这情况，局面陡然变得被动。但另一方面，也有靴子终于落下来的宿命感。这关迟早是要过的。

七楼的门是虚掩的，沈渔轻轻地敲了一下，又轻轻地推开。

她对会面临什么情况有所预设，叶文琴改了时间，这么急匆匆赶回来，一定气得不轻。想过叶文琴会愤怒，生气到可能直接劈头盖脸一顿痛骂。但万万没有想到，推开门后，她看到叶文琴站在客厅的窗户旁边，默默地抹眼泪。

沈渔一下便有些蒙了，嗫嚅着唤了一声。

叶文琴投了目光过来，意冷心灰到极点的声音："我真的不知道，自己这辈子过得有什么意思？朋友背叛我，老公背叛我，现如今，连我的女儿也要背叛我……"

沈渔感觉有利刃在搅弄心脏："您别这样说……"

"你姨告诉我的时候，我还不信。我还不了解你吗？你这么温暾的性格，怎么可能干出这么大逆不道的事？可她发的图片啊！我想替你辩驳两句都没法辩驳。"

沈渔私底下酝酿过，倘若跟叶文琴坦白，应该怎样开口，但那些话，遇到现在的情况统统没有用了。她心里秉持的那份正当性，被叶文琴的眼泪和几句话，顿时打消得一干二净。

她低头望着脚下，一句话也说不出来，恨不能让自己就地蒸发，就不用再面临这样两难的局面了。

这种沉默的消极反抗，惹恼了叶文琴，她火气一下上来了，含怒又含泪地问："是不是真的？"

沈渔当然听出来叶文琴话里的意思，如果她说是假的，再转头跟陆明潼分得一干二净，这事儿，叶文琴可以当作没有发生过一样不再追究。

不到万不得已，叶文琴不想撕下她的脸面，撕下自己的脸面，也撕裂母女之间的情分。

“是真的……”

叶文琴冲口而出，打断她：“我们母女俩，就非得栽在这对贱人身上是吗？我在外面这么拼命是为了什么？就是为了告诉大家，这事儿要错也不是我叶文琴的错。我花了这么长时间，洗刷了溅在自己身上的泥点子，你倒好，上赶着再扑进这泥塘里！他们陆家母子是给你灌了什么迷魂汤，让你时隔多年还来这么作践我？！”

沈渔词穷语滞，想不出什么话来替自己辩驳。

叶文琴所言的这一切，她站在叶文琴的立场想过一百遍，每一句都能理解，每一句都合理，因此，她注定是辩无可辩的。

“你爸，窝囊一辈子，到头来强硬了一回，却是为了别的女人！我知道，他嫌我强势，嫌我不懂他一肚子的风花雪月。可我得操持生活，我想让我们全家人都过上好日子！我做错了吗？还有那个贱人，我当她是朋友，操心她的婚姻大事当自己亲妹妹一样地操心，结果她转头却勾搭上了我的男人！你爸，再怎么不入流，再怎么窝囊废，没离婚，那还是我老公！”

这些话，枯枝腐叶地沤在叶文琴的心里，都沤成了一块病。她至今不明白，怎么真心实意地待别人，自己却讨不得一点好呢？她不过就要强了一点，又没做什么伤天害理的事，怎么报应全要落到她的头上？

沈渔低声地应：“您没有错……错的始终是他们。”

“既然知道我没有错，那你又为什么来恶心我？”

“因为我觉得，这是两码事。”沈渔坚守自己脚下针尖大小的立场，这时候退缩，必将一路溃败。

“两码事？想没想过，旁人怎么说你，又怎么说我？我俩的名声早被那一对贱人绑架了，你以为你挣得脱！你从小到大，平平庸庸安安稳稳的，这一回怎么就这么高估自己呢？你真不知道众口铄金！”

“我知道，我当然是想好了，才做出的这个选择。我原本想主动告诉您……”

“做什么选择？我告诉你沈渔，你就一个选择，要么你选那贱人的儿子，要么你选我。”叶文琴叫她拿电话出来，现在就跟对方分手，要么，她一辈子都别想见自己了。

沈渔站着不动。

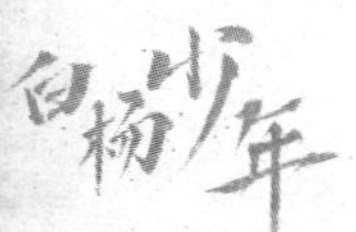

叶文琴喝她："打啊！"

陆明潼基本是跟沈渔前后脚到的，站在门外，全程的对话都听了进去。

这一番母女的交锋实际上没有他的立场，所以他迟迟没有前去打扰。

想象了一万遍的场面，真落在眼前，他恍然明白自己果真还是低估了沈渔即将承受的压力。

二选一的抉择，将沈渔逼到退无可退的境地。

陆明潼没法再旁观下去，拉开了门。

叶文琴的目光扫到了他身上，一时只有憎恶："滚出去！谁准你进来的？"

沈渔惶惶地回头，她眼镜之后已经是一片模糊了："陆明潼，你别掺和，这是我跟我妈两个人的事。"

她哀求恳切的语气，让陆明潼没法再踏出一步。

说与她共担压力，可当这山砸下来，是她一肩扛起来了所有，他连搭一把手的余地也无。

他只能退出去，听候宣判。

这一瞬间，他心里的真实想法是，倘若沈渔不选他，他一丁点也不怪她。

门内叶文琴说："正好人在这儿，你也不用打电话了。你直接跟他说，你俩分手，今后再不往来。"

沈渔抬手摘下了眼镜，低头时，眼泪滚落下去砸在鞋面上："我不会说的。"

叶文琴怔住。

屋里一片静默。

叶文琴随即去捞墨镜戴上："好，好得很。这是你自己做的选择，你别后悔。"

她拿上提包，推上行李箱出门去，视如空气般地跟陆明潼一个擦身。

那行李箱是28寸的，叶文琴拎着实在勉强，懊恼到极点，抬脚一蹬，箱子沿着台阶骨碌碌滚落下去。

沈渔走到门口，向着楼下喊了一声："李宽！"

李宽在陆明潼来时就感觉到事情不妙，早就候在了门口，一听见喊声立马开门出来，问沈渔："什么事？"

“麻烦你帮我妈提一下箱子。”

叶文琴快步下楼，叫他们滚，都赶紧滚。

李宽眼疾手快，赶在叶文琴之前，提上了那行李箱，健步如飞地下楼去了。

陆明潼这时候才迈进屋里。

沈渔背靠着墙壁，实难在此刻向他挨近，隔着泪雾，无声地看他，转头时，眼泪又大颗大颗地滚落下来。

陆明潼径直欺近她。

说他自私专断也罢，不想叫她熬在这样难过的氛围里。

沈渔推了三次，没有推开，由他抱着，吞声饮泣。他牵过她的手腕，试探着，看她没有再反抗的意思，便牵着她走出屋子，反手把门给关上了。

在五楼的楼梯上，与帮忙提了行李箱的李宽撞上。李宽比个手势说已办妥，沈渔同他道了声谢。

李宽指一指楼上：“要不，去我那儿歇一会儿？”

陆明潼说：“我先带她回去。”

一走出门，沈渔被外头的日光给晃了一下。方才赶着来的时候，在屋里的时候，她一点没有感觉，原来外面光线这么明亮。

陆明潼从她手里拿过眼镜，从口袋里拿出纸巾，擦干净了镜面，两手轻捏着眼镜腿，再给她戴回去。

她今天穿一件一字领的短款白色上衣，复古样式的浅蓝色牛仔裤，阳光照射下，浅色面料泛着光，人是生生要融化的一抹白。

她面颊上浮着薄汗，指间是冰凉的。

下午的清水街，日光不过西斜了一些角度，巷道里是声息静止的慵困，猫狗都似蔫了一样地不活动，趴在墙根处的草丛里休息。

陆明潼牵着沈渔，到了前面一家小卖部前。老板自瞌睡里清醒过来，打个呵欠。

陆明潼买了一瓶水，拧开了递给沈渔。她不过浅浅地喝了一口就将瓶子递还给他，走到对面墙根下，掏出手机来拨了一个语音电话。

打给秦正松的，拜托他，倘若可以的话，能否也改签机票，早一些回来。

她低着头，鞋尖无意识地轻轻拨弄墙根的杂草，以恳求语气对秦正松说道：“我们这些人，我妈肯定是一个都不肯见的，拜托了秦叔叔，我实在很

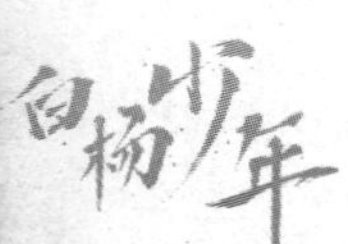

担心，不放心她一个人待着。”

秦正松说：“我手头的事已经处理完了，正准备回来。小渔，你别担心，你妈是这么大年纪的大人，再怎么生气，也能照顾好自己，反倒是你……”

“我没事的。”

秦正松叹一声：“我给她打个电话确认情况，回头联系你。”

沈渔道谢。

沈渔的车停在路边，阳光下，车内已被晒出一些热气。

陆明潼拿了她的车钥匙去驾驶座，先将冷气打到最低。

沈渔怏怏不愿开口的样子，他也就不多问。

车一路开回住的地方。

家里陆明潼每日都做打扫，有一股洁净的气息。沈渔仿佛自周围黏腻的空气里，一下落入清澈的水中。

疲倦、脱力，又可以放任自己下沉。

她放下东西，先去洗个澡。

等冲过凉，她换一身T恤和短裤出来。从挂在玄关处的提包里，摸出自己的手机来看了看，有一条秦正松发来的未读消息，告知她叶文琴已经去酒店下榻了，让她不要担心。

沈渔回复：“谢谢您。”

秦正松回复：“不谢，我应该做的。等她冷静些，我会跟她聊一聊。”

按灭了手机，抬头，沈渔看见陆明潼正坐在沙发上看着她，不言不语里，是隐忍至极的关切。

仿佛，在听候她的发落。

“你不要用这样的目光看着我，好像我会放弃你一样。”沈渔冲口而出，以为他误会了她发消息的理由。这时候，她宁愿他更强势些，像他以往那样，不听解释不求谅解，反正就是不许她逃，不许她放弃。

陆明潼向她招手：“过来。”

她拖挨着，不动。

“过来。”他换了更强硬的命令口气。

沈渔走过去，他便一把抓住她的手腕，张开腿，叫她站在自己的两膝之间。

他抬头看她：“我怎么可能允许你放弃我，只是，我同样不想让你难过。”

“你觉得有两全的事吗？”

“你说你想求个两全。”

“那只是贪心的说法，我怎么可能傻到真的以为可以两全。所以……”沈渔伸手，一指点在他的胸膛上，其下便是他心脏的位置，“为什么我迟迟不愿意答应你，因为我早就知道，等待我的是一道单选题。你不明白这个选择的分量吗？”

仿佛真有难言的痛楚，顺着她的指尖一直到他心尖。

他说，当然明白。

“所以，你不要自认为大度地跟我说，这时候跟你分手也没关系。我告诉你陆明潼，你如果现在退缩的话，我会杀了你，我真的会。你不能，将我拖下水了，还以为我还能再回到岸上……”

“你还不了解我？”陆明潼截断她的话，“当时当刻，你受阿姨的要求，选择跟我分手也就罢了。既然最后你选了我，我怎么可能再放你走？哪怕你待在我身边，为众叛亲离痛苦一辈子。我就是这么自私。”

自私到，连你哭也只准在我能看见的地方。

陆明潼看她眼睛湿漉漉的，似又要落泪，仰头去，碰一碰她的唇，再落下一个吻。

明明只是安慰性质的，在她自无动于衷，到逐渐热切的回应时，陡然变了质。

人世蜉蝣，痛着的时候，才配爱着。

结束以后，陆明潼叫沈渔坐在自己膝头，紧紧地搂住她。

沈渔头靠在他肩膀，说，做坏事的时候，果然还是要拉一个人一起，有共犯，才能互相威胁着不能自首。

沈渔抬一抬头，看向他的眼睛：“你把我变成了这样一个坏人。”

比情话还让陆明潼受用的一句话，他淡淡一笑：“我喜欢你说的‘共犯’这个比喻。”

一时间只有呼吸声。

陆明潼感觉到，让沈渔担忧的那些又回笼了，便轻声问她：“阿姨那边，你打算怎么办？”

沈渔摇头：“我只能说，顺其自然。她打定了主意的事情，软磨硬泡都

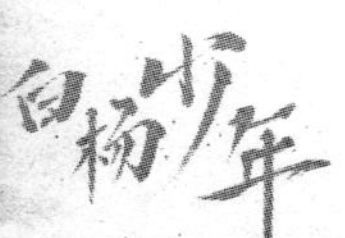

是没有用的。我完全能够领会她的愤怒和难过，所以，我更不忍心逼迫她，求她原谅或是接受。”

说到这里，沈渔补充一句：“你也不要去找她。我说过的，这只是我跟她两个人之间的事。”

“我从来没有这样的打算，这种做法岂非欺人太甚。”

沈渔声音轻细，落在他耳边：“她受了好多苦，如果可以的话，我也希望自己是个能让她省心且骄傲的女儿。南城是她的家乡，可她每回回来都在受煎熬。她马上要跟秦叔叔结婚了，我却在这个当口让她难堪，还有比我更不孝的人吗？”

陆明潼语气清醒，对她说：“你不要觉得我这样说，是因为你选了我而恃宠而骄。你明白这些道理，最后还是没有选择她，是因为你心里很清楚，你们之间虽然有斩不断的亲缘关系，但彼此的生活，已经没有对方的位置了。”

沈渔怅然地应承他的话：“是啊。”

究竟是从哪一环开始选错，导致后面接连地脱钩呢？

是那时叶文琴要出国，她没有一哭二闹地求叶文琴留下？还是后来毕业了，没能干脆出国去投奔叶文琴？或是去年叶文琴再度邀请她出国去工作的时候，她没有果断答应？

可她也有立足的小小事业，有微不足道的敏感心思，有懂事过了头，不愿成为叶文琴累赘的考量啊。

这些能称为错吗？

至于叶文琴，她更加没有错。

她是被辜负的，被世俗流言所戕害的，也是被自尊心所捆绑的受害者。她有摆脱这一切，去追逐世俗幸福的权利。

她们两个人，谁都没有错。

倘若万事只论对错，那就太好办了。

沈渔扭过身去，拿起茶几上的手机。

她尝试着给叶文琴发一条消息，结果显示自己已经被叶文琴拉黑，拨电话也是如此。

仿佛要叫她看见这就是后果：别有侥幸心理，也别想什么说服不说服了，自己做的选择自己挨着吧。

大概最亲近的人，才有这样伤人直奔重点一针见血的本事吧。

沈渔还是结结实实地，心里沉了一下。

陆明潼缴了她的手机，置于一旁："先别管了，等秦叔叔回来。"

秦正松在一天之后落地，直奔着叶文琴住宿的酒店而去。

她开门时穿着酒店的白色睡袍，太阳穴上贴着片状的膏药，显然是头痛又犯了。

她一边请他进屋，一边先行地堵了他的言路："你要是来替那丫头当说客的，那就省省心思。"

秦正松笑说："我要是帮她说话，你也会跟我绝交？"

"你大可以试一试。"

秦正松舟车劳顿，疲倦得很，放了行李先去洗漱换衣服。

傍晚的天色，落地窗里瞧见西面天空暮云叆叇，玫瑰色烟霞，投影在高楼的玻璃外墙之上。

秦正松说："要不出去散个步吧，你看这天色多好。"

"没心情，要去你自己去。"

"你就是在屋里闷一天，才把自己闷得头疼。"秦正松翻她的行李箱，径自地替她挑好了一条黑色连衣裙，催她赶紧换上。

叶文琴看一眼，接过来裹了裹，嫌弃地扔在一边："我怎么不记得自己带了这条裙子，你又偷偷塞进来的？"

他俩第一次出去约会时，叶文琴就穿的这条黑色连衣裙。

秦正松笑一笑，也不勉强，最后问她："真不出去看看？再过一会儿，太阳就要落山了。"

他总能把寻常的事，描述得一旦错过就是遗憾。

叶文琴叹声气："行吧，走吧。"

傍晚的风带一股烟尘的湿意，河堤上来往散步、遛狗的人，草地上歇了三三两两看夕阳的家庭。

叶文琴呼吸过一些新鲜空气，头痛症状稍稍减轻。

两人停在横跨河面的桥上，往下看，金红的余晖都揉碎在河水里。

秦正松一只手抄在裤子口袋里，侧身看着叶文琴："你总说讨厌南城，

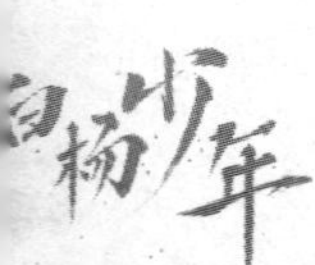

我倒觉得南城是很美的一座城市。”

叶文琴知道他是为“策反”来的，很有警戒心地不吃他的文艺腔：“你们这种人，都觉得生活在别处。真让你住在这儿，你的鼻炎先遭不住四月份的梧桐絮。”

他们这种中老年人，考虑问题的角度，实际上务实得很。

秦正松笑了。

有人牵了两只小狗过桥，一只泰迪一只柯基，泰迪跑在最前，凑到叶文琴脚边一阵猛嗅。主人赶紧拽一拽狗绳，为它的失礼道歉。

叶文琴笑一笑说没事，转头，却见秦正松正注视自己，便问：“你看我做什么？”

秦正松笑说：“真的不给我劝谏两句的机会？你其实是很直爽大度的人，不轻易与人为难。”

叶文琴神色淡下去：“老秦，我不想为这件事跟你伤了和气。在我这儿，这是个原则性问题。”

“让小渔过得幸福，也是你的原则之一吗？”

叶文琴不会轻易地让他带节奏，这些问题她早就想过了：“她现在觉得自己为了爱情抛下所有洒脱得很，幸福得很，等亲戚朋友都指点她、笑话她的时候，她就能知道流言的威力了。”

“叫她那时候为自己的选择后悔不行吗，一定预先剥夺所有可能性？”

“她的可能性，是往我的伤口上捅刀子。我顶烦那种父母一定要为孩子做牺牲做让步的观点，人不需要为自己的选择付出代价？”

秦正松始终笑意温和：“小渔真的有选择吗？你分明既是参赛选手，又是裁判。”

叶文琴顿了一下。

秦正松：“如果这回她选了你跟人分手，她怎么办呢？我们注定已经生活在别处了，小渔还要待在南城，既没有恋人，也没有父母陪同。”

“她可以搬去跟我们一起生活。如果不愿意搬，世界这么大，还能找不到良配？远的不说，就说近的，小齐……”

秦正松笑着摇了摇头：“我想，这应当只是你气头上的话，你未必真的这么想。”

“我为什么不会这么想？”

“因为你刚才的那番话里，我没听出你对一个人的尊重，只把小孩当私人物品一样，让她按照你的意愿生活。”他温和的语气里，措辞却很有锋芒。

“老秦，上升到道德绑架就没意思了。我尊重她，她尊重我吗？她明知道，这是我的心病，我过不去的一道坎……”

“好，我们不说小渔，就说我们自己。你这些话，让我也有无奈之感。我以为，我俩在一起生活了这么久，这道坎，合该你快迈过去了，起码你已经准备迈过去了。”

叶文琴怔了一下。

他俩岁数加起来都超百了，日常凡事坦诚沟通，一般不会吵起来，因为秦正松的脾气始终是包容她的，总能在她快要发火的时候，话锋一转地结束了战场。

能在现在这个年龄，遇上这么性格相契的人，叶文琴也知道不容易，因此格外用心呵护。久而久之，她也会主动做起那个让步的人。

秦正松伸手理一理她的头发，紧跟着说道：“我们都知道，你在那件旧事里受了很多苦。人是要往前看的，不能都已经过去了，还要折回去自讨苦吃啊。”

“老秦，你公平点，换你，你能接受自己的小孩，跟第三者的小孩在一起吗？”

“接受与拆散之间，总有个折中状态——不支持，也不干涉。”秦正松始终语气和煦的，“小渔走这一步，应当早就想过了，注定是要跟传统意义上的家庭绝缘。”

“绝缘什么，不还有人乐得当她婆婆……”

“气话。你信她会去讨好那人？”

道理归道理，但叶文琴始终是这个态度：“叫我去接受这么一桩感情，我做不到，你也别劝了，我不是圣人。”

“那终归，不至于绝交？毕竟是自己女儿，非得放在黑名单里？文琴，不要嫌我这话难听……原本，你跟她的来往，也就微信里的那点嘘寒问暖了，甚至花不了几个成本。”

“卖了房子的钱，我是要给她买房的……”

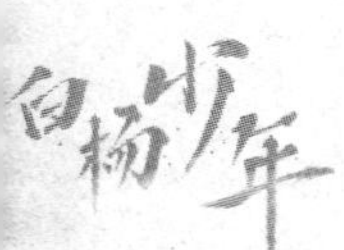

“你是用花钱来求心安的。”

“你……”

秦正松随即道歉地笑说“自己可不是因为觉得两人亲近才说真话的，见谅了”，闹得叶文琴一下没了脾气。

前方，那落日已快要彻底地沉下去，两岸亮起了灯光。

暮色里尽是归家的人。

秦正松挽了叶文琴的手：“走吧，吃晚饭去。”

无言地走上一阵路，叶文琴忽然问：“你是不是觉得，我很自私？”

“我只想说，既然你觉得人人都得为自己的选择付出代价，小渔如是，那么你也当如是。倘若，你往后不为今天的决定后悔的话，也算是一以贯之地遵循了你的原则。但假如未来你后悔了，返头去找小渔，你知道不公平在哪儿？”

叶文琴一副沉默聆听状。

秦正松说：“你有不原谅小渔的资格，小渔却没有不原谅你的资格。”

沈渔晚上抽空往爷爷那儿去了一趟，给沈继卿送周末买的四件套。

是沈爷爷委托沈渔买的。

春来连日下雨，墙皮受了潮，连带着木柜子里也起了霉，原本存放的那些潮得不能用了，洗净了还有一股味。

沈继卿回来以后，就在联系工匠重新给墙面做墙基、上腻子、上防水涂料。这屋不下雨还好，一下雨就太潮湿了，这些年尤甚，怕爷爷住久了腿脚痛。

沈渔对此没什么可说的，毕竟沈继卿总算是办了一件像样的事。

去的时候，那墙面已是粉刷一新了，用的环保涂料，通风一周就能入住。整个屋子，比往日更亮堂几分。

沈渔把买回来之后，已经洗净晾干的四件套递给沈继卿，自己陪着爷爷在屋外树下吃葡萄、聊天。

爷爷说：“瞧你有心事啊。”

“这么明显吗？”沈渔抬头望爷爷一眼。

“你就是个藏不住事的人。”

沈渔将手头最后一粒葡萄的果肉挤进口中，扔了皮，往纸巾里吐了籽，方才开口，说了叶文琴的事。

爷爷听完的反应是："这么大的事，现在才跟爷爷说？"

"反正已经这样了，告诉谁都没用。我妈的性格，谁说的话她都听不进去的。秦叔叔都劝过了，不也是没效果——我现在还被她拉黑着。我也不敢去找她，怕又吵得她不开心。"沈渔拿着纸巾，有一下没一下地擦着手指，神色恹恹。

头顶树叶筛落些阴影，尽数投在她垂落的视线里。

"你关键时刻能坚定立场也是好事，不然两头都捞不着。"沈爷爷反正看得很透彻，"以前听街坊邻居的八卦，为了块儿八毛的，至亲闹到老死不相往来的大有人在。父母亲情有天然的正当性，所以由人糟践也难得拆散，但是恶语伤人三冬寒，再怎么深厚的感情，不好好维系，终归也是要被消磨去的，爱情如此，亲情就不是如此？"

沈渔"嗯"了一声。

她太懂这个道理了。

"反正，小鱼儿你自己机灵点儿，别选了一条路，又惦记着另外一条路是不是更好走。世界上就没有真正好走的路。你放心吧，再不济，有我给你担着。虽然我年纪大了，也陪不了你几年了……"

沈继卿放了床单被罩出来，听见了沈渔和沈爷爷的对话，深感愧疚。

他在门口处立了一会儿，趁他俩的话音告一段落，开口道："小渔，这事儿我去跟你妈说。"

"你去什么去！"沈爷爷立马喝止他，脸色沉冷，半点也没向着沈渔时的那样温和慈祥，"要不是你成事不足败事有余，也没今天这么一档子事儿！你欠她的够多了，人结婚的关头，你去给人添堵，你比杀人诛心还甚！"

"我是想替小渔争取争取……"沈继卿想替自己辩解两句，正因为是他造的孽，才想去弥补两分，起码，不能亏欠了孩子的幸福。

"不然怎么说小渔比你有担当多了，至少她晓得，世界上没有两相兼得的好事。"沈爷爷恨铁不成钢。

沈渔也说道："你别去找我妈，放她消停点吧。"

沈继卿深深地叹口气："小渔，对不起，真对不起……"

沈渔不想见这样的场景，平白心里更添几分堵，便站起身准备走了，嘱

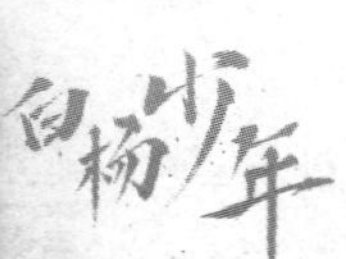

咐沈继卿照顾好爷爷。

沈爷爷也站起身，要去送送她。

夜风里捎来一股花香，不知道黑暗里何处树木开了花，经日光晒过一整天的浓重馥郁。

沈爷爷背着手，步子迈得很慢，沈渔也就配合着他。

沈爷爷对她说："一个小家背后，两个大家支撑着是常态，可到了你和明潼这样的情形，就别强求了。他们做父母辈的，自己有家有生活，你不要平白地担一些犯不着的孝心，把自己的幸福给耽误了。你跟明潼都是顶顶懂事的小孩，懂事才容易吃大亏……"

沈爷爷停在巷口，拉过她的手来，拍了拍她的手背："人与人之间修缘分，子女与父母之间也是。你跟明潼两人好好的，比什么都好。"

沈渔点头。

"你这个性格，不该随的地方，倒是随了你爹，思虑过深。"沈爷爷抽手拍她肩膀，轻轻往前一推，"别想那么多了！二十来岁，就该有个二十来岁的活法，快快乐乐地回家去！"

沈渔被这一推，胸膛里都似鼓满了风一样轻快起来。

她转身拉开车门，上车前，笑一笑："您早些回去休息，过两天我跟陆明潼一起过来看您。"

她冲爷爷扬了扬手腕，给他展示那块好看极了的手表。

至亲人的心意，她都是贴心且珍惜地存放着的。

第八章

也做我的湖

沈渔下午下班之前，一下子收到好几条消息。

第一条是久未联系的齐竟宁发来的，附带一张邀请他下周日在某酒店吃晚饭的微信消息的截图，询问她:“不知道该送什么礼物，沈老师给点建议？”

第二条是陆明潼发来的，很简单的一句话：“晚上江樵请吃夜宵。”

第三条是秦正松的，他跟叶文琴请客的地点已经订好了，贴心地附上酒店的地图定位，邀请沈渔到时莅临。

措辞十分正式。

沈渔最先回复陆明潼：“下班就过来。”

然后她回复秦正松，问他：“是您邀请我，还是我妈邀请我，还是你们一起邀请我？”

最后才回复齐竟宁：“齐总自己做功课，不要抄作业。”

没一会儿，齐竟宁发来一个哭笑不得的表情包，结束此次对话。

秦正松紧跟着来消息问她：“有区别吗？只要你来，你妈总不会赶你走的。”

沈渔明白秦正松的言下之意了，这邀请显然只能代表他的意愿，而不能代表叶文琴的。

沈渔便回复说：“那我还是不来了。我妈请了舅舅和小姨他们吧？我要

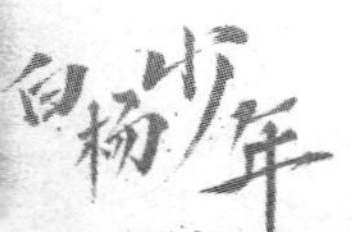

是去了，他们问起来我跟陆明潼的事，场面闹得不好看，我妈也会不高兴。”

秦正松：“是我跟她两个人请客吃饭，我作为其中一方也有发言权。小渔，我邀请你来。”

沈渔再度婉拒，说到时候会过去一趟把准备好的礼物送给他们，饭就不吃了。

沈渔晚上八点多下班，直接开车去清水街那边找陆明潼。

她手头正在进行的策划案，前期准备工作快要结束了。小武统一收集了整一组的护照,拿去办签证,等签证出来,差不多也就到了策划案落地的时间。

吃夜宵的地方，就是沈渔常去的那一家吃小龙虾的馆子。

店面很小，老板没准备大桌子，这时候把两张小桌拼一拼，刚好够用。

人都在，江樵、李宽、杨萄和宋幼清。他们这一行人，就快占了店里的一半空间。

陆明潼身旁空着个座位，是留给她的。沈渔笑着打一声招呼，去陆明潼身旁坐下。

桌上是标配的拍黄瓜、盐水毛豆和卤水花生，各自面前的碟子里已经堆了些果壳。

李宽笑说：“沈渔姐，我们刚刚正在聊你呢。”

“聊什么？”

“回头我们游戏公司开起来了，给你安排个什么职位比较好？”李宽指着大家挨个介绍，“江樵，制作人；我跟陆明潼，程序组长，到时候正好一个管前端一个管后端；宋幼清同学，担任美工；杨萄，虽然能力不怎么样，勉勉强强的，也能混个文案组长……”

杨萄当即表示，李宽再这么阴阳怪气，她一定把他脑袋拧下来当球踢。

沈渔笑说：“我好像没说要去你们那里工作？”

“现在就是正式挖墙脚啊。”

“跨行跨太远了。当然，到时候你们公司效益实在特别好，我现在的工作又干不下去了的话，招我去做个混吃等死的前台，我是愿意的。”

李宽说：“那不是太屈才了。沈渔姐，你干婚礼策划的这个组织协调能力，我觉得做个市场部的负责人是完全没问题的。”

沈渔被他一本正经的语气逗笑："怎么，你们在玩'假如我中了五百万'的游戏？"

陆明潼看她："中五百万不一定，开公司是一定的。"

这才告诉她，他们的游戏，初评已经过了。到时候即便拿不到名次，保底也能上主办公司在自己渠道上给出的推荐位，用这个成绩去拉投资，十拿九稳。

难怪这气氛欢快得很。

沈渔也是与有荣焉："什么时候能下载下来玩？"

陆明潼说："等复评结果公布以后。"

李宽趁机帮游戏拉推广："沈渔姐到时候也在你朋友圈里帮忙宣传宣传。"

"我微信上快两千个好友，打广告不给广告费的哦？"沈渔笑说。

李宽笑说："所以这不是请沈渔姐吃龙虾嘛。起步一人两斤，不够吃再加，吃饱为止！"

沈渔这一阵总有些打不起精神。她不可能真能做到无动于衷，对旁人讲的都是道理和口号，留给自己消化的是意难平的苦涩。

今天，他们这个好消息一下使她振奋不少。

这一顿夜宵的热闹程度自不必多言，尤其有李宽和杨萄一对欢喜冤家。

如果不是回去还要开车，沈渔也想加入这几个年轻人，喝点儿啤酒纾解心情。

不过也只是点到为止，真正的庆功宴，要等到复评的结果出来之后。

结束时，李宽和江樵将两个妹子送去出租车上，再回去楼上。

陆明潼有些微醺，站在路边等着沈渔将车子开过来。

他们已经习惯这样一段路，从清水街，到一个尚且称不上是家，但确实是家的地方。

陆明潼开了车窗透风，懒散地靠着座椅，说沈渔身上有股蒜蓉的味道。

沈渔抬袖口嗅了嗅："说我，你不一样也有。"转头看他一眼，说起下班前秦正松发来消息的事，"也不是没料到，但她真的不邀请我，我还是……"

"你去的话，阿姨不会把你赶出来的。"

"这一点我敢肯定我一定是遗传了我妈，没被邀请的场合，我们一定不会去自讨没趣。"

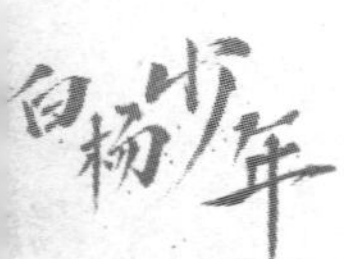

陆明潼转头看她，沉默片刻："等这边结束了，你跟我去趟江城吧。"

沈渔知道陆明潼的表哥要订婚的事，礼物都是她帮忙挑的。

"我去做什么，我去不合适吧？"

"没什么不合适的，我舅舅是见过大风大浪的人。"

沈渔笑了声："去可以，但你没必要公布我的身份。"

"我舅舅不是没见过你。"

"其他人总没见过吧？只要你不张扬，你舅舅也不会张扬的。"

陆明潼不置可否地笑了笑："什么时候这么怕事了？"

"这不是怕事，这是多一事不如少一事。那是你表哥的订婚宴，你要抢了他的风头当主角吗？"

陆明潼"嗯"了一声。

"你不答应我就不去。"

"答应，答应。"他语气反正敷衍得很。不过沈渔信他是真的答应了。

到小区里停好车以后，沈渔走到通风的地方嗅了嗅，身上果真一股蒜蓉味。

她突发奇想地想要喝酒，因为方才吃夜宵的时候没能喝到。

从停车场乘电梯上一楼，两人牵着手，往小区外面走。

到了路尽头的便利店，沈渔挑了几罐啤酒，一些零食。

回到家里，沈渔受不了身上的一股味道，先去洗头洗澡。

正取下花洒放水的时候，浴室门打开了。

沈渔"啊"了一声，赶紧把浴帘拉拢到没有一丝缝隙。

外头陆明潼"嘁"了一声。

仿佛在嘲她，哪里没看过，用得着遮掩？

沈渔被他这一声的语气惹恼，掀开帘子，拿着花洒便朝他浇过去。

陆明潼从头到脚淋了一身，转头看她一眼："等着。"

……

倒是省了事，不用再洗第二回澡。

沈渔换上干净衣服，吹干头发，拿头绳将头发盘起来，再去喝酒。

冰镇过的啤酒，在冲完热水澡以后饮下，更觉得清爽。

沈渔蹲坐在沙发上，茶几对面摆放着笔记本电脑，放很没营养的综艺节目，选秀类的，年轻漂亮的女孩子一会儿唱唱跳跳，一会儿哭哭啼啼。

陆明潼坐在一旁，赤脚踩在木质地板上，端着游戏机打游戏，偶尔抬头看一眼，喝一口她递到嘴边的啤酒，说她看这样无聊的节目浪费时间，不如去做一下运动。

在一起以后，他们一直是这样的相处方式。

做快乐的事，也做无聊的事。各有空间，亦有互动。

可能没人懂，但陆明潼一定懂，让她坚持不放弃的理由，绝没有那样惊天动地，不过是因为这寻常普通的每一天。

请客吃饭这天，叶文琴起了个大早做准备，虽不至于像婚礼筵席一样兴师动众，到底还是个重要场合。

她约了专业的造型师做妆发造型，吃过早餐以后，将熨烫好的裙子带去店里。

秦正松另有事情，要迎接自崇城来的亲朋好友，将叶文琴送到以后先行离开。

整个过程漫长极了，从基础护肤开始。

负责她的那人三十来岁，名头是店里的总监，说话温声细语的，服务态度很专业，分明说的是奉承话，可脸上笑容一点也让人看不出来服务行业独有的那种虚伪矫饰。

她夸叶文琴气质好，精神面貌也好，跟平日接待的养尊处优的全职太太不太相同，身上有种职业女性的干练。

叶文琴早过了爱听陌生人吹捧的年纪，还是略略受用这几句，便放了手机，同她闲聊起来。

对方听说叶文琴有个女儿，是做婚礼策划的，便笑说两人也算是一条产业链上的半个同行。

“不过婚礼策划比我们累得多，大事小事都要操心。赚钱不稳定，主要看提成，而且他们还做不了回头客生意。”

叶文琴语气淡淡：“所以她就是成天瞎忙，累死累活的还赚不了几个钱，不知道图什么。”

“这不是因为有您在背后做靠山，您女儿才能随心所欲地做自己喜爱的

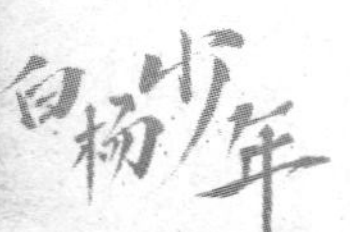

工作嘛。”

叶文琴沉默了一瞬，叫人帮忙倒一杯水来，转移了话题。

喝水的时候，叶文琴问她：“你有小孩了吗？”

“有啊，我结婚早，小孩现在读初一了。也是个女孩。”她笑说，“她刚三岁我就离婚了，一个人拉扯她。我没读几年书，工作也不固定，离婚以后她爸只按月汇基本的抚养费，一年到头也不来看望一次。她小时候跟着我受了不少的苦，但她懂事，从来没抱怨过。这几年经济条件才好，去年第一次带她去迪士尼乐园，她高兴得不得了……”

叶文琴听得思绪渐渐飞远，回神时对方已经住了声，估计看她没在听，以为自己多话招人烦了。

叶文琴笑了笑：“你有个好女儿。”

“所以说女儿是贴心小棉袄呢——您放心，今天我一定帮您把妆发做好，让您女儿高高兴兴地看着您组建新家庭。”

叶文琴似听非听的，往镜子里望一眼。

造型师手法再专业，所用精油再优质，也遮不住眼角皱纹了。

她倒是从未惧怕过老去，只是这些年忙忙碌碌从没停过脚步，这一阵休假，难得地歇一口气，回头望，还是很有些时光流逝如斯的惊怔。

她不由自主地从手包里摸出手机，翻着通讯录的时候又犹豫了，最后还是放回去。

酒店里订了三桌，叶家几个亲戚，秦家几个亲戚，除此之外，还有两人的好友。

齐竟宁跟他父亲今日也出席了。齐竟宁作为小辈，主动帮忙做了一些接待的工作。

待到宴席即将开始，齐竟宁往叶家那一桌扫一眼，人都来齐了，只除了沈渔。

沈渔的表弟和表妹两人，正凑拢着玩游戏，大笑大叫的，一点没顾及场合，直到沈渔的外公出声喝止了才收敛几分。

齐竟宁回到自己那桌，给沈渔发条消息：“你还没到？要开席了。”

这条消息，半小时后才有回复。

沈渔告诉他："我不来。你玩得开心——帮我多拍点照片吧。"

宴席仪式也很简单，叶文琴和秦正松各自讲话，再请两人的至亲致辞。

秦正松那边讲话的亲人是他的儿子，此前一直跟他前妻生活在香港地区，为了这一顿饭专程赶过来的。

至于叶文琴这边，是沈渔的外公致辞。老人专门写了稿件，怕忘词，没脱稿，又因为看不大清，时不时得举着稿子凑到老花镜前。

都是"琴瑟和鸣，白头之约"这类文绉绉的大词，逗得大家哈哈大笑。

齐竟宁听见同桌的有人窃窃私语，问女方不是有个女儿吗，怎么没见人影？

齐竟宁最近刚知晓了沈渔和陆明潼的事，他对沈渔只到略有好感的程度，调整心态也快。

重新审视，他觉得沈渔远比他印象中的要离经叛道，还在微信上调侃过她两句。

沈渔说齐总这是小瞧人，一贯闷声不吭的，才是做大事的人。

他只知道沈渔跟叶文琴大吵一架，没想到能闹到这样严重的程度。

简单仪式结束，宴席正式开始。

因都是亲友，叶和秦提前说好了，以交流感情为宜，喝酒就点到为止了。

叶文琴挽了秦正松过来给叶家亲戚敬酒。

沈渔的表妹辛萌萌口没遮拦的："大姨，您再婚这么重要的场合，怎么表姐都不来呀，工作有这么忙吗？"

叶文琴笑看着她："菜够不够？"

"啊？"辛萌萌愣了下，往她妈坐的位置看了看，"够的吧……"

"不够我就叫后厨再加两个菜，"叶文琴伸手捏一捏辛萌萌的脸，扯得她嘴角咧开，"免得堵不住你这张话多的嘴。"话里语气，又似嘲讽，又似长辈对晚辈的单纯揶揄。

辛萌萌一下不敢说话了。

敬了一圈酒，两人去了秦正松的亲戚那一桌坐下吃饭。

秦正松凑到叶文琴耳边，低声说："我是不是说过，你不请小渔过来，是亲者痛仇者快。"

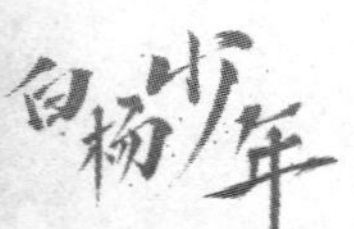

“非得这时候马后炮？”叶文琴真被辛萌萌的那一句话给怄到了。都是大人教的，小孩子说出口，倘若惹得她不高兴了，一句“童言无忌”就能打发过去。

“我是叫你现在喊小渔过来，还来得及。”

“迟到了像个什么样子，还不如不来。”叶文琴神色淡淡，“再说了，你又不是没请，是她自己不来的。硬气得很，还非得我低三下四地求她不成？”

秦正松不置可否地笑了笑。

沈渔早早就下班候命了。

齐竟宁给她发来消息之后，她顺势拜托齐竟宁，要是看着酒席快结束了，给她发条消息。

收到消息以后，沈渔便拿上提早准备好的礼物，准备出门了。

陆明潼推了笔记本电脑自沙发上站起来：“我陪你去。”

沈渔看着他，有所犹豫。

“就在车上等你。”陆明潼揣上烟盒和火机，“我出去透透气。”

陆明潼自发地承担了开车的任务，往副驾驶座上看一眼。沈渔抱着那礼物袋子，神情与赶考没两样。

“你说，我是交给秦叔叔就好，还是直接交给我妈更好？”

“姐姐，你是去送礼的，不是砸场子。阿姨再不愿意见你，不会在这种场合给你难堪。”

沈渔根本没听进他的话，仍旧自己琢磨着：“算了，还是给秦叔叔吧，反正心意送到了就行。”

“……”

开车过去二十来分钟。

到时，现场正要散席。沈渔怕秦正松看不见微信消息，直接拨的电话。

秦正松问她：“要不要上来敬杯酒？”

“不了不了，您把礼物拿去了我就走。”

“那你在大堂坐着等一会儿，我马上下来。”

沈渔下车以后，陆明潼点了一支烟，坐在车里等她。车停在酒店对面的路边，临时停车，打着双跳。

没一会儿，他看见沈渔从酒店里出来了。

然而，走在她身旁的并不是秦正松，而是叶文琴。

两人顺着正门这条路往前走，走到尽头，拐了个弯，到旁边那条僻静的小路上去。

陆明潼便启动车子，驶离这一段路，准备另找个停车的地方。

叶文琴下楼来取礼物，解释是秦正松这时被宾客缠住了，脱不开身。

沈渔辨不清这解释的真假，终究，叶文琴不排斥见她，她就头脑一热地请求，给她几分钟时间，单独说两句话。

沈渔用眼角余光打量叶文琴。

叶文琴今天穿一条黑色裙子，妆发稳重又不显老气，极有气质，路灯下，脸色泛红，应当席上喝了不少的酒。

她遗憾自己没亲身见证，但也高兴不管有没有她，叶文琴今后的生活都是确定无疑的喜乐平安。

沈渔迟迟不语，难得，叶文琴也不催她。

步子放得慢，昏暗灯光下，两人脚步一声叠一声。

许久，沈渔才低声开口，带着笑意说道："妈，我知道我从小成绩不怎么好，做事也不灵光，一直不是您心目中能令您骄傲的那种女孩。您受了委屈，我帮不到您；您想扬眉吐气的时候，我却做了个灰头土脸的工作。如今，我谈恋爱，又完全伤害了我们两人之间的情分……"

她一字一句，恳切却不带一点怨怼地剖白：

"我知道您对我为什么会答应跟陆明潼在一起的过程，肯定没有半点兴趣，所以我也就不废话了。

"我绝对不会放弃陆明潼，不管您是否认同这一点，陆明潼是无辜的。我确信他是那个能陪我一直走下去的人。当然，未来的事情，谁也说不准。如果到时候我不幸打自己脸了，那也是我活该。但此时此刻，我必须坚守自己的立场。

"您说得对，人要为自己的选择负责。所以，您不用原谅我，我也不会纠缠您，让您为难。

"但是，即便您不原谅我，我也永远爱您。在南城，在我这里，永远有

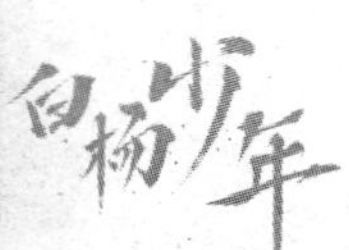

您的一个位置。”

他们是那种再传统不过的家庭，长这么大，极少在口头上说“爱”这种话。

沈渔原本是带着笑的，说到最后还是忍不住声音渐哑，但泪花在眼里，没晃下来。这是叶文琴高兴的日子，她不想触霉头。

她抬手飞快地抹去了，笑一笑说：“我送您上去吧。”

叶文琴从头到尾一句话也没打断沈渔，始终面色淡淡地打量着沈渔——她只是过来送个礼物，却也特意打扮过，化了妆，戴了隐形眼镜，专门穿了条法式风格的碎花裙子。沈渔小时候最讨厌穿裙子，更讨厌叶文琴时不时叫她淑女一点的耳提面命。

叶文琴平淡地开口：“你也就这点出息了。你再硬气点儿，我说不定还高看你两眼。这软趴趴的性格，完全随了你爸。你噼里啪啦说了一大堆，那我也说两句。你知道我是个什么性格，在我这儿，就没有后悔这一说。因为我但凡软弱一点，就走不到今天这一步，这是我的原则。所以，我压根儿就不会考虑原谅不原谅，接受不接受。选择题是你做的，你想通了不用求着我原谅，这很好。各自把日子过好吧，你也不要后悔就行。”

人生无非食得咸鱼抵得渴，求仁得仁罢了。

叶文琴扬了扬手：“走吧，我还得回去送客。”

她往地上看一眼，看见沈渔落后她一头的影子。

想到小时候沈渔说话和学步，都比别人要晚，后来上了小学，学字也慢，甚至更慢。她是凡事争先的性格，为此没少着急上火。

后来有次沈渔数学考试不及格，请了家长。

回家的时候，她拽着沈渔的手，走得飞快，一点没注意到女孩跟得踉踉跄跄。

最后，沈渔脚下一绊，扑倒在地，号啕大哭。

她这个女儿，小时候学东西慢归慢，但有个优点，就是很少哭，出去打针都呵呵笑，反应迟钝得很，跟小傻子一样的。

这一回，她却哭得比感冒发烧更甚。

女孩就扑在地上，上气不接下气地哀求：“妈妈，你慢一点，等等我呀！”

这快被时光湮没的一件往事，突然叫叶文琴心头一恸。

要她说，唯一后悔的事，是两人还在朝夕相对的时候，合该慢一些，不催，不急。

等一等又怎样呢？

现在这急景凋年，她们要走的路都不在同一方向。

想等，已经没处去等了。

沈渔站在酒店的这一边，向着对面望了望，没有看见车，只看见人。

陆明潼懒散地站在路边，朝她挥了一下手。

她左右观望地穿过马路，到了陆明潼跟前，后者弯腰低头，径直往她脸上看："是不是又哭了？"

"你怎么这么讨厌？"沈渔打他一下。

"难不难过，要不要我抱抱你？"

"快滚快滚。"沈渔笑着去推他。

他就势捉住她的手臂往后一别，搂住她的肩膀，边走边问："回家，还是我陪你走一走？"

"车呢？"

"挪别处去了。"

"走一走吧，免得浪费我这个妆。"

"还有裙子。"陆明潼略低下头，在她耳朵尖的正上方低声说，"姐姐穿裙子好看。"

沈渔拎起自己的链条小包轻轻掼他一下："又不是给你看的。"

这一段路，到了晚上车流并不密集，初夏湿润清凉的风，捎带些烟尘的气息擦过耳畔。

附近有条河，架设年代久远的石墩桥。

沈渔趴着栏杆往桥下望，问陆明潼："这是什么河？"

"不知道。"

"你查一下。"

"你下回还想来？"

"不想。"

"那就不查了。"

"懒不死你。"

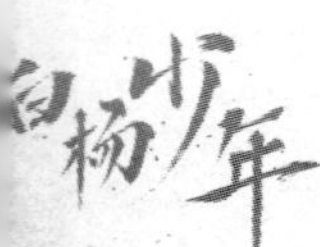

陆明潼没甚所谓地“嗯”了一声，紧跟着忽然伸手，搂着沈渔的腰叫她转过身来，拦腰将她抱托着，坐上了栏杆。

沈渔吓得直嚷：“要掉下去了！”

“你腿再乱踢就真要掉下去了。”他两条手臂稳稳地箍住了她的腰，只要她身体不非得往后倒，并无半点风险。

果然沈渔适应得很快，不一会儿就惬意地晃起了两条腿。

她脚上穿的是一双穆勒鞋，直接脱掉了赤着脚。

陆明潼穿一件圆领的黑色短袖T恤，衣服有淡淡的烟味。他的肤色让深色衣服，衬出一种冷调的白皙。

他抬头看着她，顿了片刻，忍下了自己的欲言又止：“算了，不问了。”

沈渔知道，在这件事上，陆明潼对她很有愧疚心，不是真像他自己说的那样行事乖张肆意。

她便主动告诉他，问她也无妨的。摊开来说清楚了，结果是好是坏都能承受。事实上，情况比她以为的乐观多了。

至少，在她看来，她们母女俩已经达成事实上的“理解”了。虽然远不到“谅解”的程度，但她不贪心的，这样就足够。

沈渔低眼望他：“至于让我相信自己的选择没有错，就是往后你要向我证明的事了。”

陆明潼抬起一只手抚着她的后颈，叫她低下头来，好让他吻她。他搂她入怀，熨帖她被夜风吹得微微发凉的皮肤。

沈渔从资本家唐舜尧手里，硬生生地抠出来一个完整的周休，陪同陆明潼一道去江城。

为节省时间，他们乘高铁去。

陆舅舅初初接到陆明潼要去参加订婚礼的反馈时，嘴上不饶情地刻薄了几句，结果却还是不失礼数地安排了车子去高铁站接。

但让陆明潼万万没想到的是，竟是舅舅亲自来接。

陆舅舅自己的解释是，家里其他人都有任务安排，腾不出空来。原本他自己也没空，但他这位外甥难请得很，怕慢待了，回头说他办事不周到。

陆明潼对上自己这位舅舅一贯是不怎么擅长招架的，且上回还欠了他一个人情，更没什么硬话可说。就由他口头上嘲讽这两句，沉默领受了，先走社交流程地介绍了沈渔的身份。

陆舅舅略略觉得沈渔有些眼熟，一时想不起，只先礼貌地微笑应承，请她先上车。

在路上的时候，陆舅舅猛地记起来：这姑娘不就是住清水街陆家楼上那一家的吗？也就是说……

他往后视镜里看陆明潼一眼，冷哼一声。

如果不是陆明潼还带着一个人，他保管直接轰其走……这都是些什么事！

沿路，聊的都是陆明潼表哥订婚宴筹备的事。

陆舅舅一半精力用于观察路况，后知后觉地意识到，一路上分明是沈渔在陪着他聊，陆明潼半天才吭一声。

沈渔对订婚宴的配置到流程，大局到细节，都能说得头头是道。

陆舅舅问："沈小姐是酒店工作人员？"

沈渔笑说："我是做婚礼策划的。"

"犬子的婚礼，到时候还得仰仗沈小姐指点。"

陆明潼："她人在南城，管不到舅舅你江城这一块。"

沈渔偷偷掐陆明潼手背。

人家明显说的客套话，顺着说就行了，干吗拆台？

然而，甥舅两人，仿佛就喜欢这种凡事互相杠一杠的相处方式。陆舅舅绷着脸道："这是我跟沈小姐之前的人情来往，你插什么嘴？"

陆明潼无可无不可的神情。

沈渔笑说："我虽然不在江城工作，但有些业内同行在江城。您到时候如果真需要的话，我介绍给您。"

车并不是开去酒店的，而是直接去陆明潼的外公家里。

陆舅舅仍是揶揄口吻，说陆明潼轻易不回来一次，回来的排场，比座上宾还要座上宾。外公亲自安排的，说酒店再好也不及家里。

他叮嘱道："到了外公跟前，你最好知道点分寸。在南城随你怎么不懂规矩，到了家里把皮绷紧点，别就回来两天，搅和得我们这些在江城的人也不得安宁。"

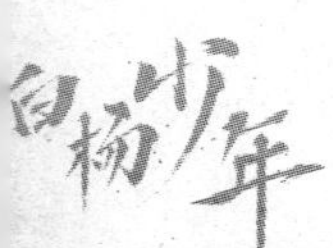

陆明潼语气平淡地应承：“知道。”

沈渔延后了片刻才反应过来，陆舅舅是让陆明潼别点破她的身份。

实话说，沈渔并没有做好与陆明潼的家人亲近接触的准备，她原本以为，过来也就普通地吃一顿酒席，剩余时间在江城逛一逛，权当散心。眼下，从陆舅舅亲自来接开始，一切都在偏离预期。

离目的地越近，沈渔越是沉默。

到了小区门口，陆舅舅去找地方停车，叫两人先上去。

沈渔跟着陆明潼下了车，落后他半步，迟疑地出声：“陆明潼……”

陆明潼停步转身。

“要不我还是去找个酒店住吧？”沈渔抱住手臂，笑容很是勉强，她隐忍了一路，还是决定提出自己的疑虑，“我觉得太打扰了，你外公身体本身就不大好。”

陆明潼自然听出来这是客套的托词。

她心里有隔膜，还做不到不带主观情绪地去面对许萼华的亲戚朋友。在她这里，只有陆明潼本人是例外的。

“好。那我们上去打个招呼就走。”

陆明潼的外公家离附近的大学很近，当年和学校的同事一起买的这小区里的房子，住了有些年头了。

后来两个儿子又给他买了套湖景别墅，周边环境和物业管理都比这儿好上太多了。但他住惯了，和陆明潼的外婆商量以后，还是决定不搬。家里书多、细小的物件儿多，光收拾就是个大工程。

是陆明潼外婆过来开的门。

外婆精神矍铄，气质静和，远比实际年龄看起来年轻。她望见门口的两人，满面笑容，请他们赶快进来坐。

这热情让沈渔有些吃不消地难受，又觉得自己是不是太矫情了。

身后的陆明潼轻轻地推一推她，轻声说：“进去坐一会儿我们就走。”

陆外公缓慢地从书房走了出来，他穿一件浅灰色的苎麻上衣，看花色和样式，和陆外婆身上的应当是一套。

他手里拿着一本书，正捏着老花镜往鼻梁上架，等看清楚陆明潼的脸，先笑了一声：“来了。”

“外公。”陆明潼在外公跟前，全然另外一副乖巧模样，跟在沈爷爷面前一式一样的。

陆外公又望向沈渔，等陆明潼介绍，外婆也是且打量且喜悦的神色。

陆明潼说：“我女朋友，叫沈渔。”

沈渔礼貌地笑着打了声招呼。

陆外公一眼看出来，女方应该大了几岁，但什么也没问，笑着叫他俩赶紧坐，又唤家里的保姆看茶、切水果。

沈渔挨着陆明潼，在沙发上坐下，始终局促。

好在两位老人很有分寸，只等陆明潼自己介绍，绝不主动探问她的信息。

更多的，还是聊陆明潼的近况如何，工作顺利与否云云。

很快，保姆端了水果上来，洗净的草莓和青提，还有盛在白色瓷盘中的、切牙的哈密瓜，一应都是新鲜水灵的。

陆外婆笑呵呵地问：“不知道小沈习惯吃什么水果。要是不合口味，晚上我再叫人去买一些。”

沈渔赶紧说：“我都吃，不挑的。”

“你别太拘谨，就当是在家里，有什么需要直接跟明潼说，打发他去给你张罗。”

沈渔微笑说好。

这时候，陆舅舅停好车上来了。

陆明潼估计他应当是打个招呼就得走，如果自己跟沈渔不住这儿，最好提前单独跟他说一声。

陆明潼牵住沈渔的手腕，对外公外婆说道：“我先带她去洗个手。”

两人到厨房去。

陆明潼拧开了水龙头，和她一起一边洗手，一边叫她等下出去先坐着吃点水果，他得跟舅舅打一声招呼。如果没预留多的酒店房间，他们再自己订。

“等一下……”

陆明潼看她。

沈渔很是迟疑：“原本安排的，就我们两个人住在这里吗？”

这房子面积很大，四室两厅，还带两个生活阳台。

陆明潼解释说：“他们年纪大了，要分房睡，还有一间是书房，就剩唯

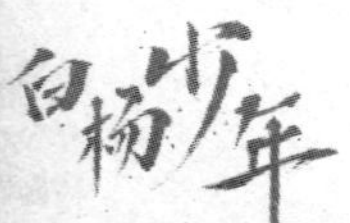

一一间客房。但他们喜静，平常一般不留人住。”说着，他隐约意识到沈渔在为什么而犹豫。

一定是两位老人叫她想到了沈爷爷，也就推己及人地不想让人失望。

他便对她说：“我小时候在江城生活的那几年，不住在这儿，跟我妈租住在外面。”

这是叫她放心，这里绝对不会有让她不高兴的痕迹。

沈渔洗净手，拧上水龙头，低声说：“其实住这儿也可以。”

陆明潼不催促，让她自己决定，等她慢慢考虑。

最后，沈渔下定决心：“就住这儿吧。只要不会打扰到他们。”

陆舅舅进来稍坐便走了，今日许多亲戚朋友往来江城，一应等着他跟家里人去做安排。

临近中午，陆外婆叫保姆开始准备烧饭。菜一大早就买好了，陆外婆陪同保姆一道去菜场挑拣的。来江城不能不吃藕，粉藕熬汤，脆藕清炒。外婆挑了一斤新鲜排骨，早早叫人熬在了砂锅里。

这房子做中式装修，整屋沉稳而不老气的胡桃木家具，随处点缀绿植。书房里整面墙的书柜，两米长的大书桌，让外公的工具书、学术期刊和零星一些以供消遣的大众书籍给摆得满满当当。

陆明潼领着沈渔各屋参观，解释说，外公前几年做过手术以后，多半时间都在家将养。但他始终闲不住，每天总要花去半天以上的时间伏案看报、读书、写文章。他还开通了微博，每周都会在上面发表一篇时评文章，和粉丝互动。

不过，因为现如今微博上不动脑子的“杠精”太多，外公又是特别较真的性格，外婆怕他被“杠精”气着了，收走了他的微博打理权，帮他代发文章，再转述一些有价值的评论给他听。

沈渔听得莞尔，问陆明潼：“微博账号是什么？我偷偷关注一下。”

“回头告诉你。”

南北两面阳台，一面是晾晒衣服的生活阳台，一面种了好多植物，尤以山茶花居多。陆明潼告诉她，外婆最喜欢山茶，这里面好几棵，是从福建的山里不远千里地运回来的。接回来却始终不开花，生怕养不活，还专门去请教人工培育山茶的专家，细心呵护了三年才又等到开花。

两位老人物欲极淡，工资到手以后就散出去资助学生了。如今退休工资满足基本的衣食住行之外，也都捐了出去。

退休以后，他们也不似其他同事爱出国旅游，所有的精力都投注到这些爱好上，看书、弹钢琴、养花……偶尔招待上门拜访的学生。应酬都少，不必要的来访全推拒了，他们嫌吵闹。

沈渔有所感。

确实不能以一人的言行去推及他人，她所见所闻的，也不过是与沈爷爷一般无二的两位普通老人罢了。

逛一圈之后，陆明潼将两人的行李箱挪去客房。

沈渔回客厅坐下以后，外婆问她，这一次过来能待几天。

“周一就要上班呢。”沈渔笑说，“订了明天晚上的返程票。”

“那下午叫明潼带你出去逛逛，趁现在天气不大热。这附近不远就有一条步行街，也不用开车，坐三站路就到了。”

沈渔笑说好，一切听陆明潼安排。

中午菜色丰盛。

外婆说怕沈渔是南城人，吃不惯江城的口味，特意叫保姆将味道做得清淡些。

沈渔就没好意思说自己是能吃辣的，怕辜负外婆一番好意。

饭桌上气氛很是融洽，虽然话不密。两位老人都不是能言善道的性格。

吃完叫保姆收拾过餐桌，两人又陪着沈渔喝了一盏茶，随即外婆十分歉意地笑说：“吃了饭就犯困，小沈，别笑我们失礼，我跟老陆得先去睡个午觉了。有什么要求，就直接跟明潼说，别客气，就当这是自己家里。”

沈渔跟陆明潼在客厅歇了一会儿，到客房去收拾东西。

从箱子里拿出明天要穿的衣服，取出衣柜里的衣架挂起来，沈渔往外面看一眼，阳光虽盛，气温却并不算高。

“我下午想出去买点东西。”

“买什么？”

“给你外公外婆买点礼物。”

“你不是都已经送过了。”

“那只是南城特产，我们南城本地人都不爱吃。”本来如果只是碰一碰面，

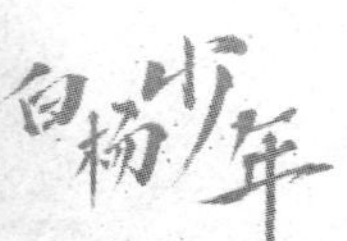

这礼物算不得失礼，但现在叨扰一番，又似见家长的局面，让沈渔略感不妥。

陆明潼坐在床沿上，手臂撑在膝盖上，望着蹲在地上整理行李箱里物件的沈渔：“不用因为所谓的礼数而为难自己。”

“我没有觉得为难。即便往后，与这边来往不密切，他们对我的好意，有一分我是要还一分的。”沈渔正色道。

不因为许萼华而迁怒无辜，更不会因无辜人的善意，而对许萼华的憎恶减少半分。

这是她为能与陆明潼坦然地在一起，而为自己划定的原则。

下午，沈渔跟陆明潼去了附近的购物街，给两位老人各挑了一件正式些的礼物。

晚饭仍是在家里吃。

九点多的时候，陆舅舅过来了一趟拿点东西。

外地来江城的宾客，大都已经安排妥当了。消停了些，陆舅舅也坐着喝一盏茶，陪同聊会儿天。

临近十点，陆舅舅准备走了，陆明潼起身相送。

出电梯，步行至停车的地方。

陆明潼言声，感谢上一回舅舅出手相助。

陆舅舅轻哼一声，似乎并不愿意领受陆明潼突如其来的“示好”。

陆明潼小时候在江城生活过几年。陆舅舅不满于妹妹的离经叛道，可那时候却顶喜欢这个聪慧懂事的小外甥。他一直觉得，陆明潼现如今这个不讨喜的性格，跟妹妹脱不了干系，要是能一直在外公外婆的膝下，必然能将陆明潼教养得识大体、有格局。

他是家庭观念重的人，性格也有爱充面子的成分，因此倘若陆明潼有向陆家靠拢的意愿，他实则是高兴的。撇开感情因素不谈，他站在商人的立场，纯功利地说，他相信未来陆明潼必会做出成就，如今便算是投资吧。

陆明潼倒没有借力东风的意思，出发点很单纯，就想未来两人借道江城，能有个落脚的地方。

其后漫长岁月，保不准总有意外发生，至少那时候，沈渔有可以话事的去处。

许萼华那一句让他不要把路走窄的忠告，他愿意听取。

除了道谢，陆明潼还有一句忠告，关于吴先生的：“往后舅舅跟他生意往来，最好留足退路。”

陆舅舅问他为什么有此一说。

陆明潼犹豫。

陆舅舅从口袋里掏出烟盒，抖出一支递给陆明潼，很社会人的笼络手段。陆明潼微微蹙了蹙眉，还是接了。

陆舅舅给他点了火，他抽了一口才说：“抽不惯你们中年人的口味。”

陆舅舅：“……”

陆明潼讲了上一回吴先生为跟蒋从周搭伙，先斩后奏“卖”了他的前因后果：“当然，我人微言轻，不如舅舅跟他利益关涉深。姑且一听吧……他敢这么做，自然也不忌惮我会告诉你。”

陆舅舅无声地抽着烟。他与陆明潼眉眼特征多有相似，恐在外人看来，他就是另一个城府更深的陆明潼。

“生意人只讲利益，我跟谁来往都会提前给自己留退路。当然，还是谢谢你提醒。不过……”陆舅舅话锋一转，“你怎么会觉得你刚才这番话，重点在姓吴的？”

陆明潼即刻反应过来，却没什么表情：“哦，你也是现在才知道？”

那时候，家里又是威胁又是哄骗的，就想让许萼华说出男方是谁。许萼华死不开口，致使孩子父亲的身份成了一桩悬案。

他们兄弟私底下甚至揣测过，是不是对方位高权重，威胁了许萼华不能开口，否则将会祸及陆家。

这些年，凡有相关的线索，陆舅舅都会忍不住顺着调查，但一直没有结果。到最后就跟拼图缺了一块一样的，叫人耿耿于怀起来。

结果，这么多年的悬念，叫陆明潼轻飘飘的一句话就给揭晓了。

陆舅舅竟有点心理失衡。因为他是见过蒋从周的，在一个酒会上，还交谈过两句。他是觉得蒋从周面善，但没细想过。答案就这么从手边溜过去了。

陆舅舅问：“后来姓蒋的没再找过你？”

“找过一次。”

但自许萼华去见过蒋从周以后，就没再找过了。陆明潼是后来才意识到，恐怕许萼华告诫过蒋，不要再去打扰他的生活。

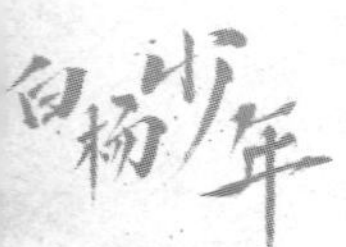

“蒋从周在首都有权有势，其影响力远甚我跟姓吴的。能跟他攀亲带故，自然前途无量。但我忠告你，尽量别跟他有所牵涉，他背后有很多身不由己的关系网，如果让他们知道有人会分走他的财产……”

“我连你都懒得巴结，又怎么会去巴结姓蒋的？”陆明潼平淡一句话断截他的忠告。

“现在这话倒硬气，求我的时候可不是这态度。”陆舅舅忍不住戳穿陆明潼。

“因为那时是以外甥身份。”

陆舅舅话语一滞。他这个外甥，不会说话是真不会说话，可冷不丁地来这么一句，又坦诚得叫人很受用。

他笑了声，给车解锁：“走了，你上去吧。”

男人间的情谊很是奇怪，不过一支烟，就能达成谅解前嫌不计。

陆明潼上去以后，外公外婆略坐了一会儿，就回主卧休息去了。主卧带一个套卫，他们怕沈渔不自在，所以让出了家里公用的浴室。

沈渔洗过澡，客随主便地早早上了床。

床单被罩有股洗净的香味，她躺在上面，清心寡欲的，一点邪念也无。

陆明潼来逗她，被她义正词严地打发，是来做客的，不要这么没规矩！

第二天起个大早。

在家里用过早餐，各自整理着装，过了上午十点半，一行人出发去办订婚宴的酒店。

陆舅舅安排打点好了一切，全然用不着两位老人操心。

陆明潼的表哥，不如陆舅舅心思缜密左右逢源，陆舅舅对他也没有过高期待，本分守成就行，因此，也挺赞成他早早把婚姻大事定下来，以后全心全意辅助家里的生意。他女朋友学理科，走学术道路，单纯而守拙的性格。外公外婆见过，很是喜欢。他们本就觉得陆舅舅锋芒太盛，下一辈韬光养晦些，没什么坏处。

一行人到时，表哥特意过来跟陆明潼打了声招呼，也学他爸找烟，但姿态就诚恳得多。

他笑说现在忙，照顾不周，叫陆明潼带着弟妹自便，不要拘束，要什么都可跟服务员打招呼。

他女朋友站在他身旁，穿一条白色纱裙，清秀而温柔的长相，在遇上沈渔的视线时，腼腆地笑了笑。

因只是订婚，场面没有那样隆重，仪式也简单。

但场地仍是精心布置过的，白色、浅黄和墨绿为主色调，很是清新浪漫。

沈渔拿手机拍照，角角落落的都不放过，一转头却见外公外婆正望着她眯眼笑。

沈渔立马收起手机，解释说自己这是职业病发作。

外婆笑说："小沈和明潼有没有计划呀？"

沈渔看陆明潼一眼："呃……他还年轻，以事业为重。"

"也是，现在年轻人都结婚晚。"外婆不想叫人觉得自己是那种逼婚的老古董，且陆明潼与他们的关系，尚未亲近到可以不顾分寸，因此提一句也就罢了。

陆明潼手臂搭在沈渔背后的椅背上，凑近了轻声说："虽然我还年轻，但如果姐姐着急的话……"

"谁着急？"沈渔一记目光瞥过去。

"好好，是我着急。"

酒席结束，外公外婆被陆舅舅着人开车送回去。

陆明潼和沈渔没有跟从，因为沈渔听陆明潼说他小时候在附近的小学读过两年的书，她想过去看看。

午后阳光明亮，几分灼热，梧桐叶片仿佛透光，洒一地的清凉。

水泥地面上光斑摇曳，他们走在地上，如行水中。

刚参加过宴席的一身，还是太过正式了。

她穿着一条纯色的小礼服裙，踩同色的细跟高跟鞋，衬得肤色白皙，也似微微泛光。

陆明潼穿一身黑色西服，专为今天的场合新做的。这剪裁利落的正装，让他的英俊呈现极其疏冷的底色，仿佛不食人间烟火。

走了十来分钟，陆明潼所说的小学就出现在对面。

周末校门紧闭，一旁镀金浮雕的校名，微微有些褪色了。

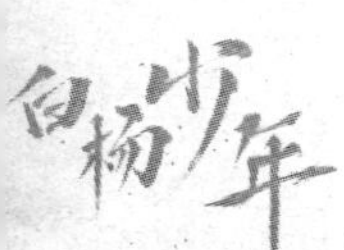

陆明潼说，跟记忆中的差不多，感觉比想象的要小。

“那是因为你长大了。”

陆明潼就站在树影下，没有向它更近一步。

沈渔却挣了他的手，因为看见了校门旁的小卖部，门还开着。塑料雨棚下，店主坐在椅子上，闭眼摇扇。

“你等我一下。”

陆明潼看着她过了马路，朝对面走去。

他记得小时候，校门外总是停满了车，那些上课时两个形近字分辨起来都困难的小朋友，却能在人流中准确无误地认出自己的父母，远远就迎过去，一叠奶声地呼唤。

他时常是没有人来校门口接的。

因为许萼华很不喜欢这样的场合，即便接，也是远远地在路口处等他。

因此，每当放学，他就低着头，拉紧书包的带子，飞快地穿过人群，向着路口处奔跑而去。

他没有流连过学校的小卖部，没有那些集体行动的回忆，也几乎从来不跟同学有任何关于这方面的交流。

他始终逆行着逃离人群，孑然一人。

然而，此刻，这一段记忆仿佛被改写。

再不是那些与他擦身而过的，每一个都比他高的身影，让他仿佛是在穿过身影的，黑压压的森林。

他看着沈渔打开了小卖部门口的冰柜，弯腰在里面挑挑拣拣。

树影摇动，干扰他的视线，使他觉得，她仿佛是一道抓不住的光。

很快，她捏着两根雪糕走过来。

她踩着十五岁的梦里那样炽烈的日光，穿过流水一样清凉的绿意，向他走过来。

她由光变成了具象的一切。

她走到他跟前，摇了摇手里的雪糕，笑着，像十四岁他初见她时的那样。

“姐姐请你吃雪糕呀。”

番外一

寄望

蒋从周病程发展快，送了一回ICU，转普通病房后，拿药水吊着，状况却是江河日下。

王助理再度联系陆明潼，说蒋从周想在走之前，最后再见他一面。

陆明潼权衡之下，答应去，但要求蒋从周的身后事，一概不要牵涉到他。他只想和女朋友平静地生活，不希望卷入任何是非。

陆明潼去的时候，没有其他人。蒋从周让王助理将病床摇起来，强打精神地跟陆明潼说了些家常。他病号服下的身躯，只剩下一把枯骨。

过会儿，他叫陆明潼从袋子里给他拿一个橙子。

他衰弱到剥橙子都费力。

陆明潼看不过眼，自他手里拿过橙子，剥好了，再递给他。

实难有什么别的解读，即便这时候面前是个陌生人，陆明潼也会动恻隐之心。

蒋从周却眼见地情绪激动。

他生病以后，自有金山银山地往他跟前堆，却没喝过至亲骨肉亲自伺候的一杯水。

一周后。

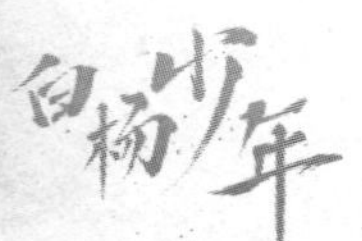

陆明潼接到王助理打来的电话，说蒋从周走了，走得很安详。

他没将陆明潼的身份公布于众，也没执意要在遗嘱里补偿陆明潼些什么。

只留下一封信。

那封信陆明潼拆了。

显然是蒋从周病隙之间手写的，字迹歪扭而虚浮。

就七个字：无灾无难到公卿。

陆明潼查过才知，是宋代词人苏轼写给自己儿子的，全文是：人皆养子望聪明，我被聪明误一生。唯愿孩儿愚且鲁，无灾无难到公卿。

恐怕，蒋从周自认配不起全诗这样的殷勤口吻，才只取了最后七个字祝福陆明潼。

吊唁会陆明潼如约去参加了，连同许萼华一起。

来往皆是有头有脸的人物，母子两人混迹其间，浑没有人注意。

外头应景地下了一场秋雨，萧寒天色。

母子难得团聚一回，若不是因为蒋从周的葬礼，下一次不知道会在什么时候。

许萼华许多关切的话，出口也不过只能问一问陆明潼现在如何，沈渔如何，两人在一起如何。

各人有各人的生活要过，她的立场在此，也只能做这些浅表的口头关怀。

而所有关怀，一言以蔽之，也就那七个字，甚至，七个字都用不着。

无灾无难。

罢了。

葛瑶怀胎九月终于卸货，沈渔携陆明潼前去慰问。

葛小姐顺转剖，吃尽苦头，曾经立誓要生三个的，现在连老大都嫌弃起来，编派起旁边小床上熟睡的红彤彤的婴孩：“老娘半宿半宿睡不着，他倒好，一天有二十二个小时都是在睡的。”

“姐姐，他才出生一天。”

“要能塞回去，我就叫他打哪儿来的回哪儿去——你听我句忠告，一定考虑好了再生孩子。我这两天真是受够了，够够的了！”

她老公在一旁铁汉柔情地赔笑脸，说就生这一个，一个就够了。

结果，葛女士没到一个月就忘了自己的这番言论，开始猛催沈渔赶紧结婚生小孩。

语音消息，功放的，沈渔也就语音回复过去：“生什么小孩啊，陆明潼自己就是个小屁孩。”

陆明潼在一旁听见了，吃心了。

他晚上使出浑身解数，追问她：“谁是小屁孩？”

沈渔求饶：“我是，我是好了吧。”

陆明潼：“叫哥哥。”

沈渔忍不了，抄枕头砸他，变态！

陆明潼和江樵他们做的那个游戏，复评虽然没得第一，但也进了前三。

后续融资、组建专业团队却远远没有预料中顺利。

算来算去的，资金还有缺口。

陆明潼从前独立做外包攒的那些积蓄也都投进去了，他打算万不得已的时候，起草一份专业的文书，去找舅舅聊一聊。

结果没多久，江樵告诉他，那缺口补上了。

陆明潼当是江樵拉来了投资，没多过问，直到后来李宽说漏嘴，他才知道，是沈渔拿出了自己买房的积蓄。

她偷偷跟江樵签订的协议，让江樵把这笔账记在陆明潼名下。

陆明潼知道以后气炸了，回家质问沈渔：“这是你买房的钱！且根本不是一个小数目！创业有风险的，你想没想过这钱可能压根儿就收不回来了。”

沈渔浑不在意的模样：“收不回来就收不回来。”

陆明潼气得缴了她抱在手里的手机，将她从沙发上拽起来，正色：“我在跟你说正经的。”

“我也正经地跟江樵签的合同。”

“你蠢吗？”

那么多的例子，夫妻共同创业，创业成功以后，男方要么将女方排挤在

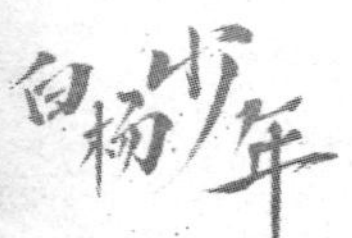

事业之外，要么出去乱搞，何况——

“我们连夫妻都不是。”陆明潼说。

“那我们先结婚嘛。”

“……”陆明潼满腹的道理，被她的不按常理出牌给打乱了。

沈渔笑着：“我对你有信心啊。再不济创业失败了，你就去大公司当程序员，干几年当上主程了，分分钟就把这钱赚回来了。”

“这是你要买房的钱。”

“我只是执意想有个自己的家。现在，我不是有了吗？”

“某人不久前说过，自己功利又世俗。”陆明潼手指戳她额头，“这就是你所谓的功利？”

“不准戳我！”沈渔瞪他。

“你最好祈祷我不是坏人，不会卷了你的钱就跟你分手。”

“你敢。”沈渔继续瞪他，然而身高差的原因，十分没气势。

她爬上沙发，甚至一条腿站到扶手上去，居高临下地望着他：“敢分手我就敢杀了你。”她被陆明潼传染了，语气病娇得很。

“你小心摔下来。”陆明潼走过去要抱她。

她紧紧抓住靠背：“你别过来，架还没吵完呢！”

陆明潼不跟她废话，拦腰把人一扛：“杀了我可以。”不过不是在这儿。

后来，这钱还是投进去了，不过重新拟了合同，该算沈渔的，都算在她自己名下。

再后来，这笔钱，成了沈渔这辈子唯一成功的投资。

番外二

春好

这天沈渔回家，发现陆明潼没去工作室，盖一张薄毯躺在沙发上，端着游戏机打游戏。她开门时，他有气无力地说了句："回来了？"

沈渔疑惑地走过去，拧亮了沙发旁的落地灯看。小祖宗死灰的一张脸，嘴唇上都起了死皮。

沈渔吓了一跳，伸手去探他额头："你不是发烧了吧？"

体温真有些高，她便问他，还有没有别的什么症状。

陆明潼告诉她，上吐下泻的，可能是肠胃炎。

"去过医院了吗？"

"没有。"

沈渔气笑了："非要等到我下班了带你去是不是？陆明潼，你几岁了？"她抬手把他手里的游戏机夺下丢到一旁，"生病了还不好好休息，还玩游戏。"

她催促他，赶紧起来换衣服，去社区医院看看。

陆明潼："你拉我起来。"

"……"

他抬眼看着她，仿佛在说，拉我啊，愣着干吗？

沈渔有几分无语："你读高中那会儿，因为感染都烧成那样了不也一声不吭，现在怎么这么矫情？"

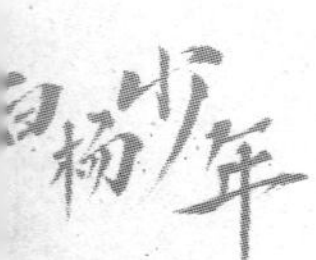

“你傻吗，那时候你又不是我女朋友，我矫情给谁看？”

“……”

生病让陆明潼变得没有耐心，他去卧室衣柜找一件衣服，半天没找着，就坐在床沿上，发脾气。

沈渔哭笑不得地走进去：“要穿哪件啊？”

“前天洗的那件。”

“还在阳台上晾着，你在这儿较什么劲？”

沈渔去阳台将他的衣服取了过来，往他身上一扔，他这才神色稍霁。

出门时，陆明潼穿着灰色连帽卫衣，头发乱抓了一把，十分凌乱。臭脾气让他脸色很不好看，但并不怎么影响他的颜值，反而多出一种生人勿近的冷淡气质。

沈渔拿着手机，边走边查附近的社区医院怎么走，觉察到陆明潼脚步声没跟上来，转头去看，发现他停了下来，一脸不高兴地盯着她。

“又怎么了？”沈渔笑问。

“腿没力气，你牵我。”他伸出手来。

沈渔有几分没脾气地走回去，一把抓住他的手。她严重怀疑，如果不是看了陆明潼这张脸，自己真的要撂挑子不干了。

医生开了药，服过之后，到晚上十点多，陆明潼烧退了，也稍微有了些胃口，开始喊饿。

沈渔临时开火，熬了一锅粥，炒两个青菜。

陆明潼喝了半碗粥，歪靠在沙发上，去拿游戏机，却被沈渔阻止。

“你都生病了，洗个澡早点去休息行不行。”

“睡不着。”

“那看会儿电影？”

“我想看书。”

“……”

“你帮我找一下。就在置物架上，刚买回来没拆的。”

沈渔决定等他病好了一块儿算总账。

进卧室，她在置物架上翻了三遍了，硬是没找见书的影子。

然而陆明潼不管，说这书就在屋里，掘地三尺也要找出来。

沈渔翻箱倒箧的，书没找着，倒是找着了不得了的东西。

她都没多想一秒钟，直接拿着那绒面的盒子跑去客厅：“陆明潼，你什么时候买的戒指？”

陆明潼顿时脸色更差，恨不得杀人的那种差。

他分明一整天都病恹恹的，这时候不知道哪里来的力气，腾地从沙发上爬起来，抢过了她手里的盒子：“谁让你乱翻的？”

“讲不讲道理，你让我帮你找书的啊！”

陆明潼把戒指盒子往沙发靠背和扶手间的空隙里一塞，自己又躺了下去，抬手臂盖住了眼睛，不再吭声。

沈渔：“书还要吗？”

“不要了！”

沈渔在他身旁坐下，笑嘻嘻地问：“你不是想跟我求婚吧？”

陆明潼一副生无可恋的神情。

“什么时候有这打算的？”

陆明潼抬手把她脑袋按下来，也不顾会不会把病气传染给她，堵她的嘴，几近于恼羞成怒了：“你这张嘴就不能少说两句？”

沈渔知道陆明潼买了戒指以后，时不时地提心吊胆，因为不知道什么时候，就会被求婚。

第三单的海外婚礼策划案，是在澳大利亚落地的。

等仪式结束，工作扫尾以后，严冬冬提议：“要不趁还有时间，去陆弟弟曾经读书的地方逛逛？”

其实，出国之前，沈渔也问过陆明潼要不要跟着一起，陆明潼婉拒了，称澳洲并没有给他留下什么好印象，不值得他故地重游，沈渔也就没有勉强他。

和严冬冬去之前，沈渔给陆明潼打了一个语音电话，问他在做什么。

“昨晚熬了通宵写代码，刚起。”

“吃饭了吗？”

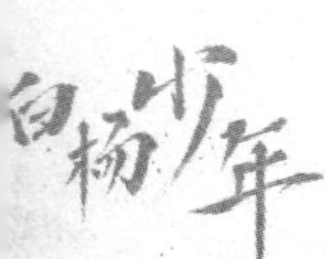

“没有。”

“那你赶紧去吃东西，我跟严冬冬要去你的学校逛一逛。”

“去呗。”陆明潼不很在意的语气。

沈渔跟严冬冬进了校园，去了陆明潼常常去上课的那栋楼下。

这时候是吃晚饭的时间，校园里来往都是人。楼下一支两人的乐队，一人弹电子琴，一人吉他弹唱。

严冬冬犯花痴，说弹吉他的那个人好帅，看这高鼻梁，这绿眼睛，这能荡秋千的金色睫毛。

沈渔被严冬冬拉着，走脱不了，只能无奈地继续陪着她。

两个男生一曲唱完，节奏突然一转，唱起口音蹩脚的中文歌来：

拨开天空的乌云，像蓝丝绒一样美丽
我为你翻山越岭，却无心看风景
我想你身不由己，每个念头有新的梦境

沈渔听得有一些想笑，心想这主唱怕不是也看上严冬冬了，中文歌都唱上了。

她转头一看，严冬冬不见了，愣一下，四下张望去找。

那弹电子琴的外国男生忽然走了过来，朝她伸出手，拿同样蹩脚的中文问她，能不能跟她跳一支舞？

沈渔完全不知道如何回应，刚要拒绝，男生已经牵住了她的手，带着她跳了起来。

她手忙脚乱，又怕踩了男生的脚，又在惦记严冬冬去了哪里，被他带着跳了两圈，晕头转向，准备叫停。

男生却在此时托着她的手，忽地往后一推。

她倒退两步，背后撞到谁的胸膛上去了，慌里慌张地，一边说对不起，一边回头，然后整个人呆住。

原该在家里吃外卖打游戏的陆明潼却出现在这里，一身正装，手里一捧玫瑰。

消失了的严冬冬，这时候也出现了，还有随行的摄影同事，摄像机扛在肩上，俨然工作状态。

那外国男生还在唱：“爱就一个字，我只说一次，你知道我只会用行动表示……”

一贯厌恶这些仪式的陆明潼，在这句歌声里，规规矩矩地单膝跪地。

周遭学生围拢了来，不嫌事大地高呼：

“Marry him！ Marry him！（嫁给他！）”

沈渔一下哽咽，笑看着陆明潼：“好俗啊！”

陆明潼懒得跟她计较的神色：“你先答应了。”

“我就不。”她笑着，支使严冬冬他们多拍几个机位，最好给陆明潼来一个特写。

陆明潼被她气到，却仍然保持着耐心，一手举着戒指，单膝跪地等待她同意。

沈渔见好就收，矜持地递了手指过去。陆明潼把戒指给她套上，捉着她的手顺势起身，搂她背过身去，躲开了镜头，亲她一下。

周遭的欢呼声山呼海啸。

少不了晚上一起吃饭。

唱歌的那两人，是陆明潼在澳洲读书的同学，他俩早就在公寓里准备好了派对所要的一切，人到齐了，音响里放节奏激昂的乐曲，一时间热闹不已。

沈渔吃了些东西，拉着陆明潼，去阳台上躲清净。

她盘子里装着水果，拿叉子叉了一片凤梨，递到陆明潼嘴边。

陆明潼懒洋洋地接过了。

沈渔笑问：“你为什么骗我说你在家？”

“因为你好骗。”

“别太过分了，陆明潼。”

“戒指都戴了，还能取下来不成！”

“以为我不敢？”

“继续话赶话，我要说一句‘那你摘啊’，你就没台阶下了啊，姐姐。”陆明潼要笑不笑地看着她。

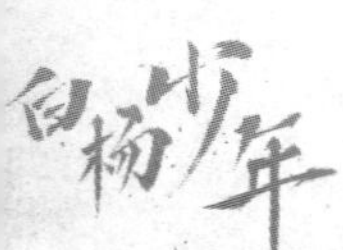

“……”

陆明潼来揽她的肩膀，半哄着她的语气：“戒指都被你发现了，不出奇制胜，你哪儿来的惊喜？”

“我是这种俗人吗？”

“你觉得呢？”

沈渔笑着：“反正你比我更俗。怎么想的啊，求婚唱这种歌？”

陆明潼告诉她，备选的歌有好几首，《恋曲 1990》《爱就一个字》《思念是一种病》。

沈渔吐槽：“为什么都这么老古董？”

陆明潼理直气壮：“我喜欢，你管得着吗？”

沈渔懒得跟他计较了，抬手，打量手指上的戒指，细看，却发现不对劲：“哎，这不是我那天发现的那一枚啊。”

“嗯。”

“原来那枚呢？”

“退了。”

“这是重新定的？”

“嗯。”

沈渔大笑：“你还能更幼稚一点吗？”

择日，两人去领证。

也没特意挑什么稀奇古怪的日子，只是看民政局的预约系统，哪天有空就定了哪天。

登记照一早拍好的，整个领证的流程不过十五分钟，快得沈渔都没什么真实感。

出门，她举起两个红本，以一碧如洗的天空为背景，拍了张照，发朋友圈。

时间刚好要到中午，她就说，那一起去吃个饭庆祝一下吧。

陆明潼问她：“想去哪儿吃？”

沈渔想了想，好像对两人而言也没什么地方太有纪念意义，清水街算是一个，但她对清水街的情感很复杂。

“随便吃一点吧，都行。”

“小龙虾？”陆明潼提议，“某人对我当时不过多点了一斤，至今仍然耿耿于怀。”

沈渔笑了：“我哪有！”

既然没什么更好的想法，就还是随了陆明潼的提议。

暮春天色明净，沿途的花都落败了，草丛里一地的石榴红，树叶的颜色深得近于一种墨绿。

晴好天色，隔远了看清水街，沈渔第一回觉得，这里是真的老了。

像是迟暮之人，记忆太有重量，压垮了脊背，扫一扫皱纹，都有前世尘埃的气息。

她坐在吃小龙虾的馆子里，隔门遥望，看见那低矮的小卖铺，红字褪色的招牌，老板坐在柜台后打盹，室内幽暗，像是凝固。

陆明潼伸手，在她眼前挥了挥，她回神，笑了笑，看向眼前人。

“对了，我还有一个问题。”沈渔说，“你什么时候喜欢上我的？”

陆明潼：“说来话长。”

“那你就长话短说。”

“晚上回家，我慢慢告诉你。”他笑得意味深长。

沈渔赶紧伸手去捂他的嘴，呼吸拂得掌心发痒。她的手指被陆明潼顺势捉住，一个吻落在戒指上。

陆明潼抬眼，还是少年的眉目，目光里有隔山隔水的明澈和坚定。

她放任思绪飞远，变成明媚春光下的一缕浮烟，前尘往事，从头历数，不过是付之一笑。

领证后的两周，沈渔收到一封自国外发来的信函。

叶文琴寄的。

里面有一张风景明信片，落款日期，就是她跟陆明潼领证发朋友圈的那一天。

正文却只写了两个字：

祝好。

沈渔找了个相框将其封起来，放在床头的柜子上，和摘下的手表一起。

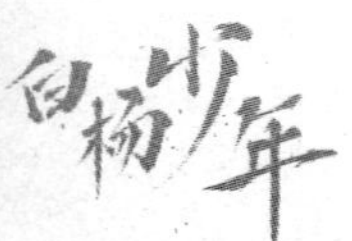